ANDREA SCHACHT

Die Sünde aber gebiert den Tod

AF177264

Autorin

Andrea Schacht (1956 – 2017) war lange Jahre als Wirtschaftsinge-
nieurin und Unternehmensberaterin tätig, hat dann jedoch ihren
seit Jugendtagen gehegten Traum verwirklicht, Schriftstellerin zu
werden. Ihre historischen Romane um die scharfzüngige Kölner
Begine Almut Bossart gewannen auf Anhieb die Herzen von Lesern
und Buchhändlern. Mit »Die elfte Jungfrau« kletterte Andrea
Schacht erstmals auf die SPIEGEL-Bestsellerliste, die sie auch danach mit vielen weiteren Romanen eroberte.

Besuchen Sie uns auch auf www.instagram.com/blanvalet.verlag
und www.facebook.com/blanvalet

Andrea Schacht

Die Sünde aber gebiert den Tod

Roman

blanvalet

Penguin Random House Verlagsgruppe FSC® N001967

2. Auflage
Copyright der Originalausgabe © 2005 by Blanvalet
in der Penguin Random House Verlagsgruppe GmbH,
Neumarkter Str. 28, 81673 München
Copyright dieser Ausgabe © 2021 by Blanvalet
in der Penguin Random House Verlagsgruppe GmbH,
Neumarkter Str. 28, 81673 München
Umschlaggestaltung und -motiv: © Johannes Wiebel |
punchdesign, unter Verwendung von Motiven
von Shutterstock.com (faestock; David M. Schrader;
Photo_SS; Mark Carrel; Mateusz Pohl) und
© Archives Charmet/Bridgeman Images
LA · Herstellung: dm
Satz: Uhl + Massopust, Aalen
Druck und Bindung: GGP Media GmbH, Pößneck
Printed in Germany
ISBN 978-3-7341-0989-8

www.blanvalet.de

Mein Dank gilt Dagmar,
die der Franziska
Charakter und Kochlöffel verlieh.

Wenn die Begierde empfangen hat,
gebiert sie die Sünde;
die Sünde aber, wenn sie vollendet ist,
gebiert den Tod.

Jakobus 1.15

Dramatis Personae

Almut Bossart – die Heldin, eine junge Begine mit einem scharfsichtigen Geist und leider auch einer scharfen Zunge. Zudem wird Frau Almut ziemlich oft von dem Dämon Neugier gezwickt, der sie zeitweilig mitten ins Geschehen drängt.

Die Klerikalen:

Pater Ivo – der Benediktiner mit Hornhaut auf der Seele, aber einem beweglichen Geist. Die Dämonen, die ihn zwicken, stammen aus seiner bewegten Vergangenheit. Seine Verbindung zu den Beginen wird nicht immer freundlich aufgenommen.

Theodoricus de Cornis – der behäbige Abt zu Groß Sankt Martin, den ein Nierenstein zwickt und ihn damit zeitweilig an den Rand des Geschehens drängt.

Rudgerus – der Prior zu Groß Sankt Martin, der eine schlimme Kindheit hatte.

Lodewig – ein dicklicher Novize und Hasenfuß, der wegen seiner großen Ängstlichkeit oft zum Opfer übler Streiche wird.

Bruder Markus – der Infirmarius mit der mitfühlenden Seele.

Die Weltlichen:

Aziza – die man die maurische Hure nennt, obwohl sie christlich getauft wurde. Eine Frau mit überraschend guten Beziehungen.

Heinrich Krudener – ein Apotheker und Alchemist, der die Kunst beherrscht, Geheimnisse sichtbar zu machen.

Trine – seine Gehilfin und taubstumme Schnüfflerin mit einem interessanten Bierrezept.

Pitter – der Päckelchesträger mit dem knurrenden Magen und den flinken Füßen, der die höfischen Umgangsformen lernt.

Fredegar – ein höflicher Knappe, der einigen unfreiwilligen Wäschen unterzogen wird.

Gero von Bachem – ein verfemter Ritter, beinahe ohne Fehl und Tadel.

Bettina de Benasis – eine etwas kopflose Dame.

Hannes von der Schmiergass – ein VIP unter den Bettlern, Schellenknecht zu Melaten.

Evvi – eine eitle Waschmagd aus dem Aussätzigenspital zu Melaten.

Gerlis – die Amme, Prüfmeisterin zu Melaten.

Franziska – eine findige Aushilfsköchin kratzborstigen Gemüts, die einen grausigen Fund macht.

Simon – ein Hufschmied und Gastwirt mit glücklicherweise sehr breiten Schultern.

Das Kind – einziges unschuldiges Opfer in dem Spiel.

Frau Barbara – Almuts Stiefmutter, deren gut gemeinte Heiratsvorschläge beständig auf Ablehnung treffen.

Conrad Bertholf – Baumeister und Almuts Vater, der oft über seine Tochter staunen muss.

Die Beginen:

Magda von Stave – die Meisterin der Beginen aus altem ehrwürdigen Kaufmannsgeschlecht, was sie weder leugnen kann noch will.

Rigmundis von Kleingedank – die Mystikerin, bei der Bilsenbier recht wunderliche Visionen erzeugt.

Clara – die Gelehrte, die lieber die spitze Feder schwingt als die spitze Sticknadel.

Elsa – die Apothekerin, die bei der Behandlung ihrer Patienten allerlei Informationen aufschnappt.

Gertrud – die mürrische Köchin, die durch eine böse Krankheit nicht milder gestimmt wird.

Bela und **Mettel** – die Pförtnerin und die Schweinehirtin, die sich auch vor harter Arbeit nicht scheuen.

Judith, Agnes und **Irma** – drei fleißige Seidenweberinnen, die Rigmundis sehr ergeben sind.

Ursula Wevers – die Witwe eines jüngst verstorbenen Tuchwebers, eine begnadete Sängerin.

Historische Persönlichkeiten:

Erzbischof Friedrich III. von Saarwerden – der noch sehr junge Erzbischof, der sich, durch den Rat der Stadt beleidigt, nach Bonn zurückgezogen hat, aber nun aus seiner Schmollecke gelockt wird.

Gerhard de Benasis – Patrizier und Schöffe, am Hof des Erzbischofs als Berater des jungen Friedrich tätig.

Vorwort

Köln, die blühende Handelsmetropole des Mittelalters, war nicht frei von Konflikten. Ende des 14. Jahrhunderts erstarkte die Bürgerschaft zunehmend und versuchte, das einengende Korsett von Kirche und Patrizierwesen zu sprengen.

Die Bewohner der Stadt waren erstaunlich freigeistig und fortschrittlich, sie trieben Handel mit aller Welt – der Rhein als mächtige Verkehrsader machte es möglich. Besonders selbstbewusst traten hier vor allem die Frauen auf, die nach neuesten Erkenntnissen mehr als in allen anderen Städten eigene Siegel führten – damit also voll geschäftsfähig waren. Und auch die große Anzahl von Stiftsfrauen und Beginen ist bemerkenswert. Frauen, die sich der Munt der Männer dadurch entzogen, dass sie in selbst gewählten Gemeinschaften zusammen lebten und arbeiteten.

In den Jahren 1375 bis 1377 spitzte sich die Auseinandersetzung zwischen Bürgerschaft und Klerus im so genannten Schöffenstreit zu. Im Grunde ging es darum, dass die Händler und Handwerker, die Gilden und Zünfte also, sich nicht der geistlichen, sondern einer weltlichen Gerichtsbarkeit unterstellen wollten. Verständlich, denn bei aller kölschen Frömmigkeit – die Geschäfte gehen vor! Die Schöffen, die die hohe Gerichtsbarkeit repräsentierten, unterstanden aber dem Erzbischof. Ihm aus machtpolitischen Gründen loyal zur Seite stand die Richerzeche, die Vereinigung der reichen Patrizier.

Ein nichtiger Anlass brachte das Fass zum Überlaufen. Der junge Erzbischof Friedrich III. von Saarwerden verließ die Stadt und zog sich schmollend nach Bonn zurück, begleitet von den Schöffen, einem Teil der Kleriker und seinen Beratern.

Der Streit eskalierte, denn mit Hinterlist und Intrige versuchten die verschiedenen Parteien Kapital aus der Situation zu schlagen. Ein heimtückischer Anschlag auf die Stadt wurde geplant, Femegerichte abgehalten, Güter beschlagnahmt, Komplotte geschmiedet…

Dennoch ging das Leben in der Stadt weiter, in fröhlicher Missachtung von Acht und Bann, die der Kaiser über das zänkische Köln verhängt hatte. Erst im Winter 1376/1377 spitzte sich die Lage zu, aber endlich fruchteten die Vermittlungsgespräche zwischen dem Rat der Stadt und dem Erzbischof.

Vor diesem Hintergrund entwickelt sich das grausige Geschehen dieses Romans, in dem meine Heldin Almut mit einem gar schaurigen Mord im Kloster zu Groß Sankt Martin konfrontiert wird. Dessen Aufklärung führt sie tief hinein in die politischen Verwicklungen ihrer Zeit.

Im heiligen Köln im Winter des Jahres 1376 der Menschwerdung des Herrn

1. Kapitel

Kalt war es und windstill in dieser Dezembernacht. Ein frostiger Hauch hatte die Zweige und dürren Blätter wie mit weißem Samt überzogen. Leise knisterte und wisperte es auf der Lichtung im Wald. Das spärliche Licht der Mondsichel ließ die Augen eines wachsamen Waldkaters aufleuchten, als er von seinem hohen Sitz auf einem dicken Eichenast die Witterung herannahender Männer aufnahm. Sie versuchten leise zu sein, doch seine feinen Sinne nahmen das Schlagen der weiten Mäntel gegen ihre Stiefel wahr. Mochten sie noch so vorsichtig auftreten, ihre Schritte auf dem federnden Waldboden konnte er deutlich hören. Ihre Gesichter jedoch sah er nicht, denn nicht nur wegen der Kälte trugen die neun Männer dunkle Umhänge, deren hochgeschlagene Kapuzen ihre Häupter verbargen. Vermummt waren sie vor allem, weil sie nicht erkannt werden wollten, weder von dem Kläger noch vom Angeklagten der Feme.

Doch nur der Kläger war auf dem Gerichtsplatz unter den Sternen erschienen, ebenfalls verhüllt durch einen weiten Umhang. Der Angeklagte war der Aufforderung nicht gefolgt, sich zu dieser mitternächtlichen Stunde einzufinden. Und so wurde das Urteil in seiner Abwesenheit über ihn verhängt.

»Ich verfeme dich!«, klang es dumpf durch die eisige Nacht. »Deinen Hals weihe ich dem Strick, deinen

Leichnam den Tieren, und Vögeln, ihn zu verzehren. Deine Seele befehle ich Gott im Himmel, wenn er sie denn nehmen will.«

Während des Femespruchs, der den Angeklagten zu einem Vogelfreien erklärte, dessen Leben und Besitz jeder nehmen konnte und der kein Anrecht auf Schutz und Hilfe mehr hatte, hob sich einmal der Kopf des Klägers, und in seinem überschatteten Gesicht glühten die Augen beinahe so hell auf wie die des lauernden Waldkaters.

Schließlich warf der Richter den Weidenstrick aus dem Rund der Gerichtsstätte – als Zeichen, dass die Sitzung beendet sei. Das Urteil, das im Namen des Erzbischofs von Köln gefällt worden war, würde dem feigen Verräter trotz seiner Abwesenheit bekannt genug sein.

Die sieben Freischöffen verschwanden zwischen den hohen Stämmen der alten Eichen auf verschiedenen Wegen, und auch der Kläger verließ gemeinsam mit dem Richter den Platz.

»Und nun, mein lieber Graf, können wir über die Vollstreckung des Urteils sprechen. Ich habe da so eine Idee, die unserem Herrn sehr zupass kommen wird!«, hörte es der wachsame Waldkater unter seinem hohen Sitz flüstern. Dann eilten die beiden Männer über das raschelnde, trockene Laub der Stadt entgegen.

2. Kapitel

In der Stube war es ausnehmend gemütlich. Ein prächtiges Feuer prasselte im Kamin, der warme Würzwein in der Kanne duftete süß, und durch die runden Glasscheiben, die kunstvoll mit Blei zusammengesetzt die Fensteröffnung verschlossen, fielen noch die letzten schrägen Strahlen der untergehenden Wintersonne. Zwischen den beiden Frauen im Raum herrschte eine heitere, entspannte Stimmung. Die ältere saß eifrig spinnend auf der Bank neben der Feuerstelle, die andere hatte ihre kunstvolle Stickerei auf den Tisch gelegt. Das Licht reichte für solch feine Arbeiten nicht mehr aus, aber um eine der teuren Wachskerzen anzuzünden, war es noch zu früh. So ruhten denn ihre Hände müßig auf dem seidigen Pelz eines großen schwarzen Katers, der es sich auf ihrem Schoß gemütlich gemacht hatte. Er schnurrte mit dem wirbelnden Spinnrad um die Wette.

»Ja, ja, Frau Barbara, ich weiß Euer Angebot zu schätzen. Ich weiß ja, es kommt Euch von Herzen. Aber da Ihr die Antwort seit langem kennt, nehme ich an, Vater hat wieder einmal darauf bestanden, dass Ihr diese Frage stellt.«

Die Hausherrin zuckte resigniert lächelnd mit den Schultern. Sie trug ein hell- und dunkelgrün gestreiftes Gewand, das nach der neuesten Mode eng am Oberkörper anlag und eine elegante Pelzverbrämung um Hals- und Ärmelausschnitte aufwies. Ihr Gesicht unter dem weich fallenden Kruseler zeigte Reife, doch es war lebhaft genug, um nicht alt zu wirken. Kurzum, sie war eine gepflegte Frau in den mittleren Jahren, die auf ihr Äußeres hielt.

»Du kennst ihn ja, Almut. Aber sag, würdest du nicht wirklich gerne einmal wieder schöne Kleider aus weichen, anschmiegsamen Stoffen tragen? Es scheint mir so widersinnig für eine junge Frau wie dich, in diesen kratzigen, grauen Fetzen herumzulaufen.«

»Dem weltlichen Tand, liebe Stiefmutter, habe ich aus guten Gründen entsagt.«

»Pah!«

»Im Übrigen sind unsere Kleider nicht aus billigem Stoff genäht! Frau Magda sorgt schon dafür, dass weiche Wolle und feines Leinen verwendet werden. Und weißt du, mir gefällt es, mich nicht ständig nach irgendwelchen Äußerlichkeiten richten zu müssen.«

Almut hatte sich vor gut vier Jahren, nachdem ihr betagter Gatte seiner Krankheit erlegen war, einem Beginen-Konvent angeschlossen, was ihr Vater, der Baumeister Conrad Bertholf, missbilligte. Er hätte seine verwitwete Tochter gerne wieder mit einem Berufskollegen verheiratet. Aber Almut, und das gestand er sich selber ein, war schon als Kind willensstark, manchmal sogar ausgesprochen widersetzlich gewesen, und insgeheim nötigte sie ihm damit einen gewissen Respekt ab. So waren denn seine Versuche, sie über seine zweite Frau zu einer Rückkehr in das weltliche Leben zu überreden, auch eher halbherzig.

»Widernatürlich!«, murrte Frau Barbara. »Trotzdem widernatürlich, diese Vorliebe für graue Kittel und die einfachen weißen Gebände. Ihr seid doch keine Nonnen!«

»Nein, Frau Barbara, gewiss nicht. Aber die Kleidung ist praktisch bei den Arbeiten, die wir verrichten, und sie flößt den Leuten Achtung ein.« Heimlich schmunzelte Almut über ihre Stiefmutter, deren gelegentliche Anfälle von Eitelkeit sie schon mal zu einem exzentrischen Aufputz verleiteten, wie etwa die doppelhörnige Haube, die sie heute unter ihrem gekräuselten Schleier trug.

»Ach, was soll ich mit dir darüber disputieren. Du tust ja doch, was du willst, Almut.«

»Richtig, Frau Barbara. Ganz so wie Ihr auch!«

In tiefem gegenseitigen Verständnis sahen sich die beiden Frauen in der hereinbrechenden Dämmerung an.

»Ich zünde die Kerzen an, denke ich. Es wird selbst zum Spinnen zu dunkel.«

Frau Barbara stand vom Spinnrad auf und nahm zwei Kerzenhalter vom Tisch, um die Kerzen mit einem Span am Kamin anzuzünden. Das lebendige Licht erfüllte den Raum mit goldenem Schein, und der Teppich an der weiß gekalkten Wand glühte in seinen prächtigen Farben auf.

»Mir scheint, meine Schwester hat Euch einen Besuch abgestattet!«, bemerkte Almut und wies auf den kunstvollen Wandbehang. »Ich meine mich erinnern zu können, dieses Werk bei seiner Erstehung gesehen zu haben.«

»O ja, Aziza hat deinem Vater ihre Aufwartung vor einigen Tagen gemacht.« Frau Barbara kicherte leise in sich hinein. »Ich finde, sie ist eine anmutige und unterhaltsame junge Frau mit einem erlesenen Geschmack. Aber dein Vater wurde rot bis zu den Ohrenspitzen, als er sie bei mir sitzen sah, und fand außer einem heftigen Räuspern keine rechten Worte. Dabei habe ich es ihm nie zum Vorwurf gemacht, dass er sich in der Zeit nach dem Tod deiner Mutter der Gesellschaft einer Konkubine erfreut hat.«

»Ich denke, er hält Frauen manchmal für recht mysteriöse Wesen. Wir sind eben nicht so einfach zu behandeln wie seine Steinmetze und Maurer. Er erwartet immer das Schlimmste und ist dann überrascht, wenn es nicht zu tränenreichen Ausbrüchen kommt.«

»Aber er ist ein guter Mann, Almut. Wenn ich ehrlich sein soll, dann wünsche ich wirklich, du würdest dich wieder mit einem Gatten verbinden.«

»Nicht jeder ist wie mein Vater – großherzig, gütig und einfach zu lenken. Warum soll ich mich unter die Munt eines Mannes stellen, der mir weniger Freiheiten erlaubt als die Regeln meines Konvents?«

»Nun, da wäre noch die Frage der Zuneigung…«

Ja, die wäre da noch, dachte Almut. Und ihr kam ein Mann in den Sinn, der ebenfalls großherzig und gütig, keinesfalls jedoch leicht zu lenken war. Für ihn empfand sie Zuneigung, nur… Sie schüttelte leicht den Kopf. Unerreichbar war er natürlich auch.

Frau Barbara bemerkte diese Reaktion, war aber klug genug, das Thema zu wechseln: »Erzähl mir, Almut, wie ihr mit der Lage derzeit zurechtkommt. Leidet ihr irgendeinen Mangel?«

Eine berechtigte Frage, denn seit dem vierten Dezember war Köln in Acht und Bann. Der Rat der Stadt hatte vor zwei Jahren den Erzbischof Friedrich III. von Saarwerden beleidigt, worauf dieser mitsamt der ihm unterstehenden hohen Gerichtsbarkeit schmollend in Bonn Zuflucht genommen hatte. Kurz darauf hatte er bei Kaiser Karl IV. mit seiner Klage gegen den Rat Erfolg gehabt, und so war Köln zunächst in die Reichsacht genommen worden. Seit diesem Monat nun war die Stadt auch noch aller Privilegien verlustig erklärt worden. Hatten die Bürger die Acht noch weitgehend ignorieren können und das Wirtschaftsleben unverdrossen weitergeführt, so war die Situation jetzt doch etwas angespannt. Die auswärtigen Handelspartner hielten sich merklich zurück, und es stand zu befürchten, dass so manche Güter und Waren in den nächsten Wochen bedenklich knapp werden könnten. Und das auch noch mitten im kalten Winter und zu der Weihnachtszeit!

Almut nahm einen Schluck von dem warmen Würzwein und schüttelte den Kopf.

»Nein, Frau Barbara, wir leiden keinen Mangel. Unsere Meisterin hat Kaufmannsblut in den Adern, und sie wirtschaftet gut mit den Einnahmen aus den Stiftungen und unseren Arbeiten. Ich habe selbst einige Zeit ihre Aufzeichnungen geführt, als sie vor drei Monaten von diesem Dummkopf von Vizevogt eingekerkert worden ist. Selbst wenn manche Dinge teuer werden sollten, kommen wir zurecht. Außerdem habe ich gehört, vor zwei Tagen sei endlich ein Waffenstillstand vereinbart worden.«

»Ja, die Gerüchte sind auch an meine Ohren gedrungen. Aber die Verhandlungen können sich hinziehen. Ich halte den Erzbischof Friedrich nicht für besonders weitsichtig in solchen Dingen. Er ist mit seinen achtundzwanzig Jahren einfach zu jung auf den Thron gekommen.«

»Er ist genauso alt wie ich, Frau Barbara.«

»Ja, wenn du in seiner Position wärst...!«

Almut kicherte. »Was für eine Vorstellung – eine Erzbischöfin. Das ist genauso grotesk wie die Vorstellung, eine Frau würde zur Dombaumeisterin ernannt!«

Beide lachten noch über diese verrückten Ideen, als

der Hausherr mit kräftigem Schritt zur Tür hineinpolterte. Conrad Bertholf war ein rüstiger Mann mit rötlichem Haar und wettergegerbtem Gesicht. Der Baumeister verbrachte viel Zeit bei seinen Gewerken und scheute sich nie, auch Hand mit anzulegen.

»Nun, meine Tochter, es ist schön von dir, Frau Barbara zu besuchen. Ich sehe, ihr plaudert über vergnügliche Themen.«

»Nicht so sehr vergnüglich, sieht man von einer kleinen Absurdität ab, die uns eben eingefallen ist. Wir sprachen über die Lage der Stadt in diesem leidigen Schöffenstreit, Herr Vater.«

Conrad Bertholf starrte seine Tochter und sein Weib irritiert an und meinte dann: »Äh…«

Dass Frauen sich über etwas anderes unterhalten könnten als die allfälligen Fragen von Haushalt, Putz und gesellschaftlichem Klatsch, erstaunte ihn immer wieder. Aber er fasste sich, als er sich den belustigten Gesichtern der beiden gegenübersah.

»Eine leidige Sache, wohl wahr. Hätte der Erzbischof nicht im Herbst letzten Jahres den heimtückischen Angriff auf die Stadt geplant, hätte man sicher schon früher zu einer Einigung kommen können.«

»Seine beiden Handlanger sind aber noch immer in Haft, nicht wahr?«

Die verräterischen Kanoniker von Wevelinghoven und Kelz waren zum Glück kurz vor dem geplanten Anschlag gefangen genommen worden. Sie hatten aber, soweit Almut wusste, nicht preisgegeben, wer sie beauftragt hatte. Es war der Wendepunkt in der gesamten Auseinandersetzung, die zunächst nur wie eine begrenzte Krise ausgesehen hatte. Mit der Festsetzung der Geistlichen und dem missglückten Überfall aber begann der Krieg zwischen der Stadt Köln und den Anhängern des Erzbischofs, der nun schon seit über einem Jahr für Unannehmlichkeiten sorgte. Gelegentliche Überfälle und Brandschatzungen waren die Folgen. Vor den Stadtmauern hatten sich Heerlager von Söldnern gebildet, der Rhein war verpfählt und Deutz mehrfach niedergebrannt worden. Und wegen des Interdikts hätten auch eigentlich keine Messen mehr gelesen werden, keine Taufen, Hochzeiten und Beerdigungen stattfinden dürfen. Doch der Rat hatte die Geistlichen gebeten, nicht dem Erzbischof zu folgen, sondern unter seinem Schutz in der Stadt zu bleiben und weiter für ihre Gemeinden zu sorgen. Es hätte auch kein Handel mehr getrieben, keine Verträge und keine Bündnisse geschlossen, keine Sicherheiten und Gelöbnisse gegeben werden dürfen. Doch daran hielt sich niemand so genau. Nur die hohe Gerichtsbarkeit – der Vogt und die Schöffen – war mit Friedrich nach Bonn gezogen, und das war misslich, da Gewaltverbrecher nun nicht mehr ordentlich verfolgt und verurteilt werden konnten.

»Von Wevelinghoven und Kelz sind noch im Kerker der Stadt, obwohl der Erzbischof mit Femegerichten gegen Kölner Bürger darauf reagiert hat.« Almuts Vater schnaubte verächtlich. »Er behauptet ja starrsinnig, die beiden hätten nicht in seinem Auftrag gehandelt.«

Das üble Komplott war aufgedeckt worden, bevor der Anschlag durchgeführt werden konnte. Wie sich herausgestellt hatte, waren von den besagten zwei Kanonikern Vorbereitungen getroffen worden, um den Truppen des Erzbischofs mit einer heimtückischen List den Zugang zur Stadt zu ermöglichen. Es misslang, und es wurde nur geringer Schaden angerichtet, doch der Vorfall verschärfte die Lage nachhaltig – denn letztlich lief es in dem Streit darauf hinaus, wer die Herrschaft über die Stadt hatte.

Bürger und Rat wünschten sich eine weltliche Oberhoheit, der Erzbischof eine kirchliche. Wesentlich für die ausgeübte Macht war die Gerichtsbarkeit. Derzeit hatte noch immer der Erzbischof das Hohe Gericht mit seinen Schöffen unter sich und erpresste damit die Bürgerschaft.

Baumeister Bertholfs Miene drückte Besorgnis aus, als er seine Tochter betrachtete.

»Mir wäre es in diesen unsicheren Zeiten lieber, wenn du bei uns bleiben würdest, Almut. Da draußen am Eigelstein, in diesem ärmlichen Konvent, bist du doch nicht sicher!«

»Ach, Herr Vater, so ärmlich geht es bei uns nicht zu, und letztlich ist man nirgendwo in der Stadt sicher, wie der Angriff am Severinstor gezeigt hat.«

»Mh!«, brummte Conrad Bertholf. Das Severinstor lag in der Stadtmauer an der entgegengesetzten Seite vom Eigelstein und bedenklich nahe an seinem eigenen Haus. »Na gut. Braucht ihr irgendwas?«

Almut lächelte ihn mit großer Freundlichkeit an.

»Wenn Ihr eine Ladung Holz übrig hättet …«

»Ich dachte, du lässt, wie alle vernünftigen Leute, deinen Bau im Winter ruhen.«

»Natürlich, Herr Vater. Ich widme mich derzeit feinen Handarbeiten. Aber bei einem warmen Kaminfeuer sind die Finger geschmeidiger.«

»Ah, natürlich. Ich werde dafür sorgen. Sag mir Bescheid, wenn du aufbrichst, ich begleite dich zurück. Es ist nicht gut für eine junge Frau, in der Dunkelheit durch die Straßen zu gehen. Die alte Anne ist kein Schutz für dich.«

»Danke, Herr Vater. Ihr seid sehr gütig!«

Er zog sich aus der Stube zurück, und Frau Barbara und Almut wandten sich von der politischen Lage den wesentlich drängenderen Haushaltsproblemen zu.

»Wisst Ihr, Frau Barbara, wir leiden zwar keinen Mangel in unserem Konvent, aber wir haben mit einem scheußlichen Missstand zu kämpfen. Unsere Köchin ist krank, und Ihr glaubt gar nicht, wie wir ihr Wirken vermissen.«

»O doch, liebe Almut, das weiß ich nur zu gut. Ich musste selbst vor zwei Wochen unsere Berte aus der Küche werfen. Grundgütige Maria, hat die uns in der letzten Zeit einen Fraß vorgesetzt! Es hat eine Weile gedauert, bis ich dahinter kam, dass es nichts mit den Lebensmitteln zu tun hatte, wie sie uns weismachen wollte. Im Gegenteil, die Qualität war noch immer erstaunlich gut. Aber dieses Weib hat schon in der Früh angefangen, tief in den Metkrug zu schauen. Im Laufe des Tages wurde sie dann so trunken, dass sie nur noch einen Schweinefraß zusammenbrauen konnte. Aber zum Glück habe ich vor wenigen Tagen eine neue Köchin gefunden. Sie stammt zwar nicht von hier, und ich bin mir nicht sicher, ob sie bleiben wird. Aber bei Tisch ist es eine Erleichterung, wieder schmackhaftes Essen in den Schüsseln vorzufinden!«

»Wie wahr, Frau Barbara!«, seufzte Almut und befreite sich von den liebevoll ausgestreckten Krallen des Katers, der versuchte, ihr den grauen Schleier vom Kopf zu ziehen. »Wir haben unsere Apothekerin gebeten, die Küche mitzubetreuen, aber Elsas Arzneien schmecken schon grauenhaft, und ihre Grütze ist noch entsetzlicher. Mettel, unsere Pförtnerin, hat zwar etwas bessere Ergebnisse erzielt, aber sie muss natürlich weiterhin ein Auge auf das Tor haben, und so gab es verkohltes Brot und angebrannte Würste. Clara, unsere Gelehrte, wusste wie immer viele gute Ratschläge, aber als sie den ersten Sack Mehl heben musste, brach sie stöhnend zusammen und jammerte, das vertrage ihre Gesundheit nicht. ›Du weißt doch, mein Rücken!‹«, machte Almut mit einem Grinsen die wehleidige Clara nach. »Rigmundis haben wir gar nicht erst gefragt, sie bekommt schon beim Rühren im Kessel einen verklärten Blick und hat dann wieder Visionen. Schließlich haben Ursula und ich die Sache in die Hand genommen. Na ja, essen kann man das, was wir fabrizieren, aber nach drei Tagen Grütze morgens, Grütze mittags und Grütze zur Vesper steht uns der Sinn doch nach etwas Abwechslung!«

Frau Barbara lachte mitfühlend, und als ein kühler Luftzug durch den Raum ging, blickte sie auf und nickte der eintretenden Frau zu.

»Oh, Almut, dies hier ist die Antwort auf unsere Gebete. Maria, unsere neue Köchin!«

Eine etwa fünfzigjährige, untersetzte Person machte einen höflichen Knicks und stellte den beiden Frauen einen Korb mit Gebäck auf den Tisch. Etwas unzufrieden murrte sie: »Mandelbrötchen, frisch aus dem Ofen. Nicht so süß, wie ich es mir gewünscht hätte, denn Honig ist knapp geworden.«

Almut nahm sich ein Stück von dem warmen Gebäck und biss genussvoll hinein. Sie hatte sich zwar zu Bescheidenheit, Keuschheit und Dienst am Nächsten verpflichtet und hielt sich getreulich an diese Gelübde, aber von einer Schwäche hatte sie sich doch nicht trennen können, und das war die Lust an süßen Wecken.

»Himmlisch! Maria, Ihr kennt nicht zufällig noch

eine weitere Köchin, die bereit wäre, einige Tage lang für zwölf Beginen am Eigelstein zu kochen?«

Überrascht sah die Köchin Almut an, dann zog sich plötzlich ein breites Lächeln über ihr Gesicht.

»Wenn Ihr mit einer Fremden vorlieb nehmen wollt, wüsste ich wohl eine.«

»Meinetwegen kann sie eine Maurin sein oder eine Heidin aus dem Norden, Hauptsache, sie ist in der Lage, mehr als Grütze zu kochen, und lässt das Brot nicht im Ofen verbrennen.«

»Nun, dann solltet Ihr es mit Franziska versuchen. Ich bin mir zwar nicht sicher, ob sie bereit ist, die Aufgabe zu übernehmen, aber Fragen schadet ja nicht. Sie ist eine gut ausgebildete Leihköchin und kam vor etwa drei Wochen von Aachen herüber. Zwölf Beginen – das dürfte ihr keine Probleme bereiten. Franziska hat sogar schon für Leute von Adel gekocht.«

Almuts Augen leuchteten auf, und sie fragte: »Diese Franziska – wo ist sie zu finden?«

»Im Augenblick hat sie eine Kammer im Gasthof Zum Adler in der Nähe der Stadtmauer.«

»Den Gasthof kenne ich, er ist nicht weit von unserem Konvent entfernt. Ich werde sie schon morgen aufsuchen. Kann ich mich auf Euch berufen, Maria?«

»Natürlich. Bestellt ihr einen schönen Gruß von mir, und richtet ihr aus, sie solle mich, so es ihre Zeit zulässt, einmal besuchen.«

»Na siehst du, Almut, manchmal lösen sich Probleme schneller, als man denkt«, meinte Frau Barbara, als Maria die Tür hinter sich geschlossen hatte. »Woran krankt denn eure Köchin?«

»Gertrud hatte erst einen bösen Husten, der nicht heilen wollte, aber nun sind ihr auch noch die Gelenke angeschwollen, und sie hat rote und braune Knoten an den Füßen, weshalb sie kaum noch stehen kann.«

Entsetzt sog ihre Stiefmutter den Atem ein. »Bist du sicher, Almut? Knoten an den Füßen?«

»O heilige Mutter Maria, erbarme dich! Ihr habt ja Recht!« Voller Entsetzen sah Almut ihre Stiefmutter an. Was sie soeben beschrieben hatte, waren die ersten Anzeichen von Aussatz, und plötzlich verstand sie die Ängste ihrer Köchin Gertrud.

Wie ein böses Omen war von draußen plötzlich die Glocke des Schellenknechts zu hören, des Almosensammlers vom Aussätzigenheim von Melaten, der seine Runden zog und in der Vorweihnachtszeit auf besonders großzügige Spenden hoffte.

3. Kapitel

Er trug einen schlichten Lederrock und einen weiten Umhang ohne Verzierungen und Wappen. Doch sein mächtiges Ross und das Schwert an seiner Seite wiesen ihn als Ritter aus. Er war groß und überaus kräftig. Ein dunkler Bart umrahmte einen festen Mund, und seine Nase ragte gerade und ein wenig scharf unter der Kapuze hervor, die er gegen den frostigen Wind über den Kopf gestreift hatte. Er war ohne Begleitung, aber dennoch musterten ihn die Wachen am Tor misstrauisch, als er Einlass begehrte. Sie fragten ihn nach seinem Namen, und er nannte ihnen einen, der nicht der seine war. Auf die Frage nach seinem Begehr antwortete er, er wolle das Kloster der Schottenmönche aufsuchen, um dort Buße zu tun.

Fremde Ritter sah man nicht gerne in der Stadt, vor deren Mauern die Feinde lagerten, und es kostete den Besucher unendliche Geduld, viel Überredungskraft und einige Goldmünzen, bis man ihn endlich einließ.

Mehrmals musste er sich den Weg erfragen, bis er schließlich einen Jungen fand, der ihn zum Ziel führte – das Kloster der Schottenmönche. Die jetzigen Ordensbrüder waren schon lange keine Schotten mehr, sondern Benediktiner aus dem eigenen Land. Doch der Geist der ersten Mönche schwebte noch immer zwischen den Säulen von Kirche und Kreuzgang und gab denen, die es spüren konnten, eine Ahnung von dem keltischen Erbe, das ihrem christlichen Glauben einen Freiraum gab, den die römische Kirche nicht immer billigte. Auch die kleine Pfarrkirche, in der sich die Gemeinde versammelte, erinnerte an die Schotten, die das Kloster von Groß Sankt Martin gegründet hatten. Sie war der heiligen Brigitte, der Brigid, geweiht, einer Heiligen, die auf tiefe Wurzeln in ihrem fernen Heimatland zurückblicken konnte.

An die Pforte dieses Klosters nun pochte der Ritter, und es wurde ihm geöffnet. Abermals musste er die Frage nach seinem Namen beantworten, und diesmal nannte er den, der sein Eigen war. Auch sein Begehr wiederholte er und den Wunsch, mit dem Vater Abt sprechen zu dürfen.

Er wurde eingelassen, doch Schwert und Dolch verlangte der Pförtner von ihm, denn Waffen durften auf dem Boden des Klosters nicht getragen werden. Willig reichte der Ritter, der sich als Gero von Bachem bezeichnete, ihm das Gehenk und ließ sich von einem jungen, pummeligen Novizen zu den Gästeunterkünften geleiten.

4. Kapitel

Ursula rührte unzufrieden in der Grütze, als Almut in die Küche trat.

»Wie geht es Gertrud?«, fragte sie. »Hast du nach ihr gesehen?«

»Sie liegt im Bett und hat mich angeblafft, als ich den Kopf zur Tür hineinstreckte. Dabei wollte ich ihr nur die Decken richten.«

»Mach dir nichts daraus – sie ist schon gesund ein rechter Sauertopf. Ich will schauen, ob ich sie etwas aufheitern kann. Hast du Teufelchen gesehen?«

»Gesehen schon, aber sie lässt sich von mir nicht anfassen. Sei nur vorsichtig, sie faucht und zischt jeden an, der sich ihr nähert.«

Almut fand die schwarze Katze dösend in der Vorratskammer und schnappte sie sich mit beherztem Griff. Kaum lag sie an ihrer Schulter, fing sie auch schon an zu zappeln und zu krakeelen. Aber Almut fertigte nicht nur feine Stickereien an, sondern hatte auch recht kräftige Hände, und so, mit festem Druck auf den Nacken des sich sträubenden Tieres, eilte sie die Stiegen zu Gertruds Kammer hinauf. Ohne zu warten trat sie ein, und sofort hörte Teufelchen auf zu protestieren.

Dagegen richtete sich die Köchin von ihrem Lager auf und blitzte Almut böse an.

»Mach, dass du rauskommst!«, krächzte sie heiser und bekam gleich darauf einen Hustenanfall.

Die Katze sprang auf ihr Lager, trat sich eine Kuhle in die Decken und legte sich dann behaglich schnurrend nieder.

Almut wartete geduldig, bis die Kranke wieder zu Atem gekommen war. In der Kammer war es düster, die Fensterläden waren gegen den kühlen Zug geschlossen, und die Luft roch verbraucht und muffig. Nur ein blakendes Öllämpchen spendete ein wenig flackerndes Licht.

»Dein Husten ist schlimmer geworden. Hast du Elsas Arznei nicht genommen?«

»Geh raus, Almut!«

»Nein, ich bleibe. Du brauchst Hilfe, Gertrud.«

»Mir kann sowieso keiner mehr helfen!«

»Was für ein Quatsch!«

»Geh, um der Liebe Gottes willen, Almut. Geh, um deiner selbst willen. Und nimm diese verdammte Katze mit.«

Wieder musste die Köchin mit einem Hustenanfall kämpfen und rang nach Luft. Almut öffnete die Fensterläden, und ein Schwall kalter, trockener Frostluft drang in die Kammer.

»Nur einen Moment lüften, Gertrud. Zieh die Decken hoch!«

Die Köchin konnte sich nicht wehren, sie wurde von wahren Hustenkrämpfen geschüttelt. Almut sah sich um und entdeckte das Krüglein, in dem Elsa ihre Medizin abzufüllen pflegte. Es war noch so gut wie voll. Sie schloss die Läden wieder und zog sich einen Hocker an Gertruds Bett.

»Hör mir zu, Gertrud, ich glaube, ich weiß, was dir Sorgen macht. Du meinst, es ist nicht nur ein böser Winterhusten, nicht wahr?«

Müde nickte Gertrud und ließ sich zurücksinken.

»Hast du es also auch schon herausgefunden.«

»Ich habe herausgefunden, wovor du Angst hast. Du glaubst, vom Aussatz befallen zu sein, nicht wahr?«

»Schau dir doch meine Füße an!«

Zornig zog die Köchin die Decke hoch und enthüllte knochige Beine. Um die Füße hatte sie ein paar Lappen gewickelt, doch die geröteten, geschwollenen Zehen ragten daraus hervor.

»Überall habe ich solche Flecken und Knoten.«

»Und wenn es nur Frostbeulen sind?«

»Sind es nicht. Also geh, damit die Krankheit nicht auch noch dich ereilt. Und nimm die Katze mit.«

»Ich habe noch nie von einer Katze gehört, die den Aussatz bekommen hat. So, und nun nimmst du den Hustensaft, damit du schlafen kannst.«

»Du bist furchtbar, Almut.«

»Ja, ich weiß.« Sie reichte ihr einen Hornlöffel mit der honigsüßen Flüssigkeit. »Aber du kannst nicht einfach hier liegen bleiben und versuchen zu sterben. Wenn deine Befürchtung berechtigt ist, dann müssen wir etwas unternehmen.«

»Ich werde euch verlassen, sowie ich wieder aufstehen kann.«

»Ich werde zu Meister Krudener gehen und ihn fragen, was zu tun ist. Du musst untersucht werden, sowie du es schaffst, aus dem Bett zu kommen. Es gibt Leute, die wissen die Symptome viel besser zu deuten als du oder ich. Nur wenn es wirklich der Aussatz ist, musst du in das Siechenhaus ziehen.«

»Und in einem Spital voller Krüppel leben, ausgesegnet wie eine Tote, und dort langsam bei lebendigem Leib verfaulen.«

Voller Mitleid sah Almut die Köchin an. Sie war eine große, hagere Frau, doch nun war sie durch Fieber und Angst noch mehr eingefallen und lag, knochig und mit verfilzten Haaren, auf ihrem Lager. Mit einer Hand streichelte sie geistesabwesend den warmen, schwarzen Pelz der Katze an ihrer Seite. Doch es war trotz allem inzwischen wieder ein kleiner Funken Leben in ihren Augen. Almut hoffte, er möge entstanden sein, weil sie endlich ihre entsetzliche Angst in Worte hatte fassen können.

»Du wirst leben, Gertrud. Und ich werde dir jetzt etwas Grütze bringen, und du isst sie. Ich weiß, sie ist ziemlich fade, wir beherrschen einfach nicht deine Kunst, sogar einfachen Haferbrei schmackhaft zu machen. Aber er sättigt und wärmt.«

»Man kann sich nicht gegen dich wehren.«

»Manchmal nicht.«

Ein winziges Lächeln huschte über das graue Gesicht der Köchin. »O ihr Ärmsten, sogar Weihnachten Grütze und noch mal Grütze!«

»Ich hoffe doch nicht! Morgen suche ich die Freundin der Köchin meiner Mutter auf, die hier in Köln zu Besuch ist. Sie hat einen guten Ruf als Leihköchin und wird uns sicher aushelfen, bis wir wissen, wie es mit dir weitergeht.«

»Eine Fremde in meiner Küche!«

»Notgedrungen! Sie wird nicht auf dem Hof backen und kochen können.«

»Ist ja auch egal, nicht wahr?«

»Ist es.«

Gertrud schwieg ein paar Augenblicke lang, während Almut den Docht des Lämpchens richtete und die Decken zurechtzog.

»Danke, Almut. Danke, dass du ehrlich zu mir bist. Jemanden, der mir jetzt falsche Hoffnungen macht, könnte ich nicht ertragen.«

Almut nickte und verließ den Raum, um die versprochene Schüssel mit Grütze zu holen. Als sie zurückkam, war Gertruds Miene entspannter als zuvor. Die Hustenarznei, die eine reichliche Dosis Mohnsaft enthielt, begann ihre Wirkung zu zeigen. Kaum hatte sie den klebrigen Grützebrei ausgelöffelt, sank sie mit schläfrigen Lidern in die Decken zurück.

»Bete für mich, Almut.«

»Natürlich, Gertrud. Schlaf gut.«

Nach der Komplet hatte Almut noch ein langes Gespräch mit der Meisterin der Beginen geführt. Magda von Stave war vor drei Jahren zum zweiten Mal zum Oberhaupt der zwölfköpfigen Gemeinschaft gewählt worden, die sie mit Umsicht und diplomatischem Geschick führte. Die beiden Frauen diskutierten lange über die Befürchtungen der Köchin und beschlossen, bis zum endgültigen Urteil über ihren Zustand den anderen gegenüber Stillschwiegen zu bewahren.

Am nächsten Morgen machte sich Almut zusammen mit Elsa, der Apothekerin der Beginen, auf, um sich nach der Köchin Franziska zu erkundigen. Es war frostig kalt, und die Nacht hatte die lehmigen Wege hart frieren lassen. Raureif glitzerte an den dürren Grashalmen, und über den Dächern der Häuser stieg allenthalben dunkler Rauch auf. Es roch nach brennenden Holzscheitern und glosendem Torf. Die Beginen erreichten bald den Adler, ein Gasthaus, dem auch eine Hufschmiede angegliedert war. Er wirkte auf den ersten Blick unbewohnt, denn weder der Schornstein noch die

Esse rauchten. Es war auch kein Hämmern oder ein metallisches Klingklang zu vernehmen, Laute, die gewöhnlich anzeigten, dass der Schmied seinem Handwerk nachging.

»Versuchen wir es in der Schenke, Elsa. Dort wird sicher jemand sein!«

Almut stieß die feste, eisenbeschlagene Tür auf und fand ihre Vermutung bestätigt.

Der Schmied war in der Gaststube – allerdings steckte er mit dem Oberkörper im Kamin und schimpfte, was das Zeug hielt. Eine zierliche Frau lehnte mit dem Rücken zur Theke, die Arme vor der Brust verschränkt.

»Verdammt und bei allen Heiligen! Der letzte Sturm hat die Reste vom Storchennest hineingedrückt, kein Wunder, dass der Kamin nicht zieht. So ein Dreck! Das hat man nun davon, wenn man den Tieren ihre Behausung nicht unter den Füßen fortreißt«, tönte es undeutlich unter dem Mauerwerk hervor. Gleich darauf erklang ein kratzendes Geräusch und ein Schmerzlaut, dem eine schwarze Rußwolke folgte. Almut ließ sich neben Elsa auf einer Bank nieder und beobachtete amüsiert das Schauspiel, das sich ihnen bot. Offensichtlich war ihr Eintritt unbemerkt geblieben.

»Ach nee, das Storchennest?«, spottete die zierliche Frau mit unverhohlener Schadenfreude. »Als ich mich darüber beklagte, die Stube wolle und wolle nicht warm werden, meintet Ihr, das läge an meinem Fischblut.«

Erneut ging ein heftiger Rußregen nieder und hüllte die Gegend um den Kamin in eine schwarze Wolke. Aus ihr tauchte der Adlerwirt wie ein dunkler Geist auf. Er bot ein seltsames Bild. Über und über rußverschmiert und mit einigen Strohhalmen im Haar, wirkte er wie ein Dämon aus der Hölle. Helle Augen glänzten unter der eigenwilligen Patina hervor und funkelten die kleine Frau an.

»Ich habe Euch die Wärme meiner Stube und meiner Bettstatt angeboten! Da wäre Euch genug eingeheizt worden. Aber nein, das war der edlen Dame ja nicht gut genug. Dabei würde ich Euch die ganze Wirtschaft zu Füßen legen!«

»Für den Anfang täte schon das Vogelnest reichen. Also wirklich, Simon, das war die unverblümteste Werbung, die mir jemals zu Ohren gekommen ist. Was denkt Ihr Euch nur dabei?«

»Ich denke nur praktisch! Ja, ist das denn in Aachen anders? Ich bin alleine, und Ihr seid alleine.« Seine raue Stimme wurde sogar ein wenig bittend, als er weitersprach. »Frau Franziska, hört, ich bin gesund und kräftig und verdiene mir einen recht auskömmlichen Lebensunterhalt. Aber ich brauche eine Gefährtin. Warum nicht Ihr? Ich finde Euch ganz niedlich, und arbeiten könnt Ihr auch ordentlich. Ruft einen Priester, und wir machen es richtig!«

Die beiden Beginen sahen sich grinsend an, fanden es aber an der Zeit, sich bemerkbar zu machen. Almut räusperte sich und fragte: »Verzeiht, wir scheinen zu ungelegener Zeit bei Euch eingedrungen zu sein, aber wir sind auf der Suche nach einer Frau Franziska aus Aachen.«

Überrascht von der unerwarteten Anrede wischte sich der Wirt über die Augen. Auch die Frau war herumgefahren und starrte nun wortlos die Besucherinnen an. Simon klopfte sich ohne großen Erfolg das Wams ab.

»Lasst mich das machen und geht Euch umkleiden«, fauchte Franziska. »So hält man Euch am Ende für einen Teufel. Immerhin sind das fromme Schwestern!«

Damit schob sie den Wirt entschlossen zu einer Stiege im hinteren Bereich. Dann wandte sie sich wieder an die beiden Gäste und setzte eine beflissene Miene auf. Doch bevor sie die Gastlichkeit des Hauses anbieten konnte, unterbrach Almut sie.

»Ich grüße Euch, Frau Franziska. Das seid Ihr doch, wie mir scheint.«

»Ja, das bin ich.«

Misstrauisch betrachtete die junge Frau die beiden Beginen.

»Mein Name ist Almut, dies hier ist Frau Elsa. Wir kommen vom Beginen-Konvent am Eigelstein, ganz hier in der Nähe, und möchten Euch um Unterstützung bitten.«

»Mich? Wie kommt Ihr gerade auf mich?«

Mit einigen Sätzen erklärte Almut, was ihr auf dem Herzen lag. Zunächst lauschte die Köchin verblüfft, doch bei dem Gruß, den ihr die Köchin Maria ausrichten ließ, verschwanden die misstrauischen Fältchen um ihre Nase.

»Maria hat mich empfohlen? Nun, dann kann ich wohl kaum nein sagen. Natürlich werde ich aushelfen. Hier koche ich zwar auch, aber egal, ob ich mich bemühe oder auch nicht, die Saufnasen wissen meine Arbeit nicht zu schätzen. Ab einem gewissen Quantum würden die sogar das Storchennest fressen. Und dieser große Junge, der Wirt Simon, der weiß das auch nicht zu würdigen. Er nimmt mich schon als gänzlich selbstverständlich hin. Putz dies, wisch das, schließlich bist du ein Weib – das ist sein Grundsatz. Aber was rede ich… Beschreibt mir den Weg, ich komme gerne. Nur werde ich bestimmt nicht die halbe Nacht mit Euch auf den Knien liegen und Psalmen singen.«

Almut schüttelte leicht erheitert den Kopf.

»Nein, das müsst Ihr nicht, nur Kochen und Backen. Wenn Ihr wollt, könnt Ihr eine eigene Kammer in einem unserer Häuser haben.«

»Nein, das geht nicht. Wenn ich Simon in der Wirtschaft nicht ein klein wenig zur Hand gehe, kommt bald keiner mehr in die Schenke. Er ist ja ein guter Schmied, wisst Ihr, aber sich auch um die Gäste kümmern zu müssen, das überfordert ihn mächtig. Ihr hättet die Küche mal sehen müssen, als ich hier ankam!«

»Dann ist es sicher sehr freundlich von Euch, ihm auszuhelfen! Wir brauchen Euch auch nur, um jeweils eine Mahlzeit für den Tag vorzubereiten. Und das, was er Euch zahlt, geben wir natürlich auch.«

»Zahlt? Was der zahlt? Ein kaltes Kämmerchen darf ich bewohnen. Und nicht mal das gönnt er mir. In sein Bett soll ich kommen. Noch so eine Dienstleistung, die hier fehlt.«

»Nun, überlegt's Euch. Bei uns habt Ihr auf jeden Fall ein warmes Kämmerchen für Euch allein«, bot ihr Almut lächelnd an.

»Aber nur fromme Frauen drum herum!«, murmelte die Köchin leise. »Besser wir lassen es, wie es ist.«

Elsa, die vor Almut aus dem Gasthaus trat, wiegte missbilligend den Kopf.

»Was für eine kleine Kratzbürste. Hoffentlich versalzt sie uns nicht die Suppe!«

»Dann kann sie wieder gehen, und es gibt weiter Grütze!«

5. Kapitel

Bis auf das ewige Licht, das seinen Schein sanft über den Altar ergoss, war es zu dieser Stunde dunkel in der Klosterkirche von Groß Sankt Martin. Die Mönche hatten ihr Stundengebet zur Vesper gehalten und befanden sich nun im Refektorium oder im Wärmeraum. Die einsame Gestalt, die auf den harten Steinfliesen vor dem Altar kniete, wähnte sich völlig allein. Tief in sein Gebet versunken, bemerkte der Mann den hochgewachsenen Mönch in schwarzem Habit nicht, der sich von hinten leise näherte. Doch mochte der fromme Bruder noch so rücksichtsvoll auftreten, um die innere Einkehr des Betenden nicht zu stören, gab doch der Stoff seiner Kutte ein feines Wispern von sich, und urplötzlich war der Kniende aufgesprungen. Ein spitzes Stilett blitzte im Lichtschein der Kerze auf.

Genauso schnell, wie es gezogen worden war, wurde es ihm aus der Hand geschlagen. Es rutschte mit einem Klirren über den steinernen Boden aus seiner Reichweite.

Fassungslos blickte der Ritter auf seine leere Hand.

»Nun, ich dachte, man habe Euch darauf hingewiesen, dass das Tragen von Waffen im Kloster untersagt ist!«, hörte er eine dunkle Stimme mahnen. Sie klang nicht vorwurfsvoll, sondern leicht belustigt.

»Doch, das hat man getan«, erwiderte der Kämpe. »Aber man unterließ es, mich darauf hinzuweisen, wie überaus kampferfahren die hier lebenden heiligen Männer sind.«

»Oh, nicht alle, mein Freund, nicht alle. Wir leben an einem Ort des Friedens miteinander, wie Ihr sehr wohl wisst. Wovor fürchtet Ihr Euch noch vor dem Altar unserer Kirche, dass Ihr selbst beim Gebet das Messer griffbereit halten müsst? Den Teufel selbst?«

»Den Leibhaftigen nicht, aber möglicherweise seinen menschlichen Bruder.«

Nachdenklich betrachtete der Mönch unter seinen tiefschwarzen Brauen, die sich dämonisch über den Lidern krümmten, den Ritter, der nun in aufrechter Haltung vor ihm stand. Kein Wort fiel zwischen ihnen, bis er schließlich fragte: »Habt Ihr Euer Gebet beendet?«

»Nicht auf die rechte Weise, aber doch – ja. Ich hoffe, Ihr verzeiht mir.«

»Es ist nicht meine Verzeihung, die Ihr erbitten müsst, Herr Gero von Bachem.«

Der Mönch hatte das Stilett aufgehoben und hielt es, an der Spitze der Klinge gefasst, so aufrecht hin, dass es wie ein Kreuz wirkte.

»Wohl wahr, Bruder. Ich werde nicht versäumen, es an rechter Stelle zu tun.«

»Nehmt dieses Messer und lasst es nicht mehr sehen!«

Der Ritter nahm die Waffe leicht befremdet an sich und ließ sie in einer Scheide unter seinem linken Ärmel verschwinden.

»Kommt mit mir ins Gästehaus, wir wollen bei einem Schluck Wein ein wenig reden!«, forderte ihn der Ordensmann dann auf.

Das Gästehaus des Klosters war bemerkenswert leer, die Lage in der Stadt zog nicht gerade Besucherscharen an. Lediglich zwei reisende Scholaren saßen disputierend am Feuer, und die beiden Männer wandten sich dem langen Tisch zu, an dem normalerweise die Mahlzeiten eingenommen wurden. Doch bevor sie sich setzten, nahm der Mönch ein Brett von einem Bord und stellte es mitsamt den zugehörigen Figuren zwischen sich und den Ritter.

»Schwarz oder weiß, Herr Gero?«

Ohne zu zögern nahm der Aufgeforderte die schwarzen Schachfiguren und stellte sie mit kundiger Gewandtheit auf.

Ein dicklicher Novize, jung noch, vielleicht erst dreizehn oder vierzehn Jahre alt, trat zu ihnen und fragte: »Wünscht Ihr und Euer Gast etwas zu trinken, Pater Ivo?«

»Das wünschen wir in der Tat, Lodewig, mein Junge. Hol uns Becher und einen Krug Würzwein, heiß, wenn möglich, denn unser Gast hat lange in der kalten Kirche gebetet.«

Dann herrschte eine geraume Zeit einträchtiges, konzentriertes Schweigen zwischen den Männern, während sich die weißen und schwarzen Heere auf dem Brett zwischen ihnen bekämpften. Schließlich stellte Pater Ivo fest: »Ihr habt Euch hier eingefunden, um eine Buße zu leisten.«

»Die nur mich etwas angeht.«

»Selbstverständlich. Nur Euch und Euren Beichtvater.« Vorsichtig setzte Pater Ivo seinen Springer auf ein Feld und rückte in die Nähe der Dame seines Gegenspielers. »Er ist streng zu Euch gewesen, Herr Gero, und er hat Euch gezwungen, Eure Farben abzulegen. Mich dünkt, auch das ständige Tragen eines Kettenhemdes unter dem Wams müsste mit einer beträchtlichen Unannehmlichkeit verbunden sein. Eine unbequeme Buße, ohne Zweifel.«

Der Ritter schob sacht den Springer mit seinem Turm beiseite und schützte damit seine königlichen Hoheiten.

»So mag es Euch scheinen, doch das ist keine der mir auferlegten Bußen. Ein Kämpfer ist es gewohnt, gewappnet zu sein. Außerdem verhindert es, dass der Körper in Friedenszeiten verweichlicht.«

Ein weißer Bauer schob sich vorsichtig in die Richtung des schwarzen Königs.

»Friedenszeiten sind nun gerade nicht ausgebrochen, es sei denn, Ihr zählt schon einen Waffenstillstand dazu.«

Mit einem kühlen Lächeln durchbrach der Ritter mit seinem Läufer die Deckung der weißen Dame und bemerkte beiläufig: »Leichtgläubig bin ich noch nie gewesen, Pater Ivo. So nannte Euch der Junge eben, und das ist doch Euer Name, nicht wahr?«

»Er tut es hier.«

»Ja, das dachte ich mir.«

Mit einem Bauern schlug Pater Ivo den Turm des anderen und rückte damit in bedrohliche Nähe zum König.

»Seid Ihr und Euer Knappe gut untergebracht, Herr Gero?«

»Ich kann nicht klagen, und mein Knappe, wie Ihr sehr wohl wisst, hat mich nicht begleitet.«

»Nun, solltet Ihr Knappendienste benötigen, etwa um Euren Ringpanzer abzulegen, so gibt es auch hier einige Burschen, die Euch zur Hand gehen können.«

Der Ritter erwiderte nichts auf dieses Angebot, denn die Glocke hatte zur Komplet gerufen, und leise drang der Psalmengesang zu ihnen her. Gedankenversunken setzte er seinen verbliebenen Läufer vor, der, wenn sich die rechte Gelegenheit ergab, durchaus einen vernichtenden Schachzug ermöglichen würde.

»Ich dachte, Ihr müsstet nun Euer Stundengebet einhalten.«

»Der Herr wird heute ohne meinen Lobgesang auskommen müssen.«

»Ihr scheint ein sehr eigenes Verhältnis zu unserem Herrn zu pflegen.«

»Ich rechne auf sein Verständnis und seine allumfassende Gnade!«

»So man Euch übel wollte, Pater, könnte man Eure Rede als ketzerisch deuten!«

Pater Ivo zog seinen Turm vor und gab seinem König eine Blöße.

»Man tat dies schon.«

»Schach!«, stellte der Ritter fest. »Und Ihr fürchtet nicht, dereinst in den Höllenfeuern dafür zu schmoren?«

»Ihr, der Ihr Euch nicht vor dem Leibhaftigen fürchtet, wollt mir mit der Vorstellung einer Hölle Angst bereiten?« Pater Ivo hob seinen Bauern und schob sanft die schwarze Dame fort. »Es ist nicht gut, seine Dame zu opfern.«

Betrübt sah der Ritter seine Königin vom Brett verschwinden, doch dann fasste er sich und schob den wartenden Läufer vor.

»Das mag der Unterschied zwischen einem Priester und einem Krieger sein.«

»Glaubt Ihr?«

»Wenn es um ein höheres Ziel geht, bleibt ein solches Opfer manchmal nicht aus.«

»So Ihr es damit erreicht!« Pater Ivo zog seinen Springer vor und kippte den schwarzen König um. »Matt.«

Verdutzt sah ihn Gero von Bachem an.

»Das war ein gerissener Zug. Doch ich gebe zu, diese Partie habe ich nicht ganz unverdient verloren. Ich scheine nicht ganz bei der Sache gewesen zu sein.«

»Nun, ich biete Euch eine Revanche an.«

»Beizeiten, Pater Ivo, beizeiten. Doch für heute habt Ihr mehr als genug von mir erfahren.«

»Und Ihr von mir!«

Mit einem Blick tiefen gegenseitigen Verständnisses schieden die beiden Männer voneinander.

6. Kapitel

Es sieht aus, als hättest du eine wahre Perle gefunden, Almut!«, lobte Magda die Begine, als sie am nächsten Abend den Löffel beiseite legte und sich mit einem kleinen, wohligen Rülpser zurücklehnte. »Frau Franziska versteht etwas vom Kochen. Und Clara hat die Geschichte der keuschen Susanna wirklich schön vorgetragen, wenngleich ich doch den Eindruck habe, die Badeszene mit den beiden lüsternen Männern hast du mit beinahe unziemlicher Eindringlichkeit geschildert!«

Ein unterdrücktes Kichern ging durch die Reihen der wohlgesättigten Beginen, die sich wie üblich zum Vespermahl im Refektorium eingefunden hatten.

Almut sah, wie sehr sich die schmächtige Köchin über die Auszeichnung freute, und half ihr, die Reste vom Tisch zusammenzutragen. Gemeinsam gingen sie mit Schüsseln und Brotkörben beladen über den Hof zu Gertruds Haus, in dessen Erdgeschoss sich die Küche mit dem mächtigen Herdfeuer befand.

»Das war wirklich ein feines Essen, mit dem Ihr uns Euren Einstand gegeben habt.«

»Freut mich, wenn es Euch gemundet hat. Aber ich fürchte, so gut wird es in den nächsten Tagen nicht mehr werden, die Speisekammer ist ziemlich leer.«

»Schreibt mir auf, was Ihr benötigt, wir werden es auf dem Markt besorgen.«

Franziska stieß ein kleines schnaubendes Lachen aus.

»Ihr wart wohl schon seit einigen Tagen nicht mehr einkaufen, Frau Almut. Da ist nicht mehr viel zu besorgen. Und das, was es noch gibt, ist völlig überteuert. Obwohl erst im letzten Monat die Schlachtzeit war, ist Fleisch selten. Jeder füllt die Speisekammern, so gut er kann, und nur Weniges findet überhaupt den Weg zum Markt.«

»Mh.«

»Auch Eure Weinvorräte gehen zur Neige.«

Almut nickte: »Das ist allerdings ärgerlich. Elsa hat mir schon berichtet, unser Weinhändler stünde vor einem leeren Lager, seit die Schiffe aus dem Süden nicht mehr im Hafen anlegen.«

»Ihr könntet Euer eigenes Bier brauen, es sind noch etliche Säcke Gerste da.«

»Das dauert aber einige Wochen, nicht wahr?«

»Stimmt. Aber ich habe im Adler einen Kessel angesetzt, ich denke, der Wirt wird Euch einige Krüge liefern, wenn Ihr ihm ein oder zwei Getreidesäcke überlasst.«

»Ihr könnt auch Bier brauen?«

Achselzuckend antwortete Franziska und griff nach einer Brotkrume: »Ist nicht so schwer. Und die Gäste trinken mein Bier recht gerne. Ich lasse Euch morgen von Simon etwas davon zum Kosten bringen. Zwei Krüge werden wohl erst einmal reichen.«

»Danke, Frau Franziska. Und nun wollen wir uns an den Abwasch machen.«

Hochnäsig wirbelte die junge Frau herum und stemmte die Hände in die Hüfte.

»Wir? Ich bin zum Kochen eingestellt, nicht zum Spülen!«, stellte sie energisch fest. »Da hätte ich ja auch gleich im Adler bleiben können.«

Almut musste über diesen Ausbruch lächeln und breitete gutmütig die Hände aus.

»Auch recht. Dann könnt Ihr jetzt gehen und Euren Abend genießen!«

»Ihr wisst ganz genau, dass ich das nicht kann. Oder glaubt Ihr, ich gehe alleine durch die stockfinstere Nacht zum Adler zurück? Ich warte, bis Simon mich abholt. Versprochen hat er es jedenfalls.«

»Nun, dann setzt Euch, bis er kommt, ans Feuer und schaut mir zu, wie ich den Abwasch erledige!«

Aber das konnte Franziska nun auch wieder nicht, und nachdem Almut das zweite schwere Schaff Wasser aus dem Brunnen geholt hatte, nahm sie ganz selbstverständlich die Wurzelbürste zur Hand und begann, den Kessel und die Pfannen zu schrubben.

»Ihr habt es recht behaglich hier«, setzte sie in versöhnlichem Ton zu einem Gespräch an, und Almut deutete es richtig als Versuch, ihre schroffe Antwort zuvor zu mildern.

»Ja, doch. Wir haben jeder eine eigene Kammer. Die Meisterin, Rigmundis und Ursula wohnen über dem Refektorium im Haupthaus, die drei Seidenweberinnen unten neben ihrer Werkstatt. Clara und ich teilen uns das Häuschen neben dem Stall, Elsa wohnt über der Apotheke, Bela und Mettel bewohnen das Pförtnerhäuschen. Gertrud, unsere kranke Köchin, hat ihre Kammer hier über uns. Sie hat, glaube ich, im Winter das wärmste Plätzchen, denn in der Küche brennt immer der Kamin.« Almut stellte die gesäuberten Tonschüsseln auf das Bord. »Tagsüber kommen drei Mägde, die für uns waschen und sauber machen und auch sonst alle schweren Arbeiten übernehmen, die so anfallen.«

»Damit ihr Damen Euch nicht die Finger schmutzig

machen müsst und Zeit zum Beten und Psalmensingen habt?«

Almut grinste und erwiderte im Gassenjungenton, den sie Pitter, dem Päckelchesträger, abgelauscht hatte, der hin und wieder Botendienste für sie verrichtete: »Klar!«

Misstrauisch beäugte die Köchin sie. »Ihr habt Euch doch dem christlichen Leben geweiht, oder nicht? Ihr habt ja wohl reiche Stifter, die Euch all das ermöglichen.«

»Auch, ja. Das Grundstück und Haupthaus wurden vor siebzig Jahren von einem Verwandten unserer Meisterin gestiftet, die kleinen Häuschen sind nach und nach dazugekommen, teils als Mitgift der Beginen, teils als Stiftung. Aber unser täglich Brot müssen wir schon selbst verdienen.«

»Mit Beten und Psalmensingen?«

»Zum Teil. Wir bekommen Geld oder Lebensmittel dafür, damit wir für manche Familien die Jahrzeiten halten. Ihr wisst, das sind die Gebete am Grab der Verstorbenen zu deren Todestag. Wir helfen gewöhnlich auch bei den Beerdigungen als Totenwache und Klagefrauen. Oh, Ihr hättet unsere Thea kennen lernen müssen. Sie war eine Künstlerin im Heulen und Zähneklappern.«

Franziska glworkste unwillkürlich.

»Andererseits haben wir auch einen beachtlichen Ruf als Handwerkerinnen. Bei den Seidenwebern der Zunft sind wir allerdings nicht so gut gelitten, sie werfen uns vor, die Preise zu verderben. Wir müssen nämlich keine Steuern zahlen. Außerdem haben wir häufig Aufträge, feine Handarbeiten herzustellen. Magda sorgt dafür, dass wir immer beschäftigt sind. Aussteuern, Wäsche für die Haushalte der Kleriker, Altartücher, Gewänder für die Priester...«

»Arbeit für zarte Finger!«

»Daneben sind die Hühner, die Ziegen und das Schwein zu versorgen, der Kräutergarten muss gepflegt werden, Arzneien sind herzustellen, Kranke zu versorgen und Tote aufzubahren. Aber ich gebe Euch Recht, gelehrte Texte übersetzen und kopieren, den Mädchen das Lesen, Schreiben und Rechnen beibringen, das sind Aufgaben, die die Finger nicht rau machen, weshalb Clara auch von den groben Arbeiten befreit ist.«

»Oh.«

»Hingegen ist das Backen, Braten, Kochen, Schroten, Wein keltern, Einwecken...«

»...und Grütze kochen?«

»Ja, sogar viel Grütze.«

»Entschuldigung.«

»Gewährt!«

Franziskas Augen blitzen auf, und Almut hatte das erste Mal das Gefühl, der starre Panzer, mit dem sich die Köchin umgeben hatte, würde ein wenig aufbrechen.

»Und was ist Eure Aufgabe in dieser Gemeinschaft, Frau Almut?«

»So ziemlich alles, was anfällt. Nur die Seide darf ich nicht anfassen.«

»Warum das denn nicht?«

»Wegen meiner Hände. Die Weberinnen haben immer Angst um ihre feinen Stoffe.«

»So ungeschickt scheint Ihr mir doch gar nicht zu sein...«

»Nein, ungeschickt nicht, aber ich baue gerade eine Kapelle, und das, liebe Frau Franziska, ist zarten Fingerchen ein wenig abträglich. Zumal ich die Mauern eben jetzt für den Winter mit feuchtem Mist bedeckt habe, damit es keine Frostrisse gibt.«

»Oh… Nun, das ist bestimmt eine feine Sache, etwas von Bestand zu erschaffen. Anders eben als kochen.«

»Habt Ihr keine Freude daran? Ich hatte den Eindruck, es sei Euch keine große Last.«

»Ist es auch nicht. Ich habe nichts anderes gelernt, und immerhin birgt meine Kunst auch Vorteile, selbst wenn die Resultate mehr als vergänglich sind. Ich werde immer Arbeit haben. Und ich bin unabhängig. Hätte ich Gut und Tand, so säße ich immer noch in Aachen fest«, knurrte Franziska, während sie verbissen mit einem Schaber an einer Pfanne herumkratzte.

Almut sah, wie eine Träne sich mit den Schweißtropfen mischte und fast zornig fortgewischt wurde. Irgendein heimlicher Kummer nagte an der kleinen Köchin, und sie fragte sich, ob sie sie vielleicht vorsichtig zum Reden bringen sollte. Aber da ertönte ein schriller Pfiff draußen vor der Mauer, und auf Franziskas Gesicht erschien plötzlich wieder ein kleines Lächeln. Sie legte die Wurzelbürste zurück auf den Spülstein und trocknete sich die Hände.

»Das ist Simon. Er ist um ein wesentliches Stück höflicher geworden, seit er bemerkt hat, dass ich auch anderweitig Beschäftigung gefunden habe!«

7. Kapitel

Im Gasthaus Zum Adler waren die Kammern zwar winzig und einfach, aber wenigstens halbwegs sauber. Erleichtert legte die Frau den greinenden Säugling auf die Bettstatt und schüttelte die Feuchtigkeit von ihrem schweren Tasselmantel. Der beißende Frost hatte etwas nachgelassen, doch dafür waren die ersten vereinzelten Flöckchen vom Himmel gerieselt, als sie von ihrem Gang zurückgekommen war. Der dicke königsblaue Stoff jedoch hatte sie und das Kind gewärmt und die Nässe abgehalten. Nur der Saum ihres blassblauen Gewandes darunter war feucht geworden, und an ihren Lederschuhen klebte der Matsch. Sie war sich der missbilligenden Blicke der mageren Aushilfe unten im Ausschank bewusst gewesen, schenkte ihr aber keine weitere Aufmerksamkeit. Ungeschickt begann sie jetzt, die Windeln des Kindes zu wechseln und ihm dann etwas gewärmte Milch einzuflößen. Sie bedauerte, weder Magd noch Amme mitgenommen zu haben. Aber es wäre einfach nicht gegangen.

Dennoch, die beschwerliche Reise hatte sich gelohnt. Sie hatte einen Helfer gefunden, der ihr beistehen würde, die Gefahr abzuwenden, die ihrem Geliebten drohte. Dankbar seufzte sie auf. Es war ein Wagnis gewesen, sich mit dem gefährlichen Wissen jemandem anzuvertrauen. Aber nun würde alles gut werden. Er hatte auf ihre dringende Bitte umgehend geantwortet. Der magere Bursche, den sie mit ihrer Botschaft zu ihm geschickt hatte, war noch am selben Tag mit einer Antwort zurückgekommen. Also stand ihr nun morgen, am Heiligen Abend, ein Treffen mit ihrem hilfreichen Freund bevor, und sie wollte ihm dabei den belastenden Brief übergeben. Es musste heimlich geschehen, hatte er gefordert und sie gebeten, sich kurz vor der Mitternachtsmesse bei ihm einzufinden. Sie sah die Vorsichtsmaßnahme natürlich ein, auch wenn sie nicht glücklich darüber war, alleine in der Dunkelheit durch die Stadt gehen zu müssen. Aber ihm war es möglich, das Dokument an die richtige Stelle von Macht und Einfluss weiterzuleiten, und zusammen mit dem Namen, den sie ihm dazu nennen musste, würde es dazu führen, den Frieden in der Stadt zu sichern. Es war eine schwer wiegende, sie unsäglich bedrückende Aufgabe, die sie übernommen hatte. Aber sie war eine Frau, die Verantwortung nie gescheut hatte. Auch für große Dinge nicht. Seit der Brief in ihre Hände gefallen war, war ihr klar, was für einen schändlichen Verrat es gegeben hatte. Er wirkte sich auf ihr eigenes Leben aus und war die Ursache für die Bedrohung, unter der ihr Geliebter stand.

Die Tatsache, noch immer nicht zu wissen, wo dieser sich nun aufhielt, bereitete ihr ebenfalls namenlose Ängste. Er hatte ihr zwar versprochen, er würde sich an einen sicheren Ort begeben, doch was war schon sicher für einen, über dem der Fluch der Feme lag. Und auf dessen Leben ein heimtückischer Anschlag geplant war. Davon hatte sie durch Zufall Kenntnis bekommen. Sie hoffte, die Warnung, die sie ihm hatte übermitteln lassen, würde ihn noch rechtzeitig erreichen.

Das Greinen des Kindes hatte sich zu einem unablässigen, unzufriedenen Schreien gesteigert, und sie beugte sich vor, um es auf den Arm zu nehmen und leise summend hin und her zu wiegen.

8. Kapitel

Gilt Euer Angebot noch, Frau Almut? Ich meine, ich kann wirklich eine eigene Kammer bei Euch haben?«

Am Morgen des Heiligen Abends stand die Köchin Franziska mit ihrem Bündel in der Hand vor Almuts Kammer, das Gesicht vor Zorn noch immer gerötet.

Almut sah von einem Pergamentbogen auf, den sie nahe am Fenster sitzend gelesen hatte. Clara hatte ihr ihre neuesten Übersetzungen gegeben – den Brief des Jakobus.

»Sicher. Wenn Ihr mit diesem kleinen Raum hier nebenan zufrieden seid.«

Sie ging an Franziska vorbei und öffnete die Tür der kleinen Kammer. Ein einfaches Bettgestell, ein Stuhl, ein Tischchen und eine Truhe standen darin. Aber der Holzfußboden war blank gescheuert und mit einem Flickenteppich belegt, und einige dicke Wolldecken lagen sauber zusammengefaltet auf der Strohmatratze.

»Das ist allemal fein genug für mich«, meinte Franziska und legte ihr Bündel auf den Truhendeckel.

»Dann hole ich Euch ein Waschgeschirr und eine Kohlepfanne. Die Mägde machen für Euch sauber, und wenn Ihr Wasser oder Kohlen braucht, müsst Ihr ihnen nur einen Auftrag erteilen.«

Franziska ging zum Fenster und warf einen Blick zum Hof hinaus.

»Was hat Euren Sinneswandel bewirkt, Frau Franziska?«

»Ein gurrender Turteltäuberich, der ein Gelege umsorgt!«, schnaufte sie abfällig.

»Ärger mit dem Wirt? Ich dachte, er sei jetzt umgänglich geworden, seit Ihr hier arbeitet.«

»So? Dann solltet Ihr sein Getue jetzt mal erleben. Er hat nämlich zwei neue Gäste, denen er seine ganze Aufmerksamkeit widmet! Ich bin wieder mal zum Wischlappen herabgesunken, seitdem dieses vornehme Weib aufgekreuzt ist. Simon ist völlig aus dem Häuschen und springt um sie herum wie ein junger Hund um einen saftigen Knochen. Dabei hat diese Dame« – Franziskas Stimme troff vor Verachtung, und aus ihrem Mund hörte sich das Wort Dame wie ein übles Schimpfwort an –, »jawohl, diese Person hat einen kleinen Schreihals dabei. Ich soll für sie die Kammerfrau machen, hat Simon ihr vorgeschlagen. Mich hat er natürlich nicht gefragt, ich hab's nur zufällig mitangehört. Eine von den ganz Feinen ist sie, so eine, die sich selbst die Haare nicht kämmen kann. So zart und empfindlich, wie die aussieht, kann sie ihre köstliche Haut natürlich auch nicht den rauchigen Schwaden des Gasthofs aussetzen. Wenn sie sich nach unten bequemt, hat sie das Gebände so eng gebunden, dass sie kaum noch die Zähne auseinander bekommt. Und sie zieht sich zusätzlich immer einen Schleier über ihr Gesicht. Aber Simon ist außer sich vor Verehrung. Ich fand mich weidlich überflüssig in dieser Gesellschaft.«

Almut schaute sie nachdenklich an und fragte: »Seid Ihr vielleicht ein klein wenig eifersüchtig?«

»Ich? Auf die? Die edle Dame wird einen rußigen Schmied doch nur als Fußabtreter benutzen. Ach, verzeiht. Ihr müsst denken, ich sei ungehobelt. So ist das nicht, und normalerweise würde ich mich auch nicht auslassen, es ist nur..., ach, ich weiß nicht. Lassen wir dieses leidige Thema besser.« Franziska drehte sich einmal um die eigene Achse, betrachtete dabei das Kämmerchen und schien angenehm überrascht. »Es ist hübsch hier und bestimmt ruhiger als im Adler mit seinen grölenden Zechern. Sollen wir nun gleich die Auflistung der Speisenfolge besprechen? Ich werde noch einige Zutaten beschaffen müssen. Wenn ich womöglich Rosenwasser bekäme, könnte ich aus den Mandelkernen, die ich entdeckt habe, eine Süßspeise bereiten, wie Ihr sie sicher noch nie zu kosten bekommen habt.«

»Rosenwasser hat unsere Elsa vorrätig, aber für einige andere Gewürze und vor allem für dieses süße Pulver aus dem Morgenland, den Zucker, müssen wir in die Stadt gehen. Wenn Ihr möchtet, begleitet mich zum Neuen Markt. Ich will dort jemanden besuchen, und ich vermute, Ihr erhaltet in der Apotheke von Meister Krudener, was Ihr Euch vorstellt.«

In warme Umhänge gehüllt und mit großen Körben am Arm machten sich die beiden kurz darauf auf den Weg durch die Stadt. Der Boden war noch nicht wieder gefroren, sondern matschig von den wässrigen Flocken, die in den vergangenen Tagen immer mal wieder aus den tief hängenden Wolken gefallen waren. In den Karrenspuren stand das Wasser und spritzte, wenn ein beladenes Gefährt vorbeirollte, in eisigen Güssen über die Füße der Passanten. Auch von Feiertagsstimmung war noch nicht viel zu verspüren, die Menschen eilten geschäftig durch die Gassen, um ihre Vorräte zu ergänzen. An den Buden um den Dom wurde aber nun auch wieder bunter Tand und süßes Backwerk verkauft. Aus den

Ständen der Suppenköche stieg würziger Duft auf, ein bärtiger Alter verkaufte heiße Pasteten, an denen sich rotnasige Kinder die in Lumpen gewickelten Hände wärmten. Einige Schiffe hatten angelegt und ihre Waren gelöscht, und auch der eine oder andere Bauer war wieder durch die Stadttore gezogen, um seinen Überschuss an Pökelfleisch, Eiern und Käse, Öl, Dörrobst und Nüssen den wohlzahlenden Bürgern anzubieten. Die schlimmsten Befürchtungen von Nahrungsmittelknappheit waren beseitigt. Es hieß, die Verhandlungen über den Waffenstillstand seien erfolgreich und die streitenden Parteien wollten sich nach dem Fest der Heiligen Drei Könige zu Friedensverhandlungen auf der Rheininsel bei Hersel treffen.

Süß wehte der Duft von Backäpfeln von einem Stand heran, und weder Almut noch Franziska konnten der Verlockung widerstehen. Die Begine zwinkerte der Köchin verschwörerisch zu, und ohne ein Wort darüber zu verlieren, reihten sie sich in die wartende Schlange ein. Sie hatten nur noch eine rotbackige Magd vor sich, und ein pummeliger Novize biss schon mit sichtbarer Lust in die süße Frucht, als ein schwarz gewandeter Mönch an ihnen vorbeieilte und dem verdutzten Jungen in der Kutte einen scharfen Schlag ins Gesicht verpasste.

»Lodewig, was hast du hier zu suchen?«, fauchte der Mönch ihn an und drehte ihm das Handgelenk mit einer rohen Bewegung so um, dass der warme Apfel auf den schlammigen Boden fiel. »Wer hat dir gestattet, in die Stadt zu gehen?«

»P... Pater Ivo. Ich sollte für ihn auf dem Markt...«

»Pater Ivo hat dir keine Erlaubnis zu erteilen! Und woher hast du die Münzen für dieses süße Naschwerk? Hast du noch immer nicht Genügsamkeit gelernt, du fettes kleines Ferkel? Dunkles Brot schreibt uns die Regel vor, keine Backäpfel mit Rosinen!«

Eine zweite Ohrfeige klatschte laut, und der Junge stolperte gegen Almut.

Das war der Augenblick, in dem sie sich nicht mehr zurückhalten konnte.

»Bruder, der Junge mag einst seine Gelübde ablegen und sich den Regeln des heiligen Benedikt beugen, aber noch ist er ein Kind und hat das Bedürfnis nach Süßigkeiten. Lasst Gnade vor Recht ergehen.«

Der Mönch drehte sich um, und unter der tief heruntergezogenen Kapuze traf Almut ein derart giftiger Blick, dass sie beinahe zurückschreckte.

»Eine Begine, natürlich! Weib, mischt Euch nicht ein«, zischte er mit kalter Stimme und zerrte den Novizen derb an seine Seite. Der sah zu Almut auf und schüttelte nur stumm den Kopf, aber seine Augen schwammen in Tränen, und die getroffene Wange leuchtete rot vom Schlag.

»Darf ich Euch, Mönch, die weisen Worte des Herrnbruders Jakobus ins Gedächtnis rufen, die Euch sicher auch geläufig sind: ›Denn es wird ein unbarmherziges Gericht über den ergehen, der nicht Barmherzigkeit getan hat. Barmherzigkeit aber triumphiert über das Gericht‹.«

»Wollt Ihr mich über meine Handlungen belehren, Weib?«

»Nicht ich, die Worte der Heiligen Schrift, Bruder, sind es, die Ihr Euch zu Herzen nehmen solltet.«

Unterdrücktes Gelächter war von einigen Gassenjungen zu hören, die sich neugierig in den Pulk um den Backapfelstand eingefunden hatten. Der Mönch fuhr Almut umso zorniger an: »Wie könnt Ihr es wagen, die Schrift auszulegen, Weib? Ihr seid doch kein Priester!«

»Ihr bemerktet es richtig, ich bin ein Weib. Und ich habe Verständnis für einen Jungen, der an einem kalten Wintertag einen heißen Apfel essen möchte. Lasst ihn los und drangsaliert ihn nicht länger.«

Der Mönch gab ein Schnauben von sich und versetzte stattdessen dem Jungen noch einen weiteren bösartigen Schlag ins Gesicht. Almut, die wegen der matschigen Straßen hölzerne Trippen unter ihre Schuhe gebunden hatte, machte einen Schritt nach vorne und trat dabei herzhaft auf den Fuß des Benediktiners.

»Au!«, stöhnte dieser auf und ließ den Novizen los.

Almut grinste den Jungen an und forderte ihn auf: »Lauf zum Kloster zurück, Lodewig, und grüße Pater Ivo von mir. Er kennt mich, ich bin Begine Almut vom Eigelstein.«

»Wage es, Lodewig!«, brüllte der Mönch hinter der flatternden Kutte her, die von dem Novizen noch zu sehen war. Das Kichern der Umstehenden wurde schadenfroh.

Almut hätte gerne noch etwas hinzugefügt, aber die Köchin hinter ihr zupfte immer dringlicher an ihrem Ärmel. Sie drehte sich nach ihr um und lächelte schief.

»Ja, ja, ich weiß, Frau Franziska. Irgendwie ist mir der Appetit auf Backäpfel hier vergangen.«

Sie folgte ihrer Begleiterin, ohne dem empörten Mönch noch einen Blick zu gönnen, in die nächste Gasse.

»Das war sehr unvorsichtig, Frau Almut. Ihr habt den Mönch schlimm vor den Leuten blamiert. So etwas verzeihen die nicht.«

»Ach was, der ist sicher nur irgendein kleines Licht im Kloster. So ein Rechthaber, der sich nicht anders bestätigen kann, als Novizen zu quälen. Bei seinen Brüdern hat der wahrscheinlich nichts zu melden.«

»Hoffentlich irrt Ihr Euch da nicht!«

Almut zuckte gleichmütig mit den Schultern. »Wenn der Junge klug ist, erzählt er Pater Ivo, was passiert ist. Der ist ein ganz verständiger Mann und wird das schon richtig stellen.«

»Wenn Ihr meint.«

»Meine ich, und jetzt lasst uns diesen grässlichen Menschen vergessen. Ihr werdet gleich einen ganz anderen Mann kennen lernen. Meister Krudener mögt Ihr vielleicht ein wenig eigenartig finden, Frau Franziska. Aber stört Euch nicht an seiner Art, er ist, auch wenn er es nie zugeben würde, ein herzensguter Mann.«

»Ich habe schon viele seltsame Menschen getroffen, Frau Almut. Solange er mich nicht wie einen Wischlappen behandelt, wie Simon es gerne immer wieder versucht, soll mir jeder recht sein.«

»Das wird er gewisslich nicht. Ich habe den Verdacht, er schätzt Frauen sehr, wenngleich er nicht verheiratet ist. Nun ja, Ihr werdet selber sehen. Außerdem möchte ich Euch einer jungen Freundin vorstellen, die bei ihm arbeitet. Wir haben Trine vor einigen Jahren bei uns aufgenommen. Sie war ein Kind der Gosse, verwahrlost, krank und halb verhungert. Elsa hat sie unter ihre Fittiche genommen, und sie hat eine große Begabung für Kräuter und Heilpflanzen entwickelt. Inzwischen ist sie sehr geschickt in der Herstellung von Arzneien und anderen Dingen. Jetzt muss sie ungefähr vierzehn Jahre alt sein und hat im vergangenen Herbst ihre Lehre bei dem Apotheker begonnen.«

»Eine Eurer guten Taten?«

»Nicht unbedingt. Sie hat es uns wahrlich vielfach vergolten, und mir hat sie sogar schon einmal das Leben gerettet. Ich muss Euch aber darauf hinweisen, Trine kann weder hören noch sprechen, Frau Franziska.«

»Eine Taubstumme? Armes Ding! Und wie verständigt sie sich?«

»Sie ist ein sehr einfühlsames Mädchen. Wenn Ihr mit deutlichen Mundbewegungen und mit ein paar ergänzenden Gesten sprecht, wird sie Euch verstehen.«

»Ihr macht mich neugierig, Frau Almut.«

»Eure Neugier wird gleich befriedigt werden. Dort ist die Apotheke.«

Almut erklomm die drei Stufen zum Eingang, klopfte laut und drückte dann die Tür auf.

»Meister Krudener, seid Ihr zu Hause?«, rief sie in das höhlenartige Dunkel, in dem sich hinter einer Theke hohe Regale voller Töpfe, Dosen und Fläschchen die Wände entlangzogen.

»Nicht für jeden!«, antwortete eine hohe, krächzende Stimme. »Wer seid Ihr?«

»Almut und Frau Franziska!«

»Ich bin zu Hause!«, krächzte es erfreut, und der schwere Vorhang vor dem Durchgang zu den hinteren Räumen flatterte auf. Mit ebenso flatternden Ärmeln schwankte die vogelscheuchenähnliche Gestalt des Apothekers herbei. Almut sah, wie Franziska den Atem anhielt, als befürchtete sie, es würden jeden Augenblick Kästchen und Phiolen, Schalen, Krüglein und Schachteln von den Regalen gefegt. Aber nichts dergleichen geschah.

»Ah, Frau Sophia, die Frau Weisheit selbst kommt mich besuchen. Seid mir willkommen. Ihr bringt das Licht in mein Heim an diesem düsteren Tag!«, begrüßte der Apotheker die beiden.

»Ob ich Euch Weisheit bringe, weiß ich nicht, Meister Krudener, aber ich habe unsere Köchin mitgebracht.«

»Eine Köchin? Wollt Ihr mir eine Köchin andrehen?« Er musterte Franziska von oben herab und rümpfte die

Nase. »Ist das wieder so ein Geschöpf, dem Ihr zur Flucht verholfen habt?«

Einen Moment versteifte sich Franziska, und hektische Flecken breiteten sich über ihren Wangen aus. Sie verbarg die nervös zitternden Hände unter dem Umhang und biss sich vor innerer Anspannung auf die Lippen. Dann aber straffte sich die kleine Gestalt entschlossen. Trotz Almuts Warnung war ihr Tonfall giftig, als sie antwortete: »Und wenn ich auf der Flucht wäre, dann nur vor den Geistern der Erinnerung. Aber ob ich vor Geistern gerade hier bei Euch Schutz fände, möchte ich bezweifeln!«

Almut schüttelte unwillig den Kopf, schwieg aber, und Meister Krudener gab ein heiseres Gackern von sich. »Bei mir, dem Meister der Geister, seid Ihr sicher, Frau Franziska. Hat die Begine Euch nicht anvertraut, dass ich mit den Mächten der Finsternis einen Pakt geschlossen habe?«

Mit vorwurfsvoller Miene, aber einem belustigten Augenzwinkern, wies Almut den Apotheker zurecht: »Meister Krudener, Ihr erschreckt Frau Franziska, und das kann ich nicht erlauben. Wir sind froh, sie zu haben, denn sie hat uns von einer Fastenkost aus fader Grütze und verbranntem Brot erlöst.«

»Dann verdient sie meine Achtung. Frau Franziska, ich bin ein harmloser Mann von sanftem Gemüt. Erfreut mein Heim mit Eurer Anwesenheit.«

Noch immer misstrauisch folgte Franziska der Begine, als Krudener sie mit einer flatternden Handbewegung durch den Vorhang in die hinteren Räumlichkeiten geleitete. Sie waren erheblich heller und luftiger als der finstere Apothekenraum. In dem riesigen Kamin brannte ein lustiges Feuer, aus einigen gar wunderlich anzuschauenden Geräten entwich zischend Dampf, und es roch durchdringend nach Gärung. Trine, die mit aufgekrempelten Ärmeln und hochgebundenen, honigblonden Zöpfen in einem gewaltigen Kessel rührte, bemerkte die Ankömmlinge, ließ alles stehen und liegen und eilte auf Almut zu.

»Hoppla, Trine!«

Almut fing sie mit beiden Armen auf und drückte sie an sich. Mit flinken Fingern stellte sie ihr Fragen nach ihrem Befinden, und das Mädchen antwortete ihr auf die gleiche Weise. Sie beide hatten vor einiger Zeit die Fingersprache von den Benediktinerinnen gelernt, die diese während der Schweigestunden untereinander verwendeten, und gemeinsam hatten sie noch eine Reihe eigener Zeichen dazu erfunden. Darum sah Trine dann Franziska auch erwartungsvoll an.

»Sie versucht sich im Bierbrauen, und ich habe ihr mitgeteilt, sie fände darin in Euch eine Meisterin. Ich denke, Trine hat ein paar Fragen an Euch, die Ihr sicher beantworten könnt!«

Zweifelnd sah Franziska zwischen Almut und Trine hin und her. Schließlich war es Trine, die ihr sanft die Hand auf den Arm legte und mit bittender Miene auf den Kessel wies. Mit einer schnuppernden Bewegung ihrer Nase und ein paar ausdrucksvollen Handbewegungen machte sie klar, dass es ihr um die Frage der Würze ging. Franziska war augenblicklich in ihren Bann geschlagen und folgte ihr willig zum brodelnden Kessel.

»Putrefactio, Separatio«, krächzte der Papagei, der auf einer Stange über dem Kaminsims saß, sich wichtigtuerisch aufplusterte und ein grünes Federchen auf Trines Haar schweben ließ, als sie sich zusammen mit Franziska über das Gebräu beugte.

»Ah, die beiden werden nun einige Zeit miteinander fachsimpeln. Setzt Euch, Frau Almut, und berichtet mir, was es Neues bei Euch gibt?«

»Nicht nur Gutes, Meister Krudener. Frau Franziska ist als Köchin eingesprungen, weil unsere Gertrud krank danieder liegt. Und dazu hätte ich gerne Euren Rat gehört.« Mit gesenkter Stimme berichtete Almut über die bedenklichen Symptome, die sich bei der Kranken gezeigt hatten.

»Mh, mh. Euer Verdacht könnte sich als wahr erweisen. Aber es könnte auch etwas anderes sein. Die Krankheitszeichen sind nie ganz eindeutig. Am besten besucht ihr die Prüfmeister in Melaten. Wenn Eure Frau Gertrud nach dem Christfest so weit ist, den Weg dorthin zu schaffen, bin ich gerne bereit, der Untersuchung beizuwohnen.«

»Ja, ich hatte gehofft, Ihr würdet uns beistehen, Meister Krudener. Ich werde Euch Nachricht schicken, wann wir kommen. Aber bitte wahrt bis dahin Stillschweigen.«

»Ihr habt Angst, ansonsten die Feiertage bei Grütze und Gänsewein verbringen zu müssen?« Der Apotheker lachte leise krächzend auf.

»So ist es!«

»Nun, bei mir bekommt Ihr keinen Gänsewein, sondern einen ganz besonders guten Tropfen.« Er stand auf, nahm einen Weinkrug vom Bord und goss Almut und sich einen Becher voll ein. »Eine Gabe des Klosters zum Christfest! Den hat Euer Pater Ivo vor einigen Tagen vorbeigebracht.«

»Er ist nicht mein Pater, und ich dachte, Ihr seid nicht gut auf ihn zu sprechen!«

»Hindert mich das daran, seinen teuren Wein zu trinken?«

»Nein, wahrscheinlich nicht.« Dann aber flüsterte die nagende Neugier Almut wieder eine Frage ins geneigte Ohr, von der sie wusste, es wäre besser, sie eigentlich nicht zu stellen. Doch ihre Zunge war schneller und sprach: »Sagt, warum grollt Ihr Pater Ivo eigentlich?«

Mit bebender Stimme deklamierte der Apotheker: »Oh, Frau Sophia, das ist eine lange Geschichte!«

»Ich hätte ein wenig Zeit zu erübrigen, Meister Krudener.«

»Es ist auch eine böse und üble Geschichte, mein Kind. Eine von Untreue und Falschheit und Verrat an guten Freunden. Lasst Euch dadurch nicht den Tag verderben.«

Zweifelnd sah Almut den hochgewachsenen Mann an, dessen hageres Gesicht sich in traurige Falten gelegt hatte.

»Warum grämt Ihr Euch darüber so? Ihr hasst ihn nicht, auch wenn Ihr ihm immer mit Bitterkeit begegnet. Und er… ich weiß, er schätzt Euch sehr.«

»Schweigt stille darüber, Kind. Das Schicksal hat es so gefügt, dass ich einen einstmals guten Freund an ihm verlor.«

»Venus in Aries!«, kreischte plötzlich der Papagei auf, und die kleine graue Katze flüchtete von ihrem warmen Platz am Kamin unter den Tisch. »Mercurio in Gemini!«

Almut zuckte zusammen und fragte: »Was hat der verrückte Vogel denn plötzlich?«

Krudeners traurige Miene glättete sich, und er antwortete: »Ah, er erinnert mich an etwas. Ihr habt doch vor einiger Zeit wissen wollen, was die Sterne für Euer Leben bedeuten. Nun, ich habe Euer Horoskop berechnet, Frau Almut.«

Almut erinnerte sich an das frühere Gespräch, und

auch an ihre Zweifel an der Macht der Planeten. Doch nun wurde ihr ein wenig unbehaglich, als sie vernahm, der Apotheker, der auch mit den Künsten der Alchimie und vielleicht sogar der Magie vertraut war, habe Einblick in ihr Leben genommen. Meister Krudener deutete ihren Gesichtsausdruck richtig.

»Ihr wollt es nicht wissen, was die Gestirne Euch bestimmen?«

»Ich bin mir nicht sicher… Ach was, lasst es hören, Meister Krudener. Ihr habt ja behauptet, sie zeigen nur die Veranlagung, nicht das unabwendbare Schicksal!«

»Das sagte ich. Nun, schauen wir uns das Geschehen an, das sich zum Zeitpunkt Eurer Geburt am Himmel abspielte.« Er zog ein gefaltetes Pergament unter den Stapeln von Büchern und Wachstäfelchen hervor, die den Tisch übersäten, glättete es und deutete auf ein Muster aus Linien und seltsamen Symbolen. »Im Jahr der Pest – das war das eintausenddreihundertneunundvierzigste Jahr nach der Geburt unseres Herrn, am Tag des Märtyrers Johannes, also am achtzehnten Mai, stand die Sonne im Zeichen des Taurus. Des himmlischen Stiers, Frau Almut, der Euch Ausdauer und Geduld beschert!«

»Dann lügen die Sterne, Geduld ist gewiss nicht meine Stärke!«

Krudener krächzte vor Heiterkeit.

»Wie wenig Ihr Euch kennt, Frau Begine! Hört weiter! Auch die Verbundenheit mit der Erde, Baumeisterin, ist Euch in die Wiege gelegt und der Sinn für praktisches Handeln.«

»Mh.«

»Seht Ihr! Nun, der eilige Merkur wandelte just durch das Zeichen der Gemini, der Zwillinge also, und beschert

Euch eine gewisse, wenn nicht sogar starke Neigung zur Neugierde und eine voreilige Zunge, nicht wahr?«

»So sind denn die Sterne Schuld an meinem schlimmen Hang, zu schnell die unpassendsten Dinge zu äußern? Wie tröstlich!«

»Eine feine Ausrede, nicht wahr!«

»Nein, aber ich verstehe nun, was ihr meintet, als Ihr davon spracht, die Sterne machten geneigt. Mercurio bringt mich häufig dazu, seinem Einfluss nachzugeben, und es kostet Kraft, dieser Neigung zu widerstehen. Aber es kann gelingen... manchmal!«

»Genau so! Auch der Mars, der sich in Taurus befindet, mag zwar Euren Jähzorn herausfordern, doch auch er schenkt Euch Geduld und die Fähigkeit abzuwarten.«

»Ein Widerspruch, meint Ihr nicht?«

»Jähzorn und Geduld – o nein. Gerade geduldige Menschen brauchen oft lange, bis ihr Zorn explodiert. Dann aber gerät er manchmal aus der Kontrolle!«

Almut bekam rote Ohren, als sie sich an die eine oder andere Gelegenheit erinnerte, bei der sie äußerst heftig geworden war. Noch vor ganz kurzer Zeit etwa diesem miesen Benediktiner gegenüber.

»Der Jupiter, der sich zusammen mit Mercurio in den Zwillingen aufhält, nun, der schenkt Euch ein freundliches und liebevolles Naturell, aber auch einen großen Drang zu Freiheit und Unabhängigkeit. Doch dann haben wir noch zwei Kandidaten im Zeichen des feurigen Aries. Hier sind es Eigensinn und Durchsetzungskraft, die Euch Saturn beschert, und die Dame Venus, die Göttin der Liebe, die Euch mit stürmischer Leidenschaft segnet und Euch die Lust an Abenteuern verleiht.«

»Von ihr habe ich noch nicht viel bemerkt!«, murmelte Almut.

»Nein, noch nicht, Frau Almut, noch nicht!« Mit ungewöhnlich sanften Augen sah der Apotheker sie an, und sie erkannte, dass sie von Liebe und Leidenschaft, nicht von der Lust an Abenteuern gesprochen hatte. Sehr leise fuhr er fort: »Doch wenn die Zeit reif ist, wird Frau Venus Euch mit zärtlicher Hand geneigt machen. Ich lese es nicht in den Sternen, sondern in Eurem Herzen – Ihr seid zu tiefer, geduldiger Liebe fähig, und Ihr werdet mit großer Leidenschaft um sie kämpfen.«

Almut biss sich auf die Lippen, dann aber entzog sie sich den wissenden Blicken des Apothekers und drehte sich resolut um. Trine und Franziska bemerkten es, unterbrachen ihre eingehende Unterhaltung und näherten sich jetzt dem Tisch.

»Nun ja, Meister Krudener, wir sind natürlich nicht nur zu müßigem Geschwätz zu Euch gekommen. Unsere Köchin möchte auch noch einige Dinge aus Eurer Apotheke erwerben. Vor allem dieses köstliche Süßmittel aus dem Orient solltet Ihr ihr zu kosten geben. Sie kennt es noch nicht, aber ich denke, sie wird eine Verwendung dafür finden!«

»Ach ja«, krähte Krudener mit plötzlicher Heiterkeit. »Und dann stand noch in den Sternen, Euer Leben sei bestimmt durch eine unstillbare und äußerst heftige Neigung zu süßen Wecken!«

»Dann können sie nicht lügen!«

Lachend folgte Almut den anderen in die Apotheke und sah zu, wie Franziska sorgfältig Gewürze, Salz und getrocknete Früchte erstand, und als Krudener ihr das Kästchen mit dem staubfeinen Pulver hinhielt, beobachtete sie, wie sich Franziska weit vorbeugte und misstrauisch daran roch.

»Nur zu, bedient Euch.«

Sorgsam tauchte Franziska den Finger hinein und ließ etwas davon in ihre Handfläche fallen. Dann stippte sie mit der Zungenspitze den Zucker auf. Genießerisch schloss sie die Augen und meinte nach einer Weile verträumt: »Das Backwerk, das ich damit herstellen kann, das würde dem Jesuskind die Gaben der Heiligen Drei Könige wie Almosen erscheinen lassen. Oh, Entschuldigung, Frau Almut.«

Sie bezahlten ihre Waren und verstauten sie in den mitgebrachten Körben. Es war Zeit, heimzukehren, doch Mercurio in Gemini gewann noch einmal Macht über Almut, und sie fragte, als sie beinahe aus der Tür war: »Habt Ihr Pater Ivos Sterne auch schon einmal gedeutet, Meister Krudener?«

»Ich tat es, Kind. Und es setzte mich in Bestürzung, was ich dort las.«

»Warum?«

»Weil er ein unablässiger Kämpfer gegen sein Schicksal ist, Frau Sophia! Und nun geht endlich!«

9. Kapitel

Die Christnacht war bewölkt, und ein feuchtkalter Wind ließ die eifrigen Gottesdienstbesucher frösteln, die andächtig die frohe Botschaft vernahmen. Schnee lag in der Luft, mehr, als in den vergangenen Tagen gefallen war.

Kühl war es auch in der Klosterkirche von Groß Sankt Martin, obwohl Dutzende von Wachskerzen ihr warmes Licht verbreiteten. Die Mönche hatten sich ohne Ausnahme zu dieser mitternächtlichen Stunde eingefunden, um die Geburt des Herrn zu feiern. Der Abt selbst hielt die Messe, doch obwohl seine Stimme volltönend die Litanei anstimmte, sah Pater Ivo, der ganz in seiner Nähe kniete, dass der ehrwürdige Vater offensichtlich unter quälenden Schmerzen litt.

Wie jedes Jahr war er, genau wie seine Mitbrüder – und sicherlich die Gläubigen der ganzen Christenheit – tief ergriffen, als Theodoricus mit laut hallender Stimme der Engel Botschaft verkündete: »Fürchtet euch nicht! Siehe, ich verkündige euch große Freude, die allem Volk widerfahren wird. Denn euch ist heute der Heiland geboren, welcher ist Christus der Herr, in der Stadt Davids. Und das habt ihr zum Zeichen. Ihr werdet finden ein Kind in Windeln gewickelt...«

Ein lautes Weinen unterbrach die freudigen Worte, und verblüfft schwieg der Abt.

»Bäh! Rabäääh!«, klang es vom Altar her.

»Ein Wunder!«, raunte es durch die Menge der Mönche. Pater Ivo hingegen war erstaunlich behände auf die Füße gekommen und eilte zum Altar.

»Verzeih, ehrwürdiger Vater, aber hier scheint uns jemand einen üblen Streich zu spielen.« Seine durchdringenden Augen glitten über die Reihen der Novizen, aber sie waren vollständig vertreten, und in ihren Gesichter spiegelte sich schlichte Verzückung wider.

»Verschwinde vom Altar!«, zischte der Prior Rudgerus den Pater an, aber der griff mutig in die Richtung der kindlichen Geräusche und hielt gleich darauf ein schreiendes Bündel im Arm.

»Ein Kind ist uns geboren!«, stimmten einige der Mönche inbrünstig an.

»Ivo, was soll das?«, fragte nun auch der Abt und betrachtete mit Widerwillen das brüllende Etwas.

»Ein ausgesetztes Kind, würde ich meinen. Einen trefflichen Zeitpunkt hat die Mutter gewählt. Lass mich das Geschöpf in die Sakristei bringen, ehrwürdiger Vater. Die Messe soll dadurch nicht weiter gestört werden.«

Theodoricus, das Gesicht grau vor Schmerzen, nickte nur und fuhr mit der Lesung fort, während Pater Ivo unter den missbilligenden Blicken des Priors den Andachtsraum verließ.

Durch seine Körperwärme und sanftes Wiegen in seinen Armen hatte er es geschafft, das Kind zu beruhigen, doch bot er dem Abt und dem Prior ein gar wunderliches Bild, als sie nach der hastig beendeten Messe in die Sakristei traten.

»Allmächtiger, was für ein unangenehmer Zwischenfall!«, seufzte Theodoricus und ließ sich auf einen Schemel sinken. »Mein Nierenstein bringt mich noch um. Was machen wir nur mit dem Kind?«

»Es braucht Wärme und Nahrung. Und vermutlich auch Windeln«, schlug Pater Ivo vor.

»Gib es mir, ich bringe es in die Krankenstation!«, befahl der Prior in herrischem Ton und wollte nach dem Kind greifen.

Pater Ivo entzog es seinem Zugriff und schüttelte den Kopf.

»Das nützt wahrscheinlich wenig. Ich fürchte, es braucht eine Amme, und mit der kann auch Bruder Markus nicht dienen.«

»Wir müssen die arme Seele finden, die es ausgesetzt hat. Hast du irgendein Erkennungszeichen an dem Geschöpf gefunden?«

»Nein, aber ich habe es auch nicht weiter untersucht. Ich wollte es nicht wieder der Kälte aussetzen. Es ist in warme Decken gehüllt und trägt ein Häubchen aus feinem, bestickten Stoff. Das deutet nicht auf eine bedürftige Mutter hin. Das ist aber auch alles, was ich daraus schließen kann. Ich würde vorschlagen, das Kind so schnell wie möglich in die Obhut einer Frau zu geben.«

»Dann lasst es mich zu den Machabäerinnen bringen!«, bot sich Rudgerus an.

»Nein, nicht zu unseren Schwestern. So gut sie auch sind, mit Säuglingen dürften sie wenig Erfahrung haben. Ich denke, ich bringe es heute Nacht noch zu den Beginen am Eigelstein!«

»Natürlich, das musste ja so kommen. Du und deine Beginen! Die haben wohl mehr Erfahrung mit Kindern, was?«

»Viele von ihnen sind Witwen, die selbst Kinder geboren und aufgezogen haben.«

»Das spricht für diesen Vorschlag, Rudgerus«, mischte sich der Abt ein und drückte sich die Hände in den

Rücken, von dem die Schmerzen, die der Nierenstein verursachte, ausstrahlten. »Ich muss ins Bett. Die Diskussion ist beendet! Ivo, bring dieses unerträglich laute Geschöpf von hier weg. So schnell wie möglich.«

Das Geschrei hatte mit unverminderter Lautstärke wieder eingesetzt, und sogar der Prior verzog entnervt das Gesicht und hatte keine Einwände mehr.

10. Kapitel

Die Beginen hatten sich zu ihrer eigenen Andacht und Lesung im Refektorium versammelt und lauschten begeistert ihrem neuen Mitglied Ursula. Die Weberswitwe begleitete sich auf einer kleinen Harfe und sang mit einer samtigen Altstimme »In dulci jubilo«.

»Ich wusste gar nicht, was für eine schöne Stimme du hast, Ursula!«

Magda sah die eher unscheinbare, rotwangige Frau an, die vor drei Monaten um Aufnahme in den Konvent gebeten hatte, nachdem ihr Mann einem Verbrechen zum Opfer gefallen war.

Almut bewunderte rückhaltlos die musikalische Begabung, sie selbst hatte kein besonderes Talent zum Singen, und aus diesem Grund bewegte sie bei gemeinsam vorgebrachten Liedern meist nur tonlos die Lippen. Franziska, die ihr gegenübersaß, sang ebenfalls nicht mit, stellte sie verwundert fest. Dabei hatte sie eine schöne Singstimme und trällerte oft bei der Arbeit vor sich hin, wenn sie sich alleine wähnte.

»Aber nun wollen wir unsere Kammern aufsuchen, meine Lieben. Morgen Vormittag besuchen wir die Messe in Sankt Brigiden, und dann hat uns Frau Franziska ein überwältigendes Festmahl versprochen, von dem sie noch nicht einmal mir verraten wollte, was es alles beinhaltet.«

»Ich gehe noch mal zu Gertrud hoch und schaue nach dem Rechten, Magda!«

»Ja, sende ihr meine Grüße und meinen Segen, Almut!«

So kam es, dass Almut, als alle anderen schon in ihren Betten lagen, noch über den Hof eilte und als Einzige das energische Pochen am Tor hörte. Zögernd ging sie auf den Eingang zu und öffnete das kleine Fensterchen, um hinauszuschauen, wer zu solch später Stunde Einlass begehrte.

Sie sah nur Dunkelheit.

»Wer ist dort?«

»Ivo von Groß Sankt Martin!«

Sie schaute genauer hin, und die Dunkelheit vor der kleinen Öffnung entpuppte sich als schwarzer Umhang. Eine Kapuze wurde zurückgeschlagen, und sie erkannte das bärtige Gesicht des Benediktiners, das ihr in dem vergangenen halben Jahr recht vertraut geworden war. Sie schob den schweren Riegel auf und öffnete das Tor einen Spalt. Der Mönch war alleine, so schien es, und mit einer schnellen Handbewegung forderte sie ihn auf einzutreten. Ein Besuch zu dieser nächtlichen Stunde konnte nur bedeuten, dass es sich um irgendeinen Notfall handeln musste.

»Der barmherzigen Mutter sei Dank, Ihr seid es, Begine!«, entfuhr es Pater Ivo, als Almut die Pforte wieder verriegelte. Und dann hörte sie das Greinen unter der weiten, warmen Kukulle, die ihren Besucher verhüllte.

»Eine barmherzige Mutter scheint Ihr zu benötigen, Pater, oder trügen mich meine Sinne? Wie passend für die Christnacht!«

Der Benediktiner gab nur ein unwirsches Brummen von sich und schenkte ihr einen grimmigen Blick.

Almuts Gedanken überschlugen sich. Ausgesetzt – war ihre erste Vermutung. Aber was auch immer geschehen sein mochte, dieses kleine Wesen brauchte Wärme. Wahrscheinlich auch Nahrung. Der Ort, der jetzt, mitten in der Nacht, noch beides bot, war die Küche. Dort flackerte Licht, denn die Köchin hatte wohl noch einige Vorbereitungen für den kommenden Tag zu treffen.

»Folgt mir!«

Almut klopfte an der Tür des Küchenhäuschens und wurde von einer ungehaltenen Stimme gefragt: »Was wollt Ihr? Ich habe noch zu tun!«

»Eintreten, Frau Franziska.«

Schon stieß sie die Tür auf und bedeutete Pater Ivo einzutreten.

»Geht zum Kamin mit dem Kind. Ich will das Feuer noch etwas schüren. Frau Franziska, haben wir etwas dünnen Brei oder Seim, den wir wärmen können?«

Umständlich und ohne jede erkennbare Eile richtete sich die Köchin auf und schaute abwägend zwischen ihren Besuchern hin und her. Das Kind hatte sie noch gar nicht bemerkt.

»Brei? Eine milde Gabe für einen zahnlosen Mönch?«

Almut unterdrückte ein Kichern und schüttelte den Kopf.

»Nicht für ihn. Er hat noch alle Zähne, dünkt mich, denn er knirscht hörbar mit ihnen. Der Brei ist für unseren kleinen Gast hier, und der hat noch keine Zähne, aber großen Hunger. Also, haben wir Brei?«

Pater Ivo schlug den Umhang ein wenig zur Seite, und die beiden Frauen erkannten das winzige, zum Weinen verzogene Gesicht.

Die Köchin meinte nur trocken: »Natürlich haben wir Brei!«

Almut hingegen hielt die bedauerliche Heiterkeit noch immer gepackt, als sie den ansonsten so gestrengen Pater betrachtete.

»Dann reicht mir mal Euer Fehltrittchen, Pater!«

»Begine!«

»Soll es geben. Ich hörte, einige dieser Art dürfen sich höchster Abkunft rühmen! Oder solltet Ihr zu diesem hier gekommen sein wie die Jungfrau zum Kinde?«

»Nehmt Ihr mir nun endlich dieses Kind ab, verdammt noch mal!«

»Tststs! ›Aus einem Munde kommt Loben und Fluchen. Das soll nicht so sein, liebe Brüder!‹ Hat Jakobus gesagt!«

»Noch ein Wort, und aus meinem Mund hört Ihr nie wieder ein Lob, Begine!«

Almut zwinkerte Franziska zu und nahm das Kind aus Pater Ivos Armen.

»Feucht ist es auch. Wir werden ein paar Windeln brauchen.«

Sie setzte sich auf den Schemel nahe am Feuer, und das Jammern wurde leiser. Sie zog die Decke ein wenig herunter. Mit sanften Fingern strich sie das Häubchen zur Seite und hielt plötzlich den Atem an.

»Schaut, Pater! Seht Euch das an!«

Er beugte sich vor und stellte fest: »Ein Feuermal!«

»Und was, für eines. Himmel hilf, hoffentlich hat man es nicht deswegen ausgesetzt. Denn ausgesetzt wurde es wohl doch?«

Franziska hatte eine Schale dünnen Honigseims warm gemacht und reichte sie Almut.

»Gebt mir ein Stück sauberes Leinen, damit es daran saugen kann!«

Das war eine wirkungsvolle Maßnahme, denn gierig

lutschte das Kind an dem in die Flüssigkeit getauchten Zipfel.

»Wir fanden es hinter dem Altar unserer Klosterkirche. Es machte sich an passender Stelle während der Lesung der Heiligen Schrift bemerkbar!«

Für einen Augenblick war Almut verwirrt, dann aber konnte sie sich die Situation lebhaft vorstellen, und die Komik überwältigte sie schließlich. Halb erstickt vor Lachen stammelte sie: »›Ihr werdet finden ein Kind in Windeln gewickelt ...‹«

»Eben dies!«

»O Mutter der göttlichen Gnade, was muss das für ein Augenblick gewesen sein!«

»Er entbehrte nicht eines gewissen Reizes, das muss auch ich zugeben!«

Almut sah mit Genugtuung, wie sich die Fältchen um Pater Ivos Lider vertieften und sich ein Funkeln in seine grauen Augen schlich. Dann aber wurde sie wieder ernst.

»Nun, wegen dieses Mals, das, wie Ihr zugeben müsst, eine höchst ungewöhnliche Form hat, sollte man zumindest einen Elternteil wiederfinden. Dieserlei Dinge pflegen sich in Familien über Generationen zu vererben.«

»Häufig. Aber nicht immer. Ich zumindest kenne niemanden, der auf diese Weise gezeichnet ist.«

»Nein. Und verzeiht mir, es sieht bedrohlich aus. Es bedeckt die ganze rechte Wange. Es ist so rot glänzend und sieht aus wie ... wie ... nun, ein gehörnter Kopf, nicht wahr?«

»Ein Teufelskopf, genau. Genau das wird es schwer machen, die Eltern zu finden, denn wenn ich richtig vermute, hat sie die Angst vor diesem Kind dazu getrieben, es auszusetzen.«

»Und wo mag es besser aufgehoben sein als in einem Kloster voller heiliger Männer.«

»Meint Ihr?«

Franziska hatte ein paar Tücher bereitgelegt, und Almut wickelte das Kind weiter aus seinen Decken und dem Kleidchen.

»Nein, meine ich nicht mehr. Es ist ein Mädchen! Und ich frage mich auch, wie ein Fremder es geschafft hat, es ausgerechnet hinter den Altar zu legen. Außenstehende haben doch normalerweise zu Eurem Kloster keinen Zutritt.«

»Es gibt Bittsteller, Pilger, Händler, Gäste... Aber Ihr habt Recht, sie tragen selten ein Kind auf dem Arm, wenn sie zu uns kommen. Zudem sind in den vergangenen Tagen sehr wenige von außerhalb gekommen. Wir haben nur einen Gast...«

Pater Ivo beendete den Satz nicht, sondern starrte plötzlich nachdenklich in das Feuer im Kamin.

»Einen Gast?«, hakte Almut wissbegierig nach. »Einen besonderen?«

»Einen ungewöhnlichen Mann, ja. Aber ihn kann man mit großer Sicherheit als Vater des Kindes ausschließen. Ein Ritter, der seine Buße im Kloster ableistet. Er kam alleine.«

Ungeschickt versuchte Almut, dem Kind die Windeln anzulegen, und als es ihr dabei beinahe vom Tisch gerutscht wäre, schob Pater Ivo sie zur Seite und wickelte mit schnellen Griffen das Kind in die trockenen Tücher.

»Erstaunliche Fähigkeiten habt Ihr für einen Priester. Lernt Ihr das aus den Traktaten großer Kirchenväter?«

Seine Miene war undurchdringlich, und Almut erinnerte sich plötzlich an einen jungen, schwarzhaarigen Mann, der eine erstaunliche Ähnlichkeit mit dem Pater hatte. Hurtig fügte sie hinzu: »Nein, nein, ich will die heiligen Lehrer nicht verspotten. Natürlich beherrscht Ihr den Umgang mit Kleinkindern, denn ›ein reiner und unbefleckter Gottesdienst vor Gott, dem Vater, ist der, die Waisen und Witwen in ihrer Bedrängnis zu besuchen‹. Hat Jakobus schon gesagt.«

»›So ist die Zunge unter unseren Gliedern: Sie befleckt den ganzen Leib und zündet die ganze Welt an und ist selbst von der Hölle entzündet.‹ Das hat, wie Ihr sicher wisst, auch Jakobus gesagt. Er muss Eure Art von Zunge gekannt haben.«

»Ach, aber fragt er nicht auch: ›Wer bist du, dass du den Nächsten verurteilst?‹«

»Ich merke schon, Eure Gelehrte hat Euch den gesamten Brief des Jakobus übersetzt, auf dass Ihr schändlichen Gebrauch davon machen könnt. Und ich dachte, ich fände hier mütterliche Frauen vor, die sich eines hilflosen Kindes annehmen.«

»Auch des Lesens kundige Frauen können sich um Kinder kümmern!«, fauchte Almut.

»Das sah mir eben aber nicht danach aus!«

Beide sahen sich mit blitzenden Augen an, aber es war Almut, die als Erste den Blick senkte. Drei Kinder hatte sie verloren, hatte sie tot zur Welt gebracht und war dafür bestraft und beschimpft worden. Das vertraute Gefühl des Versagens stieg in ihr auf.

»Begine?«

Es klang sanft, und Almut atmete tief ein.

»Ich nahm an, einige Eurer Schwestern hätten zu Zeiten eigene Kinder großgezogen. Darum habe ich mich gegen den Prior durchgesetzt, der das Kind den Benediktinerinnen zu Machabäern überbringen wollte.«

»Ja, das stimmt.« Ruhiger geworden zählte Almut

auf: »Gertrud hatte Kinder, Bela und Mettel auch, soweit ich weiß. Ursula hat ihre bald nach der Geburt verloren, von den Weberinnen weiß ich es nicht, Clara hatte keine, Elsa und Rigmundis waren nicht verheiratet, und Magda werde ich nicht fragen. Ich glaube, Ursula sollte sich darum kümmern, sie ist die mütterlichste von uns.«

Pater Ivo sah die Begine an und nickte dann.

»Oder habt Ihr Erfahrung mit kleinen Kindern, Frau Franziska?«, fragte Almut die Köchin.

»Ich? Nicht viel, und Kindergeplärre habe ich so gerne wie Ohrenweh«, wehrte die Köchin ab. »Hat mir gelangt, in einem Gasthaus zu wohnen, das in den letzten Tagen von Kindergeschrei widerhallte! Ihr wisst doch, ich suchte aus diesem Grund bei Euch Zuflucht.«

»Schon recht, Frau Franziska. Ich frage morgen unsere Ursula«, besänftigte Almut sie.

Der Benediktiner erhob sich und streckte sich.

»Es ist spät in der Nacht. Ich werde morgen versuchen, mehr über das Kind herauszufinden. Seid so gut und sorgt für das Geschöpf, bis wir eine geeignete Lösung gefunden haben.«

»Natürlich, Pater. Wartet, ich bringe Euch zum Tor.«

Die schneeschweren Wolken hatten begonnen, sich ihrer Last über der Stadt zu entledigen. Dichte Flocken wehten in Wirbeln herab und hatten schon eine dichte weiße Decke über die Dächer und den Hof gelegt. Pater Ivo zog die Kapuze wieder über seinen Kopf, und so sah Almut sein Gesicht nicht, als er sich zum Abschied zu ihr wandte.

»Möge die barmherzige Mutter Euch für Eure Fürsorge und Güte segnen, Begine.«

Er eilte davon, ohne sich noch einmal umzudrehen,

und der Schnee überdeckte beinahe sofort die Spuren, die seine Schritte hinterlassen hatten.

Nachdenklich ging Almut zur Küche zurück. Sie fragte sich, ob es wohl die Sterne waren, die sie immer wieder mit Pater Ivo zusammentreffen ließen. Irgendwann in der nächsten Zeit würde sie Meister Krudener darum bitten, ihr das zu erklären. Sie fragte sich auch, ob sich aus diesem kleinen Ereignis wieder solch bedrohliche Situationen entwickeln würden wie bei den beiden ersten Malen, als sie den Mord an seinem Schützling Jean aufklären mussten und danach in den Fall des verstorbenen Domgrafen verwickelt waren.

»Ach, dummes Zeug!«, murmelte sie und machte die Tür hastig hinter sich zu, um so wenig Wärme wie möglich in die Nacht entweichen zu lassen.

»Ich werde das Kind heute Nacht mit zu mir nehmen«, entschied Almut und setzte sich hin, um den Säugling sacht in den Armen zu wiegen. Dabei fiel ihr Blick auf das zusammengefaltete Pergament, das auf den Boden gefallen war.

»Habt Ihr einen Brief bekommen, Frau Franziska? Dann hebt ihn besser auf, damit er nicht verschmutzt.«

»Das ist nicht mein Brief! Wer soll mir schon schreiben?«, antwortete Franziska, hob aber dennoch den Bogen auf. »Den muss der Pater verloren haben.«

»Dann überlasst ihn mir, ich gebe ihn zurück, wenn er wiederkommt.«

»Seid Ihr sehr vertraut mit ihm?« Behände drehte Franziska den Oberkörper und hielt die Arme abgespreizt, um auf die geringe Raumgröße hinzuweisen. »Ich meine, ich konnte mir ja nicht die Ohren verschließen.«

»Schon gut«, beruhigte sie Almut. »Pater Ivo und ich sind uns schon häufiger über den Weg gelaufen. Er wirkt oft schroff, aber er kann durchaus ein geduldiger Zuhörer sein. Manchmal…«

»Und Ihr erprobt gerne diese Geduld?«

»Meine schlimme Zunge, Frau Franziska, kostete ihn schon das eine oder andere Mal, fürchte ich, diese Geduld.«

»Ach, Frau Almut, seid nur vorsichtig mit dem, was Ihr solchen Männern gegenüber äußert. Sie drehen einem das Wort im Munde herum, ehe man sich's versieht. Mit Verlaub, Ihr habt sehr offene Ansichten vertreten und die Heilige Schrift verspottet.«

»Ich weiß, ich weiß.« Almut nickte und lächelte.

Pater Ivo eilte mit großen Schritten durch das Schneetreiben zurück. Es war so dicht, man konnte kaum die Hand vor Augen sehen. Darum war es auch nicht verwunderlich, dass er erst im letzten Moment seinen Prior erkannte und ihn beinahe über den Haufen gerannt hätte.

Was ihn allerdings verwunderte, waren die Worte, die ihm Rudgerus wütend ins Ohr zischte, als sie an der Klosterpforte angelangt waren.

»Du treibst dich gerne nachts bei den Beginen herum! Das wird sich ändern müssen!«

11. Kapitel

Pitter, der Päckelchesträger, stapfte mehrmals mit den Füßen auf, um die Kälte daraus zu vertreiben. Der Christmorgen graute eben erst, und eine dichte weiße Wolke bildete sich vor seinem Mund. Er wäre lieber noch unter den Decken nahe an der Feuerstelle geblieben, die wenigstens ein bisschen Wärme spendete. Aber mit seinen knapp vierzehn Jahren war er der Mann in der Familie und musste sich um deren Unterhalt kümmern. Und an Weihnachten saßen den Leuten die Münzen etwas lockerer in den Beuteln. Ein gutes Geschäft durfte er sich nicht entgehen lassen. Die Mutter hatte ein lahmes Bein, seit sie unglücklich gestürzt war, die kleinen Geschwister waren erst vier und sechs Jahre alt, und er mochte es nicht, wenn sie bettelnd durch die Straßen zogen. Die Bettlergilde mochte es auch nicht, und die wenigen Versuche dieser Art hatten ihnen nur derbe Prügel eingebracht. Die Arbeit als Gepäckträger und Führer für die Besucher der Stadt war in guten Zeiten durchaus auskömmlich, denn Pitter kannte die Gassen Kölns wie seine Manteltasche. Er kannte die Badestuben und Schenken, wusste, wo man billig und wo man kostspielig untergebracht wurde, hatte gute Beziehungen zu Wirten, Badern, Marktfrauen und Dirnen, machte Botendienste der unterschiedlichsten Art, gab Auskunft, welche Klosterbrüder unter der Hand guten Wein ausschenkten und welche Klosterfrauen sich gefälliger zeigten, als ihre Gelübde es erlaubten… Nun ja, auch das wusste er.

Doch Köln war nicht nur in Acht und Bann, es war auch eine unwirtliche Zeit für Reisende, und in diesen Tagen hatten er und seine Geschwister häufig ihre Mägen knurren hören. Noch häufiger hätten sie allerdings geschmerzt, wenn die Beginen nicht gewesen wären, wenngleich es dort die letzten Male nur pappige Grütze gegeben hatte.

Ein Fuhrwerk tauchte am Ende der Straße auf, und Pitter richtete sich auf, um besser sehen zu können, wer da kam. Aber als er den zotteligen Esel erkannte, drückte er sich wieder in den Schutz der schmalen Gasse. Es war kein möglicher Kunde, nur Simon, der Wirt vom Adler. Etwas verwundert stellte Pitter fest, zu welch ungewöhnlich früher Stunde der Mann unterwegs war. Auch dessen wachsamer Blick auf die Ladung hinten auf dem Karren machte ihn stutzig. Als Simon etwa auf Höhe des Gässchens war, hielt er sogar an und zerrte etwas unbeholfen mit der linken Hand an der Plane, die das bedeckte, was immer er darunter verborgen hatte. Den rechten Arm hielt er dabei an den Oberkörper gedrückt, als ob er ihn schmerzte. Als er die Plane endlich befestigt hatte, ging er wieder vor und zauselte dem strubbeligen Esel zwischen den Ohren. Nach einigen aufmunternden Worten setzte der sich wieder in Trab.

Der Karren hatte eine schmale Spur im Schnee hinterlassen, der Pitter müßig mit den Augen folgte. Das Dämmergrau wurde heller, und plötzlich stutzte der Junge. Da waren nicht nur die Räder-, Huf- und Stiefelabdrücke zu sehen, da war noch etwas anderes auf dem jungfräulich weißen Boden zurückgeblieben. Er bückte sich und strich mit dem Finger über die roten Flecken.

Blut blieb daran haften.

»Ei, ei! Hat der Simon wieder mit den Wilderern ein Geschäft gemacht!«, murmelte Pitter grinsend vor sich hin. »Daher diese Heimlichkeit!«

Er kannte eben seine Leute.

12. Kapitel

Magda, die Meisterin, hatte zugestimmt, das Kind für eine Weile aufzunehmen, und Ursula hatte sich gerne des verwaisten Mädchens angenommen. Sie summte ihm mit leiser Stimme Lieder vor, als sie sich im Refektorium zu einem prächtigen Weihnachtsmahl versammelten. Die Mägde trugen auf, was Franziska zubereitet hatte, und der Tisch bog sich unter Bechern mit warmem Honigwein, knusprigen Brotfladen mit Gänseschmalz, hart gekochten Eiern in heller Buttersoße mit Dill gewürzt, einer Platte mit Hühnern im Kräutermantel, am Spieß gebraten. Es gab Kürbiseintopf und Weißkohl mit fettem Schweinespeck, Brei von grünen Erbsen, goldgelben Käse, Bratäpfel, in den letzten Resten von Elsas Wein gegart, und süße Wecken mit Rosinen, die mit zuckrigem Mandelguss überzogen waren.

Wein war noch immer rar, also standen Krüge mit Grutbier bereit, die der Wirt des Adlers bereitwillig geliefert hatte.

Bald waren alle wohl gesättigt und nippten an dem Bier, das in reichlichem Maße vorhanden war. Wein hätte ihr besser geschmeckt, fand Almut, das Bier war zwar süßlich, hatte aber einen bitteren Beigeschmack.

»Welche Kräuter habt Ihr als Grut verwendet, Frau Franziska? Der übliche Gagel und Wacholder sind es nicht«, stellte Elsa fest.

»Nein, ist das hier üblich?«

»Aber sicher. Jeder, der Bier braut, muss die Würze aus dem städtischen Gruthaus beziehen. Die Grut gehört dem Erzbischof, der sie verpachtet hat. Er nimmt auch die Bierakzise ein.«

»Ah, daher Simons erfreutes Grinsen! An diesem Bier hat der Erzbischof nichts verdient!« Franziskas Miene erhellte sich. »Ich habe das mit der Grut nicht gewusst und das Bier mit Bilsenkraut gewürzt. Es war gerade zur Hand.«

Trine, die an diesem Tag zu Gast war, schnüffelte vorsichtig an dem Gebräu und schob es dann unbemerkt zur Seite.

»Mit Bilsenkraut, so, so!«, meinte Elsa, nippte vorsichtig an ihrem Becher und nickte dann vielsagend. »Wird schon seine Wirkung zeigen!«

Das tat es allerdings. Die Stimmung wurde zunächst überaus fröhlich und entspannt. Ursula griff wieder zur Harfe und sang Lieder, die zum Festtag passten. »Es kommt ein Schiff geladen«, sangen alle mit, und auch »Es ist erfüllt, was uns verkündet«. Die sonst in der Gesellschaft noch immer sehr zurückhaltende Franziska überraschte alle, als sie eine Weise anstimmte, die die Beginen nicht kannten: »Sei uns willkommen, Herre Christ…«

Mit glockenreiner Stimme, die Augen fest auf das kleine, geschmückte Kreuz an der Tür gerichtet, sang sie ergreifend schön, und Mettel und Bela mussten sich die Augen trocken tupften, als sie schließlich geendet hatte.

Sichtlich über sich selbst verwundert, erklärte Franziska mit geröteten Wangen: »Das ist ein Lied aus Aachen.«

»Oh, bitte, singt uns noch etwas vor.«

»Ich kenne nicht viele Lieder. Wie wäre es aber mit einer lustigen Weise über die fleißigen Waschfrauen? Das kennt bei uns jedes Kind.« Franziska freute sich über die Zustimmung und trank mit einem Zug ihren Becher leer, ehe sie die Melodie vorgab und dazu übermütig in die Hände klatschte.

Almut merkte, wie ihr nach dem zweiten Becher des Bilsen-Biers wunderlich leicht zumute wurde. Es erinnerte sie an ein ähnliches Hochgefühl, das sie nach der Einnahme einer stark mohnhaltigen Arznei empfunden hatte. Unauffällig verschwand sie aus dem Raum und holte sich aus der Küche einen Krug mit Honigwasser. Elsa hatte es bemerkt und zwinkerte ihr wissend zu. Auch sie nahm von dem Wasser.

»Ist nicht schädlich, in kleinen Mengen, aber ein paar von uns sollten einen klaren Kopf bewahren!«, raunte die Apothekerin Almut zu.

Das erwies sich dann auch als notwendig, denn beschwingt durch die halluzinogene Wirkung des Biers bekam Rigmundis plötzlich wieder den typisch verklärten Gesichtsausdruck, der bei ihr immer das Herannahen gewaltiger Visionen ankündigte. Almut bemerkte es und rückte näher zu ihr. Sie wollte eigentlich Magda auf die Lage aufmerksam machen, aber diese hatte sich, bedingt durch den steten Zuspruch zu dem schäumenden Getränk, in eine völlig ungewohnte Orgie der Schwatzhaftigkeit gestürzt und erzählte eben den Weberinnen einige unbotmäßige Schwänke aus ihrer Jugendzeit. So lauschten denn Almut und die Apothekerin als Einzige den wunderlichen Prophezeiungen ihrer Seherin Rigmundis.

»Oh, ich sehe die Sterne gleißen am Himmelszelt und

den Mond wandern durch die Gezeiten. Ich sehe die Schwalben auf ihrem Flug nach Süden und die Störche heimkehren zu den fernen Gefilden. O könnte ich fliegen, ich würde mit ihnen eilen durch die dunklen Lande. Ah, es ist nicht so schwer, es ist so leicht, ich bin so leicht… Nun kann ich's, nun kann ich fliegen. Ich streife mit den grauen Wildgänsen durch die Nacht. Ihren rauschenden Flügeln folge ich, schaue auf die vorbeigleitende Welt am Boden. Ich fliege über die blattlosen Wälder. Ich sehe den schändlichen Rat zusammentreten, sehe die Verräter ihr grausames Urteil fällen. Nein, die Wälder behagen mir nicht, ich will zurück, will fliegen über die schlafende Stadt. Ja, hier bin ich zu Hause. Ich sehe die Kinder süße Bratäpfel naschen und die Mütter andächtig beten. Ich höre die Glocken die frohe Botschaft hinaustragen über die Dächer und schwebe im sich kräuselnden Rauch der Kamine. Doch ach, das schöne Bild trügt, nicht Frieden herrscht auf Erden, sondern Gewalt und Grauen. Ich sehe den Verratenen beten auf geweihtem Grund und die Einsame Schutz suchen in den heiligen Mauern. Ahhh! Der Ruchlose meuchelt die Hilfesuchende, und schändlich verrät er die Bande, die sie einst miteinander einten. Und dort schmachtet der Verbannte in den Kerkern, und die zornige Göttin schwingt die Geißel.

Nein, nein, es ist zu grausam, was hier auf Erden geschieht. Ich will nicht mehr fliegen, ich will auf der festen Erde bleiben und nur meine Augen erheben. Ja, ich erhebe meine Augen zum Himmel, und siehe, da sind fliegende Schriftrollen. Ich sehe eine fliegende Schriftrolle, die ist zwanzig Ellen lang und zehn Ellen breit. Und das ist der Fluch, der ausgeht über das ganze Land, denn alle Diebe und Meineidigen werden nach dieser Schrift ausgefegt. Dieser Fluch soll kommen über das Haus des Verräters, und er wird verlieren seinen Besitz, seine Ehre und seinen Kopf. Ah, und nun reißen die Wolken entzwei, und das, was ich schaue, wird dereinst das Schicksal dieser Stadt sein! O mein Gott, wie entsetzlich! Da kommen die Vögel aus Eisen, die donnernd durch die Dunkelheit brechen. Feuer springt unter ihren Flügeln hervor, und Verderbnis regnet aus ihren Bäuchen. Sie fragen nicht nach den Gerechten, sondern die Eier, die sie legen, vernichten die Stadt, rauchend liegt Köln in Trümmern, unversehrt ragt nur der Dom unter ihnen auf...«

»Heilige Jungfrau Maria!«, stieß Elsa aus, während Almut der verstummten Rigmundis Honigwasser einflößte und ihr half, sich bequem hinzusetzen.

»Habe ich etwas Schreckliches angekündigt?«, fragte sie mit matter Stimme.

»Nichts Wesentliches, nur Mord, Verrat, fliegende Schriftrollen und eiserne Vögel, die Köln in Trümmer legen.«

»Schriftrollen, die fliegen. Und eiserne Vögel – so ein Blödsinn! Das Bier scheint ziemlich stark zu sein«, flüsterte sie. »Ich glaube, ich gehe jetzt besser zu Bett.«

Ein wenig schwankend verließ Rigmundis den Raum und kletterte die Stiege zu ihrer Kammer empor.

Elsa sah ihr nachdenklich hinterher und bemerkte dann leise zu Almut: »Mh. Das Bilsenkraut. Das hat meine Mutter in die Salbe gemischt, mit der sie sich einrieb, wenn sie vom Fliegen träumen wollte. Beeindruckend! Sie hat dann manchmal Dinge gesehen, die sich in einiger Entfernung wirklich abgespielt haben.«

»Ei wei! Dann haben wir es wirklich mit Mord und Verrat zu tun?«

»Das bleibt doch in einer Stadt wie Köln nicht aus.«

»Das stimmt auch wieder.«

»Nun ja, bisher waren ihre Prophezeiungen zwar immer wahr, aber meist von harmloser Gestalt.«

Das waren sie – meist. Aber Almut kannte auch einige, die überhaupt nicht harmlos waren. Aber Vögel aus Eisen, die Köln in Trümmer legen würden – na ja, das war nun wirklich ein bisschen absurd.

Dennoch saß Almut später nachdenklich in ihrer Kammer und wärmte sich die Hände über der Kohlepfanne. Die kleine vergoldete Marienstatue sah ihr dabei zu, und das tanzende Flämmchen der Öllampe ließ ihr sanftes Gesicht lebendig aufleuchten.

»Fliegende Schriftrollen, Maria? Das kommt mir irgendwie bekannt vor!«

Almut hielt oft Zwiesprache mit der ewigen Jungfrau, und nicht selten bekam sie Antwort von ihr. So auch jetzt. Eine Predigt vielleicht, ein Text, den sie irgendwann gehört hatte, möglicherweise auch eine Übersetzung, die Clara angefertigt hatte, stahl sich in ihre Erinnerung.

»Da gibt es etwas in der Bibel, glaube ich, Maria. Von einem der alten Propheten. Seltsam, Rigmundis hat oft in ihren Visionen biblische Bilder.«

Aber dann brachte die Erwähnung der Schriftrollen noch eine andere Saite in ihr zum Klingen, und plötzlich fiel ihr ein, was es war. Das Pergament, das Pater Ivo verloren hatte, als er das Kind brachte. Es lag seit der vorigen Nacht in ihrer Truhe.

Neugierde war ihr schlimmstes Laster. Sie gab Mercurio in Gemini nach und hob den Deckel der Truhe, um beim flackernden Licht des Öllämpchens einen Blick auf dieses Schreiben zu werfen.

Es war lose zusammengefaltet, der Abdruck des Siegelwachses war noch zu sehen, das Siegel selbst jedoch hatte man schon abgelöst. Die Seite war mit einigen wenigen Zeilen bedeckt, das Material war leider wellig geworden, auch wenn die Tinte nicht verlaufen war. Und das Pergament roch auffällig nach feuchtem Kind!

»O Maria, du weise Mutter, das muss in den Windeln gesteckt haben. Das kann kein Schreiben sein, das Pater Ivo gehört. Himmlische Königin, unter Umständen gibt es einen Hinweis darauf, wer das Mädchen ist!«

Almut brauchte ein wenig Zeit, um die verschnörkelte Schrift zu entziffern, dann aber stockte ihr beinahe der Atem. Einen Hinweis auf die Herkunft des Kindes gab es allerdings nicht. Der Brief stammte von Gottfried von Wevelinghoven, Kanoniker am Dom. Das wäre zunächst sicher nichts Außergewöhnliches, wenn sie sich nicht lebhaft daran erinnert hätte, dass eben dieser Kleriker zusammen mit Johann von Kelz, dem Kanoniker von Sankt Aposteln und Rentmeister des Erzbischofs, maßgeblich verantwortlich für den gescheiterten Anschlag gegen die Stadt im September des vergangenen Jahres gewesen waren! Die beiden Männer saßen immer noch im Kerker, doch was sie hier in der Hand hielt, war ein Schreiben, in dem der Kanonikus von Wevelinghoven einem Unbekannten, den er als »edlen Freund« bezeichnete, bestätigte, seine Instruktionen seien auf das Genaueste befolgt worden. Sie hatten innerhalb der Stadtmauern einen Angriff von Seiten der erzbischöflichen Truppen vorbereitet. Soweit Almut den Text entziffern konnte, meldete er außerdem, er habe dreihundert Söldner rekrutiert, die unter die Führung der Ritter von Oefte gestellt worden waren.

»Maria, du Schutz der Verlassenen, das ist kein so einfach ausgesetztes Kind, das Pater Ivo da gefunden hat. Der arme Wurm trägt den Beweis eines gewaltigen Verrats in seinen Windeln! Weshalb hat man diesem unschuldigen Geschöpf ein derart belastendes Dokument mitgegeben?«

Erschüttert faltete Almut das Pergament wieder zusammen und legte es sorgsam in die Truhe.

»Die Mutter – oder der Vater – des Kindes muss gewusst haben, wer der ›edle Freund‹ des Klerikers war!«, flüsterte Almut. »Dann könnten möglicherweise die Gerüchte stimmen, nicht der Erzbischof selbst habe den Auftrag zu dem Anschlag auf die Stadt gegeben. Sollte es noch einen Verräter geben, der seine eigenen Interessen in diesem Streit verfolgt? Aber welche und warum?« Fragend betrachtete sie die Marienstatue, die unbewegt auf sie herabblickte. »Oh, Maria! Der Besitz dieses Dokuments bedeutet vermutlich eine nicht unbeträchtliche Gefahr. Wem sollte es wohl übergeben werden? In wessen Hände mochte der Besitzer diese Botschaft wohl gelangen lassen? Jemandem in Groß Sankt Martin? Wollte er den Verräter schützen oder den Verrat aufdecken?«

Sie seufzte leise, denn ihr wurde schlagartig bewusst, dass nun sie es war, die das unheilvolle Schreiben in Händen hielt.

»Heilige Mutter der Barmherzigkeit, ich muss so bald wie möglich mit Pater Ivo sprechen. Es gibt so viele Fragen!«

Und der Dämon Neugier hielt sie noch eine ganze Weile vom Schlafen ab.

13. Kapitel

Auch im Kloster Groß Sankt Martin hatte es ein üppiges Mahl gegeben, und in den frühen Nachmittagsstunden, in denen er sich eigentlich dem Studium der Schriften hätte widmen sollen, schlich sich Novize Lodewig leise aus dem Lesesaal. Er war noch jung, gerade mal fünfzehn Jahre alt, doch man sah ihm schon an, wie sehr er dem guten Essen zugetan war. Seine Novizenkutte saß stramm um seinen pummeligen Leib, sein voller Magen verlangte nach einem Verdauungsschläfchen. Zu diesem Zweck hatte Lodewig schon seit einiger Zeit ein verborgenes Fleckchen ausgekundschaftet. Hinter der Küche war ein Vorratsraum angebaut, in dem die Getreide- und Mehlsäcke lagerten. Von der Rückwand des großen Küchenkamins strahlte hier noch etwas Wärme ab, und die leeren Säcke gaben ein weiches Lager für einen müden Anwärter auf das Mönchstum.

Es herrschte eine ungewohnte Unordnung in dem Raum, eine frische Ricke hing an einem Fleischhaken, die leeren Säcke waren wild durcheinander geworfen, einer war aufgeplatzt, und ein goldgelber Strom Weizen ergoss sich über den Boden. Lodewig maß dem keine Wichtigkeit zu, in der hektischen Vorbereitung des Festessens mochte niemand Zeit gefunden haben, auch noch die Vorratskammer aufzuräumen. Er schob ein Fässchen gesalzener Heringe zur Seite – Fastenspeise, wie sie bald wieder auf den Tisch kommen würde – und zerrte an einem der mehligen Säcke, um sich ein geschütztes Lager zurechtzumachen. Er haftete an etwas Klebrigem am Boden, und Lodewig ließ ihn los, um einen anderen zu ergreifen. Er hatte das grobe Leinengewebe gerade etwas angehoben, als er etwas Seltsames entdeckte und stutzte. Ein nackter Körperteil leuchtete weißlich in dem spärlichen Licht auf, das durch das schmale Fenster fiel. Glucksend vor Lachen stand der Novize einen Moment da und betrachtete das, was sich als schöner, runder Hintern darstellte. Welcher seiner Freunde – oder gar welcher Bruder – verbrachte hier sein Schlummerstündchen? Er konnte es nicht lassen, es war zu verführerisch! Mit einem Klatsch traf seine Hand die Hinterbacke, und mit einem hurtigen Sprung hüpfte Lodewig hinter die Tür.

Doch kein empörter Aufschrei ertönte, kein Rascheln oder Schnaufen. Verwirrt lugte Lodewig um die Tür.

Und begann zu schreien!

Pater Ivo hörte das entsetzte Kreischen, als er auf dem Weg zum Gästehaus war. Er stürmte in den Vorratsraum und sah zunächst nur den hysterisch schreienden Lodewig. Eine gezielte Ohrfeige, und das schrille Geräusch brach ab. Dann allerdings sah auch er, was den Jungen zu seinem Ausbruch verleitet hatte. Aus den blutgetränkten Säcken war eine nackte Frau gerutscht. Tot, daran gab es keinen Zweifel, denn ihr fehlte der Kopf.

Lodewig würgte und erbrach sich schluchzend in eine Ecke, und auch Pater Ivo hatte mit Schluckbeschwerden zu kämpfen. Doch er hatte sich schneller in der Gewalt als der Novize. Er sah sich in dem dämmrigen

Raum um und entdeckte die schwärzliche, getrocknete Blutlache, die unter den Säcken hervorgequollen war. Auch die Unordnung fiel ihm ins Auge. Es sah aus, als hätte jemand in aller Eile die Leiche auf den Haufen alter Säcke geworfen und sie dann notdürftig zugedeckt. Vorsichtig näherte er sich der Toten. Sie lag zusammengekrümmt da, starr und steif in der Kälte ihres Todes. Vorsichtig berührte er sie, um zu prüfen, ob sich ihre Glieder bewegen ließen. Dann schüttelte er den Kopf und zog eine Sackleinwand über ihre Blöße.

Lodewig hatte sich wieder etwas gefasst und lehnte zitternd am Türrahmen, die Augen fest geschlossen.

»Junge, geht es wieder?«

»Ich ... ich ... ich war es nicht!«

»Nein, natürlich nicht, Lodewig. Komm, wir gehen gemeinsam zu Bruder Markus ins Krankenzimmer.«

Pater Ivo legte ihm schwer die Hand auf die Schulter und führte ihn in die Infirmerie. Bruder Markus, der in den kalten Wintertagen viel zu tun hatte, rührte in einem Salbentopf, aus dem es überwältigend nach Kampfer roch. Das Gliederreißen, böser Husten und Halsschmerzen hatten etliche Brüder auf das Krankenlager geworfen, und sie harrten nun seiner kundigen Pflege.

»Gib dem Jungen von deinem heißen Wein, er braucht etwas, damit er sich beruhigt. Er hat gerade eine schlimme Entdeckung gemacht, Markus. Und dann solltest du mit mir kommen.«

Bruder Markus war stoischen Gemüts, er war Notfälle und Unfälle gewohnt, wenngleich solche im Kloster selten passierten. Aber er hatte, genau wie Pater Ivo, auch schon andere Zeiten erlebt, bevor er die Kutte genommen hatte. Er stellte keine Fragen, sondern half dem Novizen, dessen Hände noch immer so heftig zitterten, dass er den Becher nicht halten konnte, den beruhigenden, süßen Wein einzuflößen.

»Soll ich etwas mitnehmen, Verbandszeug, Schienen, Salben?«

Lodewig gab ein hysterisches Lachen von sich.

»Wird ihr – hicks – nicht viel helfen...!«

»Schon gut, Junge. Leg dich dort auf die Pritsche, wir kommen gleich zurück. Bleib hier und sprich mit niemandem darüber.«

»Allmächtiger!«, war Bruder Markus' einziger Kommentar im Vorratsraum. Er bekreuzigte sich stumm, dann untersuchte auch er die Leiche.

»Scheint schon ein paar Stunden tot zu sein, die Starre fängt an, sich zu lösen. Ich denke mal, der Tod ist noch vor Mitternacht eingetreten.«

»Das dachte ich auch.«

»Hast du eine Ahnung, wer das ist?«

»Nein, wahrhaftig nicht.«

»Dann wäre es ganz gut, wenn wir den Kopf finden würden!«

Es war keine schöne Arbeit, die klebrigen, blutigen Säcke zu durchwühlen, aber außer ein paar aufgestörten Ratten fanden die beiden Mönche nichts weiter.

»Wir werden es Vater Theodoricus mitteilen müssen.«

»Natürlich. Aber er ist in keiner guten Verfassung. Der Nierenstein macht ihm furchtbar zu schaffen, und er hat heute Morgen eine heftige Kolik gehabt.«

Sie bedeckten die Tote und schlossen sorgfältig die Tür hinter sich. Während sie über den Innenhof zur Wohnung des Abtes gingen, spekulierten sie über das, was geschehen war.

»Sie könnte überall ermordet worden sein. Der Mörder hat die Leiche vielleicht nur hier abgelegt«, überlegte Bruder Markus, der einen Mord im Kloster nicht wahrhaben wollte.

Pater Ivo nährte jedoch mehr den Verdacht, die Freveltat müsse auf heiligem Boden geschehen sein. Er argumentierte: »Kaum denkbar, es hat geschneit, und man hätte Blutspuren im Schnee gefunden. Und zwar viele.«

»So sie denn durch das Enthaupten gestorben ist.«

»Großer Gott, ja. Aber das würde zumindest bedeuten, dass ihr hier der Kopf abgeschlagen wurde.«

»Fleischerbeile liegen in der Küche griffbereit.«

»Aber eine nackte Frauenleiche trägt man nicht so ohne weiteres durch die Nacht.«

»Heißt nur, wir müssen auch nach den Kleidern suchen, Ivo.«

Nachdenklich nickte Pater Ivo. »Nun ja, um die mitternächtliche Stunde waren wir und natürlich auch die meisten Bürger in den Kirchen, die Straßen mögen menschenleer gewesen sein. Bleibt unser Pförtner – ich werde ihn befragen, ob er auf seinem Posten war.«

»Es gibt auch andere Möglichkeiten, ins Kloster zu kommen. Wenn man will…«

»Woher weißt du das, mein Freund?« Pater Ivo erlaubte sich ein schnelles Grinsen, als er den rundlichen Krankenbruder fragend ansah.

»Wir erwischten schon mal den einen oder anderen Novizen, der sich gewandt der Äste des alten Birnbaums bediente. Und auch der Schlüssel zur Priesterpforte in Brigiden soll hin und wieder verschwunden gewesen sein.«

Sie hatten die Tür der Abtswohnung erreicht, und

Bruder Markus kratzte leise am Holz. Schwach kam von drinnen die Antwort einzutreten. Vater Theodoricus saß bleich und von Schmerzen gezeichnet in seinem Sessel am Kamin, bei ihm weilte der Prior Rudgerus.

»Du hättest im Bett bleiben müssen, Vater!«, mahnte der Krankenbruder, aber der Abt schüttelte nur den Kopf.

»Dadurch wird es auch nicht besser. Was bringt ihr für Botschaften? Wenn ich unseren Bruder Ivo in deiner Begleitung sehe, dann befürchte ich immer das Schlimmste.«

Es war scherzhaft gemeint, doch als der Abt das Gesicht des Angesprochenen sah, wurde er sofort ernst.

»Noch schlimmer, ehrwürdiger Vater.« Er berichtete von dem Leichenfund und ihren ersten Überlegungen. Der Abt stöhnte, nicht nur wegen der Pein, die ihm der Nierenstein verursachte, sondern vor allem über die schreckliche Tat.

»Kann es einer unserer Mönche oder Laienbrüder gewesen sein?«

Bruder Markus schüttelte den Kopf und trug seine Meinung vor.

Theodoricus hörte schweigend zu und brauchte in seiner bedächtigen Art eine Weile, um über das nachzudenken, was ihm die beiden Mönche berichtet hatten. Schließlich schloss er: »Unser Bruder glaubt, es sei hier geschehen. Verdächtigst du jemanden, Ivo?«

»Wie könnte ich, Vater Abt.«

Aber dieser kannte seine Brüder gut, auch wenn er selten zeigte, wie gut er sie wirklich einzuschätzen in der Lage war.

»Du hegst Sympathien für unseren Gast. Könnte das dein Urteil trüben?«

»Gero von Bachem – nun ja, er ist ein Ritter und versteht sich auf das Waffenhandwerk. Er war nicht in der Kirche, und soviel ich weiß, war er auch nicht in der Gemeindemesse. Aber dennoch halte ich ihn nicht für den Mann, der eine Frau hier im Kloster ermordet.«

Der Prior hatte sich bislang schweigend zurückgehalten, jetzt aber fragte er mit einem giftigen Unterton: »Und du bist ganz sicher, dass du die Frau nicht kennst, Bruder?«

»Sicher kann man nie sein, zumindest nicht, solange ich nicht ihr Gesicht gesehen habe!«

»Es könnte ja eine deiner Beginen sein, die du so gerne und lange in der Nacht besuchst!«

»Rudgerus, was soll diese Bemerkung?«, fuhr der Abt seinen Prior an.

»Nun, unser Bruder hat mehr als üblich Umgang mit diesen Frauen, nicht wahr? Mehr, als es einem Mönch zuträglich ist, der sich zu einem keuschen Leben verpflichtet hat!«

»Frauen gehören zur Menschheit dazu, es bleibt uns nicht erspart, sie gelegentlich wahrnehmen zu müssen!«, beschied ihn Pater Ivo in gleichmütigem Ton.

»Sie sind der Hort der Verderbnis und Hinterlist!«

»Ja, ja! Nimm nur nie einen Apfel von einem weiblichen Wesen an, Prior!«

»Du nimmst das auf die leichte Schulter. Doch ich sehe schon, wie du der Versuchung erliegst!«

»Mäßigt euch, Brüder, mäßigt euch. Wir haben im Moment andere Sorgen als weltliche Versuchungen!«

Das mahnende Wort des Abtes ließ den Prior verstummen, und nach kurzer weiterer Beratung entschloss man sich, den derzeit amtierenden Vizevogt einzuschalten. Pater Ivo stimmte dem mit Vorbehalt zu, er hatte Wigbold Raboden schon kennen gelernt und hielt nicht übermäßig viel von dessen geistigen Gaben. Aber Verachtung für die schlichteren Gemüter war sein persönliches Laster, und er übte sich darin, es zu bekämpfen. Manchmal gelang es ihm.

14. Kapitel

Begleitest du mich, Almut?«
»Natürlich, Gertrud. Ich habe es dir doch versprochen.«

Das Christfest war vorüber. Die knochige Köchin hatte sich von ihrem Krankenlager erhoben, um sich dem Urteil des Apothekers und der Prüfmeister von Melaten zu stellen. Jetzt stand sie bereit, ordentlich in ihre graue Beginen-Tracht gewandet und ihr Gebände streng und fest um den Kopf gelegt. Sie hustete zwar noch immer, doch die Ruhe und das reichhaltige Essen der vergangenen Tage hatten sie sichtlich gestärkt. Indessen waren die Knoten an ihren Zehen nicht zurückgegangen, und voller Angst und Entsetzen hatte sie Almut auch eine gerötete Schwellung an den Ohren gezeigt, die jetzt unter dem Schleier verborgen waren.

»Meister Krudener hat zugesagt, ebenfalls anwesend zu sein. Er bringt den Aussätzigen häufig Arzneien und Räuchermittel, er kennt sich mit dieser Krankheit aus.«

»Ich auch, und es ist der Aussatz!«

»Gertrud, überlass das Urteil denen, die sich täglich damit befassen.«

Schon in guten Zeiten war Gertrud von mürrischem Wesen, die Krankheitsanzeichen, die sie in den letzten Wochen geplagt hatten, und die beständige Angst vor den Folgen hatten sie unangenehm missmutig gemacht, und sie war taub gegenüber jeder Form von Hoffnung.

So humpelte sie denn auf schmerzenden Füßen neben Almut her, die ebenfalls vorsichtig Fuß vor Fuß setzte, weil es unter der Schneedecke an vielen Stellen tückisch glatt war. Es war ein mühseliger Weg durch die halbe Stadt, denn das Siechenhaus lag an der großen Straße, die nach Aachen führte. Mit roten Nasen und steifgefrorenen Fingern klopften sie schließlich zur Mittagszeit an die Pforte des Spitals.

Gertrud krampfte die Hände zusammen und hatte die Lippen fest aufeinander gepresst, daher musste Almut es übernehmen, ihr Anliegen vorzutragen. Sie wurden in einen hellen Raum geführt, in dem sich eben eine schlanke Frau ankleidete. Tränen liefen ihr über die Wangen, während sie leise schluchzte. Ein stämmiger junger Mann stand in der Ecke und blickte trostlos zu Boden. Das bittere Urteil war gesprochen worden, und für die Kranke würde nun das Leben in der äußeren Welt enden.

Meister Krudener, der Apotheker, stand auf und begrüßte Almut und Gertrud mit einem stummen Nicken. Die zwei anderen Männer und die drei Frauen, die Prüfmeister, gehörten zu den Siechen, die am längsten in dem Spital lebten. Sie trugen die vorgeschriebene weiße Kleidung, und eine der Frauen hatte ihr Gesicht mit Schleiern verhüllt.

»Wir möchten Frau Gertrud bitten, sich den notwendigen Untersuchungen zu unterziehen«, tat Meister Krudener der Runde kund und meinte dann zu der Begine gewandt: »Legt bitte zunächst Eure Kleidung ab.«

Zögernd befreite sich Gertrud von Umhang, Gebände, Obergewand und Unterkleid, zog die derben Schuhe aus und wickelte die Stoffstreifen von den geröteten Zehen. Währenddessen musste sie eine Reihe Fragen beantworten, die sich auf ihren Lebenswandel, ihren Umgang und bisherige Krankheiten bezogen.

»Fühlt Ihr Euch zu Zeiten träge und lustlos?«

»Die letzten Wochen schon. Ja, doch, die letzten Wochen schon.«

»Leidet Ihr unter starkem Juckreiz?«

Gertrud zögerte irritiert, dann sagte sie: »Nein.«

»Gut, habt Ihr verstärktes geschlechtliches Begehren empfunden?«

»Bitte? Ich bin eine Begine, wir haben Keuschheit gelobt.«

»Das ändert nichts am Empfinden. Habt Ihr?«

»Nein.«

»Müsst Ihr häufig aufstoßen?«

»Nach dem Essen, das ich koche, muss man nicht aufstoßen!«

Trotz der betrüblichen Situation musste Almut ein Schmunzeln unterdrücken.

»Frau Gertrud ist die Köchin unseres Konvents, und sie ist eine Meisterin ihres Fachs!«, erklärte sie.

Dann betrachteten die sechs Prüfer im hellen Licht des Tages die geschwollenen Füße.

»Wir werden die Nadelprobe machen, Frau Gertrud. Habt keine Angst, es ist keine Tortur!« Die verschleierte Prüferin, der Stimme nach eine energische Frau in den mittleren Jahren, hatte einen mitfühlenden Blick in den Augen, als sie mit einer spitzen Nadel in Gertruds Zehen stach. Die schrie erschrocken auf.

»Gut!«, murmelte die Frau. »Verzeiht, ich muss es noch ein paarmal an anderen Stellen wiederholen, um ganz sicher zu sein.«

Die nächsten Male schrie Gertrud zwar nicht mehr, zuckte aber immer schmerzlich zusammen.

Anschließend betrachteten die Prüfer ihre Nase und betasteten sie gründlich, auch ihre Finger, vor allem den Daumen untersuchten sie und baten sie dann, einige Töne zu singen.

»Ich habe Husten.«

»Das haben wir gemerkt. Singt dennoch, so gut ihr könnt.«

Eine begnadete Sängerin war die Köchin nicht, doch die Töne des Psalms, den sie anstimmte, kamen klar und ohne Heiserkeit aus ihrer Kehle.

»Kleidet Euch wieder an, Frau Gertrud«, bedeutete die Verschleierte der Köchin und wandte sich zu den fünf anderen Prüfern um. Sie berieten leise und kurz, während Almut ihrer Mitschwester half, die Kleidung wieder anzulegen.

»Ihr solltet Eure Gichtknoten mit kühlen Umschlägen behandeln und Euren Husten auskurieren. Salbei-Tee, sagt man, hilft vorzüglich. Ansonsten werden wir Euch einen Brief ausstellen, der bestätigt, dass Ihr frei von Aussatz seid!«, verkündete die Verschleierte. Gertrud, die die ganze Untersuchung mit beherrschter Miene über sich hatte ergehen lassen, schwankte plötzlich und wäre beinahe gefallen, hätte die Prüferin nicht ihren Arm ergriffen. Dabei verrutschte ihr Schleier, und Almut sah mit Entsetzen, welche Zerstörung die Krankheit in diesem einst schönen Gesicht angerichtet hatte.

»Dieses Schicksal bleibt Euch erspart, Frau Gertrud«, beruhigte sie die Begine leise, als sie mit einer Hand das Tuch wieder richtete.

Auch Gertrud merkte man das Entsetzen an, und plötzlich brach es aus ihr heraus: »Können wir Euch mit irgendetwas hier helfen? Wir haben eine sehr kundige Apothekerin in unserem Konvent!«

»Gegen den Aussatz gibt es keine Arzneien!«, kam es nüchtern von einem der Männer, der an einer Hand nur noch Stummel statt Finger hatte.

Aber Almut nahm die Idee auf und meinte: »Auch andere Krankheiten mögen Euch befallen, und gegen die haben wir einige wirksame Mittel.«

»Meister Krudener ...«, warf die Verschleierte ein.

»Ja, ja«, krächzte dieser, »meine Konkurrentinnen versäumen es nie, auf ihre Leistungen aufmerksam zu machen! Aber nehmt das Angebot ruhig an, Frau Gerlis. Es wurde im Geist der Nächstenliebe geäußert, und ich kann bezeugen, wie vorzüglich die Beginen mit Kräutern umgehen können!«

»Je nun, da gibt es natürlich gerade jetzt viele Fälle von Gliederreißen, Halsweh und Frostbeulen. Wir wären Euch dankbar für Mittel, die gerade diese Schmerzen lindern.«

Während Almut sich mit Frau Gerlis unterhielt, verließen die Prüfmeister den Raum, und Meister Krudener kümmerte sich um Gertrud, indem er ihr einige Vorschläge machte, wie sie ihre Gelenke behandeln sollte.

Almut erinnerte sich an das junge Paar, das sie zuvor in dem Untersuchungsraum angetroffen hatten, und meinte: »Das arme Kind, das wir vorhin gesehen haben, hat das schlimmere Los gezogen?«

Frau Gerlis nickte. »Ja, sie trug eindeutige Zeichen. Schmerzunempfindliche Gliedmaßen, raue Stimme, und in der Nase hat schon die Zersetzung begonnen. So ein trauriges, junges Leben, und sie geht mit einem Kind schwanger. Manchmal ist es sehr schwer für uns, das Urteil fällen zu müssen. Aber es ist notwendig. Keiner von uns weiß, wie diese Krankheit sich ausbreitet. Manche, selbst die, die hier für uns arbeiten, bekommen sie nie, andere schon in jungen Jahren. Es heißt, sie sei eine Strafe Gottes für die Sünden, die der Mensch begangen hat. Das mag sein, doch mich wundert's, wie viele Sünder gesund und ohne Aussatz leben. Und manche, die hier sind, haben ein wahrhaft christliches Leben geführt. Ich weiß nicht, ob ich das glauben kann. Seht, bei mir ist die Krankheit in meinem vierzigsten Lebensjahr ausgebrochen, und zwölf Jahre lebe ich nun schon hier.«

»Ihr scheint Euch damit abgefunden zu haben?«

»Oh, was bleibt sonst übrig? Immerhin haben wir hier warme Unterkunft, Kleidung und immer reichlich zu essen. Wir arbeiten, soweit wir dazu in der Lage sind; wenn wir krank sind, werden wir gepflegt, schwere Arbeit nehmen uns die Mägde und Wäscherinnen ab, und Hans, der Schellenknecht, bringt oft reichlich Almosen mit, so dass wir an nichts Not leiden.«

»Außer an Gesellschaft mit anderen.«

»Je nun. Das ist am Anfang schwer. Aber auch wenn wir in der Gemeinschaft für tot gelten, so gibt es doch noch liebe Menschen, die an uns denken. Seht, ich war Amme in einem reichen Patrizierhaus. Das kleine Mädchen, das ich genährt habe, zog ich dann als Kinderfrau auf, und als sie erwachsen war, wurde sie meine Freundin. Sie hat mich nicht vergessen. Ach, sie war ein so kluges Kind, eine bezaubernde Frau, wenngleich die Männer große Scheu vor ihr hatten. Denn sie bildete sich gerne und auf vielen Gebieten. Und nie nahm sie ein Blatt vor den Mund, wenn sie mit ihren Brüdern und Vettern disputierte. Aber schlecht war sie nie. Nein, sie ist zu einer gütigen Frau herangewachsen. Sie hat mir in all den Jahren regelmäßig geschrieben und mir von sich und ihrer Familie berichtet. Unser alter Pfarrer hier hat mir immer ihre Briefe vorgelesen, aber den letzten trage ich schon seit Anfang des Monats bei mir, ohne zu wissen, was darin steht. Pater Josefs Augen haben schlimm nachgelassen.«

»Gibt es denn sonst niemanden, der ihn Euch vorlesen kann?«

»Doch, aber nicht jeder muss wissen, was mir meine Bettina schreibt.« Frau Gerlis griff in ihr Gewand und förderte eine kleine Pergamentrolle aus den Falten ihres Rockes zutage. »Frau Almut, seid Ihr zufällig des Lesens kundig?«

»Ja, das bin ich.«

»Ihr seid eine Begine, und ich sehe, Ihr habt mitfühlende Augen. Lest ihn mir vor, bitte.«

»Ihr schenkt mir viel Vertrauen, Frau Gerlis.«

»Ich kenne die Menschen ein wenig«, kam es mit einem Hauch von Erheiterung hinter dem Schleier hervor. Almut entrollte das Pergament und fand sich mit einer kühnen Handschrift konfrontiert. Sie brauchte einige Zeit, um das Schreiben zu entziffern, dann las sie jedoch ohne zu stocken vor, was jene Bettina zu berichten hatte. Es waren viele Begebenheiten, die Almut nichts sagten, Namen, mit denen sie keine Personen verband, Familientratsch, Berichte über Kleider und ein neues Buch. Dann aber kam etwas, das sicher nicht für jedermanns Ohren bestimmt war, und so senkte Almut etwas die Stimme, als sie vorlas, wie Bettina von der Geburt ihres Kindes schrieb, das ganz offensichtlich nicht einer ehelichen Beziehung entstammte, das sie aber innig liebte. »Du würdest das Mädchen sofort in Dein Herz schließen. Es ist ein vollkommenes kleines Geschöpf, und ganz unverkennbar mein Kind. Ganz unverkennbar! Ich habe es Gerlis genannt, nach Dir, liebe Freundin, und – nach seinem Vater!«

»Oh, wie gerne wäre ich jetzt bei ihr!«, seufzte Frau Gerlis. »Sie hat es sicher nicht leicht, der Vater kann sie nicht heiraten. Aber er scheint ein guter Mann zu sein, so wie sie ihn mir bisher geschildert hat. Und wisst Ihr, Frau Almut, wenn man hier lebt, dann verlieren auch manche Formen und Regeln ihre Wichtigkeit. Ob sie verheiratet ist oder nicht, ich sehe keine Sünde mehr darin, dass sie dieses Kind bekommen hat.«

»Solange sie es bei sich behält und dafür sorgt…«

»Das klingt so bitter aus Eurem Mund, Frau Almut.«

»Wir haben gerade ein Findelkind aufgenommen, das seiner Mutter, die vermutlich in einer ähnlichen Lage war, lästig war.«

»Ja. Das allerdings gibt es auch immer wieder. Aber Bettina würde ihr Kind nie hergeben. Ihre Familie mag zwar missbilligen, was sie tat, aber bei ihrem Bruder in Bonn ist sie gut aufgehoben. Nun sagt, was schreibt sie sonst noch?«

»Nur noch ein paar Grußworte.«

Als Almut geendet hatte, bedankte sich Frau Gerlis noch einmal und nahm das Schreiben wieder an sich. Dann schaute sie auf und richtete das Wort an jemanden hinter Almut.

»Oh, Evvi! Ich habe dich nicht kommen gehört. Was gibt es?«

In der Tür stand eine dralle Magd mit einem geröteten Gesicht unter ihrer etwas verrutschten Haube. Die Kälte oder eine heftige Gemütsbewegung hatten ihr diese Färbung verschafft.

»Der Hans von der Schmiergass ist gekommen. Er hat die Kleider mitgebracht. Viele diesmal, und schöne Stoffe sind dabei!«

»Ja, das Christfest macht großzügig. Sag ihm, er soll

die Sachen in den Hof bringen. Wir sind hier für heute fertig. Ach, und Evvi, das hier ist Frau Almut, eine Begine vom Konvent am Eigelstein. Sie hat uns Kräutertropfen und Salben versprochen. Lass dir den Weg von ihr erklären und einen Zeitpunkt nennen, wann du die Arzneien abholen sollst!«

Meister Krudener und Gertrud hatten ihre Unterhaltung ebenfalls beendet, und nach ein paar erklärenden Worten an die Magd verabschiedeten sich die beiden Beginen, um in ihr Heim zurückzukehren.

»Er ordnete an, ich solle noch mindestens eine Woche das Bett hüten!«, grollte Gertrud vor sich hin.

»Der Apotheker? Dann solltest du das auch tun.«

»Unsinn, ich bin gesund!«

Ein Hustenanfall bewies das Gegenteil.

»Na, wenn du meinst. Ich finde ja, wir kommen mit Franziska ganz gut zurecht.«

»Bin ich überflüssig, was?«

»Uh, Gertrud, kaum hast du erfahren, dass du doch nicht vom Aussatz verzehrt wirst, da fängst du schon wieder an zu nörgeln.«

»Daran merkt man doch hoffentlich, dass ich wieder gesund bin, oder?«

Almut lachte auf. Gertruds mürrische Miene glättete sich, und man konnte fast meinen, sie lächle.

»Soll mich Franziska also noch einige Tage lang bekochen. Aber dann werde ich ihr über die Schulter schauen! Richte ihr das aus.«

Almut aber sagte es ihr nicht.

15. Kapitel

Hans von der Schmiergass war mit dem Weihnachtsgeschäft zufrieden. Die Büchse war gut gefüllt gewesen, es hatte reichlich fette Speisen gegeben, und vor allem hatten die Mönche von Groß Sankt Martin ihm einen ordentlichen Sack voll Decken, wollenen Umhängen und Kleider mitgegeben. Von all diesen Gaben durfte der Schellenknecht von Melaten die Hälfte für sich behalten, die andere Hälfte erhielten die Aussätzigen. So wollte es die Tradition. Hans war ehrlich, soweit es sich im Rahmen hielt. Er teilte das Geld aus der Büchse redlich in zwei gleiche Summen. Bei den Lebensmitteln war er ebenfalls gerecht – soweit es möglich war. Nun ja, die leicht verderblichen Sachen mussten natürlich schnell gegessen werden. Mitunter schon auf dem Weg zum Siechenhaus. Von ihm. Und seinen Freunden. Was hatte es für einen Sinn, verdorbene Speisen zu horten. Den Rest teilte er gleichmäßig auf. Bei den Kleidern teilte er ebenfalls gewissenhaft, es gab zwei gleich große Haufen. Dass in dem einen vor allem die abgelegten, geflickten Umhänge aus rauer Wolle, mottenzerfressene Decken, fadenscheinige Röcke und abgelaufene Stiefel waren und in dem anderen der bunte Firlefanz, die feinen Häubchen und seidigen Hemden, das verstand sich doch von selbst. Und aus diesem wunderbar weiten, pelzgefütterten, königsblauen Tasselmantel – warum der in dem Lumpensack gelandet war, mochte der Teufel wissen – würde die alte Lore mindestens zwei schöne Kleider schneidern. Sie hatte ihm einen guten Preis dafür gezahlt und, eitel wie sie war, den Mantel gleich übergeworfen, statt ihn in ihr Bündel zu packen. Na ja, mochte sie einmal für ein paar Stunden die große Dame spielen. Hans wunderte sich viel mehr über die Verschwendungssucht jener Damen, die einen solchen Mantel wegwarfen, nur weil er ein paar Flecken am Saum hatte. Er wühlte weiter in den abgelegten Kleidungsstücken, die er in den Weihnachts-tagen zusammengesammelt hatte, und sortierte sorg-sam die feineren Sachen aus. Denn was sollten die Aus-sätzigen schon mit Putz und Tand. Das ließ sich viel besser an die Mägde und Wäscherinnen verkaufen. Nicht immer nur gegen Geld, verstand sich. Die Evvi zum Bei-spiel konnte sehr gefällig werden, wenn sie dafür ein be-sticktes Tüchlein und ein paar grellfarbige Bänder be-kam. Und für das blassblaue Kleid aus schwerer Seide war sie auch bereit, außerhalb der Bettstatt die eine oder andere verschwiegene Dienstleistung zu erbringen.

Er brauchte ihre Mithilfe, denn er hatte einen Auftrag erhalten. Einen sehr seltsamen, nicht ungefährlichen. Es ging um einen kleinen Satansbraten. Das hatte man zwar nicht genau in diesen Worten gesagt, aber letztlich lief es darauf hinaus. Ein Kind, vom Teufel besessen, wurde angeblich von den Beginen am Eigelstein beher-bergt. Was immer sie damit anzustellen gedachten – Hans schauderte. Er hatte eine gesunde Furcht vor den Mächten der Finsternis. Hörte man nicht allenthalben von den verderblichen Succubi, die schlafende Männer heimsuchten und sie verführten. Sie sollten in Gestalt berückend schöner Frauen auftreten, und doch war ihr eigentliches Ansinnen, den Samen der Männer zu stehlen. Mönche und Asketen waren ihre bevorzugten Opfer, munkelte man. Was diese Dämonen dann gebaren, waren die schrecklichsten Ungeheuer. Vielleicht war es ein solches, was die Beginen in ihren Kammern nährten?

Jedenfalls hatte er einen Beutel Gold erhalten, der gewichtig an seinem Gürtel ruhte. Dazu einen prallen Weinschlauch, gefüllt mit dem besten, schwersten Burgunder.

Noch einmal wühlte er den Haufen Kleidungsstücke durch, nahm hier etwas von dem einen Stapel, legte da etwas auf den anderen. Zwei schwarze Kukullen, ausgefranst am Saum, und an manchen Stellen steif von Schmutz, behielt er noch für sich. Bei Nacht würden sie sehr dienlich sein.

Mit den restlichen Bündeln und den Speisen machte er sich auf den Weg zum Siechenhaus, wo ihm Evvi mit einem glutvollen Blick die Pforte öffnete.

16. Kapitel

Man könnte meinen, mein Essen sei nicht gut gelungen! Schaut nur, wie viel gestern Abend übrig geblieben ist, Frau Almut.«

Am Freitagmorgen standen Almut und Franziska in der Küche und betrachteten die Schüsseln und Körbe, die sie aus dem Refektorium mitgebracht hatten.

»Ich kenne ein paar hungrige Mäuler, die sich darüber freuen werden. Sind noch andere Reste übrig?«

Nacheinander hob die Köchin die Deckel der Töpfe und Pfannen und zählte auf: »Hier ist noch Griebenschmalz, aber das hält sich. Das Rindfleisch und den Weißkohl, die Eier und die gebratenen Hühner sollten wir weggeben. Und auch das Naschwerk, ehe es austrocknet und ungenießbar wird. Vom Brot ist ebenfalls reichlich übrig.«

»Fein. Helft Ihr mir, die Sachen zu verteilen, Frau Franziska? Es schickt sich nicht für eine Begine, alleine durch die Stadt zu gehen, wisst Ihr. Außerdem möchte ich noch im Kloster vorbeischauen und mit Pater Ivo sprechen. Ihr könnt derweil über den Markt gehen und die Vorräte ergänzen.«

Der Brief von Wevelinghoven steckte jetzt in Almuts Tasche, und sie war begierig darauf, nach Groß Sankt Martin zu kommen.

Mit den beiden schweren Körben am Arm traten sie aus dem Tor, und die Köchin fragte mit einem neugierigen Blick zu der Begine, die sie beinahe um Haupteslänge überragte: »Ich habe Euch gestern Morgen gesucht. Mir wurde bedeutet, Ihr wäret zur Aachener Straße gegangen.«

»Ja, das ist richtig.«

»Habt Ihr dort auch schon Eure guten Werke getan?«

Almut lachte leise. »So könnte man es auch sehen. Wie kommt Ihr darauf, Frau Franziska?«

»Als ich von Aachen kam, sah ich das Siechenhaus, das die Kölner dort führen. Wart Ihr in jenem Leprosenhaus und habt Euch um die armen Menschen dort gekümmert?«

»Ich habe mich um unsere Gertrud gekümmert. Ihr ist nun eine schwere Last von den Schultern genommen, denn sie lebte in dem Glauben, sie sei vom Aussatz befallen. Sie hatte sich schon völlig damit abgefunden, uns den Rücken kehren und fortan bei den Kranken leben zu müssen.«

»Wie bitte? Das ist also der Grund, weshalb Ihr eine Aushilfsköchin wie mich beschäftigt habt?« Empörung malte sich auf Franziskas Gesicht ab, und sie hielt im Schritt inne. »Ihr fühlt Euch wohl durch Eure Gebete gegen Krankheiten gefeit? Aber mich kann der Aussatz so gut wie jeden anderen Sterblichen treffen. Über Euch hält Gott wohl persönlich seine Hand, nicht wahr? Ich bin indes nicht geschützt davor. Ich bin ein ganz normales Weib! Der Aussatz!« Sie schauderte. »Aber das ist Euch wohl egal, ich bin ja nicht von hier! Maria, die himmlische Mutter beschütze mich – bestimmt habe ich die Seuche sogar schon in mir.«

Nur mühsam senkte Franziska ihre Stimme, als sich zwei Bürgersfrauen nach ihr umwandten und tuschelnd die Gassenseite wechselten.

Almut seufzte tief. »Beruhigt Euch, Frau Franziska. Es war nur ein heftiger Anfall von Gicht, der Gertrud ans Bett fesselte.«

»Aber Ihr wart Euch nicht sicher. Ihr habt mich ohne Bedenken der Gefahr ausgesetzt!«

»Mäßigt Eure Stimme, Frau Franziska!«, fuhr Almut sie an, die inzwischen auch etwas gereizt war.

»Das wäre ja noch schöner und würde Euch wohl so passen. Meine Stimme ist klar und laut, und ich bringe damit sehr wohl die Sorge über mein Leben zum Ausdruck. Das kann hier ruhig jeder hören«, rief sie einigen Frauen hinterher, die daraufhin das Weite suchten. Voller Zorn ließ Franziska den Korb fallen. Brühe schwappte über einen Soßenkrug und ergoss sich über den Schnee. »Mich in ein Heim voller scheinheiliger Beginen zu schleppen, mich der gefährlichsten Seuche auszusetzen...«

Sie krakeelte jetzt in voller Lautstärke über die Straße, und nun konnte sich auch Almut nicht länger beherrschen. Mit beiden Armen packte sie die hysterische Köchin an den Schultern und schüttelte sie so rüde, dass dieser das Haartuch über die Stirn rutschte und ihr die Sicht nahm.

»Ja, habe ich es denn nur noch mit eingebildeten Kranken zu tun? Die Gertrud sah sich schon dahinsiechen, obwohl sie gesund ist, und Ihr, Frau Franziska, seid auf dem besten Weg, Euch zu einer Märtyrerin zu erklären, weil Ihr in einem Haus mit eingebildeten Kranken arbeitet.«

Wütend schob Franziska das Tuch von den Augen und keifte: »Böswillig verschwiegen habt Ihr mir, dass bei Euch der Aussatz ausgebrochen ist!«

»Ist er aber nicht, Ihr einfältiges Huhn!«

»Hätte aber sein können, Ihr hinterhältige Zicke!«

Mittlerweile waren einige Kinder und Erwachsene stehen geblieben und freuten sich auf eine bevorstehende Rangelei. Es wurde verhalten gekichert, und eine heisere Stimme fragte in die Runde, wer auf die Begine wetten würde.

Das ernüchterte die beiden. Sie funkelten sich nur noch böse an, nahmen ihre Körbe wieder auf, würdigten die Umstehenden keines Blickes und setzten ihren Weg schweigend fort.

Erst nach einer Weile schaute Franziska vorsichtig zu Almut auf, die festen Schrittes und mit hoch erhobenem Kopf neben ihr herging. Sie schnaufte leise.

»Eigentlich zanken sich Hühner und Zicken nicht!«

»Nein, eigentlich nicht.«

»Ich hab in der letzten Zeit ein bisschen was durchgemacht.«

»Ja, den Eindruck habe ich auch gewonnen.«

»Ich bin eigentlich ganz froh, bei Euch Unterschlupf gefunden zu haben!«, kam es sehr kleinlaut von der Köchin.

»Wir sind auch ganz froh darum, dass Ihr bei uns Unterschlupf gesucht habt. Gertrud muss sich noch eine Weile schonen…«

»Heißt das, meine Dienste werden noch einige Zeit benötigt?«

Almut zwinkerte, und ein Lächeln umspielte ihre Lippen. »Ja, und nun sollten wir eben mal anhalten, denn mit diesem verrutschten Tuch seht Ihr wahrhaftig wie ein zerrupftes Huhn aus, Frau Franziska.«

»Lasst bloß die vornehme Frau weg, die passt sowieso nicht zu einem Huhn.«

»Schon recht, zu einer Zicke auch nicht, denke ich,

Franziska. Und jetzt suchen wir eine Familie auf, die sich über unsere Gaben besonders freuen wird. Ah, da ist ihr wichtigster Vertreter ja auch schon.«

Pitter, der Päckelchesträger, stand neben einem dampfenden Pferd. Er war in einen grauen, fadenscheinig gewordenen Umhang gewickelt, der ihm deutlich zu groß, aber an vielen Stellen geflickt und ausgebessert war. Eine graubraune Gugel wärmte seinen Hals und die Ohren. Den langen Schwanz der Kapuze hatte er in der Art eines maurischen Turbans um den Kopf gewunden, doch der Zipfel, verziert mit einem kleinen, scheppernden Blechglöckchen, baumelte keck über seine linke Wange. Neben ihm stand der Besitzer des Pferdes. Er mochte etwa genauso alt sein wie der Kölner Gassenjunge, irgendwo um die vierzehn Jahre, aber sowohl sein Auftreten als auch sein Aussehen ließen sich nicht mit Pitter vergleichen. Er trug einen dunkelroten Umhang aus schwerer Wolle, pelzverbrämt und genau bis an seine Waden reichend. Auch seine Mütze war aus Pelz, und seine Stiefel schmiegten sich glatt um seine Beine.

»Pitter, bist du bei der Arbeit?«, fragte Almut, als sie ihn erreicht hatten.

»Klar!«, schnaufte er, zog vernehmlich die Nase hoch und wischte mit dem Handrücken die verbleibenden Tropfen weg.

Angeekelt musterte ihn der andere Jüngling und machte dann eine höfliche und ausnehmend anmutige Verbeugung.

»Seid gegrüßt, Frau Begine, und auch Ihr, werte Dame!«

»Womit du gelernt hättest, Pitter, wie du uns schicklich zu begrüßen hast.«

»Hab ich das nötig?«

»Nun jaaaa... Also, in diesem Korb hier, Pitter, ist das

eine oder andere Häppchen, das deiner Mutter und deinen Geschwistern ein hübsches Weihnachtsessen bescheren könnte...«

Pitters Augen in seinem mageren Gesicht glühten auf. Pathetisch legte er die rechte Hand auf sein Herz und versuchte eine großartige Verbeugung. Das launische Schicksal aber wollte es, dass eine gefrorene Pfütze unter seinem Fuß sein Gleichgewicht störte und er der Länge nach auf die Nase fiel, als er sich vornüberbeugte.

»Nur orientalische Potentaten verlangen, dass man sich vollständig vor ihnen zu Boden wirft. Vor Frauen, mögen sie noch so edel sein, gilt die Proskynese als überzogen«, näselte der adrette Jüngling.

»Klugscheißer!«, kam es von unten. Eine schmuddelige Hand schoss hervor, packte einen der beiden eleganten Stiefel, und ehe er sich's versah, saß der junge Mann auf seinem Allerwertesten im Schnee.

»Vor Frau Almut ist das für Euch die rechte Haltung, edler Herr!«, schnaubte Pitter, während er sich aufrappelte und den Schnee von seinem Umhang klopfte.

Das Funkeln in den Augen des anderen verhieß nichts Gutes, und Almut sah sich gezwungen, vermittelnd einzugreifen. Sie öffnete den Korb, drückte Pitter und dem sitzenden Edelknaben ohne Umstände je einen der süßen Wecken in die Hand und befahl: »Frieden auf Erden, meine Herren!«

Pitter, geneigt, immer demjenigen Recht zu geben, der ihn fütterte, schlug seine Zähne begeistert in das süße Gebäck. Der andere Jüngling hingegen beäugte die leicht zerdrückte Nascherei äußerst misstrauisch.

»Wenn Euch süße Wecken ekeln, dann gebt sie Pitter. Ich verstehe ja – so feine Herren wie Ihr sind Besseres gewöhnt als hart arbeitende junge Männer.«

In der Stimme der Begine schwang eine gewisse Schärfe mit, und der Jüngling sah verdutzt von unten hoch. Dann biss er vorsichtig in das weiche, süße Bachwerk. Sein Gesicht verzog sich prompt vor Genuss, und Almut musste kichern.

»Ist doch gar nicht so schlecht, was? Erhebt Euch und schließt Frieden mit Pitter. Er ist ein braver Kerl, der sich sein Brot selbst verdienen muss. Und selten genug ist Butter darauf.«

Der Junge kam auf die Füße und wischte sich die klebrigen Hände mit etwas Schnee ab. Dann reichte er Pitter die Rechte: »Nehmt bitte meine Entschuldigung an, Herr Pitter!«

»Mach ich!«, feixte Pitter. »Habt Ihr auch einen Namen, Herr Vornehm?«

»Fredegar werde ich gerufen und diene einem Ritter als Knappe.« Er wandte sich Almut zu und erklärte: »Er wollte das Benediktiner-Kloster von Groß Sankt Martin aufsuchen. Ich komme mit einer Nachricht zu ihm, aber ich bin fremd in der Stadt, und dieser Junge hier sollte mich zu jener Stätte führen.«

Der Herr Pitter nickte zustimmend und grinste über beide Ohren.

»Ich glaube, Pitter, wir können dir den Weg abnehmen. Bring diesen Korb zu deiner Familie, und lasst es euch schmecken.«

»Geht in Ordnung!«

»Geht es deiner Mutter besser?«

»Mit der Krücke kann sie schon wieder herumlaufen.«

»Schau bei Elsa vorbei, sie soll dir ein Mittel zum Einreiben mitgeben.«

»Klar, danke auch, Frau Almut.«

»So, und Ihr seid der edle Herr Fredegar und sucht Euren Herrn im Kloster zu Groß Sankt Martin. Begleitet uns, denn das ist auch unser Weg.«

Verlegen druckste der edle Herr Fredegar herum und schüttelte dann den Kopf.

»Nennt mich einfach Fredegar, ein edler Herr ist der Ritter, dem ich diene. Ich danke Euch für Euer Anerbieten und will Euch gerne auf dem Weg zum Kloster Schutz gewähren.«

»Großmaul!«, zischte Pitter, aber Almut scheuchte ihn mit einer Handbewegung fort. Er schenkte dem Knappen zum Abschied noch einen kumpelhaften Knuff in die Rippen und stob dann in guter Haltung davon.

Der Knappe nahm sein Pferd am Zaum und setzte sich ebenfalls in Bewegung. Almut blieb an seiner Seite und fragte ihn mehr höflich als neugierig: »Wer ist denn der Ritter, dem Ihr dient, Fredegar?«

»Der Herr Gero von Bachem, Frau Begine.«

»Und der hält sich im Kloster auf und verbringt die Festtage nicht auf seiner Burg?«

»Er … es war ihm ein Bedürfnis, hier im Kloster eine Bußezeit zu verbringen und dann am Dreikönigstag im Dom zu beten.«

»Euch hat er für diese Zeit freigegeben?«

»Ja, so ähnlich!«

Der Junge konnte nicht besonders gut lügen, fand Almut, und sie ersparte ihm weitere Fragen. Stattdessen wies sie ihn auf die Silhouette des Doms hin, die sich vor dem blassblauen Winterhimmel abhob. Wie zierliches Filigran wirkte das Strebewerk des Chors, und der Stumpf des Südturms ragte, gekrönt von dem ewig quietschenden Kran, auch schon etliche Mannshöhen empor. Sie durchquerten die schmalen Gassen, die durch die vorkragenden oberen Stockwerke der Häuser verhältnismäßig schneefrei waren, und Franziska verteilte den Inhalt ihres Korbes an einige zerlumpte und verfrorene Kinder, die sich an den Wänden herumdrückten.

Groß Sankt Martin lag hinter dem Alten Markt, wo die Händler mit ihren Buden und Ständen inzwischen wieder reichlich Waren anboten.

»Ich mache hier meine Einkäufe. Wo treffen wir uns nachher?«

»In Sankt Brigiden, der Gemeindekirche des Klosters. Ich nehme an, ich werde mich mit Pater Ivo dort unterhalten. Ansonsten findet Ihr mich am Marienaltar.«

Franziska trennte sich von ihnen, und Almut wollte Fredegar bis zum Eingang des Klosters führen, doch kurz bevor sie die Pforte erreicht hatten, blieb der Knappe plötzlich stehen und rief erfreut auf: »Frau Bettina!«

Ohne nachzudenken drückte der Junge Almut die Zügel in die Hand und eilte zu der Dame an einem der Stände hin. Sie trug einen prächtigen königsblauen Tasselmantel, dessen bestickter, hochgeschlagener Kragen ihr Gesicht verdeckte.

Almut hörte Fredegar hervorstoßen: »Ich wusste ja gar nicht, dass Ihr…«

Die Angesprochene drehte sich um, und der Junge erstarrte in seiner Bewegung. Ein altes, pockennarbiges Gesicht sah ihn an, und ein zahnloser Mund öffnete sich zu einem hämischen Lachen.

»Eure edle Dame hatte wohl ein glatteres Gesichtchen, was, Junge?«

»Entschuldigung. Ich habe Euch verwechselt!«

»Offensichtlich!«, krähte die Alte und zog den Mantel fester um sich, als ob sie befürchtete, er würde ihr wieder entrissen.

Fredegar wandte sich schaudernd ab und kehrte zurück wie ein begossener Hund.

»Verzeiht!«, murmelte er und nahm Almut die Zügel wieder aus der Hand. »Ich war ungehörig!«

»Schon gut, Fredegar. Ich bin durchaus in der Lage, ein so gehorsames Pferd eine Weile zu halten.«

Noch immer verwundert schüttelte der Knappe den Kopf und fragte: »Wie mag die alte Vettel nur zu einem solchen Mantel gekommen sein? Sie sah von hinten aus wie eine hochgeborene Dame, die ich kenne.«

»Die Dame Bettina. Die eigentlich in Bonn weilen sollte?«

Almut hatte ein Zwinkern in den Augen.

»Woher wisst Ihr das?«

»Ich könnte jetzt behaupten, ich sei in der Lage, in Eurer Seele zu lesen , aber es ist viel einfacher. Ihr habt die Alte mit Frau Bettina angeredet, und ich habe vorgestern zufällig eine Frau getroffen, die mich bat, ihr einen Brief von einer Bettina vorzulesen. Aus Bonn. Ihr habt nur bestätigt, was ich geraten habe.«

»Was für ein lustiger Zufall!« Fredegar war amüsiert. »Wer war diese Dame mit dem Brief?«

»Frau Gerlis, ihre Amme und Kinderfrau. Sie lebt jetzt in Melaten.«

»Oh!«

»Ja, bei den Aussätzigen.«

»Dann war es wahrhaftig die Frau Bettina, die ich meinte. Sie ist eine barmherzige Dame, großzügig und edel. Sie erzählte mir einst von ihrer Kinderfrau, um die sie sich jetzt kümmert.«

»Und woher kennst du die edle Frau?«

Einen Moment druckste Fredegar herum und suchte nach den richtigen Worten, aber dann erklärte er freimütig: »Sie und mein Herr Gero sind ein Paar. Auch wenn es nicht an die große Glocke gehängt wird, so weiß es doch fast jeder.«

»So weilte auch Euer Herr Gero in Bonn?«

Fredegar verstummte abermals und biss sich auf die Unterlippe.

»Schon gut, Fredegar. Ich hätte es mir denken können. Es geht mich nichts an, und ich habe nichts gehört. Hier ist die Klosterpforte. Sei so gut und richte dem Pförtner oder einem der Brüder aus, ich müsse Pater Ivo dringend sprechen. Ich warte auf ihn in der Gemeindekirche.«

Der Knappe versprach, das zu tun, bedankte sich ausnehmend höflich für die Begleitung und verabschiedete sich dann mit einer weiteren anmutigen Verbeugung.

Almut begab sich in die kleine Kirche, die seitlich am Kloster klebte, und suchte den Marienaltar auf, um dort einige stille Gebete zu sprechen. Es verging eine geraume Zeit darüber, und sie war sich beinahe sicher, der Benediktiner müsse wohl zu beschäftigt sein, um ihrer Bitte Folge leisten zu können. Möglicherweise hielt er sich auch gar nicht im Kloster auf. Gerade als sie sich erheben wollte, hörte sie Stimmen, die sich näherten.

»So traut Ihr Euch denn doch einmal aus dem Kloster heraus, Ritter?«

»Ich bleibe auf geweihtem Grund, Pater, aber ich möchte dennoch lieber hier das Gespräch von gestern Abend fortsetzen als in den Klostermauern. Ich hatte nämlich noch eine aufschlussreiche Unterhaltung mit Eurem Prior.«

»Oh, über das nämliche Thema?«

»Genau das.«

Almut sah in der dämmerigen Kirche zwei hochge-
wachsene Gestalten auf sich zukommen. Sie wollte gerade aus dem Schatten treten, um sie anzusprechen,
aber die beiden gingen an ihr vorbei, ohne sie zu bemer-
ken. Sie schwiegen, und Almut drehte sich wieder um
und nahm ihre Gebete erneut auf, um nicht zu stören.
Daher fuhr sie zusammen, als sie plötzlich ganz in ihrer
Nähe Pater Ivos Stimme hörte.

»Ihr bezieht Euch auf unseren Disput über die Rechte
der Stadtbürger, Ritter, bei dem ich mir Eure ketzeri-
sche Meinung dazu anhören musste, nicht wahr?«

»Und sie bestätigte, Pater, wenn ich mich recht entsinne.«

»Schon gut, ich stimmte Euch insoweit zu, als der
Erzbischof ein Kirchenfürst ist, dessen Augenmerk na-
turgemäß auf den Vorteilen seiner Kirche liegt.«

»Dennoch bestimmt er auch über die Rechte der
Stadtbürger.«

»So will es die göttliche Ordnung, Ritter!«

»Die Ihr in dieser Form nicht anerkennt, Pater, wie
Ihr mir selbst an anderer Stelle bestätigt habt.«

»In dieser Form nicht. Aber das ist meine persönliche
Meinung, die Ihr besser nicht zitiert.«

»Gewiss nicht, denn Euer Prior sieht das völlig
anders. Er fuhr mir prächtig über den Mund, als ich ihn
darauf hinwies, der Erzbischof verstünde bedauerlich
wenig davon, wie die Bürger leben und arbeiten. Das
aber ist notwendiges Wissen für einen Herrscher, der
das Recht in einer Stadt personifiziert, die von Handel
und Handwerk lebt.« Der Ritter seufzte tief. »Außerdem verhält er sich in dem Streit um die Schöffen ausgesprochen ungeschickt. Und mit dieser Meinung stehe
ich nicht ganz alleine! Aber Prior Rudgerus sähe gerne

seine Stellung gestärkt. Seiner Ansicht nach tut das auch der gesamte Kölner Klerus!«

»Dem Klerus ist es unter dem Rat der Stadt bislang nicht schlecht ergangen«, stellte der Pater trocken fest. »Die Geistlichen stehen unter seinem Schutz und können ihren Aufgaben nachkommen.«

»Eine Tatsache, die dem Erzbischof selbstredend ein Dorn im Auge ist.«

»Sicher. Genauso wie es ihn verärgert hat, dass die Zünfte und die Gaffeln ihre eigenen Rechte beanspruchen. Es hat viel Streit wegen der weltlichen Gerichtsbarkeit gegeben, denn die Kaufleute und Handwerker sehen nicht ein, warum ihre Streitfälle vor einem geistlichen Gericht verhandelt werden müssen.«

»Es mag für die Bürgerschaft ein erstrebenswertes Ziel sein, auch die Gerichtsbarkeit den weltlichen Herren zu unterstellen. Aber vergesst nicht, es gibt auch Bestrebungen, die alte Richerzeche, die nur aus den Mitgliedern des städtischen Patriziats besteht, wieder zu stärken. Prior Rudgerus beispielsweise hängt dieser Richtung an.«

Pater Ivo nickte nur. »Natürlich. Die Patrizier würden gerne ihren alten Einfluss wiedererlangen und den Erzbischof vermutlich als Marionette nach ihren Weisen tanzen lassen. Aber ich frage mich, ob sie sich noch einmal durchsetzen werden. Die Weber sind trotz ihrer Niederlage vor einigen Jahren immer noch mächtig, und sie haben Geld und Einfluss. Die anderen Zünfte auch, und sie verlangen nach ihrem Stimmrecht.«

»Mit Recht, Pater. Mit Recht!«

Almut wurde unbehaglich zumute, dieses Gespräch verlief hart am Rande des Hochverrats. Sie richtete sich auf und hüstelte leise.

»Was war das?«, zischte der Ritter, und geistesgegenwärtig hatte der Benediktiner ihm die Hand auf den linken Arm gelegt.

Almut trat aus ihrer Nische hervor.

»Ich bin es, Pater Ivo. Ich hatte Euch Nachricht geschickt. Ich muss mit Euch sprechen.«

»Ah, Begine! Eure Nachricht erhielt ich nicht. Worum geht es?«

»Um das Kind. Und etwas, was damit im Zusammenhang steht.«

»Gut, ich will Euch gleich meine Zeit widmen.« Er wandte sich an seinen Begleiter und meinte: »Wir können unsere Unterhaltung später fortsetzen, denke ich. Die Beginen vom Eigelstein haben sich eines dringenden Problems angenommen, um das ich mich zu kümmern habe.«

Der Ritter verneigte sich achtungsvoll.

»Meinen ehrerbietigsten Gruß, Schwester!«

»Ich grüße Euch auch, doch der Titel Schwester gebührt mir nicht. Ich bin keine Klosterfrau.«

Pater Ivo nickte und wies auf den Ritter.

»Dies ist Gero von Bachem, ein Gast unseres Klosters, Begine.«

Sie sah sich einem ausnehmend gut aussehenden Mann gegenüber, von gleicher Größe wie der Pater und ebenso kräftig, aber mit Mitte der Dreißig sicher um die zehn Jahre jünger als der Mönch.

»Ich hoffe, Euer Knappe, der junge Fredegar, hat Euch gefunden, Herr Gero. Ich hatte das Vergnügen, ihn zum Kloster zu geleiten.« Verwundert bemerkte Almut, wie der Ritter die Lippen zu einem missbilligenden, schmalen Strich zusammenpresste. »Er war ein ausgesprochen höflicher Begleiter, grollt ihm nicht.«

»Schon gut. Er ist ein wenig geschwätzig, der Junge.«

»Die Begine hat zwar häufig eine scharfe Zunge, mit der sie die Menschheit gnadenlos geißelt, doch ich habe sie schon als durchaus vertrauenswürdige Person kennen gelernt.«

»Wenn Ihr es behauptet, werde ich mich darauf verlassen müssen.«

»Tut das, Ritter!« Er wandte sich an Almut und fragte: »Sagt, Begine, habt Ihr uns belauscht?«

»Nicht wissentlich, Pater. Aber ich konnte nicht umhin, einige Gesprächsfetzen mitzubekommen.«

»Aha. Und nun, welche Schlüsse habt Ihr daraus gezogen?«

Pater Ivo sah fragend auf Almut herab. Die Fältchen um seine Augen hatten sich vertieft, was sie als Zeichen eines gewissen Amüsements zu deuten gelernt hatte.

»Dass man sich durchaus fragen kann, ob der Herr Gero ein Mann des Erzbischofs oder ein Freund der Stadt ist.«

»Die Frage, Ritter, habt Ihr selbst herausgefordert. Auch ich lausche gebannt Eurer Antwort!«, ermunterte ihn Pater Ivo.

Gero von Bachem hatte plötzlich einen gehetzten Blick in den Augen, aber dann fasste er sich wieder: »Ich bin ein Büßer, Pater. Nur ein Büßer.«

»Kein Mann des Erzbischofs also!«

»Ein Büßer, Begine.«

Almut nickte zustimmend, wenngleich ihr plötzlich etwas in den Sinn kam. Was hatte Rigmundis an jenem bilsenkrautseligen Abend von einem Verräter erzählt, der auf geweihtem Grund betete? Aber den Gedanken konnte sie nicht weiter verfolgen, denn Gero von Bachem verabschiedete sich.

»Ich überlasse Euch Euren Angelegenheiten, Pater. Wir sehen uns später.«

In vollendet höfischer Manier verbeugte sich der Ritter vor ihr, und ein strahlendes Lächeln lag noch auf Almuts Gesicht, als sie sich wieder an den Benediktiner wandte. Der hatte jedoch inzwischen seine Gewittermiene aufgesetzt. Sie wurde ernst.

»Ein Büßer, Begine. Nicht mehr!«

»Natürlich. Der den geweihten Grund der Kirche nicht verlassen will. Sehr löblich, nicht wahr?«

»Ja.«

»Die Immunität des Klosters bietet vor vielem Schutz.«

»Wie Ihr wisst.«

»Ist es dann nicht ungeschickt, sich mit Eurem Prior anzulegen?«

»Gewiss.«

»Verstehe ich richtig, Pater, der Prior ist ein Vertreter der alten Ordnung – Richerzeche, Patrizierrat, Macht des Erzbischofs?«

»So ist es.«

»Dann wundert es mich, weshalb Euer Orden noch seinen Gemeindepflichten nachkommt. Denn der Erzbischof hat doch darauf bestanden, dass der Klerus die Stadt mit ihm verlässt.«

»Unser Abt hat sich den Stiftskapiteln angeschlossen, die sich unter den Schutz des Rates stellten, Begine.«

»Ah, unterschiedliche Ansichten zwischen Abt und Prior?«

Pater Ivo erlaubte sich ein hauchfeines Lächeln. »Nicht nach außen hin.«

»Ich verstehe. Nun, wie der Zufall es will, habe ich hier etwas gefunden, das Ihr sorgsam prüfen solltet. Entscheidet Ihr dann, wem Ihr davon berichtet.« Almut zog das zusammengefaltete Pergament aus ihrer Gürteltasche und reichte es dem Benediktiner. »Dies steckte in den Windeln Eures Findlings!«

»Ein Brief?«

Über den schwarzen Brauen legte sich seine Stirn in unwillige Falten. Wortlos nahm er den Brief an sich, ging zum Fenster und überflog das Schreiben, während Almut ihn unter gesenkten Lidern betrachtete. Sein graues Haar und sein Bart waren kurz geschnitten, doch zwei dunkle Strähnen, die den Mund einrahmten, ließen darauf schließen, dass er einmal sehr schwarzes Haar gehabt haben musste. Selbst in dieser dunklen Jahreszeit war seine Haut noch leicht gebräunt und gab Zeugnis von den vielen Stunden, die er arbeitend in den Weingärten des Klosters verbrachte. Im Gegensatz zu vielen Brüdern seines Ordens, die zur Völlerei neigten, war er schlank, doch nicht asketisch mager. Sie wusste, er war ausdauernd und kräftig und verfügte über ausnehmend gute Reaktionen. Zweimal schon hatte er sie dank dieser Eigenschaften aus übler Bedrängnis gerettet.

Nun las er schweigend und konzentriert, und sein Gesicht verdüsterte sich noch mehr.

»Das sieht nach Verrat aus. Dieses Schreiben ist vermutlich nicht an Friedrich selbst gerichtet«, murmelte er.

»Das war auch meine Ansicht. Irgendwer im Umfeld von Friedrich von Saarwerden hat Wevelinghoven und Kelz damit beauftragt, Söldner zusammenzurufen, um die Stadt anzugreifen! Durchaus auch ohne dessen Wissen.«

»Um damit die Kluft zwischen Rat der Stadt und Erzbischof weiter zu vergrößern. Richtig. Eine hässliche, aber denkbare Schlussfolgerung habt Ihr da gezogen, Begine. Es liegt dem ›edlen Freund‹ offensichtlich daran, den Streit zu schüren.«

»Wisst Ihr, ob die beiden Kleriker, die in diese Angelegenheit verwickelt waren, inzwischen ihren Auftraggeber benannt haben?«

»Sie und die beiden Ritter von Oefte bezeichneten den Erzbischof als denjenigen, der sie zu dem Anschlag angestiftet hat. Sie haben ein notariell beglaubigtes Geständnis abgelegt. Nach peinlicher Befragung…!«

»Ah ja. Ihr glaubt dem nicht, merke ich.«

»Nein, ich glaube dem nicht.

»Ich auch nicht. Und nun habt Ihr einen Büßer hier in Euren Mauern, Pater. Der aus Bonn kommt, geweihten Grund nicht verlässt und sehr ungewöhnliche Ansichten über die Rechte der Bürger hat.«

»Was wollt Ihr damit sagen, Begine?«

»Ach, nichts im Besonderen. Nur – was büßt der Büßer? Und warum taucht das Kind mit diesem Schreiben hier auf, während er büßt?«

»Da muss kein Zusammenhang bestehen.«

»Muss nicht. Aber habt Ihr etwas über die Mutter herausgefunden?«

»Nein. Oder – vielleicht doch.« Pater Ivo sah Almut zweifelnd an. Dann gab er sich einen Ruck und meinte: »Begine, es ist wahrscheinlich nicht im Sinne unseres Abts, aber ich werde Euch dennoch erzählen, was wir gestern entdeckt haben.«

Während sie das Seitenschiff auf und ab wandelten, hörte sich Almut mit Grauen den Bericht über den Fund der toten Frau an, ohne eine einzige Zwischenfrage zu stellen.

»Wir haben sie dem Vizevogt übergeben. Er war nicht sehr glücklich darüber«, schloss Pater Ivo seine Ausführungen.

»Könnte ... Könnte sie die Mutter des Kindes sein?«

»Möglich ist alles. Dann wäre die Mutter, nachdem sie ihr Kind aussetzte, ermordet worden. Hier, im Kloster. Diese unangenehme Betrachtung haben wir auch schon angestellt. Aber es ergab wenig Sinn für uns.«

»Jetzt hingegen wissen wir von dem belastenden Schreiben in den Windeln des Kindes. Wenn die Frau deswegen umgebracht worden ist, würde es schon einen Sinn ergeben. Der Brief, scheint mir, könnte durchaus eine Gefahr für seinen Besitzer darstellen.«

Pater Ivo erlaubte sich ein kurzes Schnauben.

»Das kann man wohl behaupten. Warum sollte sie aber das Kind dann aussetzen?«

»Das solltet Ihr den Vater des Kindes fragen. Gegebenenfalls büßt er ja mehr als nur einen Verrat?«

»Ihr zieht bösartige Schlüsse, Begine! Der Ritter ist ein ehrenwerter Mann.«

»Wie Ihr meint, Pater. Nun, dann überlasst es unserem geschätzten Vogt, dem Wigbold Raboden, den Fall aufzuklären.«

»Der ist der festen Überzeugung, nur einer unserer Brüder könne der Mörder sein. Er höhnte etwas von Lustmord, als er glaubte, wir hörten ihn nicht mehr.«

»Die menschliche Triebnatur, Pater, soll auch diejenigen, die ein Leben in Keuschheit führen, manchmal mit Macht überfallen.«

Pater Ivo blieb stehen und baute sich vor Almut auf.

»Hat Euch eigentlich noch niemand angeboten, Euch die Zunge abzuschneiden?«

»Bis zum Augenblick nicht. Wisst Ihr, Meister Krudener hat behauptet, Mercurio in Gemini trage die Schuld an ihrem ungebärdigen Verhalten.«

»Und das gibt Euch jetzt für alle Zeit das Recht, sie hemmungslos laufen zu lassen?«

»So man mich reizt!«

»Ich habe Euch nicht gereizt!«

»Nein, Pater Ivo. Überhaupt nicht!«

»Begine!«

»Die Sonne in Taurus schenkt mir nämlich endlose Geduld, bedeutete mir Meister Krudener.«

»Mir kommen allmählich Zweifel, ob die Macht der Sterne wahrhaftig so groß ist, wie man ihnen gemeinhin unterstellt!«

»Aber Mars in Taurus fördert meine Neigung zum Jähzorn, Pater. Und ich habe heute schon mein gerüttelt Maß an Geduld verbraucht!«

Aber es war ein spitzbübisches Lächeln, das diese Worte begleitete, und es vertiefte sich, als er ihr grollend entgegensetzte: »›Die Geduld aber soll ihr Werk tun bis ans Ende, damit ihr vollkommen und unversehrt seid und kein Mangel an euch sei.‹«

»Hat Jakobus gesagt, Pater. Aber auch: ›Selig ist der Mann, der die Anfechtungen erduldet.‹ Und so könnt auch Ihr Euch ein Anrecht auf die Seligkeit erwerben.«

Der Benediktiner zog die Hände aus dem Kuttenärmel und breitete sie wie um Frieden bittend aus. Dann nahm er seine Wanderung wieder auf, und Almut folgte ihm.

»Ihr habt ja Recht«, stellte er in sachlichem Ton fest, »sollte die Frau wirklich die Mutter des Kindes sein, so kennt sie den ›edlen Freund‹. Er könnte natürlich der Vater sein, aber auch ein beliebiger anderer Mann. Wir haben nun mal keinerlei Hinweis darauf, ob es einen Zusammenhang gibt.«

»Ist die Frau jung oder alt?«

»In den mittleren Jahren, schätze ich. Kein junges Mädchen mehr, aber auch keine Greisin.«

»Hat sie Kinder geboren?«

»Ich habe sie daraufhin nicht untersucht!«, kam es etwas steif von dem Mönch.

»Man kann das am Bauch erkennen…«

»Klärt mich nicht über die Anatomie des Menschen auf.«

»Nur über die der Frauen, Pater!«

»Ihr glaubt, das sei nötig?«

»Ich dächte! Aber gut, eine Frau mittleren Alters. Wenn Ihr schon nicht den Bauch…«

»Begine!«

»…dann wenigstens die Hände oder Füße betrachtet habt, werdet Ihr wissen, ob sie eine Bauersfrau oder Handwerkerin oder eine edle Dame war.«

Er zuckte mit den Schultern. »Saubere, weiche Füße, die sicher in Schuhen und Strümpfen gesteckt haben, und gepflegte Hände.«

»So wie das Kind in feine Spitzen und weiche Wolle gekleidet war.«

»Mh.«

»Es muss jemandem daran gelegen haben, dass sie nicht erkannt wird, denkt Ihr nicht auch? Sonst wären Kleider und – äh – Kopf nicht verschwunden. Eine Fremde, die niemandem bekannt ist, kann sie deshalb wohl kaum gewesen sein.«

»Dann wird sie sicher auch vermisst werden.«

»Möglich. Aber…«

Almut kam nicht dazu, ihre Einwände vorzubringen, denn die Kirchentür öffnete sich, und Franziska trat ein, gebeugt unter der Last zweier schwerer Körbe.

»Es ist Zeit für mich zu gehen. Ich lasse Euch das Pergament hier. Gebt Ihr mir Bescheid, wenn Ihr etwas dazu herausgefunden habt, Pater?«

»Ihr hängt dem Laster der Neugier an.«

»Leider ja. Mercurio in Gemini, Ihr wisst ja!«

»›Ein jeder, der versucht wird, wird von seinen eigenen Begierden gereizt und gelockt.‹ Und nicht von den Sternen, Begine.«

»Jakobus?«

»Eben der. Und ich werde Eurem Laster keinen Vorschub leisten. Überlasst dieses Mal die Sache ausschließlich den Männern, die dafür zuständig sind.«

Almut knurrte unwillig und zitierte dann erbost: »›Gott widersteht den Hochmütigen, aber den Demütigen gibt er Gnade.‹ Hat Jakobus auch gesagt. Wenn Eure Hochmut Euch glauben lässt, die Angelegenheit sei ausschließlich Eure Sache, dann stelle ich Euch das plärrende Päckchen, das Ihr bei uns abgeliefert habt, auch gerne wieder zu.«

»Begine!«

»Meine Begleiterin wartet!«

Mit einem kühlen Kopfnicken wandte sich Almut ab und ging auf Franziska zu. Sie war empört über die Weigerung des Paters, sie in die Ermittlungen mit einzubeziehen.

»Hat Euch der finstere Pater die Leviten gelesen, Almut?«

»Das Buch Leviticus lese ich mir selbst vor, dafür brauche ich keinen Priester!«, schnaubte Almut.

»Was für ein Buch?«

»Das dritte Buch Moses, das mit den Gesetzen.«

»Ihr erklärt mir in aller Seelenruhe, Ihr selbst lest die

Bibel? Na, dann ist es doch kein Wunder, wenn Euch der Pater zürnt. Er weiß es, nicht wahr? Wenn das nun tatsächlich jeder machen würde und die heiligen Worte ohne Hilfe auslegen könnte, dann bräuchten wir die Gottesdiener nicht mehr. Das kann nicht gut gehen! Daran darf man noch nicht einmal denken.« Franziska senkte verschwörerisch die Stimme und fragte: »Kennt Ihr wirklich die gesamte Bibel?«

»Mh, manches. Was Clara so übersetzt!«

Warnend hob Franziska einen Finger an die Lippen, derweilen sie sich umschaute, ob jemand ihnen folgte.

»Aber das ist Männersache. Das ist noch viel gefährlicher als der Aussatz.«

»Ich könnt Euch gar nicht vorstellen, wie egal mir das ist. Auch wenn Pater Ivo glaubt, er wüsste ganz genau, was ausschließlich die Sache von Männern ist!«

»Ja, ja, ich weiß! Dazu haben Männer immer eine ganz besondere Meinung. Aber ich habe Euch schon mal gewarnt, Almut. Die Priester sind schnell bei der Hand, wenn es darum geht, jemanden einen Ketzer zu nennen. Das ist in Köln nicht anders als in Aachen.«

Almut wechselte den schweren Korb auf die andere Seite und meinte: »Das wird er kaum wagen. Nein, ich ärgere mich über eine ganz andere Sache.«

Franziska hatte sich zwar noch nicht ganz beruhigt, aber ein Teufelchen Neugier lugte aus ihren Augenwinkeln hervor, als sie fragte: »Hat es was mit dem Kind zu tun, das er in der Christnacht gebracht hat? Ich meine, ich wollte ja nicht aufdringlich sein, aber da war doch dieser Brief...?«

»Franziska – ich habe einen ganz entsetzlichen Verdacht!«

»Ja?« Erschrocken blieb die Köchin stehen.

»O ja. Ich fürchte, auch Euer Mercurio steht in Gemini.«

»Heilige Sankt Marta, beschütze mich, ist das gefährlich?«

»Ja, denn er macht den Menschen geneigt, dem Laster der Neugierde zu frönen. Aber wer bitte ist die heilige Sankt Marta? Von der habe ich ja noch nie gehört!«

»Och, das ist die Schutzpatronin der Köchinnen! Und nun könntet Ihr mir meine Frage beantworten.«

Almuts Laune hatte sich wieder etwas gehoben, und den restlichen Weg zum Eigelstein gab sie Franziska eine Zusammenfassung der Geschehnisse in Köln, die mit dem Anschlag zusammenhingen, den die Herren Wevelinghoven und Kelz mit geplant hatten. Die Leiche allerdings verschwieg sie, denn deren Fund hatte ihr Pater Ivo sozusagen nur vertraulich mitgeteilt.

»Und darum würde ich gerne wissen, was es mit diesem Brief auf sich hat. Aber er will die Sache alleine in die Hand nehmen.«

»Wüsstet Ihr denn, wie Ihr mehr herausfinden könnt als er?«

»Dummerweise im Augenblick nicht. Aber mir würde sicher etwas einfallen.«

Bevor sie weitere Mutmaßungen anstellen konnten, hatten sie das Tor zum Beginenhof erreicht und mussten sich den reichhaltigen Einkäufen widmen.

17. Kapitel

Nur noch zwei Tage währte das alte Jahr, und wie immer an den dunklen Wintertagen verlief das Leben bei den Beginen – und nicht nur bei ihnen – in gemachvollen Bahnen. Im Refektorium brannte von morgens an ein knisterndes Kaminfeuer, und hier versammelten sich die Frauen, um sich zu wärmen und ihren Arbeiten nachzugehen. Für die feinen Nadelarbeiten war es meistens zu dunkel, auch für sorgfältige Kopier- und Schreibarbeiten fehlte es an Licht. So wurden denn an diesem Samstagvormittag grobe Laken gesäumt, Decken gestopft und Wolle gesponnen. Clara, deren zarte Finger, wie sie behauptete, unter den rauen Stoffen zu stark zu leiden hatten, hatte als Einzige eine Talgkerze neben sich stehen und las aus dem Leben der Heiligen des Tages vor. Almut hatte einen Berg Binsen vor sich liegen, flocht Matten und lauschte dem Bericht über das tugendhafte Leben der Äbtissin von Engeltal. Aber sie war nicht ganz bei der Sache. Ihr Ärger auf Pater Ivo war noch nicht verflogen, und die ganze Angelegenheit, die mit dem Kind, den Briefen und der ermordeten Frau zusammenhing, wollte ihr nicht aus dem Kopf.

Als Clara ihre Lesung beendet hatte, richtete Almut das Wort an die Meisterin und fragte, ob sie die Erlaubnis habe, ihre Eltern und die Stiefgeschwister zu besuchen.

»…und den Kindern zum Jahresende eine Kleinigkeit an Spielzeug mitbringen«, meinte sie, eingedenk der

Stoffpuppe und des Beutels besonders hübsch glasierter Tonmurmeln, die sie in ihrem Zimmer verwahrte.

»Tu das, Almut, du hast an den anderen Tagen genügend Arbeiten auf dich genommen. Wer soll dich begleiten?«

»Ich dachte, ich frage Franziska. Die Köchin meiner Mutter ist eine alte Freundin von ihr, und sie wird sie sicher gerne wiedersehen.«

»Ist recht, nur sollte unsere Mahlzeit nicht darunter leiden.«

»Ich werde mich da nach ihr richten, und wir werden rechtzeitig zurück sein!«

Almut verließ den Raum und huschte geschwind über den kalten Hof in das Küchenhäuschen. Als sie eintrat, bot sich ihr ein ungewohntes Bild. Vor dem flackernden Herdfeuer stand die Krippe mit dem Findelkind, über die sich Franziska summend beugte, eindeutig damit beschäftigt, dem Kleinen die Nase zu putzen. Sie fuhr wie von einer Nadel gestochen zurück, als sie den kalten Luftzug spürte, beruhigte sich dann aber wieder, als sie sah, wer hinter ihr stand.

»Nanu, wo ist denn Ursula?«

»Sie ist zu Gertrud hochgegangen, um sie zu fragen, ob sie das Kind bei ihr lassen kann. Es ist hier viel wärmer als in ihrer Kammer, und der Kleinen läuft schon die Nase.«

»Nun, die Gicht ist nicht ansteckend, und ansonsten ist Gertrud wieder gesund. Es wird ihr vermutlich Ablenkung verschaffen, sich um das Kind zu kümmern. Übrigens riecht es ungeheuer gut hier.«

Franziska nahm einen langstieligen Holzlöffel und rührte bedächtig in dem Kessel über dem Feuer. Der Duft verstärkte sich.

»Lauch und Möhren, Weißkohl und ein schönes, fettes Stück Rindfleisch. Die Reste vom Huhn. Ein paar Knochen mit Mark und würzige getrocknete Pilze. Unter Köchinnen nennen wir das Gericht scherzhaft einen Rumtopf, weil man alles hineingeben kann, was in der Speisekammer so rumliegt.«

»Mmmh. Hättet Ihr Lust, mich zu meinen Eltern zu begleiten, wenn dieser – äh – Rumtopf fertig ist? Ihr könntet Maria dort besuchen!«

Freudig strahlte die kleine Köchin auf: »Der Eintopf bedarf meiner Aufsicht nicht weiter. Er schmeckt umso besser, wenn er wieder aufgewärmt wird. Ich decke die Glut noch ab, dann können wir losgehen.«

Als sie vor das Tor traten, hatte das Schneegeriesel aufgehört, und die dichten Wolken, die den Morgen verdunkelt hatten, rissen auf. Eine blässliche Sonne ließ die weißen Hauben der Dächer aufstrahlen, und die langen Eiszapfen, die von den Traufen hingen, glitzerten wie Diamanten. Es roch nach den Holzfeuern, und allgegenwärtig kräuselte sich schwärzlicher Rauch aus den Kaminen. Ruß würde bald das schimmernde Weiß grau werden lassen, und die schweren Fuhrwerke, die sich durch die Gassen quälten, würden den Schnee zu einem schlammig braunen Brei machen. Aber noch sah Köln aus wie frisch gewaschen und gepudert.

Wer es sich leisten konnte, hatte sich mit dicken Umhängen vermummt und eilte, so schnell es die glitschigen Straßen hergaben, von einer Unterkunft zur anderen. Es war empfindlich kalt.

»Ist das da nicht der hochnäsige Jungpfau, der neulich meine Wecken bekrittelt hat?«

Franziska deutete auf den Knaben in seinem dunkelroten Umhang, der sich erheblich von den Gewändern der einfachen Leute abhob. Almut folgte ihrer Geste und nickte.

»Ah, Fredegar, der Knappe, richtig. Eigentlich ist er ein ganz netter Junge und seinem Herrn sehr zugetan.«

»Wenn Ihr es sagt.«

Fredegar bemerkte sie ebenfalls und näherte sich ihnen. Er war in Begleitung des pummeligen Novizen, den er als Lodewig vorstellte und der ihm den Rheinhafen zeigen sollte. Ritterlich wie er war, bot Fredegar den beiden Frauen seinen Geleitschutz an, was dem dicken Lodewig hingegen überhaupt nicht zu gefallen schien. Er hatte die Hände tief in den Ärmeln vergraben und starrte hingebungsvoll auf seine Füße.

»Komm schon, Lodewig. Ein kleiner Spaziergang wird dir nicht schaden.«

»...ich nichts mit Frauen zu tun...«, murmelte der Novize abwehrend.

»Also hör mal! Erstens hast du noch kein Gelübde abgelegt, und zweitens gebietet es die Höflichkeit, den ehrenwerten Damen unseren Schutz anzubieten!«

»Doch ein arroganter Jungpfau!«, flüsterte Franziska und kicherte hinter ihrem dicken Umschlagtuch.

»Mhmhm!«

Verbissen schüttelte Lodewig den Kopf.

»Na, dann geh ins Kloster zurück!«

Eilends verzog sich Lodewig, und Fredegar machte eine kleine Verbeugung. »Entschuldigt ihn, gute Frauen, aber der Junge hat ein schreckliches Erlebnis gehabt und ist noch nicht darüber hinweg!«

»Doch wohl nicht mit Frauen?«

»Leider doch. Er hat eine Leiche gefunden. Unbekleidet! Und sie hatte...«

Almut unterbrach ihn mit einer raschen Handbewegung: »Fredegar, ich bin mir sicher, die Mönche wünschen nicht, dass dieser Umstand auf den Gassen gehandelt wird.«

Der Knappe hatte den Anstand, rot zu werden, und verstummte.

»Verzeiht. Ihr habt ja Recht.«

»Gut. Dann begleite uns, wenn du magst, wir gehen zum Mühlenbach. Von dort kommst du auch zum Rhein hinunter und kannst am Ufer zurückgehen.«

Fredegar zeigte sich als angenehmer Begleiter und ließ sich gerne auf die Kirchen und Klöster, noch lieber aber auf die Märkte, die Stapellager und die Kaufmannshallen hinweisen.

An einem Backhaus, aus dem der verlockende Duft frischen Gebäcks die kalte Winterluft durchzog, blieb er plötzlich stehen und bat: »Ach, Frau Almut, wartet einen kleinen Augenblick. Ich habe hier die Möglichkeit, meine Buße zu tun!«

»Im Backhaus?«

»Ich erkläre es Euch gleich!«

Fredegar verschwand in dem schmalbrüstigen Haus, in dem einer der zahlreichen Bäcker der Stadt seinem Handwerk nachging, und kam gleich darauf mit vier noch warmen, süßen Wecken in der Hand zurück.

»Für Euch, Frau Almut. Und auch für Euch, Frau Franziska!«

»Nanu, welche Großzügigkeit, junger Mann. Womit haben wir das verdient?«

»Es wurde mir zur Aufgabe gemacht, Frau Almut. Wisst Ihr, ich habe… Na ja, ich habe gebeichtet, und meine Verfehlung in meinem Benehmen Euch gegenüber wurde streng gerügt.« Ein wenig kläglich grinste der

Knappe. »Als Wiedergutmachung soll ich Euch, wann immer ich Euch treffe, einen süßen Wecken schenken.«

Almut hatte Mühe, nicht in helles Lachen auszubrechen. Sie biss sich stattdessen auf die Unterlippe und fragte dann mit beherrschter Stimme: »Wäre es möglich, dass Euer Beichtiger in diesem Falle Pater Ivo war?«

»Ja, woher wisst Ihr das?«

»Auch ich habe schon das eine oder andere Mal eine Beichte bei ihm abgelegt. Ich erkenne die Art seiner Bußen.«

»Die Novizen haben mich gewarnt vor ihm, er sei ein strenger Beichtvater. Aber zu mir war er sehr gütig.«

»Bei Sünden, die er nicht als besonders schwer einstuft, mag er Gnade walten lassen, aber täuscht Euch nicht in ihm. Er kann in der Tat sehr streng und hart sein.«

»Das ist er wohl, aber ist es nicht seltsam – Lodewig meint, wenn sie mal ganz tief in den Dung gegriffen haben...«

»Den was?«

»Na ja, also, so richtig was Schlimmes angestellt haben, dann gehen sie lieber zu Pater Ivo als zu dem Novizen-Pater beichten. Versteht Ihr das?«

»O ja, Fredegar. Ich glaube, ich verstehe das. Er lässt dann zwar ein entsetzliches Gewitter über den Sünder niedergehen. Weißt du, man fühlt sich dabei genauso wie eine erbärmliche Krätzmilbe in einem stinkenden Lumpen. Aber anschließend zieht er einen aus der Sch... äh – aus der Schwierigkeit.«

»Ah ja. Ja, das könnte wohl stimmen. Aber mein Herr behauptet, er sei ein gefährlicher Mann.«

»Ist er dieser Meinung? Versteht sich Euer Herr mit dem Pater denn nicht?«

»O doch. Die beiden spielen abends oft Schach miteinander und disputieren über alle möglichen Themen. Mein Herr hat viel Zeit mit seinen Büchern verbracht, und Pater Ivo ist sehr belesen, heißt es.«

»Aber er hält ihn für einen gefährlichen Mann. Doch sicher nicht deswegen?«

Die Sterne, warnte sich Almut selbst, versuchten sie wieder und stachelten ihre Neugier an. Es half nichts, sie beugte sich den dunklen Kräften und lauschte aufmerksam.

»Doch nicht deswegen. Nein, nein, es hat da wohl ein kleines Missverständnis gegeben, just als mein Herr im Kloster eintraf. Er hatte vergessen, seinen Dolch abzulegen und ihn aus Versehen gegen den Pater gezogen.«

»Aus Versehen, so, so.« Almut dachte an eine vergangene Szene, in der ein Söldner die Bekanntschaft mit Pater Ivos Zorn gemacht hatte. Vage schoss ihr durch den Kopf, es müsse auch bei ihm wohl Mars in Taurus wirksam sein, und sie nickte verständnisvoll. »Ich hoffe, der Ritter kam nicht zu Schaden?«

»Nein, das nicht. Er ist nicht nachtragend, der Pater, glaube ich. Eigentlich finde ich, er ist der Beste von den Mönchen, die ich bisher getroffen habe. Der Bruder Infirmarius ist auch noch ganz in Ordnung, aber viele von den Älteren mustern einen immer so missbilligend. Als würden sie durch jeden Laut von ihrer Gottesfurcht abgelenkt.«

Das kam etwas verdrießlich, und Almut vermutete, das Zusammenleben von halbwüchsigen Jungen – Novizen, Klosterschülern und eben auch Gästen – und frommen älteren Männern verursache die eine oder andere Misshelligkeit.

»Es könnte ja sein, dass ihr auch den einen oder anderen Laut von Euch gebt, was?«

»Na ja. Aber der Prior hat den armen Lodewig geprügelt, nur weil er über den Hof gerannt ist. Und das war ungerecht!«

»Weil eigentlich du ihn dazu gebracht hast.«

»Der Mathai und der Grimo haben angefangen. Sie wollten wissen, wie die Leich… äh… wie man ungesehen in die Vorratskammer kommt.«

Ja, das musste die Fantasie der Jungen anregen, dachte Almut voll Verständnis.

»In die Vorratskammer einbrechen – das kann dem Prior natürlich nicht gefallen, Fredegar.«

»Nein, das sehe ich ja ein, aber Lodewig hatte nichts damit zu tun. Im Gegenteil, er ist von uns weggelaufen. Dafür hat er ihn mit der Geißel gezüchtigt, bis er einen blutigen Rücken hatte. Ich mag den Prior nicht. Er hat ein hinterhältiges Gesicht. Und er ist ungerecht. Die anderen finden das auch. Nun ist auch noch der Abt krank, und dieser Rudgerus hat das Sagen im Kloster. Dem Pater Ivo hat er auch schon das Leben sauer gemacht, wisst Ihr. Er durfte die letzten Tage nicht zu den Gebeten in die Kirche, sondern musste sich am Eingang lang auf den Boden werfen, so dass alle andern gezwungen waren, über ihn hinwegzusteigen.«

»Heilige Jungfrau Maria, warum denn das?«

»Ich bin nicht Pater Ivos Beichtiger«, sagte Fredegar grinsend, wurde dann aber wieder ernst. »Bestimmt wegen irgendeiner dämlichen Kleinigkeit, die dem alten Erbsenzähler nicht in den Kram passte. Der fühlt sich doch nur wichtig, wenn er die Leute drangsalieren kann.«

»Das hört sich fast so an.«

»Mit meinem Herrn hat er sich auch schon angelegt. Aber der hat ihm ganz schön heimgeleuchtet!«

Almut hätte gerne noch mehr aus dem Klosterleben erfahren, vor allem über das, was Pater Ivo derzeit zu erleiden hatte, aber sie waren in der Mühlengasse angelangt und standen vor dem Haus des Baumeisters Conrad Bertholf, einem soliden dreistöckigen Steingebäude mit einem eindrucksvollen Stufengiebel.

»Wir haben unser Ziel erreicht, und ich danke dir für deine Begleitung.« Mit diesen Worten entließ Almut Fredegar, und sie und Franziska nahmen seine anmutige Verbeugung entgegen. »Da rechts die Gasse hinunter findest du das Filzgrabentor, durch das du an das Rheinufer kommst.«

Frohgemut verabschiedete sich der Knappe, und als er außer Hörweite war, fragte Franziska: »Was hat das eigentlich mit dem Ritter im Kloster auf sich?«

»Etwas, worüber ich nicht reden darf. Vergesst es einfach.«

»Mh.«

»Ja, ich weiß, geht mir auch so.«

Der Besuch bei Almuts Eltern verlief überaus erfreulich, und auf dem Rückweg bemerkte Almut, wie sehr Franziska ihre Freundin vermisst hatte, denn die ganze Zeit über erzählte die quirlige Köchin von den kleinen Erlebnissen, die sie aus der Vergangenheit miteinander verbanden.

Als die beiden in den Konvent zurückkamen, wurde Almut von Elsa aufgehalten.

»Da ist eine Evvi, eine Magd aus Melaten, bei mir aufgetaucht, die Medizin für die Aussätzigen haben will. Heilige Mutter Maria, gegen Aussatz wachsen keine

Kräuter! Was hast du denen denn schon wieder versprochen?«

»Mittel gegen Husten, Halsweh und schmerzende Gelenke. Darunter müssen diese Ärmsten nämlich auch noch leiden.«

»Dann erzähl du ihr das mal, die hat das ganz anders verstanden. Ein unangenehmes Geschöpf. Fragt und fragt und sieht sich mit riesigen, neugierigen Augen um, als ob sie erwartet, ich würde gleich mit dem Besen zum Kamin hinausfahren. Du weißt, wie schnell man verdächtigt wird!«

Ja, Almut wusste das, und sie wusste auch, dass Elsa eine mehr als übliche Angst davor hatte, der magischen Künste verdächtigt zu werden. Sie betrat die Kräuterstube, und Franziska folgte ihr. Evvi hatte es sich am Kamin bequem gemacht. Ihr Umhang lag auf einer Bank, und sie glänzte in einem lichtblauen Kleid, das nicht so recht zu ihrem geröteten, gewöhnlichen Gesicht passen wollte. Geziert neigte sie den Kopf, als Almut sie begrüßte, und mit gelangweilter Höflichkeit nahm sie die Erklärung entgegen, Frau Gerlis habe lediglich Linderungsmittel gegen die üblichen Wintergebrechen bestellt.

»Dann habe ich das wohl falsch verstanden. War trotzdem nett bei Euch, Frau Apothekerin. Wenn Ihr mir nun die Mittel geben wollt.«

»Gib sie ihr, Elsa, es sind Geschenke der Barmherzigkeit. Und bestell Frau Gerlis einen Gruß von mir. Wenn ich Zeit finde, schaue ich bei Gelegenheit wieder bei ihr vorbei.«

»Wird gemacht, Frau Begine!«

»Für eine Magd ganz schön herausgeputzt. Weihnachten muss die Wohlhabenden reichlich zur Großzügigkeit angeregt haben. Ein solches Seidenkleid an einer Dienerin!«, empörte sich Franziska, als sie gemeinsam mit Almut über den Hof ging. »Und wisst Ihr, irgendwie kam es mir bekannt vor. Ich habe das schon mal gesehen. Diese Farbe… Ah, ich weiß! Die Schnepfe, die der Adlerwirt so fürsorglich umbalzte! Die schmückte sich mit einem solch blauschillernden Federkleid. Und nun hat sie's den Aussätzigen gestiftet. Edel, edel!«

18. Kapitel

Ave Regina coelorum… Ave, du Himmelskönigin, ave der Engel Herrscherin…«
Wie so oft, wenn unbeantwortete Fragen in ihrem Kopf herumschwirrten, wurde Almuts allabendliches Gebet vor der kleinen vergoldeten Marienstatue mehr und mehr zu einem freien Gespräch. Ihr schien es häufig so, als erhielte sie in dieser traulichen Zwiesprache Antworten. Natürlich schrieb sie der wunderlichen Bronzefigur keine magische Kräfte zu, das war es gewiss nicht. Sie stand dem Bildnis hin und wieder sogar misstrauisch gegenüber, denn es stammte aus dem Schutt, der sich unter ihrem alten Schweinestall befunden hatte. Ein römischer Tempel, hatte Pater Ivo erklärt, sei es gewesen, und diese Figur, die einen so sonderbaren Heiligenschein zwischen den beiden hörnerartigen Gebilden über ihrem Kopf trug und nicht nur ein Kind auf dem Schoß hielt, sondern auch ein ungewöhnlich geformtes Kreuz in der Hand hatte, sei die Himmelskönigin in der Gestalt, wie sie einst die Römer und die Ägypter verehrt hatten. Eine heidnische Göttin, hatte sie befürchtet, doch er hatte die Figur eigenhändig geweiht und ihr versichert, die barmherzige Mutter dürfe sie auch in dieser Gestalt verehren. Sie tat es, aufrichtig und in tiefem Glauben. Aber nur in ganz, ganz seltenen Fällen hatte sie sich bisher getraut, die Mutter Gottes, den Stern des Meeres, bei ihrem alten Namen zu nennen – Isis.

»Wurzel, der das Heil entsprossen, Tür, die uns das Licht erschlossen. Freu dich, Jungfrau…« Almut seufzte. »Wie dauert mich die Mutter unseres kleinen Findlings. Sie hat das Mädchen sicher nicht einfach so herzlos ausgesetzt. Das kann ich mir wirklich nicht vorstellen. Armes kleines Ding, das nun ohne sie aufwachsen muss. Auch ich habe früh meine Mutter verloren…« Sinnend betrachtete sie das goldene Gesicht und fand unerwartete Zärtlichkeit darin. »Nun, ich habe Frau Barbara gehabt, die sich meiner angenommen hat. Und sie war gut zu mir. Hoffen wir, es findet sich eine gute Ziehmutter für das Kleine. Es wird gestraft genug mit diesem Feuermal sein, wenn es erst einmal größer wird. Man wird es hänseln und bestimmt sogar deswegen verachten. Oder schlimmer – behaupten, es sei vom Teufel selbst gezeichnet worden.« Das Öllämpchen flackerte in einem leichten Zugwind, der vom Fenster herkam, und die Schatten tanzten an den Wänden. »Ja, Maria, gütige Jungfrau, die Mutter ahnte wohl auch das. Oh, Maria, könnte sie nicht sogar selbst ein solches Mal getragen haben? Aber hätte sie das Kind darum nicht umso mehr lieben müssen?«

Der Zugwind wurde heftiger, und einer der Pergamentbögen, die auf dem Tischchen lagen, raschelte leise.

»Mist, Maria, das hatte ich vergessen. Der Brief, Maria, du Spiegel der Gerechtigkeit! War der Mann, der als ›edler Freund‹ tituliert wurde, der Ritter, der sich als ein bloßer Büßer bezeichnet? Er ist ein Mann des Erzbischofs, wenn nicht von Gesinnung, so doch von Lehen. Seine wahre Gesinnung kann man verschweigen. Er könnte Pater Ivo gegenüber so tun, als ob er sich eine neue Ordnung wünscht. Warum verlässt er den geweihten Grund nicht? Er muss eine Rache gegen sich fürchten. Ist er der Verräter, der auf geweihtem Grund betet? So wie Rigmundis es gesehen hat? War sie die Einsame, die Schutz und Hilfe in jenen heiligen Mauern suchte und dann von dem ermordet wurde, mit dem sie zarte Bande einte? Eine Verwandte, seine Geliebte? Oh, Maria, Born der Weisheit, Gero von Bachem und der Brief – beide sind im Kloster. Dann, Maria, mochte sie versucht haben, ihn damit zu erpressen. Das könnte natürlich bedeuten, dass der Ritter ihr Mörder war. Ei wei, Maria, Pater Ivo ist diesem Gero zugetan, und Himmel hilf, wenn er ihm den Brief zeigt.«

Almut kaute an ihren Fingerknöcheln und wäre am liebsten sofort aufgesprungen, um nach Groß Sankt Martin zu laufen.

»Ah, Geduld, Maria. Hilf mir, geduldig zu sein, du Mutter des guten Rates. Es ist stockfinstere Nacht, und jetzt kann ich überhaupt nichts erreichen. Aber schenke den Suchenden Wissen und Einsicht, den gequälten Seelen Frieden, dem unschuldigen Kindlein einen süßen Schlaf, und behüte alle, die ich liebe, vor Gefahr und Ungemach. Und nun sei gegrüßt, des Himmels Krone, bitt für uns bei deinem Sohne. Amen.«

19. Kapitel

Maria, die göttliche Mutter, musste ihrer demütig betenden Tochter ein sehr aufmerksames Ohr geliehen haben, denn sie erfüllte ihre Bitten in dieser Nacht fast alle.

Ganz stockfinster war es draußen nicht, denn der Schnee reflektierte das Licht der Sterne, die zwischen den Wolken hervorlugten. Es war auch sehr still, die frisch gefallenen Flocken hatten alle Geräusche gedämpft, und niemand, der es vermeiden konnte, hielt sich im Freien auf. Darum zuckte Almut auch zusammen, als sie ein Scheppern, einen unterdrückten Fluch und den scharfen Verweis hörte: »Pass doch auf, Tünnes!« Ihre Kammer lag nach Westen hinaus, das Fenster gab den Blick über die Felder frei und wies nicht auf den Innenhof. Vorsichtig schob sie den schweren Laden ein wenig auf und sah mit aufsteigendem Entsetzen, wie drei schwarz verhüllte Gestalten über die Mauer kletterten. Ein gelblicher Lichtstrahl hüpfte ihnen voraus und flackerte über den beschneiten Hof. Einer blieb auf der Mauerkrone sitzen, die beiden anderen huschten am Brunnen vorbei. Scharf hoben sich die drei Menschen vom Weiß des Untergrunds ab.

Almut hatte sich noch nicht entkleidet, sondern nur die Haare gelöst. Rasch warf sie sich ihr warmes Wolltuch über und klopfte an Franziskas Tür.

»Was gibt's?«

»Einbrecher. Sie wollen in die Küche, scheint es.«

»O nein! In meine Küche kommen keine Einbrecher!«

Auch Franziska war noch angekleidet und stürmte prompt die Stiege hinunter. Almut folgte ihr. Neben dem Eingang stand ein Reisigbesen, und daneben wartete eine Schippe. Werkzeuge, die dazu dienten, am Morgen des Schnees Herr zu werden. Ohne ein Wort zu wechseln, griffen die beiden Frauen sich die Geräte und liefen auf die Männer zu, die eben dabei waren, die Riegel an der Tür zum Küchenhäuschen zu öffnen. Sie wandten den Herankommenden den Rücken zu.

Den warnenden Aufschrei ihres Wachhabenden auf der Mauer hörten sie zu spät. Der Erste erhielt von Almut einen scharfen Schlag mit dem Besenstiel auf den Schädel, der nachhaltig bewies, dass sie nicht nur mit der feinen Sticknadel zu arbeiten gewohnt war. Er sank stöhnend auf die Knie. Beim anderen hörte es sich an wie der Gong, der zum Essen rief, als die Köchin ihm mit der Schippe auf den Kopf schlug. Doch viel Schaden hatte sie nicht anrichten können, die Kapuze hatte die größte Wucht abgefangen. Er drehte sich um und sah sich zwei mordbereiten Furien gegenüber, deren Haare sie wild umflatterten. Mit gefletschten Zähnen und glühenden Augen seien sie auf sie gestürzt, erzählte er später zitternd seinen Kumpanen. Nur mit knapper Not hatten sie ihnen entkommen können.

»Schaut Euch die Hasenfüße an!«, meinte Franziska und stützte sich auf den Schippenstiel, als die beiden Eindringlinge überstürzt zur Mauer hasteten. Ein gellender Schmerzensschrei zeugte von einer harten Landung auf der anderen Seite.

»Was hat er gerufen, als er losgelaufen ist?«

»›Vergiss den Teufelsbalg‹, waren seine Worte! Welche von uns beiden meinte er wohl damit?«

»Ei wei! Ich glaube, das bezog sich eher auf das Kind, das dort oben bei Gertrud schlummert!«

»Aber warum denn das? Was können die von dem Wurm wollen?«

Gertrud war inzwischen nach unten gekommen, Elsa hatte die Tür geöffnet und fragte, was der Lärm sollte, und auch Mettel und Bela schauten aus ihrem Fenster. Almut erklärte ihnen den Vorfall, und erst nachdem die Aufregung sich etwas gelegt hatte, konnten Franziska und sie sich in ihr Häuschen zurückziehen. Clara steckte nur kurz die Nase aus ihrer Kammer heraus.

»Könnt ihr nicht leiser sein, Mädchen? Ihr wisst doch, ich schlafe so schlecht!«, jammerte sie.

»Schon gut, Clara, wir haben nur ein paar Meuchelmörder vor deiner Tür verscheucht.«

»Das ist ja nett von euch, aber müsst ihr dabei solchen Krawall machen?«

»Nein, das haben wir nur getan, um dich zu ärgern.«

»Mpf! War wohl was Ernstes?«

»Ja, das erzähle ich dir morgen. Jetzt will ich zu Bett.«

Aber dann ging Almut doch nicht zu Bett, sondern kniete noch einmal vor ihrer Marienfigur nieder und flüsterte: »Mein Gott, Maria! Was war das?«

Und erst jetzt fing sie an, haltlos zu zittern.

Sie hörte es nicht, als leise die Tür aufging, und zuckte entsetzt zusammen, als ihr eine Hand auf die Schulter gelegt wurde.

»Ich will Euch nicht beim Gebet stören, Almut, aber ich habe uns einen Krug Würzwein heiß gemacht. Es war so kalt.«

Auch Franziska klapperten die Zähne, als sie den dampfenden Tonkrug und zwei Becher abstellte.

»Ihr stört mich nicht beim Beten. Mir fehlen die Worte dafür.«

Dankbar umfasste Almut mit beiden Händen den heißen Becher und nippte vorsichtig daran. Das Zittern ließ ein wenig nach. Sie und Franziska hockten sich auf das Bett und zogen die Decke über die Füße.

»Da ist mehr dran, als es zunächst den Anschein haben konnte, nicht wahr?«, sagte Franziska.

»Ja, da ist erheblich mehr dran.«

»Ich würde Euch gerne helfen. Aber dazu müsste ich wohl noch etwas mehr wissen. Zum Beispiel, was es mit der nackten Frauenleiche auf sich hat, nicht wahr?«

»Ihr seid eine äußerst spitzohrige Zuhörerin, Franziska!«

Die kleine Köchin strich die braune, lockige Haarflut zur Seite und enthüllte in der Tat Ohren, die ein wenig spitz nach oben zuliefen. Sie grinste wie ein schalkhafter Gnom auf Abwegen.

»Hat mich schon in manche Schwierigkeit gebracht. Ich bin nicht ganz unerfahren, was Mord und Totschlag anbelangt.« Sie wurde plötzlich wieder ernst. »Es gab da im Sommer in Aachen einen Fall, in den ich ohne Absicht verwickelt wurde. Es war nicht schön.«

»Nein, schön ist es nie. Aber es ist ganz offensichtlich auch nicht nur Männersache!«, knurrte Almut. »Darum sehe ich mich jetzt auch nicht mehr an das Stillschweigen gebunden. Passt auf! Folgendes ist passiert!«

Aufmerksam hörte Franziska zu, was Pater Ivo im Kloster entdeckt und welche Folgerungen Almut daraus gezogen hatte. Doch sie war blass geworden und hatte ihre Hände in den Rock verkrampft, als sie von der kopflosen Leiche hörte. Ein wenig verwundert beobachtete Almut die Reaktion. Sicher, der Mord war schlimm, aber zum Glück war ihnen der Anblick der Unglücklichen erspart geblieben. Nachdem sie mehrmals trocken geschluckt hatte, fragte Franziska heiser: »Ihr vermutet, die Frau wurde im Kloster umgebracht?«

»Wo sonst?«

Verblüfft über diese Frage sah Almut die Köchin an.

»Dort, wo ihr Kopf und ihre Kleider sind. Ich finde, Ihr macht es Euch zu einfach. Ihr bringt den verräterischen Brief, das Kind und den Ritter des Erzbischofs zusammen und meint, damit den Beweis zu haben, dass er der Mörder ist. Aber ich denke, man sollte erst einmal herausfinden, wie die Frau umgebracht wurde.«

»Nun, sie hat den Kopf verloren. Das ist wohl eine ziemlich eindeutige Todesursache.«

Franziska schüttelte sich noch einmal vor Grauen und widersprach dann mit fester Stimme: »Nein, ist es nicht. Wann etwa soll sie gestorben sein?«

»Vor Mitternacht schon, hat der Bruder Infirmarius geschätzt. Möglicherweise während alle in der Christmette waren. Keinen besseren Zeitpunkt hätte der Mörder wählen können, nicht wahr?«

»Seht Ihr, genau das meine ich: Wenn das so wäre, kann sie nicht die Kindesmutter sein, denn dann hätte sie kopflos und bloß in die Kirche rennen und dort das Kind ablegen müssen.«

»Da ist was dran. Wenn sie die Mutter ist, muss sie also vorher umgebracht worden sein. Aber auch das ist möglich. Die Mönche pflegen zwischen der Komplet und Mitternacht zu ruhen. In dieser Zeit kann jemand, der es wirklich will, in das Kloster eindringen und dort weitgehend ungestört seinen Verrichtungen nachgehen.«

»Wenn ihm jemand die Pforte öffnet.«

»Was spricht dagegen, dass der Ritter genau dieses tat?«

»Fast alles. Stellt Euch vor: Mutter und Kind werden von dem Ritter durch eine Seitentür eingelassen. Sie legt in aller Seelenruhe das Kind hinter dem Altar ab, dann hetzt sie der Ritter von der Kirche hinüber in die Speisekammer. Derweilen verliert sie ihre Kleider und später dann auch noch den Kopf? Nein, das kann sich nicht lautlos abgespielt haben. Und was hätte den Ritter daran gehindert, auch das Kind zu einem Engelein zu machen.«

»Ihr macht Euch lustig darüber!«

Almut war pikiert; die herzlose Art, in der Franziska über die Ermordete sprach, gefiel ihr nicht.

»Nein, ich mache mich nicht lustig darüber. Ich versuche Euch nur zu erklären, warum Ihr nicht zu einfache Schlussfolgerungen ziehen solltet.«

»Schön und gut, aber es ist passiert. Irgendwie muss die Frau ins Kloster gekommen sein und das Kind in der Kirche abgelegt haben. Und zwar unbemerkt von dem Ritter, denn sonst hätte er – da habt Ihr Recht – sicher das Kind auch verschwinden lassen. Mitsamt dem Brief.«

»Richtig. Das lässt darauf schließen, dass die Frau vor ihm geflohen ist.«

»Und er hat sie dann in der Küche oder in diesem Vorratsraum gestellt.«

»Schon besser, Almut.«

»Bleibt das Problem der Kleider. Mhhh – dieser Trottel von Vogt hat natürlich sofort den einzig männlichen Schluss daraus gezogen und den Mönchen einen Lustmord unterstellt. Aber was wäre, wenn sie und der Ritter sich in den leeren Säcken miteinander vergnügen wollten. Dann wäre das Kind sicherlich auch im Weg gewesen.«

»Ihn packte dann die Leidenschaft so heftig, dass er sie umbrachte.«

»Dummes Huhn!«

»O heilige Sankt Marta, wann kommt Ihr endlich drauf?«

»Dass sie schon tot war, als ihr der Kopf abgeschlagen wurde?«

»Und dass es nicht im Kloster geschehen sein muss!«

»Sondern dort, wo sich Kopf und Kleider befinden. Wie Ihr schon festgestellt habt. Möglich wäre es. Aber…« Almut schüttelte den Kopf. »Wenn das Eure Idee ist, dann male ich Euch auch ein schauriges Bild – von einem Mörder, der in der Christnacht eine kopflose, nackte, blutende Leiche durch die Stadt schleppt, mit ihr über die Klostermauer steigt und sie im Vorratsraum ablegt. Auch ein bisschen weit hergeholt, meint Ihr nicht?«

Franziska hatte die Augen geschlossen und sich wohl genau dieses Bild vorgestellt. Sie biss sich auf die Unterlippe und knetete die Hände im Schoß.

»Mir scheint, Ihr seid ziemlich zart besaitet, Franziska.«

»Schon gut. Es… da ist eine Hinrichtung gewesen…«

»Ich habe es immer für völlig idiotisch gehalten, sich solche Veranstaltungen anzusehen. Da seht Ihr, was dabei herauskommt. Sollen wir unser Gespräch beenden?«

»Nein, nein. Es geht schon.« Dann, nach einer Weile stieß Franziska giftig hervor: »Oh, das, was Ihr da ausgemalt habt, ist übrigens leichter zu bewerkstelligen, als Ihr denkt. Ein Karren, ein paar Lumpen darüber. Es muss auch nicht in der Nacht gewesen sein, sondern nur vor der Sext des nächsten Tages. Wenn man das unterstellt, kann sie durchaus auch jemand durch die Pforte gebracht haben. Ein Lieferant, ein Handwerker...«

»Franziska? Ihr hört Euch so komisch an. Habt Ihr jemanden im Verdacht?«

Die Köchin sah Almut mit einem trostlosen Blick an, aber dann schüttelte sie den Kopf.

»Berichtet es mir lieber, wenn Ihr irgendwas beobachtet habt.«

»Hab ich nicht. Nein, beobachtet habe ich nichts.«

»Na gut – außerdem – Franziska, Ihr seid auf dem Holzweg! Ihr habt das Kind vergessen!«

Die Köchin schwieg betroffen, dann aber hellte sich ihr Gesicht auf.

»Falls sie überhaupt die Kindsmutter war. Oder – wenn sie es war, dann hat sie womöglich das Kind ihrem Ritter dort unterschieben wollen und ist anschließend wieder gegangen. Allein, durch die einsamen, finsteren Gassen...«

»Schon gut, schon gut. Ihr seid mir zu erfindungsreich, Franziska. Ich kann Euch heute Nacht nicht mehr folgen. Muss an diesem Wein liegen. Der ist ganz schön stark!«

»Auch nicht viel stärker als das fantastische Bier, das ich da gebraut habe!«

Almut begann zu kichern, und Franziska stimmte mit ein. Schließlich nahm sie einen letzten Schluck und meinte: »Zeit zu schlafen. Wir denken morgen weiter darüber nach!«

Trotz der nächtlichen Aufregungen war Almut am nächsten Morgen eine der Ersten, die auf den Beinen war. Das lag daran, dass es ihr beim Aufwachen plötzlich überaus dringlich erschien, sich um das Findelkind zu kümmern. Vor allem aber wollte sie wissen, wer diesen Überfall in der Nacht begangen hatte. Das Glück war ihr hold, es hatte in den vergangenen Stunden nicht weiter geschneit, und so ließen sich die Spuren über den Innenhof gut verfolgen. Auch hinter der Umfriedung konnte man noch sehen, was sich abgespielt hatte. Die Fußabdrücke zeigten, dass sich die Eindringlinge von der Straße aus dicht an der Mauer entlangbewegt hatten, um hinter dem Hof, dort wo die Felder begannen, den alten Apfelbaum zu erklimmen. Vor der Pforte, auf der Eigelsteinstraße, verloren sich allerdings die Abdrücke in den Spuren von Karren und Schlitten, Maultieren und Menschen, die zu noch früherer Stunde in die Stadt gezogen waren, um ihren Geschäften nachzugehen. Almut folgte also den Fußstapfen außen an der Mauer entlang. Und hier wurde sie belohnt. Erst erregte ein unförmiger Gegenstand ihre Aufmerksamkeit, der dunkel am Fuß der Wand ruhte. Sie hob ihn mit spitzen Fingern auf und erkannte einen leeren Weinschlauch. Ein zweiter, sehr dunkler Hinweis hing in dem Brombeerbusch, dessen zähe, dornige Ranken für den Schmerzensschrei des Einbrechers verantwortlich waren. Ein handtellergroßer Fetzen Stoff hatte sich darin verfangen. Beides nahm Almut an sich, suchte dann weiter, fand aber keine Spuren mehr.

»Was hast du denn da?«, fragte Magda, als Almut mit ihren Fundsachen zu ihrem Häuschen ging.

»Hinterlassenschaften unserer ungebetenen Besucher.«

Natürlich hatte die Meisterin von dem nächtlichen Eindringen gehört und bat Almut zu sich in ihr Zimmer.

»Was hat das zu bedeuten, Almut? Ich könnte fast glauben, du hast deine Nase wieder in eine Angelegenheit gesteckt, die uns nur Verdruss bringt!«

»Das wird es sein, Magda. Ich hätte Pater Ivo in der Christnacht mit dem Kind auf dem Arm vor der Tür stehen lassen sollen.«

»Almut!«

»Verzeih, ich habe wenig geschlafen und mich auch ziemlich geärgert. Die Männer wollten in die Küche, und ich bin sicher, auf unseren Eintopf hatten sie es bestimmt nicht abgesehen. Gertrud hatte das Kind oben bei sich, und das ist der einzige Grund, warum sie dort eingebrochen sind.«

»Was können sie mit dem Kind wollen? Abgesehen davon – woher sollten sie denn von dem Findling wissen, den wir bei uns aufgenommen haben? Ist das nicht etwas weit hergeholt? Wahrscheinlich waren sie nur auf der Suche nach Wertsachen.«

»Nein, Magda, das kann ich mir nicht vorstellen. Wenn eines bekannt ist, dann die Tatsache, dass wir Beginen keine wertvollen Besitztümer horten.«

»Könnte die Köchin...?«

»Die ist arm wie eine Kirchenmaus. Zumindest hat sie außer ihrem Bündel Kleider nichts mitgebracht. Zudem wohnt sie in der Kammer neben mir, nicht in der Küche.«

»Dennoch – woher wussten sie von dem Kind? Und woher konnten sie wissen, dass es bei Gertrud schläft?«

Almut schüttelte ungeduldig den Kopf.

»Nein, Magda, so unwahrscheinlich ist das nicht. Es ist doch kein Geheimnis. Die Mönche wissen es, die Novizen haben es in der Mette mitbekommen und sicher erfahren, wohin es gebracht wurde. Franziska weiß es, und sie geht oft über den Markt… Zudem kann man das Kleine laut und deutlich hören, es hat eine gesunde, kräftige Stimme. Ich selbst zumindest habe in Melaten der Frau Gerlis davon berichtet.« Almut hielt einen Moment inne und schlug dann mit der Hand auf den Tisch. »Ah, Magda, das ist es! Diese Magd von Melaten, die Evvi, war gestern hier und hat Elsas Arzneien abgeholt. Elsa meinte, sie habe ziemlich viel geschwätzt und dumme Fragen gestellt. Ich glaube, ich muss mal mit unserer Apothekerin reden und horchen, was sie ihr alles erzählt hat.«

»Aber heilige Mutter Gottes, was wollen die Aussätzigen mit einem Kind?«

»Die? Nichts. Aber die Magd hatte ein ungewöhnlich kostbares Seidenkleid an. Jemand könnte sie bestochen haben, hier herumzuschnüffeln.«

»Wenn hier eine herumschnüffelt, dann bist du das, Almut«, seufzte Magda. »Ich merke schon, du wirst dich wieder in Schwierigkeiten bringen. Aber ich weiß auch, ich kann dich nicht hindern. Frag also Elsa aus!«

»Danke. Und mit dem Schnüffeln – da hast du mich auf eine Idee gebracht!«

»O nein!«

»O doch. Trine ist unsere Schnüfflerin. Mal sehen, ob sie etwas zu dem Weinschlauch und diesem Fetzen hier herausfinden kann.«

Belustigt betrachtete die Meisterin Almut, die vor Begeisterung geradezu glühte. Sie hatte schon mehrmals die Erfahrung gemacht, dass gerade dieser ihrer Schützlinge sehr dazu neigte, eigenmächtig zu handeln. Aber wenn es um Krisen ging, dann war auf sie in jedem Fall Verlass. Sie hatte nicht vergessen, wie umsichtig Almut gehandelt hatte, als sie selbst unter falschem Verdacht im Kerker saß. Sie gab es ihr gegenüber zwar nicht zu, aber sie bewunderte ihren Mut und ihre Fähigkeit, den Dingen auf den Grund zu kommen.

»Wenn du Recht hast, Almut, sollten wir das Kind irgendwo anders in Sicherheit bringen. Hier kann es nur zu leicht entführt werden, wie wir gesehen haben.«

»Ja, von drei trunkenen Galgenstricken. Ich habe auch schon darüber nachgedacht. Weißt du, ich werde meine Stiefmutter fragen, ob sie die Kleine zu sich nimmt.«

»Eine hervorragende Idee. Sprich auch in meinem Namen die Bitte aus, das zu tun. Ich hoffe, es ist nicht für lange Zeit, und es werden sich bald Angehörige finden lassen.«

»Ich suche schon danach!«, antwortete Almut grimmig und erhob sich.

Auf dem Weg zur Messe in Sankt Brigiden schloss Almut sich der Apothekerin an und fragte sie nach der herausgeputzten Magd von Melaten aus. Elsa bestätigte, was sie vermutet hatte. Evvi hatte sich nach dem Kind erkundigt und erfahren, wer sich darum kümmerte. Von der Messe selbst bekam sie anschließend wenig mit, denn ihre Gedanken kreisten noch immer um den nächtlichen Entführungsversuch. Doch viel half ihr das nicht weiter. Schließlich betete sie inbrünstig zu Brigitte, der Schutzherrin der kleinen Kirche und einer liebenswerten Heiligen, die, wie sie gehört hatte, eine Herde rotohriger Kühe hütete und vor allem den Handwerkerinnen zugetan war. Aber sie war auch die Patronin der kleinen Kinder, und daher bat sie sie insbesondere darum, ihren schützenden Mantel über das kleine, vom Feuermal gezeichnete Mädchen zu legen.

Nach dem Mittagsmahl, das wieder einmal einige kulinarische Überraschungen bot, suchte sie Gertrud mit einem Korb voller Speisen auf. Die ältere Köchin hätschelte liebevoll das Kind, das in einem Körbchen neben ihrem Bett stand, und als Almut ihr von dem Plan berichtete, das Kind zu Frau Barbara zu bringen, machte sie eine unglückliche Miene.

»Lass es mir noch einen Tag, Almut. Es ist so ein süßes Ding. Heute Nacht werden sie es sicher nicht noch einmal wagen, hier einzubrechen.«

»Wahrscheinlich nicht. Aber bei meinen Eltern ist die Kleine sicherer. Es gibt ein paar kräftige Knechte, die im Haus wohnen, und mein Vater kann auch mehr als einen Besenstiel schwingen.«

Die mürrische Gertrud gluckste leise.

»Das hätte ich heute Nacht doch gerne gesehen, wie du und der kleine Giftzahn die Lumpen vertrieben habt.«

»Ich fand es gar nicht lustig!«

»Nein, das verstehe ich. Darum bring morgen das Kind zu deinen Eltern.«

»Ist recht, Gertrud. Es ist der Silvestertag, und ein Besuch wird Frau Barbara sicher freuen.«

»Ja, aber schick mir Teufelchen dann wieder hoch. Diese Franziska hat sie wohl schon vollständig in Beschlag genommen!«

Daran war allerdings viel Wahres. Das einzige Lebewesen, zu dem Franziska ein ausgesprochen zärtliches Verhältnis entwickelt hatte, war die schwarze Konventkatze. Hin und wieder war die kratzborstige kleine Köchin sogar beobachtet worden, wie sie sich schnurrend und gurrend mit dem Tier unterhielt. Und an kleinen Leckereien mangelte es der sanften Mauserin schon lange nicht mehr.

20. Kapitel

Als die Glocken am nächsten Tag, dem letzten des Jahres 1376, zur Terz läuteten, machte sich Almut mit dem in warme Decken gehüllten Kind auf den Weg in die Mühlengasse. Franziska, wieder mit zwei Körben am Arm, begleitete sie, um die fälligen Einkäufe auf dem Markt zu tätigen.

»Pökelfleisch, vielleicht sogar noch eine Gans, eingelegten Kohl…«, überlegte sie laut. »Der Winter ist immer eine Herausforderung, finde ich. Heute und morgen möchte ich Euch etwas ganz Besonderes auf den Tisch bringen!«

»Fische! Was ist mit Fischen? Es gibt gesalzene, getrocknete und geräucherte.«

»Frische ziehe ich vor.«

»Versucht, welche zu bekommen, aber die Teiche sind zugefroren, und sogar der Rhein bildet am Ufer festes Eis.«

»Wirklich? Der riesige Strom friert zu?«

»O ja, und dann kann man Schlittschuh darauf laufen.«

»Schlittschuh? Was ist das?«

»Man bindet sich scharf geschliffene Knochen unter die Schuhe und kann darauf rasend schnell über das Eis gleiten.«

»Hört sich an, als ob man sich auch rasend schnell damit auf den Hintern setzen kann!«

»Das natürlich auch. Aber es macht Spaß. Ich bin sicher, Pitter wird Euch zeigen, wie es geht.«

»Ihr nicht?«

»Ich bin eine würdige Begine, ich nicht.«

»Ach, Unsinn!«

»Na ja, unsere Regeln verbieten es nicht ausdrücklich…«

»Seht Ihr. Übrigens, was haltet Ihr von einem Hasenpfeffer?«

»Keine schlechte Idee, Wild haben wir selten in unseren Schüsseln.«

»Oh, dann könnte ich auch mal eine Rehkeule oder etwas vom Wildschwein zubereiten. Mariniert in Rotwein, mit Zwiebeln, Wacholderbeeren und Nelken.«

»Köstlich, aber wo wollt Ihr das Wild derzeit beschaffen?«

»Na ja, es gibt da bestimmt eine Möglichkeit.«

»So kurz in Köln, und schon hat die Köchin ihre Quellen aufgetan? Hat es im Adler häufiger mal Wild gegeben?«

Franziska nickte und meinte dann: »Sagt es nicht weiter. Der Simon kennt ein paar Leute. Draußen, vor der Stadt. Genau weiß ich es auch nicht, aber sie bringen ihm hin und wieder etwas vorbei.«

»Wilderer, vermutlich.«

Franziska zuckte mit den Achseln. »Ich habe nicht allzu genau nachgefragt. Es sind raue Burschen, schmutzig und versoffen.«

»Warum gibt der Wirt sich mit diesem Geschäft ab? Es stehen hohe Strafen auf Wilderei und Hehlerei!«

»Weiß nicht.« Franziska war plötzlich grämlich gestimmt und krampfte die Schultern zusammen. »Er ist nur hinter den Münzen her. Immer. Bei allem muss er noch was rausschlagen! Sogar mich hat der ja als Dienstmagd verkaufen wollen. Der Schleiereule im blauen Seidenkleid sollte ich aufwarten. Aber keinen Pfennig hätte ich dafür zu sehen bekommen.«

»Ihr tragt ihm das ja fürchterlich nach. Entschuldige, Franziska, aber Ihr seid entsetzlich empfindlich.«

»Soll ich wohl sein! Meine Gutmütigkeit hat er schamlos ausgenutzt, dieser Heuchler!«

»Wie seid Ihr überhaupt in den Adler gekommen?«

»Den hat mir die Maria genannt. Als sie nach Köln kam, vor einem halben Jahr, war das noch eine ganz respektable Herberge. Da hatte der Simon auch noch eine Wirtschafterin, die sich um die Küche und die Kammern kümmerte. Aber die ist ihm wohl auch weggelaufen. Als ich kam, war die Schenke vollkommen verlottert, das Bier war sauer, der Wein gepantscht, die Kammern stanken, der Kamin rußte, und Tische und Bänke klebten vor Dreck. Der Herr Wirt vergnügte sich nämlich lieber in seiner Schmiede.«

»Und da habt Ihr für Ordnung gesorgt?«

»Was sollte ich denn machen. Er hat Zimmerpacht verlangt, und nicht zu knapp. Ich habe ihn runtergehandelt, ihm angeboten, für die Gäste zu kochen und ein anständiges Bier zu brauen.«

»Als ich Euch dort aufsuchte, sah es aber schon recht ordentlich aus.«

»Da hatte ich ja auch schon drei Wochen für ihn gewirtschaftet. Und wie hat er es mir gedankt? Indem er mich zu seinem Liebchen machen wollte. Das habt Ihr doch selbst mitbekommen.«

»Sicher? Mir schien seine Werbung zwar ein wenig unbeholfen, aber trotzdem kam es mir vor, als hätte er Euch die Ehe angetragen.«

»Weil ich so hart arbeiten kann«, brauste Franziska auf.

»Und weil er Euch niedlich findet!«

»Niedlich? Beim Kochlöffel der heiligen Sankt Marta! Niedlich ist ein Schmusekätzchen. Ich bin nicht niedlich. Ich habe den größten Teil meines Lebens damit verbracht, mich mit Krallen und Zähnen durchzuschlagen.«

»Wollt Ihr darum lieber als alte Jungfer ins Grab sinken?«

»Das nun auch nicht gerade.«

»So ein übles Mannsbild scheint mir der Adlerwirt gar nicht zu sein«, sinnierte Almut. »Der vornehmen Dame gegenüber war er doch wohl ganz zuvorkommend«, stichelte sie weiter. Mit dem gewünschten Erfolg. Franziska schmähte die Unbekannte mit ausgesuchten Worten. Aber Almut ging plötzlich etwas anderes durch den Kopf.

»Haltet ein, Franziska!«, unterbrach sie die Hohnrede. »Haltet ein. Die Frau trug das blaue Kleid, das wir gestern an der Magd von Melaten gesehen haben. Wir haben geglaubt, sie habe es als Almosen verschenkt. Hatte denn diese Frau so viele Kleider bei sich, um sich solch eine Großzügigkeit erlauben zu können?«

Franziska schloss den Mund und machte ihn dann langsam wieder auf. »Äh, nein. Sie hatte nur ein kleines Bündel bei sich. Ach Gott, glaubt Ihr, es wurde ihr gestohlen? Das wird aber für das Dämchen unangenehm sein, nur im Hemd herumzusitzen. Aber dem Simon wird das wahrscheinlich gefallen.«

»Ich hoffe, sie sitzt überhaupt noch herum. Wo auch immer.«

»Wie meint Ihr das?«

»Wir haben da ein ausgesetztes Kind, eine unbekannte, tote Frau und ein Kleid, das nicht diejenige trägt, für die es geschneidert wurde. Ich gebe zu, es ist vage, aber ich würde zu gerne wissen, ob die vornehme Dame noch im Adler zu Gast ist.«

»Ihr glaubt – heilige Sankt Marta, glaubt Ihr, Simon habe ihr etwas angetan? Das ist verrückt, Almut. Er ist zwar ein Klotz, aber kein Mörder.«

»Weiß man's? Aber darüber reden wir später.« Sie hatten das Haus in der Mühlengasse erreicht, und Almut bat Franziska zum Abschied: »Holt mich zur Sext wieder ab. Ich helfe Euch dann, die Körbe zu tragen.«

»Ja, gerne!«

Anne, die alte Magd, öffnete Almut die Tür und grüßte sie mit den brummigen Worten: »Schön, dass Ihr uns besuchen kommt, Frau Almut. Eure Mutter hat aber einen Gast da.«

»Einen, den du nicht billigst, Anne?« Das Gesicht der Magd drückte Missfallen aus. »Ah, soll ich raten? Aziza ist gekommen, nicht wahr?«

»Eine gottlose Maurin ohne Zucht und Anstand«, murmelte Anne.

Almut lachte. »Sie ist keine Maurin, Alte, das habe ich dir schon ein paarmal erklärt.«

»Sie ist Schlimmeres!«

»Ja, sie ist meine Schwester!«

»Sie bringt Euren Vater in Verruf, junge Herrin!«

»Ach was! Wenn, dann schafft der das ganz alleine, dazu braucht es Aziza nicht. Hier, halt mal, damit ich meinen Umhang ablegen kann. Ihr habt es schön warm im Haus!«

Ohne Umschweife drückte Almut der Magd den Korb mit dem schlafenden Kind in die Hand. Anne sah aus, als ob sie vom Donner gerührt würde.

»Frau Almut!«

»Niedlich, nicht? Ich will die Frau Barbara bitten, sich darum zu kümmern!«

Mit erhobener, höchst empörter Stimme wiederholte Anne noch einmal: »Frau Almut!«

»Du denkst immer das Schlechteste von mir, was?«

»Ist das ein Wunder? Ihr wart schon ein schlimmes Kind, Frau Almut. Und Eurem Mann eine gar widersetzliche Frau!«

»Und dem Gesinde ein schlechtes Vorbild, meiner Meisterin eine starrköpfige Begine, den Priestern eine tadelnswerte Gläubige, meinem Beichtiger eine unbelehrbare Sünderin und für dich ein Nagel zu deinem Sarg. Sind sie oben in der Stube?«

»Ja.«

Almut eilte beschwingt die Stiegen empor. Sie freute sich, ihre Halbschwester zu sehen. Seit über einem Monat waren sie sich nicht mehr begegnet. Aziza führte ein sehr eigenes Leben am Rande der Gesellschaft. Sie stand im Ruf, eine maurische Hure zu sein, doch wie Almut es schon richtig bemerkt hatte – eine Maurin war sie nicht. Sie hatte ein kleines Vermögen von ihrer Mutter erhalten und vermehrte es sorgsam, indem sie es zinsbringend verlieh. Sie liebte ihre Unabhängigkeit, und Almut wusste zudem von einem einflussreichen Gönner, der wahrscheinlich auch ihr Liebhaber war. Aber wer es war, darüber schwieg sich Aziza abgrundtief aus.

Mit freudigen Ausrufen wurde die Begine von den beiden Frauen begrüßt, aber als sie den Korb mit dem Kind vorsichtig in die Nähe des Kamins stellte, konnte sich Aziza nicht zurückhalten: »Wie ist dir denn das passiert, meine keusche Schwester!«

»Hab's aus dem Kunibertspütz gefischt!«

»Ein gefährliches Gewässer, was? Hat es denn wenigstens Spaß gemacht?«, fragte Aziza kichernd.

»Ich habe wenig davon gemerkt.«

»Man kann die Keuschheit auch übertreiben. Wer ist der Vater?«

»Ich empfing es von Pater Ivo.«

»Dann hätte es dir aber Spaß machen müssen!«

»Na, ich weiß nicht. Es war mitten in der Nacht…«

»Da passiert so etwas häufig!«

»…draußen im Schneegestöber…«

»Seltsame Vorlieben hast du!«

»…am Heiligen Abend.«

»Was kann man von Münnich und Bejinge schon anderes erwarten.«

Frau Barbara gluckste still vor sich hin und brach dann in helles Gelächter aus.

»Hat jemand das Kleine im Kloster ausgesetzt?«

»So ist es. Und der Pater war so klug, es umgehend zu uns zu bringen. Aber da sind jetzt einige Probleme aufgetreten, die es notwendig machen, es aus dem Konvent zu entfernen.«

»Setz dich und erzähle. Hier sind süße Wecken. Maria hat sich selbst übertroffen, koste nur!«

Almut tat, wie ihr geheißen wurde, und berichtete zwischen den Bissen in kurzer Fassung, was sich zugetragen hatte. Dabei betrachtete sie die beiden Frauen, die ihr gelassen zuhörten. Ihre Stiefmutter war wieder äußerst elegant in gestreifter Seide und Fehpelz gekleidet, doch Aziza, in einem feinbestickten burgunderroten Samtkleid, wirkte geradezu königlich neben ihr. Ihre glänzenden schwarzen Haare hatte sie lang über den Rücken hängen, nur ein hauchzarter goldener

Schleier umschwebte förmlich ihr Gesicht. Ihre dunklen Augen waren wie üblich mit schwarzer Schminke betont, und vielleicht waren auch die Lippen etwas tiefer rot, als die Natur sie ihr geschenkt hatte. Doch auch in Lumpen, ungeschminkt und mit verfilzten Haaren, Aziza würde immer eine atemberaubend schöne Frau sein.

»Aber natürlich kümmere ich mich um das kleine Mädchen!«, versprach ihre Stiefmutter, als Almut geendet hatte. Sie beugte sich vor und hob das Kind aus seinem warmen Nest, um es zu kosen. Es wachte auf und gab ein paar unwillige Laute von sich.

»Eia, eia, eia!«, summte Frau Barbara und strich dem Kind mit dem Finger über die Wange.

»Oh, was ist denn das?«

»Das Feuermal, meinst du?«

»Ja. O je, das ist aber ziemlich auffällig!«

Aziza beugte sich auch über das Kind und zog dann plötzlich scharf den Atem ein.

»Sehr auffällig. So auffällig, dass ich dir beinahe sagen könnte, wer die Mutter ist!«

Aufgeregt sah Almut ihre Schwester an.

»Wer, Aziza! Barmherzige Mutter, sag es, damit wir wenigstens darüber Klarheit bekommen!«

»Das muss eine Tochter der Benasis sein.«

»Der Benasis, der Patrizierfamilie? Bist du sicher?«

»Na, sicher kann man nie sein, aber ich habe mal eine Frau kennen gelernt, vor ungefähr drei Jahren. Es war ein Fest auf dem Hof Benasis, und das ganze Haus wimmelte von Gästen. Dichter, Gelehrte, der Erzbischof selbst, etliche seiner Ritter, der Herzog von Brabant und natürlich auch einige von den Patriziern. Sie war eine recht hübsche Frau, nicht mehr ganz jung und sehr gebildet. Aber ihre Zunge war gefährlich scharf, und sie kannte keine Rücksicht. Die brauchte sie wahrscheinlich auch nicht zu nehmen. Aber sie fiel nicht nur mit ihren treffenden Bemerkungen auf, sondern vor allem durch das rote Mal im Gesicht. Sie verbarg es nicht, sondern trug es sehr selbstbewusst. Aber die Leute flüsterten hinter der Hand darüber, einen Mann hätte sie wegen ihrer bösen Zunge und wegen dieses Zeichens nicht bekommen. Eine besonders giftige Natter nannte es den Satanskuss.«

»Tja, die Form macht es einem leicht, so etwas daraus abzuleiten. Aber wer war die Frau?«

»Bettina de Benasis.«

»Ei wei!«

»Kennst du sie?«

»Noch nicht, aber ich habe von ihr gehört. Ist dir der Ritter Gero von Bachem bekannt?«

»Gero von Bachem?«

»Groß, dunkler Kinnbart, scharfe, vorspringende Nase...«

»O ja. Ihr Begleiter. Man munkelte, es sei mehr zwischen ihnen als bloße Bekanntschaft. Er ist ein Vertrauter des Erzbischofs.«

»Heilige Jungfrau Maria, das erklärt vieles.«

»Was zum Beispiel?«

»Dass ich Pater Ivo die Leviten lesen werde. Aber, Aziza, ich muss erst noch etwas nachdenken, um alles in die richtige Reihenfolge zu bringen. Passt nur gut auf das Kind auf. Und – ach, wenn es wirklich Bettinas Tochter ist, dann kenne ich sogar ihren Namen. Sie sollte Gerlis heißen, nach Bettinas Amme. Und nach dem Vater. Ich denke, das ist Gero.«

Ein leiser Schauder überflog Almut, als sie das ausgesprochen hatte. Wieder einmal hatte sich Rigmundis Vision erfüllt – der Verräter und die Einsame, die sich im Kloster trafen... Aber auch ihre Ahnung war richtig, Bettina de Benasis hatte den Ritter Gero von Bachem im Kloster aufgesucht – und war anschließend gestorben. Doch weiter darüber nachdenken konnte sie nicht, denn Frau Barbara bemerkte: »Verrückt ist die Welt. Sollen wir die Benasis aufsuchen und ihnen das Kind zeigen?«

»Um der Liebe Gottes willen, nur das nicht! Sprecht nicht über das Kind, und sollte jemand danach fragen, nennt es ein Fehltrittchen meines Vaters oder das einer entfernten Base, aber nicht eine Benasis-Tochter.«

»Das mit dem Fehltrittchen würde dir dein Vater übel nehmen!« Aziza grinste.

»Tja, er hat ja auch schon eins, nicht wahr, liebste Schwester?«

Darauf wusste diesmal selbst Aziza nichts zu erwidern.

»Mir scheint, die Glocken haben bereits seit geraumer Zeit zur Sext geläutet. Eigentlich hätte Franziska schon lange hier erscheinen müssen. Ich sollte mal bei Eurer Köchin Maria nachfragen, ob sie bei ihr sitzt und schwatzt!«

Frau Barbara rief nach Anne, aber die hatte Franziska nicht gesehen.

»Dennoch, ich muss zurück. Sie wird mehr Zeit für ihre Einkäufe gebraucht haben, als sie dachte. Schickt sie zum Konvent zurück, wenn sie eintrifft.«

»Selbstverständlich, und Almut...«

»Ja, ja, sobald ich etwas mehr weiß, erzähle ich es euch.«

»Sei nur vorsichtig, Almut!«, mahnte ihre Stiefmutter, die ihre neugierige Tochter schon mehrmals in Bedrängnis erlebt hatte. Auch Aziza hatte sich erhoben, um sich zu verabschieden.

»Ich begleite dich bis zum Alten Markt, Schwester. Da wird sich sicher unser Pitter herumtreiben, der den Rest des Weges mit dir geht.«

»Danke!«

Sie warfen sich ihre Umhänge über und eilten mit zügigen Schritten durch die Kälte.

»Die Sache mit dem Kind verspricht interessante Verwicklungen«, begann Aziza vorsichtig.

»Ich fürchte auch«, meinte Almut, nicht ganz traurig über die eingetretene Entwicklung und die erstaunliche Eröffnung ihrer Schwester. Denn damit hatte sie in der Tat Pater Ivo eine Menge Wissen voraus.

»Wenn du wieder in ein Abenteuer verwickelt wirst, Schwester, zähl auf mich! Ich will dabei sein!«

»Mal sehen, was sich machen lässt! Übrigens, wie kommst du zu einer Einladung zu einem Fest bei den Benasis?«

»Ich war die Begleiterin meines Herrn.«

»Der da heißt?«

»Neugierig, Schwester?«

»Bis aufs Blut!«

»Hermann.«

»Ah, natürlich. Es gibt zwar viele, die Hermann heißen, aber mir fällt da nur ein passender ein unter den Gästen, die du vorhin genannt hast. Unter einem Herzog von Brabant tust du es vermutlich nicht.«

»Nein, drunter nicht oft, Begine«, gab ihre schamlose Schwester lachend zurück.

Damit hatte Aziza nun doch das letzte Wort, denn Almut wollte darauf keine Erwiderung einfallen.

Im grauen Wintermittag wirkte der trutzige Mittelturm von Groß Sankt Martin seltsam bedrückend, und
nachdem sich Aziza von ihrer Schwester verabschiedet
hatte, war Almut entschlossen, auf dem schnells-
ten Weg Pater Ivo ihre neuen Erkenntnisse mitzuteilen.
Sie richtete dem Bruder an der Klosterpforte aus, sie
wolle in Brigiden auf den Pater warten. Diesmal dauerte es nicht lange, bis sie die dunkle Kutte zwischen
den Säulen auftauchen sah. Doch es war nicht der erwartete Benediktiner, der auf sie zukam, sondern ein
untersetzter Mönch, dessen brauner Haarkranz sich
wie eine lockige Rolle um die sauber geschorene Ton-
sur legte. Er hatte klar geschnittene Züge, doch sein
Blick war streng und wenig freundlich, als er sie anre-
dete. Sie erkannte in ihm den Mönch, der vor Tagen den
Novizen auf dem Markt so derb zusammengestaucht
hatte.

»Ihr seid die Begine vom Eigelstein?«

»Ja, Bruder. Und ich würde gerne mit Pater Ivo sprechen.«

»Ich bedaure, Frau, unser Bruder Ivo ist anderweitig
beschäftigt. Die Aufgaben im Kloster und der Dienst am
Herrn verlangen seine ganze Aufmerksamkeit. Er
wünscht zukünftig, nicht mehr mit Euren Angelegenheiten behelligt zu werden. Nennt mir Eure Botschaft,
ich will sie weiterleiten, wenn sie von irgendeiner Be-
deutung ist.«

Almut spürte, wie Zorn in ihr aufwallte. Das also
meinte der Pater damit, die Aufklärung des Falles sei
Männersache. Aber die Genugtuung, selbst herausgefunden zu haben, wer das Kind war, ließ sie denn doch
kundtun: »Nun gut, dann richtet ihm zumindest aus,
dass uns inzwischen bekannt ist, zu wem das Kind ge-

hört, das bei Euch gefunden wurde. Das Mädchen wird ihrer Familie zurückgegeben!«

»Eine Nebensächlichkeit. Wegen derartiger Nachrichten braucht Ihr Eure Schritte nicht mehr zum Kloster zu lenken. Ich muss hinzufügen, ich halte Euer Benehmen für ausgesprochen unschicklich.«

»Ihr findet es weniger unschicklich, uns Beginen mitten in der Christnacht ein Findelkind in den Schoß zu legen und Euch dann um dessen Schicksal nicht mehr zu kümmern?«

»Ein bedauerliches Vorkommnis, das meine Billigung in keiner Weise findet. Nun verlasst die Kirche. Sie dient dem Gottesdienst und nicht dem unsittlichen Stelldichein zwischen Mönchen und Beginen.«

Almut maß den Mönch mit einem flammenden Blick aus ihren grünen Augen.

»›Wer seinen Bruder verleumdet oder verurteilt, der verleumdet und verurteilt das Gesetz.‹ Sagt Jakobus, Bruder Namenlos. Wie könnt Ihr es wagen, Pater Ivo und mich der Unsittlichkeit zu bezichtigen? Wer seid Ihr überhaupt?«

»Prior Rudgerus, Weib. Und ich werde Eure Beleidigungen und Ketzereien nicht vergessen. Verschwindet augenblicklich aus dem Gotteshaus.«

Mit unzweideutiger Handbewegung wies der Prior auf den Ausgang.

Die barmherzige Mutter wachte über Almuts Zunge, wenngleich ihre Besitzerin sich dabei beinahe ein Stückchen abgebissen hätte. Wortlos und mit aufrechter Würde schritt sie aus der Kirche. Erst vor dem Tor schnaubte sie vor Wut.

Als Almut kurze Zeit später im Konvent eintraf, fand sie zu ihrer Überraschung Franziska nicht in ihrer Küche wirtschaften. Dagegen hatte Gertrud ein Blech knuspriger Brote gebacken, die duftend auf dem Bord lagen, um auszukühlen.

»Geht es dir wieder so gut, dass du arbeiten kannst, Gertrud?«

»Noch länger untätig im Bett zu liegen, halte ich nicht aus. Nicht einmal das Kind habe ich mehr, um mich zu beschäftigen. Und die Aushilfsköchin scheint auch nicht zu den Zuverlässigsten zu gehören. Hätte ich nicht die Suppe gewärmt und Brote gebacken, gäb's selbst heute wieder nur Grütze!«

Almut griff nach einer Holzschüssel und bat um eine Portion von dem Eintopf.

»Er ist aber gut, dieser Rumtopf!«

»Na ja..., Reste-Essen. Was ist das schon für eine Kunst.«

»Na, immerhin mehr als das, was wir anderen zusammenkochen können.«

»An Silvester, dächte ich aber, sollte man etwas Besseres auf den Tisch bringen.«

»Das ist allerdings wahr. Heißt das, Franziska ist bisher überhaupt noch nicht aufgetaucht? Sie ist heute früh mit mir auf den Markt gegangen und wollte für ein besonderes Essen heute und morgen die Zutaten kaufen.«

»Wird wohl ihre Zeit irgendwo verschwätzen. Sollte ich raten, würde ich annehmen, sie sitzt beim Wirt im Adler und lässt sich anhimmeln.«

»Was?«

»Der Mann hat vorhin nach ihr gefragt.«

»Aha. Ja, zwischen den beiden hat sich etwas angebahnt. Und richtig – sie wollte uns ein Wildgericht zubereiten. Geben wir ihr noch eine Weile, sie wird bestimmt bald auftauchen.«

»Na gut!«

Almut suchte anschließend ihre Meisterin auf, um ihr die erstaunlichen Erkenntnisse mitzuteilen. Magda war gebührend beeindruckt.

»So, so, die Benasis-Tochter. Ich habe sie nie gesehen, aber jetzt, wo du es erzählt hast, erinnere ich mich daran, dass es damals hieß, die älteste Tochter sei mit einem Feuermal geboren worden. Es lag in der Familie der Mutter. Ich glaube, eine der Birkelins. Ihr Bruder, der Gerhard, hatte es nicht. Ihn habe ich schon getroffen. Wir sollten die Familie benachrichtigen. Willst du das übernehmen?«

»Nein, Magda. Ich denke, wir sollten das noch nicht bekannt geben, denn es gibt da noch eine unbekannte Tote!«

»Almut!«

»Tut mir Leid, Magda, aber ich kann es nicht ändern. Ich habe den Verdacht, sie ist die Kindsmutter, und so wäre sie dann besagte Bettina. Und damit möchte ich die Familie lieber nicht überfallen.«

»Du hast dich schon wieder viel tiefer in die Angelegenheit eingemischt, als du mir bisher eingestanden hast.«

»Ich kann nichts dafür, wirklich. Es ist im Kloster passiert, und Pater Ivo hat mir nur davon berichtet. Er hat mir aber verboten, mich darum zu kümmern.«

»Wie Recht er hat, Almut. Das ist auch Sache der Mönche oder des Vogts. Also lass die Finger davon!«

»Ja, Meisterin.«

Mit einem wissenden Lächeln nahm Magda den trügerisch demütigen Ton wahr.

»Du bist unwirsch, Almut.«

»Natürlich. Männersache, hat er behauptet, sei es. Und hat den Prior geschickt, um mir zu verstehen zu geben, er wünsche meine unwürdige Gegenwart nicht zu ertragen.«

»Pater Ivo tat das?«

Verwunderung schwang in Magdas Worten mit.

»Natürlich!«

»Ist dir jemals der Gedanke gekommen, er könnte dich damit schützen wollen?«

»Wovor denn beschützen?«

»Vor einem Mörder zum Beispiel…!«

Almut schwieg. Sie hatte zwar die Leiche nicht gesehen, doch ihre Fantasie war lebhaft genug, sich vorzustellen, wie entsetzlich der Fund war.

»Na ja… Vielleicht. Aber er hat dennoch das Kind hierher gebracht!«

»Da wusste er noch nichts von dem Mord, nehme ich mal an.«

»Das stimmt allerdings. Na gut, ich werde die Dinge laufen lassen. Klein Gerlis ist bei Frau Barbara gut aufgehoben, und ich glaube, ich sollte mich jetzt mal auf die Suche nach unserer pflichtvergessenen Köchin machen. Sie scheint mit dem Wirt vom Adler herumzuschmusen. Oder zu zanken. Beides hält sie jedenfalls von der Arbeit ab.«

»Ich bin wieder da! Hat etwas länger gedauert!«

Mit einem Tritt schloss Franziska die Tür hinter sich. Sie war mit zwei schweren Körben beladen, die sie schnaufend auf den Boden stellte. Ihr Gesicht glühte geradezu. Ob vor Kälte oder Freude, ließ sich nicht gleich ausmachen.

»Das ist nicht zu überhören. Ich habe Gertrud gerade wieder zu Bett geschickt. Sie hat frische Brote gebacken, während Ihr unterwegs wart. Hat es sich denn wenigstens gelohnt, Euer langes Ausbleiben? Was habt Ihr denn da mitgebracht?«

Neugierig beugte sich Almut nach vorne. Die Köchin grinste, zog mit großer Geste das Tuch zurück und präsentierte ihre Ausbeute mit unverhohlenem Stolz.

»Also hier haben wir ein paar Hasen und zwei Wachteln. Die werde ich mit Speck umwickeln und mit sauren Äpfeln füllen. Ich kenne da ein ganz wundervolles Rezept, mit Majoran und Butterschmalz. Hier, das ist eine Wildschweinkeule. Sie muss noch ein wenig abhängen, aber dann wird sie gesotten und zu einem kräftigen Ragout in rotem Wein verarbeitet. Das fülle ich dann zusammen mit süßen Möhren und gedünsteten Zwiebeln in knusprigen Pastetenteig, und Ihr werdet Euch drei Tage lang die Lippen lecken. Außerdem habe ich sogar eine prächtige Wildente bekommen, so frisch, sie schnattert fast noch. Sie sind schön fett, jetzt im Winter! Sie kommt gleich in den Ofen. Ein wenig von meinem Bier darüber gestrichen, und die Haut wird zu einer schönen goldfarbenen Kruste. Das wird ein Schmaus! Aber Almut, Ihr seid ja so schweigsam?«

»Wann sollte ich wohl zu Wort kommen? Ihr redet wie ein rauschender Wasserfall.«

Die zarte Röte von Franziskas Wangen verbreitete sich nun bis an den Haaransatz unter dem Gebände, und sichtlich verlegen rieb sie sich über die Nase. Doch ihre Augen leuchteten vor Begeisterung.

»Oh. Aber Ihr seht, ich habe mein Versprechen gehalten. Zugegeben, ohne Simon hätten wir in einen kalten Kessel geschaut. Aber ich habe ihm dafür noch etwas versprochen. Hoffentlich habe ich nicht zu eigenmächtig gehandelt.«

»Wir bezahlen natürlich für das Wildbret, nur bitte verkündet nicht, wo Ihr es erworben habt. Wir, und auch Simon, könnten uns reichlich Ärger einhandeln, selbst wenn es ein offenes Geheimnis ist.«

»Das ist ein Problem, ich weiß. Aber ich würde gerne nach dem Neujahrstag noch einmal zu ihm gehen.« Mit einem wohligen Seufzer schlüpfte Franziska aus ihren Holzschuhen, hockte sich auf einen Schemel und massierte sich die Füße. »Wisst Ihr, Simon hat mich in der Schmiede erwartet und mich nicht ins Haus gebeten. Bestimmt ist im Adler wieder alles total verklebt, also, ich meine die Gaststube. Ich habe ihm angeboten, doch noch mal auszuhelfen. Das Haus stand leer und verlassen, und Licht brannte auch nicht. Kein Wunder, dass sich Simon mit der Wildhehlerei über Wasser halten muss.« Nachdenklich strich sich Franziska eine widerspenstige Locke unter das Tuch. »Außerdem habe ich noch einen Hintergedanken dabei. Ich muss mir Gewissheit verschaffen.«

»Worüber, Franziska? Über den Zustand der Schenke?«

»Nein, über den Zustand seines rechten Armes.«

Franziska schien in Gedanken versunken, und Almut hakte nach: »Sein rechter Arm?«

»Ach ja, der war mit einem unsäglich dreckigen Lumpen verbunden. Simon hatte einen Streit mit seinem Esel, aus dem das Tier als Sieger hervorging. Behauptet er.«

»Und Ihr habt Euch in einem Anfall christlicher Nächstenliebe um seine Wunden gekümmert?«

Unbehaglich rutschte die Köchin auf ihrem Schemel hin und her.

»Konnte doch sehen, wie sehr die ihn schmerzten«, knurrte sie leise. »Ein paar tiefe Kratzer hat er abbekommen, die sich böse entzündet haben. Richtig eitrig, ist wohl der Dreck von der Schmiede hineingekommen. Na ja, ich habe so getan, als ob ich seine Geschichte glaubte, und ihm den Verband gewechselt.«

»Wieso sollte er denn lügen? Esel sind doch recht eigensinnige Geschöpfe.«

»Aber sie kratzen nicht. Treten und beißen, ja. Aber nicht kratzen. Ich vermute etwas ganz anderes, wisst Ihr. Der Simon hat nämlich bestimmt keinen Versuch ausgelassen, die Verschleierte in sein Bett zu ziehen. Bei mir hat er es ja auch versucht.«

»Sie hat sich dagegen gewehrt, wie Ihr es auch getan hättet. Ihn also gekratzt und gebissen und anschließend mit einem schmutzigen Lumpen verbunden. War sie eigentlich noch dort? Habt Ihr das herausgefunden?«

Düster verzog sich Franziskas Stirn. »Wer weiß, wer da im dunklen Haus auf ihn wartete und nicht gesehen werden wollte. Mich hat er ja nicht hereingelassen. Aber ich wüsste zu gerne, was im Adler vor sich geht.«

»Dennoch, gesehen habt Ihr sie nicht, und nach ihr gefragt habt Ihr auch nicht?«, beharrte Almut auf ihrer Frage.

»Den Teufel werd ich tun. Aber übermorgen schau ich mich genauer um, darauf könnt Ihr Euch verlassen!«

Almut begriff, wie sehr Franziska vor Eifersucht kochte. Sie war augenscheinlich nicht mehr in der Lage, folgerichtig zu denken. Trotzdem hätte sie selbst gerne gewusst, ob die Verschleierte und das Kind noch im Gasthaus wohnten, denn sie hegte ihren eigenen Verdacht dazu.

Franziskas aufgewühlte Gefühle beeinflussten zum Glück ihre Arbeit in der Küche nicht. Sie hatte sich wirklich ins Zeug gelegt, und wenn auch das Essen zur Vesper vermutlich etwas verspätet auf den Tisch kam, so verdiente es doch bestimmt die Bezeichnung Festtagsschmaus, urteilte Almut, als sie fragend den Kopf zur Küchentür hineinsteckte, um sich nach dem Fortschritt zu erkundigen.

Sie fand die Köchin dabei, sich in einem polierten Kupferpfännchen zu spiegeln und sich die Augenbrauen mit einem angefeuchteten Finger zu glätten. Die spröden Lippen betupfte sie mit etwas Mandelöl und drehte sich erschrocken um, als Almut grinsend fragte: »Eitel?«

»Wer hat mich neulich ein zerrupftes Huhn genannt?«

»Eine Zicke, wenn ich mich recht entsinne. Macht voran, ich helfe Euch beim Auftragen.«

Auch Clara stand jetzt in der Tür und fragte: »Fertig?«

»Fertig! Da, nehmt die Platte! Knusprige Wachteln vom Spieß, gewürzt mit einem Mantel aus wildem Knoblauch, Zitronenmelisse, Kerbel und Estragon. Hier in der Schüssel ist das gesottene Hasenklein in Burgunderwein und eingeweichten, getrockneten Steinpilzen. Ich trage die Wildente mit Maronenfüllung. Im Korb ist das Brot, das Gertrud gebacken hat, und in den Schalen Mus von Steckrüben, Sauerkraut, gebratene Zwiebeln. Das wär's fürs Erste.«

»Oh, heilige Maria, Franziska, Ihr elende Verführerin. Zum Jahreswechsel habe ich mir geschworen, mich der Askese und Versenkung zu widmen«, stöhnte Clara, steckte einen Finger in die Schüssel mit dem Hasenklein und leckte ihn ab. »Denn nur die Entbehrung macht klar und empfänglich für die göttliche Gnade.«

Beifallheischend sah sie um sich und fand nur zwei verdutzt zwinkernde Augenpaare. »Aber schließlich hat das Jahr noch nicht gewechselt.«

Mit wehendem Rock verschwand sie um die Ecke.

»Eine erstaunliche Geschwindigkeit, die unsere Gelehrte da vorlegt«, stellte Almut fest.

»Stimmt. Das pfeifende Ohrensausen, über das sie klagte, als ich sie bat, mir einen Korb Kleinholz zu richten, scheint verschwunden zu sein.«

»Ja, ebenso wie die plötzliche Herzschwäche, die sie überkam, als ich sie heute Morgen aufforderte, den Schnee vor unserem Haus fortzufegen.«

Verständnisinnig nickten Begine und Köchin einander zu.

Zwischen den Gängen brachten Bela und Mettel immer mal wieder die geleerten Schüsseln in die Küche zurück, und als Mettel mit einem frisch gefüllten Brotkorb eintrat, flüsterte sie Almut zu: »Die Köchin hat einen Mann in der Küche. Ich glaube, du solltest mal nach dem Rechten sehen. Ich habe ihn nicht eingelassen.«

Unverzüglich erhob Almut sich. Sie ahnte zwar, wer es war, aber das ging denn doch zu weit. Tatsächlich war es Simon, der da am Tisch saß, eine leer gegessene Schüssel Hasenklein und einen Humpen Bier vor sich. Er und Franziska waren so in einen Streit versunken, dass sie die Begine in der Tür gar nicht bemerkten. Simons Stimme troff vor Entrüstung. »Habe ich aber nicht!«, knurrte er.

Franziska dagegen flötete spitz: »Ach nein? Weiberheld!«

»Schöne Augen machen gehört zum Geschäft.«

»Zu dem einer Dirne, ja. Aber zu einem Schmied?«

»Erlaubt mal, ich bin Wirt!«

»Haben die schönen Augen bei der Schleiereule denn auch die gewünschte Wirkung gezeigt? Sie wird Euch vermissen, die Dame.«

»Das weiß ich nicht. Aber wenn Ihr es genau wissen wollt: Ich vermisse sie auch.«

»War es so schön traulich miteinander?«

»Das geht Euch nichts an! Ich führe mein Geschäft, wie ich es für richtig halte.«

»Geschäft nennt Ihr das? Den Laden verschlampen lassen, den Weibern hinterhersteigen und hier auch noch aufkreuzen und ein Essen schnorren. Die Künste der feinen Dame beschränken sich wohl aufs Bett und nicht auf die Küche, was?«

Zornig sprang Simon auf und brüllte: »Jetzt reicht es aber. Ich bin gekommen, weil es Silvester ist, und da sollte man sich als vernünftig denkender Mensch einen guten Vorsatz schaffen! Ich wollte Euch fragen... Ach, ist ja auch egal. Verdammt, ich mag dich trotzdem. Warum, weiß ich nicht, doch ich habe an dir einen Narren gefressen, Weib, das du bist! Wenn du wieder zu Verstand gekommen bist, dann besuche mich. Aber nicht vorher.«

»Oh, Simon!«

»Schönes neues Jahr!«

Er stürmte zur Tür und lief Almut in die Arme. Unwirsch machte er sich los, wodurch sie das Gleichgewicht verlor und in den Schneehaufen plumpste, der vor der Tür zusammengefegt worden war. Dann hörte sie, wie das Tor geöffnet wurde und mit einem Krachen wieder zufiel. In der Küche schluchzte Franziska. Kopfschüttelnd rappelte Almut sich auf und klopfte sich den

Schnee von ihrer Kehrseite. Sie sah keinen Grund, Franziska jetzt zu stören, und ging ins Refektorium zurück.

»Das war nur der Adlerwirt, der noch etwas Nachschub für die Köchin gebracht hat. Das ist in Ordnung!«, flüsterte sie der Pförtnerin zu. »Er ist jetzt weg. Achte darauf, das Tor nachher noch abzuschließen.«

Trotz dieses misslichen Zwischenfalls war das Silvesteressen ein Erfolg und so sättigend, dass Almut um Mitternacht, als alle Glocken der Stadt das neue Jahr einläuteten, mit noch immer vollem Magen ihre Gebete sprach. Dankbarkeit kam darin zum Ausdruck – dafür, weder Hunger leiden noch frieren zu müssen, und für ein Leben in Sicherheit und Frieden. Dankbarkeit dafür, keine Lasten aufgebürdet zu bekommen, die zu schwer zu tragen waren, und für die Eintracht, mit der sie in ihrer Gemeinschaft und ihrer Familie leben durfte. Sie bat die heilige Jungfrau, die Mutter Gottes, um ihren Schutz und Segen für alle, die ihr nahe standen – die Beginen und die kleine, unglücklich verliebte Köchin, die taubstumme Trine, den verschrobenen Apotheker Krudener und den immer hungrigen Pitter. Für ihre Eltern und Stiefgeschwister und natürlich auch Aziza. Sie bat für das mutterlose Kind und die Seele seiner unglücklichen Mutter. Und für Pater Ivo. An ihm blieben ihre Gedanken ein wenig länger hängen. Ihr Groll auf ihn war verflogen, er hielt sowieso nie sehr lange an. Sie schloss die Augen und ließ sein Gesicht in ihrer Erinnerung aufsteigen. Innig hoffte sie, die Linien der Bitternis möchten sich darin auf Dauer glätten. Dann aber flehte sie Maria an, vor allem ihr selbst beizustehen, wenn Ungehorsam und Neugierde sie wieder übermannten und wenn ihre Zunge zügellos wurde.

Es sprach für Almuts großmütigen Geist, dass sie alle bösen Stunden des vergangenen Jahres vergessen hatte – Stunden, in denen sie mit Haft und Folter bedroht, an den Rand des Todes geführt und von marodierenden Söldnern vergewaltigt worden war.

21. Kapitel

Das Jahr begann ruhig. Der Neujahrsmorgen war dem Besuch der Messe gewidmet, es gab wieder ein reiches Mahl, und den Nachmittag verbrachten die Beginen in ungewohntem Müßiggang. Sie lauschten den Geschichten, die Clara vorlas, schwatzten, hörten Ursula zu, die auf der Harfe musizierte, und Franziska, die noch ein paar freche Lieder beisteuerte. Almut gelang es, alle Gedanken an entführte Kinder und kopflose Leichen erfolgreich zu verbannen und den Feiertag zu genießen. Doch schon der darauf folgende Tag brachte reichlich Pflichten für sie, und dann holte sie das Verbrechen, das am Christtag geschehen war, mit aller Macht wieder ein.

Doch zunächst verbrachte sie den Vormittag damit, zusammen mit den drei Seidenweberinnen die Essensreste zu verteilen, wovon Pitter seinen redlichen Anteil abbekam. Anschließend löste sie Elsa von der Wache bei der alten Traute ab, die mit ihren über siebzig Jahren in diesem Winter die böse Entzündung ihrer Lungen wohl nicht überleben würde. Nachdem der Priester, der ihr die Sterbesakramente erteilt hatte, gegangen war, verbrachte Almut stille Stunden an dem Bett der mühsam atmenden Alten und las ihr mit leiser Stimme aus dem Psalter vor. Später schwieg sie und nahm nur hin und wieder die pergamenttrockene Hand der Sterbenden, damit sie fühlte, dass sie nicht alleine war. Die meiste Zeit lag die Alte in tiefem Schlummer, doch einmal öffnete sie mühsam die Augen und bewegte die Lippen. Almut beugte sich zu ihr hin, um sie besser zu verstehen.

»Ihr seid zu jung, um Euch hinter der grauen Tracht zu verstecken!«

»Aber nein, Frau Traute. Ich bin schon ziemlich alt, und es ist gerade recht für mich, bei den Beginen zu leben.«

Ein geisterhaftes Kichern entrang sich der Alten.

»Alt? Alt bin ich«, keuchte sie. »Und ich hätte meine jungen Jahre nicht hinter Mauern verbringen wollen. Vier Männer hab ich begraben und fünf Kinder. Sechse hab ich durchgebracht und großgezogen. Waren schöne Jahre. Möchte sie nicht missen.«

»Ja, Frau Traute. Ihr habt ein reiches Leben gelebt.«

»Verschwendet das Eure nicht!«

»Bestimmt nicht, Frau Traute.«

»Doch, aber ich kann Euch nicht mehr als bitten, denn nun wartet sie auf mich. Ich habe sie schon gesehen. Betet für mich ›Die Himmelskönigin‹, Frau Almut.«

»Gerne, Frau Traute. So hört.« Zu diesem Gebet brauchte Almut keinen Psalter und keine Aufzeichnungen. Sie umfasste die knochigen, abgearbeiteten Hände und sprach mit sanfter Stimme: »Sei gegrüßt, o Königin, Mutter der Barmherzigkeit, unser Leben, unsere Wonne…«

Die alte Traute hatte die Augen geschlossen und atmete flach. Aber als Almut geendet hatte, hoben sich noch einmal ihre Lider, und kaum mehr hörbar hauchte sie: »Da ist sie, die Mutter der Barmherzigkeit.« Und ihr Blick blieb unverwandt auf Almuts Gesicht ruhen, bis ihre Augen brachen und ihre Seele aus ihrem irdischen Körper entfloh.

Eine Weile saß Almut noch bei der Toten, schweigend und verwirrt. Selten dachte sie darüber nach, ob ihre Entscheidung für das arbeitsame, tugendhafte Dasein im Konvent richtig war. Die Mahnung einer so alten Frau jedoch musste beachtet werden. Verschwendete sie wirklich ihr Leben? Aber dann fielen ihr die drei tot geborenen Kinder ein, die qualvollen Jahre ihrer Ehe mit einem kranken, selbstsüchtigen Mann, vor dem sie sich schließlich geekelt hatte. Nein, es war besser, in der Gemeinschaft von Frauen zu leben, deren Regeln zwar Armut und Keuschheit verlangten, ihr aber auch Freiräume des Geistes ließen, die sie zuvor nicht gekannt hatte.

Sie sprach noch ein stilles Gebet für die alte Traute und stand dann auf, um die Enkelin zu holen, die unten in der Stube mit ihren beiden kleinen Kindern saß.

Von ihrer Verwirrung hatte Almut sich gänzlich wieder erholt, als sie durch den frostigen Nachmittag zurück zum Konvent ging. Es war zum Jahreswechsel noch einmal kälter geworden, wenn auch kein Schnee mehr gefallen war. Dunst hing über dem Rhein und zog sich unangenehm bis unter ihren dicken Umhang. Fröstelnd rieb sie ihre Hände aneinander und freute sich auf die warme Mahlzeit, die sie bald erwartete.

Doch die war noch nicht gerichtet, wie sie herausfand, als sie das Refektorium betrat. Magda fragte sie stattdessen, ob Franziska mit ihr gekommen sei.

»Nein, ich habe sie, außer heute in der Frühe, nicht gesehen.«

»Oh. Nun, sie ist etwa um die Mittagszeit aufgebrochen, um einkaufen zu gehen, und ich trug ihr auf, auf dem Rückweg bei der alten Traute vorbeizugehen, damit du ihr tragen hilfst.«

»Die Traute ist heute Mittag gestorben, und Franziska ist dort nicht erschienen. Aber sie wollte auch zum Adler gehen und dem Wirt helfen.«

»Dann ist sie aber eine recht unzuverlässige Person. Sie müsste doch wissen, wann sie das Essen für die Vesperstunde zu richten hat. Gertrud sollte sich jetzt noch nicht so anstrengen. Sie macht auf mich noch einen recht klapperigen Eindruck.«

Almut seufzte. Sie hatte die Köchin mit in den Konvent gebracht und fühlte sich für deren Verhalten verantwortlich.

»Ich gehe zum Adler und erinnere sie an ihre Pflichten!«

»Ja, tu das. Aber geh nicht alleine, Almut! Es wird früh dunkel.«

»Ich frage Ursula, ob sie mitgeht.«

Ursula hatte jedoch eine Arbeit angefangen, die sie im spärlichen Tageslicht noch zu Ende bringen wollte, und so machte Almut sich dann doch alleine auf den Weg, in der Hoffnung, Pitter an seiner gewohnten Stelle zu finden. Der Päckelchesträger war auf seinem Posten und gegen das Versprechen einer warmen Mahlzeit nur zu gerne bereit, sie zu begleiten.

»Zum Adler, gut. Da gibt es ein feines Bier, Frau Almut. Auch wenn der Wirt sich nicht aufs Kochen versteht.«

»Kennst du den Simon?«

»Klar!«

»Was hältst du von ihm?«

»Och, der ist in Ordnung, wisst Ihr. Er ist vor ein paar Jahren hier aufgetaucht, kommt aus dem Norden, hat er erzählt. So spricht er auch. Die Adlerwirtin hat ihn aufgelesen, als er vollständig abgebrannt in ihrer Schenke gelandet ist. Ihr Mann, der alte Albert mit seiner Hufschmiede, der war auch ganz froh, einen kräftigen Gehilfen zu haben. Na, und als die beiden letztes Jahr gestorben sind, hat er die Schmiede und den Adler übernommen. War ja sonst niemand da. Es heißt, als Schmied ist er tüchtig.«

»Als Wirt nicht?«

»Na ja… Anfangs führte ihm die Nele die Wirtschaft, aber die hat dann geheiratet. Er hatte danach wieder eine eingestellt, aber das war eine rechte Schlumpe. Die Kleine, die jetzt bei Euch Köchin ist, die hätte den Laden schon auf Vordermann gebracht. Aber mit der hat er sich ja verzankt.«

»Ja, ich hörte davon!«

Pitter kicherte.

»Hat Haare auf den Zähnen, dat Kratzbitzje! Ich hab sie heute um die Sext getroffen, da wollte sie zum Markt. Bin ein Stückchen mitgegangen, um ihr den Weg zu zeigen.«

»Wohl in der Hoffnung, der ihre führe sie an einem Backhaus vorbei?«

»Och, an Schmitz Backes sind wir nicht vorbeigekommen!«

Almut grinste.

»Schade, dass sie auf den Wirt so einen Piek hat, Frau Almut. Ich hab versucht, ihr zu erklären, er käme ganz gut zurecht mit der Schmiede und dem Wild. Hab ihr auch erzählt, dass sogar Eure Freunde, die schwarzen Mönche, seine Kundschaft sind. Früh am Weihnachtsmorgen hat er ihnen die frische Ricke geliefert. Ich hab es selbst gesehen!«

Almut schüttelte amüsiert den Kopf.

»Du hast deine Augen auch überall, Pitter.«

»Klar! War aber nicht zu übersehen!«

»Hat er die etwa auf dem Buckel durch die Straßen getragen?«

»Nein, auf dem Eselskarren, schön mit einer Plane zugedeckt. Ganz frisch war sie, es tropfte noch Blut unten heraus.«

»Deine Schilderung seiner Geschäftstüchtigkeit hat Franziska aber nicht beeindruckt?«

»Nee, sie hat plötzlich ein ganz komisches Gesicht gezogen und gar nix mehr gesagt.«

»Der Handel mit dem Wild ist nicht ungefährlich, Pitter! Vermutlich macht ihr das Sorgen.«

»Ich weiß, rechtens ist das wohl nicht. Er muss vorsichtig sein, der Simon.«

»Das muss er. Ah, da ist das Wirtshaus. Komm mit rein, du sollst dein Bier bekommen.«

»Gut!«

Sie öffneten die Tür in den Schankraum und blieben fassungslos stehen. Bänke und Tische waren verschwunden, doch in der Ecke lag zersplittertes Holz und ein trauriges Häuflein Tonscherben.

»Was ist denn hier passiert?«, fragte Almut laut.

»Das waren – na ja – Gäste, Frau Begine. Am Christfest fanden sie ihren Spaß daran, zu randalieren!« Der blonde Schopf des Adlerwirts tauchte hinter der zu Bruch gegangenen Theke auf, die er gerade zu reparieren versuchte. »Bedaure, ich kann Euch keine Gastlichkeit bieten.«

Ganz offensichtlich hatte er ihren Zusammenstoß am Silvesterabend vollkommen vergessen. Almut wollte ihn ebenfalls nicht daran erinnern und meinte: »Das ist auch nicht der Grund unseres Kommens – obwohl Pitter hier gerne einen Krug Bier hätte.«

»Pitter? Nehmt Euch in Acht, Frau Begine, der schnorrt doch jeden an.«

»Klar!«, bestätigte Pitter und grinste breit.

»Ich schulde ihm etwas. Habt Ihr noch ein Bier, oder ist das alles durch die Kehlen der Randalierer gelaufen?«

Der Wirt richtete sich zu seiner ganzen beachtlichen Höhe auf und griff nach einem angeschlagenen Krug und einem halbwegs sauberen Becher.

»Auf Kosten des Hauses. Setzt Euch dort auf die Stiege. Etwas anderes habe ich im Augenblick nicht zu bieten. Und dann sagt, was Ihr von mir wollt, Frau Begine.«

»Ich vermisse unsere Köchin, die Franziska.«

»Ich auch!«, stimmte Simon mit einem schiefen Grinsen zu. »Ich auch.«

Almut sah ihn mitfühlend an und zog ihre Röcke zurecht, um sich auf eine der Stufen der Holztreppe zu setzen.

»Oh, ich glaubte sie hier. Sie wollte einkaufen gehen, und ich dachte, sie würde bei Euch um einen Hasen oder so vorbeikommen.«

»Sie hat sich aber bis jetzt nicht blicken lassen.«

Er kam zu ihr und reichte ihr ebenfalls einen gefüllten Becher. Dabei stieß er mit dem Arm an das Geländer und gab einen unwillkürlichen Schmerzenslaut von sich.

»Ist etwas... Ah, Ihr seid verletzt, berichtete Franziska. Ein kratzender Esel, nicht wahr?«

»Ihr scheint das nicht zu glauben.«

»Nein, und Franziska auch nicht. Was war es wirklich? Eine etwas heftigere Liebeständelei?«

»Eine Tändelei vielleicht. Mit Liebe hatte es nichts zu tun. Einer der besagten – äh – Gäste glaubte, ich gehöre zum Inventar, und erhob seinen Knüttel gegen mich. Ich musste ihn eines Besseren belehren, aber das nagelbeschlagene Holz hat mir eine üble Schramme gerissen. Danach artete die Feierlichkeit ein wenig aus. Wie Ihr seht.«

Pitter grinste vor sich hin und bemerkte trocken: »Die Gäste kamen wohl aus den Wäldern vor den Toren, was? Haben sie wenigstens etwas als Entschädigung dagelassen? Die Ricke?«

Simon sah den Jungen verdutzt an, zog dann aber etwas hilflos die mächtigen Schultern hoch und meinte: »Dir bleibt wohl nichts verborgen, was?«

»Nicht viel, ich sah Euch am Christtagsmorgen.«

»Die Ricke und noch ein wenig Wildbret mehr. Ihr habt auch davon gegessen, Frau Begine.«

»Ihr hättet Franziska gegenüber durchaus zugeben können, was passiert ist!«

»Und mich ihrem Hohn aussetzen, was für ein schlechter Wirt ich bin?«

»Manche Frauen schätzen Ehrlichkeit über alles. Aber egal, das ist Eure und Franziskas Angelegenheit. Mich beunruhigt, dass sie hier nicht erschienen ist. Hoffentlich hat sie sich nicht verlaufen.«

»Sie hat einen Mund, um zu fragen, wie man wieder zum Eigelstein kommt, nicht wahr? Schlimmer wär's, wenn sie in die Hände solcher Randalierer gefallen ist. Ich will Euch bei der Suche behilflich sein, wenn's recht ist.«

»Und Eure Gäste?«

»Gäste? Schön wär's. Die Zeiten sind schlecht für Reisende, und der letzte Gast hat mich grußlos verlassen. Stellt Euch vor, eine Dame mit einem kleinen Kind. Und verschwindet ohne ein Wort. Das wäre ja noch zu verschmerzen, aber die Zimmerpacht hat sie auch nicht beglichen.« Er schüttelte traurig seinen Kopf und band die Lederschürze auf. »Sie hatte überhaupt nicht so ausgesehen, wie man sich eine Zechprellerin vorstellt. Zurückgelassen hat sie nur ein paar Hemden und Kinderwindeln. Kam ihr wohl nicht so drauf an. Jedenfalls war da nichts in ihrer Kammer, was man als Pfand zu klingenden Münzen hätte machen können.«

»Ei wei!«, seufzte Almut und sah den Wirt verblüfft an. »Die vornehme Dame mit einem Kind – der Grund, warum Franziska Euch verlassen hat, nicht wahr?«

»Versteh einer die Frauen! Dabei hat sie gar nicht viel Arbeit gemacht.«

»Aber Eure Aufmerksamkeit in Beschlag genommen.«

»Nicht mehr als billig. Aber natürlich mehr als die Zecher in der Schankstube.«

»Nun, lassen wir das. Auch das müsst Ihr mit Franziska ausmachen. Wann ist die Dame verschwunden?«

»Irgendwann am Heiligen Abend. Ich weiß nicht genau, es war voll und laut hier, und es ging hoch her – die ungebärdigen Gäste, versteht Ihr. Wahrscheinlich hat sie das Fest in den Armen der Familie verbracht. Dass sie mir noch Geld schuldet, ist ihr dabei natürlich ganz entfallen. Und ich wollte ihr noch Bequemlichkeit bieten! Ihr Franziska als Kammerfrau zur Seite stellen und...«

»Münzen herausschinden?«

»Ja.«

Almut biss sich auf die Unterlippe, um nicht mit ihrem Verdacht herauszuplatzen, und bestätigte nur: »Schlimm, Herr Simon, schlimm.«

»Schlimm ja, aber nennt mich nur Simon, wie alle es tun. Und jetzt – wo soll ich die Kleine suchen?«

»Auf dem Weg vom Alten Markt zum Eigelstein. Pitter und ich werden das Rheinufer entlanggehen. Aber bei Einbruch der Dunkelheit werde ich die Suche wohl aufgeben. Die Meisterin sieht es sowieso nicht gerne, wenn wir alleine unterwegs sind.«

»Nun, ich werde weitersuchen! Mich beaufsichtigt keine Meisterin.«

»Danke, Simon.«

Pitter hatte seinen Becher geleert und wischte sich die Lippen mit dem Handrücken ab.

»Nicht schlecht, Euer Bier.«

»Das sind die Reste von dem, das die Kleine gebraut hat.«

»O ja, wir kennen es. Ein gefährlicher Tropfen, Simon. Ich würde Euch raten, den nicht mehr auszuschenken. Das Bilsenkraut kann recht eigentümliche Wirkungen zeitigen! Wenn Ihr es den Wilderern gegeben habt, wundert es mich nicht, dass das Fest ein wenig ausgeartet ist. Und nun komm, Pitter!«

Sie wanderten die Dagobertstraße hinunter zum Rhein und hielten dabei aufmerksam nach der Köchin Ausschau.

»Im Augenblick ist der Adlerwirt nicht gut dran, scheint's«, bemerkte Almut nach einer Weile. »Das Geschäft läuft wohl nicht recht.«

Pitter zuckte mit den Schultern. »Ach, das wird schon wieder. Die Schmiede wird gern von Reisenden aufgesucht.«

Sie hatten das Ufer erreicht und wanderten jetzt den Treidelpfad entlang, dessen Schneedecke niedergetreten war und braun unter ihren Füßen knirschte. Es war frostig geblieben, und am sandigen Rand des Wassers hatte sich schon eine milchig weiße Eiskruste gebildet, die an manchen Stellen von der Strömung abgerissen worden war. Ein voll beladener Oberländer bewegte sich langsam zwischen den ersten Eisschollen auf dem Strom voran, und ein Kahn, der von Deutz herüberkam, musste ihm ausweichen.

»Ich kann mir nicht vorstellen, dass sich Eure Franziska hierher verirrt hat.«

»Warum nicht? Wenn ich mich in Köln verirrte, würde ich zuerst zum Fluss gehen. Von hier aus kann man sich gut orientieren.«

»Ihr seid ja auch ein kluges Weib, Frau Almut.«

»Und von unserer Franzi hast du diesen Eindruck nicht?«

»Dat Möckeföttche...?«

Trotz ihrer Sorge musste Almut leise lachen. Viel schien Pitter nicht von den geistigen Gaben der kleinen Köchin zu halten, genauso wenig wie von ihrer mageren Gestalt. Mückenhintern...

Sie waren bis auf die Höhe von Maria Lyskirchen gekommen, als es dämmerig wurde.

»Kehren wir um, mir wird kalt, und mit Sicherheit werkt die Köchin schon am warmen Herd und bereitet unser Essen vor.«

Den Rückweg eilten sie mit zügigen Schritten voran, und Almut brachte Pitter dann noch in den Hof, wo er von Gertrud, die inzwischen mühsam in der Küche herumwirtschaftete, einen Kanten Brot mit reichlich Speck belegt in die Hand gedrückt bekam. Auch Almut selbst fiel heißhungrig über die dicke Suppe her, die die Köchin vor sie hinstellte. Teufelchen verließ ihren Platz am warmen Herd und leistete ihr Gesellschaft.

Wer jedoch nicht in der Küche zugegen war, war Franziska.

»Sie ist oben, die abgängige Köchin«, brummelte Gertrud und deutete mit dem Kopf in die Richtung von Almuts Kammer. »Kaum wart ihr weg, da schleppte ein Bettelweib sie hier an. Oder besser das, was von ihr übrig ist. Mir schien sie von allen guten Geistern verlassen.«

»Was von ihr übrig ist? Was heißt das? Ist Franziska verletzt? Die Söldner etwa…«

»Weiß nicht, ist ja kein vernünftiges Wort aus ihr herauszubekommen. Schrammen hat sie nicht, wiegt sich nur hin und her und wimmert. Sogar nach Ursula hat sie geschlagen, als sie ihr in die Kammer helfen wollte.«

»Sie ist eine kleine Kratzbürste, das wissen wir ja. Ich werde nach ihr sehen.«

In der Tat waren aus der Kammer jämmerliche Töne zu hören. Leise klopfte Almut an die Tür und trat gleich darauf ein.

Franziska saß auf ihrem Bett, die Beine angezogen und die Arme und Hände so starr darum gelegt, dass die Knöchel weiß hervortraten. Ihre Fingernägel gruben blutige Halbmonde in die Haut, doch Franziska schien den Schmerz nicht zu spüren, den sie sich zufügte. Ihr Haar hing ihr strähnig und wirr in die Stirn, aber es waren vor allem die Augen, die Almut Furcht einflößten. Weit aufgerissen starrten sie in eine ferne Leere, in einen einzigen namenlosen Schrecken.

»Franziska?«

Mit einem irren Blick fuhr Franziska herum, ließ den Kopf aber gleich darauf auf die Knie sinken und wurde ganz still.

»Ich bin es, Almut. Erkennt Ihr mich denn nicht? Was immer Euch geschehen ist, hier seid Ihr in Sicherheit. Hier passiert Euch nichts.«

Die kleine Köchin rührte sich nicht, und Almut vermutete schon fast, ihre Worte seien ungehört geblieben. Mitleidig setzte sie sich zu dem Bündelchen Mensch auf die Bettkante. Auch wenn sie nach Ursula geschlagen hatte, jetzt wirkte sie nicht mehr so, als ob sie handgreiflich werden würde. Ihr Atem ging gleichmäßig, und Almut hoffte, Franziska habe sich allmählich beruhigt. Was war nur mit der Köchin geschehen, dass sie so unzugänglich war? Sie hatte sich gänzlich von der Welt zurückgezogen. Wahrscheinlich wäre es das Beste, wenn sie nach Trine schicken ließ. Das taubstumme Mädchen konnte trotz ihrer fehlenden Sinne Dinge erfühlen, die anderen verborgen blieben. Ja, Trine würde helfen können. Morgen, gleich in aller Frühe, würde sie die Magd zu Meister Krudener schicken, wenn sie Franziska bis dahin nicht zum Sprechen gebracht hatte.

Es war kühl in der Kammer, die Kohlepfanne war beinahe ausgebrannt, und der frostige Wind zerrte an den Läden. Almut fror und zitterte vor Müdigkeit. Der Tag war anstrengend gewesen, die Suche und die Sorge hatten große Kraft von ihr erfordert.

»Ich muss fort«, keuchte Franziska plötzlich mit tonloser Stimme.

Wie von den Fäden eines Puppenspielers gezogen bewegte sie sich, schälte sich mit eckigen Bewegungen aus der Decke und griff nach ihren Holzschuhen. Ihr Blick erfasste Almut nicht, und auch die Worte waren nicht an sie gerichtet.

»Ich muss sofort hier weg.«

»Psst, Franziska. Setzt Euch wieder hin. Ihr könnt doch nicht mitten in der Nacht fort. Wohin wollt Ihr überhaupt gehen?«

»Meine Sache!«

Sie schien es wirklich ernst zu meinen. Entgeistert schaute Almut zu, wie sich Franziska den nassen Umhang nahm und ihn, so wie er war, mit dem Halsausschnitt nach unten, um die Schultern legte. Nun war es wirklich an der Zeit einzugreifen, um Schlimmeres zu verhindern. Sie stellte sich vor die Kammertür und breitete die Arme aus.

»Ich kann Euch zwar nicht einsperren, aber ich kann Euch schon daran hindern, den Raum zu verlassen.«

»Lasst mich raus, lasst mich raus!«

Franziska wollte sich an Almut vorbeidrängeln, aber die hielt sie mit einem harten Griff an den Schultern fest.

»Wenn ich Euch gehen lasse, dann finden wir Euch morgen im Rhein wieder.«

Franziska wurde etwas schlaffer in ihren Armen und wehrte sich nicht mehr. Langsam hob die ihren Kopf und lächelte plötzlich. Doch bei diesem Lächeln stellten sich Almut die Nackenhaare auf.

O Maria, Mutter der Barmherzigkeit, du Trösterin der Betrübten, hilf mir, die rechten Worte zu finden und nicht die Geduld zu verlieren, flehte Almut in Gedanken.

»Habt Ihr Euch mit Simon zerstritten?«, fragte sie so sanft wie möglich.

Hysterisch schluchzend sank Franziska auf die Knie und krümmte sich wie vor Schmerzen. Sie griff nach ihrem Haar und zerrte daran, als ob sie es sich in Büscheln ausreißen wollte. Almut betrachtete das zuckende Etwas zu ihren Füßen und wusste sich keinen Rat. Geduld war hier nicht mehr gefragt. Sie zog Franziska grob auf die Beine und gab ihr zwei klatschende Ohrfeigen.

Das tränenlose Schluchzen hörte auf, und in dem geröteten Gesicht der Köchin zeigte sich Verwunderung.

»Entschuldigt, aber das war jetzt nötig. Grundgütige Mutter Gottes, nehmt Euch zusammen und erzählt, was passiert ist.«

Franziska strich die wirren Haare aus der Stirn. Ihre Augen wirkten jetzt etwas klarer, sie schien ihre Umgebung wieder wahrzunehmen.

»Los, legt den feuchten Umhang ab und wickelt Euch wieder in die warmen Decken.«

Folgsam setzte Franziska sich auf das Bett und ließ sich zudecken. Almut blies in die Wärmepfanne, um die Glut wieder zu entfachen, und legte noch ein paar Kohlestückchen nach. Die Bemerkung über die Geister der Vergangenheit fielen ihr wieder ein, die Franziska Meister Krudener gegenüber erwähnt hatte. Abermals versuchte sie, die Köchin zum Reden zu bewegen.

»Was für Dämonen hetzen Euch? Wer sind die Geister der Vergangenheit, die Euch solche Pein verursachen?«

In den Decken versunken wirkte Franziska wie ein verlorenes Kind. Leise flüsterte sie: »Aleff!«

»Ein Freund?«

»Mehr als das.«

»Euer Liebster?«

Franziska gab einen schniefenden Laut der Zustimmung von sich.

»Hat er Euch verlassen?«

»Ja... und nein. Es ist viel entsetzlicher!« Wieder begann sie zu zittern, fasste sich aber dann wieder und begann stockend zu berichten. Mit siebzehn hatte sie sich in einen hübschen Burschen verliebt, doch ihrem Vater war der nicht recht gewesen, er hielt ihn für einen üblen Gesellen. So wie Franziska ihn schilderte, hielt auch Almut ihn dafür, äußerte ihre Meinung aber nicht. Die kindische Liebelei führte jedenfalls dazu, dass sie mit Schande bedeckt aus dem Kloster geworfen wurde, in dem sie das Lesen und Schreiben lernen sollte. Sie zerstritt sich daraufhin mit ihren Eltern und verließ im Zorn das Haus. Wer sich jedoch dann nicht weiter um sie kümmerte, war jener Aleff. Er blieb verschwunden.

»Meine Güte, das Ganze ist so viele Jahre her – sieben oder acht möchte ich meinen. Warum steigert Ihr Euch nur in eine solch schreckliche Verfassung hinein?«

»Weil die Geschichte noch nicht zu Ende ist. Sie verfolgt mich weiter und weiter.«

»Dann erzählt.«

Franziska atmete tief ein und fuhr fort: »Es war zur Krönung von König Wenzel in Aachen. Im Juli, wisst Ihr. Da gab es einen Mord, an einer Frau. Ach, erspart mir Einzelheiten… Ich wusste, wer sie umgebracht hatte, erkannte es an Dingen, die nur ich kennen konnte. Und dennoch, ich verbrachte die Nacht mit dem Mörder. Und dann lieferte ich ihn aus.« Franziska zitterte unkontrolliert. »Eine öffentliche Hinrichtung wurde anberaumt.«

Almut nickte, so ein Spektakel würden sich weder die Kölner noch die Aachener Bürger entgehen lassen. Franziska wollte eigentlich gar nicht zur Hinrichtung gehen. Aber sie wurde von den Menschenmassen weitergedrängt und sah plötzlich die Henkerskarren vorbeiziehen. Über ihren Kopf hinweg flogen faule Eier und Steine auf die Verurteilten, und als sie zu ihnen hinsah, erkannte sie Aleff unter ihnen, ausgehungert und zerlumpt.

Nun endlich ließ Franziska den Tränen ihren Lauf.

»War er wirklich schuldig?«, fragte Almut nüchtern.

»Ja, und er wurde zum Tode verurteilt. Er hatte zwar auf Anweisung eines anderen gehandelt, aber er hatte Menschen erschlagen. Nicht nur jene Frau. Ich sah, wie er zum Richtblock geführt wurde. Und – oh, der Himmel möge mir beistehen – unter all den Menschen auf dem Richtplatz sah Aleff mich plötzlich an. Mich! O mein Gott! Seine Hände waren gefesselt, sein Gesicht geschunden, doch er lächelte mich an.«

Franziska wischte sich mit einem zerknüllten, feuchten Lakenzipfel über das Gesicht.

»Aleff wurde enthauptet, von einem Stümper. Das versoffene Schwein von Henker musste das Beil vier Mal heben. Gott im Himmel, seine Schreie! Das Blut! Und dann fiel sein Kopf.«

Franziska würgte, und Almut legte ihr den Arm um die Schultern.

»Es ist vorbei, Kind, es ist vorbei!«

Eine Weile lehnte Franziska ihren Kopf an Almuts Brust und knetete die Hände, dann flüsterte sie rau: »Almut, es war so entsetzlich. Ich bin schuld an seinem Tod. Ich. Ich allein. Hätte ich damals im Kloster nicht… Ach, es quält mich seit Monaten, Almut. Ein halbes Jahr hielt ich es noch in Aachen aus, das Bild verfolgte mich Tag und Nacht. Ich konnte nicht mehr bleiben, nicht mehr am Turm vorbeigehen, nicht mehr die Straße zum Richtplatz betreten. Darum entschloss ich mich dazu, Maria zu bitten, mich hier in Köln aufzunehmen. Hier Vergessen zu finden und einen neuen Anfang zu wagen. Aber es geht nicht.«

»Nein, solchen Dämonen kann man durch einen Ortswechsel nicht entfliehen.«

»Nein – o verflucht!« Franziska zerriss den feuchten Lakenzipfel. »Warum nur habt Ihr mich alleine zum Markt gehen lassen? Ich kenne mich doch hier noch nicht aus. Auf dem Hinweg hat Pitter mich ja geführt, aber zurück… Ich habe mich verlaufen. Ist das nicht albern?«

»Ich verstehe, die Gassen sind verwinkelt und sehen für einen Fremden alle gleich aus.«

»Ja, und die Körbe waren so schwer. Ich hatte einen Kohlkopf gekauft, und der kollerte immer hin und her. Das war eine Plackerei. Dann stand ich plötzlich am Rheinufer und war völlig erschöpft. Ich habe die Körbe abgestellt und mich auf die Stufen gesetzt, die da zu den Anlegestellen hinunterführen. Da waren ein paar Büsche, die den Wind ein bisschen abhielten. Nur kurz verschnaufen wollte ich. Als ich mich umsah, erkannte ich diesen komischen viereckigen Turm mit den kleinen Türmchen an den Ecken. Da wusste ich, dass ich in der Nähe des Klosters bin, das wir neulich besucht haben. Ich war so erleichtert, ich achtete noch nicht einmal darauf, was ich in die Hand nahm. Ich ging am Ufer entlang, und als ich beinahe an dem Tor angekommen war, von dem ich meinte, es führe auf die Gasse zum Eigelstein, fiel mir auf, dass ich einen anderen Korb in der Hand hielt. Er muss irgendwie dort in den Büschen gestanden haben, denke ich. Der unsere war aus hellen Binsen geflochten, jener aber war schon abgenutzt und dunkel. Ich habe mich entsetzlich geärgert und den Deckel aufgemacht, um zu sehen, was er enthält, weil der Inhalt genauso herumkullerte wie der Kohl.«

»Aber was ist daran so schlimm?«

Schwarze Schatten lagen unter Franziskas Augen, und sie presste würgend beide Hände auf den Mund.

»Es… es… Ein blutverklebter Kopf rollte darin herum. Aleff. Ich dachte, es sei Aleff. Ich war von Sinnen. Ich bin doch schuld an seinem Tod. Er verfolgt mich, ich träume von der Hinrichtung, fast jede Nacht. Und nun der Korb mit dem Kopf… Ich konnte nicht mehr denken. Ich war von Sinnen, Almut! Erst nach einer Weile wurde mir klar, dass es doch nicht sein konnte. Nicht Aleff, nicht hier, nicht in Köln. Und dann fiel mir ein, was Ihr mir von der toten Frau im Kloster erzählt habt, und schlagartig wusste ich, wessen Kopf es sein musste. Ich nahm den Korb, ich rannte, als wäre der Teufel hinter mir her.«

Mit großen Augen sah Franziska die Begine an, die ebenfalls die Hand vor den Mund geschlagen hatte.

»Franziska, seid Ihr Euch ganz sicher? Es war bestimmt ein menschlicher Kopf? Es haben Euch doch nicht Eure Sinne getrogen?«

Die Köchin war nach ihrer heftigen Gefühlsaufwallung plötzlich in sich zusammengesunken.

»Ganz sicher. Mit langen dunklen Haaren«, murmelte sie schläfrig.

»Ei wei!«, stöhnte Almut und starrte die kleine Köchin an. »Ei wei!«

Franziska war tief in die Decken gerutscht, aber ihre Miene wirkte jetzt ruhig, und ihre Hände lagen entspannt in ihrem Schoß.

»Was habt Ihr mit dem Korb gemacht, Franziska?«

»Dem Mörder zugestellt.«

»Dem was?«

»Zu Simon gebracht!«

Die letzten Worte kamen kaum noch hörbar aus dem Mund der Köchin, und dann war sie vor lauter Erschöpfung eingeschlafen.

»Ei wei!«, flüsterte Almut noch einmal, als sie die Decken zurechtzog und um den zierlichen Körper herum feststeckte.

22. Kapitel

Sub tuum praesidium confugimus... Unter deinen Schutz und Schirm fliehen wir, o heilige Gottesgebärerin; verschmähe nicht unser Gebet in unseren Nöten...«

Es war schon beinahe Mitternacht, doch Almut kniete noch immer vor Maria, der barmherzigen Mutter, und betete, um ihre innere Ruhe wiederherzustellen.

»Ach Maria, diese Franziska ist wirklich von wirrem Sinn und Gemüt. Ich verstehe Leute nicht, die sich so in ihre Gefühle hineinsteigern. Liebe, Eifersucht...«

Der Docht der kostbaren Bienenwachskerze, die Almut ihres beruhigenden süßen Duftes wegen angezündet hatte, fing an zu blaken, und ein schwarzer Rußstreif stieg vor dem goldenen Marienfigürchen auf.

»Ja, ich bin ungeduldig mit den Menschen, die sich und ihre kleinen Nöte so überaus wichtig nehmen. Aber wahrscheinlich bin ich ungerecht. Die Enthauptung eines Fremden ist schon schlimm mit anzusehen, die eines Freundes muss sie schrecklich aus dem Gleichgewicht geworfen haben. Darum, du gütige Jungfrau, Hilfe in allen Trübsalen, schenke ihr Frieden.«

Die Kerze brannte wieder ruhig, und ihr sanftes Licht bildete einen strahlenden Kreis um Maria. Almut sog das Bild in sich ein und fühlte eine vertrauensvolle Wärme in sich aufsteigen.

»Aber höre, Maria, das mit dem vertauschten Korb ist

schon eine üble Angelegenheit und ein verrückter Zufall. Ich bin mir ja fast sicher, es handelt sich um Bettinas Kopf, der sich darin befindet. Mein Gott, Maria, das würde ja wirklich bedeuten, dass die arme Frau außerhalb des Klosters ermordet wurde. Ganz wie Franziska es vermutet hat.«

Almut starrte die Figur fragend an, als ob sie aus ihrem Munde eine Antwort zu hören erwartete. Doch das goldene Gesicht blieb unbewegt. Erst als sie die Augen senkte und sie sich die gefalteten Hände an die Stirn drückte, fiel ihr wieder die Unterhaltung mit Pitter auf dem Weg zum Adler ein.

»Er hat ihr von der Ricke erzählt, die Simon zum Kloster gebracht hat. Und der Blutspur im Schnee! Madonna!«, entfuhr es Almut. »Heilige Maria, nein! Sie glaubt wirklich, Simon sei dieser Tat fähig gewesen. Ihre Eifersucht raubt ihr wahrhaftig den klaren Verstand! Sie hat den Korb ins Wirtshaus gebracht!« Dann aber hielt sie zweifelnd inne und fragte die Mutter der Gerechtigkeit: »Aber… könnte er es gewesen sein? Könnte er eine Kindsmutter, eine harmlose Frau kaltblütig ermorden? Er scheint mir zwar ein wenig raubeinig, aber nicht bösartig. Doch wer kennt schon die Menschen…?« Von Unruhe getrieben stand Almut auf und ging in ihrer schmalen Kammer auf und ab. »Vielleicht nicht er. Aber es waren die Wilderer in der Schenke. Sicher auch andere derbe Freunde. In der Christnacht. Sie haben randaliert. Wenn Bettina also wirklich das Kind ins Kloster gebracht hat, zusammen mit dem Brief, in der Hoffnung, der Ritter nähme sich des Mädchens an, und dann zurückging, in die Hände der trunkenen Wilddiebe fiel… Wenn sie sie vergewaltigt und dabei getötet haben… Ja, das wäre denkbar. Und Simon fand am

Morgen die Leiche. Er dachte wohl, er müsse sie verschwinden lassen. Unkenntlich machen. Er beliefert die Mönche mit Wild, er hat Zutritt zu den Vorratskammern. Niemand hätte sich gewundert, wenn er zu ungewohnt früher Zeit an die Pforte pocht, die Ware der Wilderer auf dem Karren. Die Kleider hat er ihr ausgezogen und fortgeworfen. Vermutlich sogar verkauft, um die fällige Zimmerpacht auszugleichen.« Almut blieb stehen, ein dünnes Fädchen spann sich durch ihre Gedanken.

»Die Kleider… Fredegar! Er hat die alte Vettel mit dem vornehmen Tasselmantel für Bettina gehalten. Und dann war da noch die Evvi aus Melaten mit ihrem feinen Seidenkleid. Natürlich, Simon wird versucht haben, die Sachen loszuwerden. Verkauft, verschenkt, weggeworfen…«

Zufrieden mit ihren Schlussfolgerungen kniete Almut wieder vor dem Tischchen mit der Marienfigur nieder und fuhr mit dem Gebet fort.

»O du glorreiche und gebenedeite Jungfrau, unsere hehre Frau, unsere Mittlerin, unsere Fürsprecherin… Maria! Ich muss mit Pater Ivo sprechen, auch wenn er mir eine solche Abfuhr erteilt hat. Er kann doch nicht die Augen vor dem verschließen, was ich herausgefunden habe, wer die Ermordete und das Kind sind und wie es zu dem Verbrechen gekommen ist. Außerdem – Mist, Maria – da steht jetzt der Korb bei Simon herum. Und der enthält den Beweis für meine Überlegungen.«

Zähneknirschend durchbohrte Almut die Marienstatue mit ihren Blicken, und das Kerzenflämmchen erlosch.

»Entschuldigung«, flüsterte Almut. »Verzeih, geliebte

Mutter. Ich habe es so nicht gemeint, Maria, ehrwürdige Jungfrau. Bitte, versöhne uns mit deinem Sohne, empfiehl uns deinem Sohne, stelle uns vor deinem Sohne. Amen.«

23. Kapitel

Almut wachte auf und fühlte sich wie durch die Mangel gedreht. Mit schmerzendem Kopf wickelte sie sich aus den warmen Decken und musste feststellen, dass sich auf ihrer Waschschüssel Eis gebildet hatte. Sie stieß die Läden auf, doch das bleigraue Licht munterte sie genauso wenig auf wie das eiskalte Wasser. Bibbernd vollzog sie eine derart kurze Morgenwäsche, dass sich jede ordentliche Katze dafür geschämt hätte. Dann schaute sie vorsichtig in Franziskas Kammer. Die Köchin lag warm in ihre Decken vergraben und atmete regelmäßig in tiefem Schlummer. Leise schloss sie wieder die Tür.

»Du siehst aus, als ob du einen Schnupfen bekommst«, stellte Magda fest, als Almut ins Refektorium trat, um sich dort am lodernden Kaminfeuer eine Schüssel süßen Breis einzuverleiben.

»Hoffentlich nicht. Das hätte mir noch gefehlt. Magda, wir müssen etwas unternehmen!«

»Was ist passiert?«

Almut erzählte ihr von den nächtlichen Geständnissen und ihren Überlegungen. Auf dem Gesicht der Meisterin zeichnete sich Bestürzung und Grauen ab.

»Siehst du, und darum *muss* ich mit Pater Ivo sprechen. Oder wenn er mich nicht sehen will, dann muss es eben der Abt von Groß Sankt Martin selbst sein. Kannst du mir helfen?«

»Ich kann deinen Pater auch nicht aus dem Kloster locken, Almut!«

»Er ist nicht *mein* Pater!«

»Schon gut. Und reizen wollte ich dich auch nicht. Natürlich könnte ich mich um eine Audienz beim ehrwürdigen Vater bemühen. Aber ob und wann ich vorgelassen werde, kann ich nicht sagen. Du kannst jedoch versuchen, Pater Ivo schriftlich zu benachrichtigen. Ich siegle den Brief für dich.«

»Ja, versuchen kann ich es. Unterdessen kann ich nur hoffen, dieser Simon findet den vermaledeiten Korb nicht gleich. Gott, was für eine närrische Geschichte!«

Almut brauchte drei Ansätze, um ein kurzes Schreiben zu verfassen, von dem sie glaubte, es würde den Benediktiner bewegen, sie im Beginenhof aufzusuchen. Sie fand Pitter, weiße Wölkchen hauchend, an der gewohnten Stelle und trug ihm mit eindringlichen Worten auf, den Brief sofort abzuliefern.

»Klar!«

»Solltest du den jungen Knappen dort finden, könntest du mir noch einen gewaltigen Gefallen tun!«

»Ihm das hochnäsige Gesicht mit Schnee einseifen?«

»Deinen Spaß kannst du hinterher haben. Zuerst versuchst du, aus ihm so viel wie möglich über seinen Herrn, den Ritter, und seine Dame Bettina herauszufinden. Ich möchte wissen, ob sie ihn am Christtag im Kloster besucht hat.«

»Klar, mach ich. Und dann einseifen!«

»Klar!«

Schnee stiebte auf, als er losrannte.

»Heilige Maria, Mutter der Barmherzigkeit, mach, dass Pater Ivo diesmal meiner Bitte folgt!«, murmelte Almut, als sie das Tor hinter sich zuschlug.

Maria musste diesen Morgen ein ganz besonders offenes Ohr für ihre ungeduldige Tochter gehabt haben, denn kaum hatte Almut sich ihres schweren Umhangs entledigt, klopfte Mettel an ihre Kammertür und teilte ihr mit, der Benediktiner warte im Refektorium auf sie.

»Pater Ivo! Ich danke Euch, dass Ihr so schnell gekommen seid. Hat Euch der Pitter auf halbem Weg getroffen?«

»Pitter? Nein, Begine. Ich war auf dem Weg von den Weingärten zurück und dachte, ich schaue kurz bei Euch vorbei, um mich nach dem Kind zu erkundigen. Ihr habt lange nichts von Euch hören lassen.«

Verblüfft öffnete Almut den Mund und schloss ihn dann wieder, ohne einen Laut über ihre Lippen kommen zu lassen.

»Begine?«

Almut fand ihre Stimme wieder.

»Könntet Ihr, Pater, meine Nachricht vom Montag nicht erhalten haben?«

»Ich war die vergangenen Tage stark beschäftigt.«

»Mit der Suche nach der Kindsmutter und dem Mörder?«

»Mit weitaus langweiligeren Dingen. Ich büßte für meine Verfehlungen, Begine.«

»Ihr habt so schwer gesündigt? Solltet Ihr etwa eine anrüchige Badestube besucht haben?«

Almut spielte auf eine Gelegenheit an, bei der sie der Pater wegen eines solchen Besuchs auf das Heftigste gerügt hatte, und es bildeten sich kleine Fältchen in seinen Augenwinkeln. Doch als Almut ihn näher betrachtete, bemerkte sie Müdigkeit und tiefe Linien der Erschöpfung in seinem Gesicht. Sie winkte die Magd zu sich, die eifrig mit dem Besen die Ecken auskehrte.

»Bring uns eine große Schüssel Eintopf, Hilde. Auch Brot und etwas zu trinken.«

Jetzt war das Lächeln noch deutlicher in Pater Ivos Augen zu erkennen.

»Ihr macht es Euch regelmäßig zur Aufgabe, mich zu speisen, Begine.«

»»Wer nun weiß, Gutes zu tun, und tut's nicht, dem ist's Sünde.‹«

»Sagt Jakobus. Ich danke Euch für die milde Gabe!«

»Habt Ihr lange gefastet?«

»Zwei Tage nur, Begine, keine Ewigkeit!«

»Nun, dann esst mit Appetit, und währenddessen werde ich Euch die Zeit mit einigen kurzweiligen Geschichten verschönen.«

»Geschichten habt Ihr zu erzählen?«

»O ja, und zwar gar wundersame Mär habe ich Euch zu künden.«

Eine dampfende Schüssel mit einem würzigen Gericht aus Fleisch und Kohl wurde auf den Tisch gestellt, dazu dicke Scheiben braunen Brotes und Gänseschmalz.

»Also, Pater, schweigt und esst.«

»So gelten bei Euch die selben Regeln wie in meinem Orden? Das Schweigen beim Essen?«

»Nicht immer, Pater, aber für Euch gilt es jetzt. Es dürfte Euch, da Ihr die Regel kennt, nicht schwer fallen.«

»Ich will mich bemühen, der Regel zu gehorchen – und Euch, Begine. Berichtet derweil.«

Er nahm den Hornlöffel, der neben der Schüssel lag und fing langsam, aber mit sichtlichem Genuss, an zu essen. Almut nickte anerkennend und begann mit ihren Ausführungen.

»Nun, um die Frage zu beantworten, wegen der Ihr gekommen seid – Klein Gerlis geht es gut, sie befindet sich in der Obhut meiner Stiefmutter in der Mühlengasse.«

Ein fragender Blick schoss unter den schwarzen Brauen hervor.

»Es gab letzte Woche in der Nacht von Samstag auf Sonntag einen kleinen unangenehmen Zwischenfall, der es notwendig machte, das Kind von hier fortzubringen. Drei trunkene Gesellen kletterten über die Mauer und machten sich daran, in Gertruds Kammer zu gelangen. Sie versuchten, wie wir zu wissen glauben, das Mädchen zu entführen.«

Eine Braue hob sich bis fast an den Haaransatz.

»Wir konnten sie erfolgreich an der Ausführung ihrer schändlichen Tat hindern.«

Die Brauen zogen sich über der Nasenwurzel zusammen.

»Mit einem Besenstiel und einer Schippe.«

Ein kaum zu unterdrückender Laut kam von Pater Ivo, und Almut hob warnend den Zeigefinger. Dann fuhr sie fort: »Je nun, wie sich zeigte, stammt das Kind mit dem Feuermal nicht von unbekannten Eltern. Auch nicht von unbedeutenden. Besser gesagt, die Mutter trug das nämliche Mal. Mit Würde, wie man berichtet, wenngleich sie es auch gelegentlich zu verstecken trachtete. Bettina de Benasis wurde nur selten deswegen verspottet, doch heißt es, bösartige Zungen bezeichneten ihr Mal als Satanskuss.«

Pater Ivo stockte der Löffel auf dem Weg zum Mund, doch mannhaft hielt er sich an den Befehl, schweigend zu essen.

»Ja, das arme Kleine! Hoffen wir, es kümmert sich wenigstens der Vater darum, denn es ist schon ein schlimmes Schicksal, mutterlos aufzuwachsen.«

Der Löffel sank in die Schüssel zurück.

»Esst, Pater, damit Ihr stark genug seid, auch den Rest zu ertragen.«

Gehorsam nahm der Benediktiner sein Mahl wieder auf.

»Am Christtag verließ des Abends eine verschleierte Frau mit einem kleinen Kind das Gasthaus Zum Adler. Eine missliche Angelegenheit für den Wirt, denn sie hatte ihre Zimmerpacht noch nicht entrichtet, und unglücklicherweise tauchte sie anschließend nicht wieder bei ihm auf. Zumindest nicht so, wie sie gegangen war. Immerhin sah man den Wirt des Adlers an dem folgenden Morgen, wie er mit seinem Karren nach Groß Sankt Martin zog. Eine Ricke hieß es, habe er abliefern wollen. Der Karren hinterließ eine Spur von roten Blutstropfen im Schnee.«

Pater Ivo hatte den Kopf über die Schüssel geneigt und schüttelte ihn ungläubig.

»Nun begab es sich, dass unsere Köchin Franziska – die übrigens zuvor im Adler die Wirtschaft übernommen hatte – auf dem Markt einkaufen ging. Sie stammt aus Aachen und kennt sich in Köln nicht besonders gut aus. Sie verlief sich, Pater, und als sie an einem Gestrüpp am Rheinufer die schweren Körbe abstellte, um einen Moment zu verschnaufen, verwechselte sie anschließend einen davon. Der falsche Korb, Pater – und nun legt bitte den Löffel für einen Augenblick nieder –, der Korb enthielt bedauerlicherweise einen menschlichen Kopf.«

Zwei graue Augen sahen Almut lange und intensiv an.

»Ihr könnt Euch weiter Eurem Mahl widmen, Pater. Dieses Gänseschmalz ist sehr gut. Es wurde mit Zwiebeln, Äpfeln und Thymian gewürzt.«

Der Benediktiner nickte und nahm sich eine der Brotscheiben.

»Unsere arme kleine Franziska war aus verschiedenen Gründen mehr als entsetzt und handelte höchst unbedacht. Sie brachte den Korb samt seinem Inhalt zum Adler, wo er hoffentlich noch unentdeckt steht. Sie hat, nicht ganz zu Unrecht, denke ich, den Wirt Simon im Verdacht, am Ableben der verschleierten Dame, die durchaus jene Bettina de Benasis gewesen sein könnte, Schuld zu tragen. An besagtem Christabend befanden sich nämlich randalierende Wilderer in der Schankstube. Wer weiß, was einer Frau da geschehen kann, nicht wahr?«

Pater Ivo betrachtete eingehend das Schmalzbrot in seiner Hand, und eine steile Falte bildete sich auf seiner Stirn. Er wusste, was zum Beispiel ein paar Söldner der Begine angetan hatten.

»Unklar jedoch ist uns, was mit dem Kind der Verschleierten geschah. Wurde es von ihr ungesehen im Kloster ausgesetzt, mit dem belastenden Brief in den Windeln? Oder hoffte sie, derjenige, den diese Briefe betrafen, fände sie dort und nähme sie an sich? Warum sollte jemand anschließend dieses Kind wieder entführen? Ihr seht, es ist nicht ganz einfach, Eure Frage nach Klein Gerlis zu beantworten.«

Almut schwieg, und Pater Ivo wischte mit dem letzten Bissen seines Brotes die Schüssel aus.

»Gott, der Gerechte!«, entfuhr es ihm schließlich.

»Ich weiß nicht, ob Gottes Gerechtigkeit in diesem Drama eine Rolle spielte.«

»Nein, Begine, da habt Ihr Recht. Ihr habt erstaunlich viel herausgefunden. Ihr werdet gute Gründe haben, die Tote für jene Bettina de Benasis zu halten.«

»Ich könnte noch sicherer sein, wenn ich diesen – äh – fehlenden Körperteil sehen würde. Franziska war zu aufgelöst, um den Kopf näher zu betrachten.«

»Dann sollten wir füglich sofort aufbrechen und uns mit dem Wirt des Adlers unterhalten.«

»Ich hatte gehofft, dass Ihr mich dorthin begleitet, Pater.«

»Holt Euren Umhang, Begine.«

Als Almut, warm eingehüllt, zurückkam, hatte sich Magda zu Pater Ivo gesellt und hörte ihm mit ernster Miene zu. Als sie sie bemerkte, zuckte sie resigniert mit den Schultern.

»Ich merke schon, es hat keinen Zweck, dich zu bitten, Pater Ivo alleine zum Adler gehen zu lassen.«

»Nein, Magda, überhaupt keinen.«

»Passt auf sie auf, Pater.«

»Soweit es in meiner Macht steht, Meisterin, werde ich das tun. Und nun kommt. Ich nehme an, ich darf Euch jetzt noch einige weitere Fragen stellen?«

Heiter antwortete Almut: »Aber natürlich doch, ich warte darauf!«

»Unmögliches Weib!«, grollte er. »Habt Ihr auch einen Verdacht, wer der Vater des Kindes ist?«

»Selbstverständlich, Pater Ivo. Nur werdet Ihr nicht gerne hören, um wen es sich dabei handelt.«

»Ich bin wohl gesättigt. Wie Ihr nur zu gut wisst, besänftigt ein voller Magen auch das grimmigste Gemüt. Sprecht also freimütig, Begine.«

»Nun, unsere Gertrud lag krank danieder und nährte den schrecklichen Verdacht, sie sei vom Aussatz befallen. Ich begleitete sie zur Untersuchung in Melaten, und dort lernte ich eine der Aussätzigen kennen, die mich bat, ihr einen Brief vorzulesen, den ihr eine mitfühlende Seele geschrieben hatte. Es zeigte sich, dass Frau Gerlis, die Aussätzige, die Amme jener Bettina war, die den Brief sandte. In ihm wurde von einem Kind, einem Mädchen, berichtet, das eben zur Welt gekommen war. Doch es war der junge Fredegar, der mich auf die Idee brachte, wer der Vater sein muss. Ich begleitete ihn nämlich am Tag seiner Ankunft, vergangenen Freitag, ein Stück durch die Stadt, und am Alten Markt vermeinte er plötzlich, eine edle Dame zu erkennen. Es war jedoch nur eine alte, pockennarbige Vettel, die einen kostbaren Tasselmantel trug. Fredegar redete sie mit Frau Bettina an, und ein, zwei unschuldige Fragen von mir enthüllten, er hatte sie für die Dame seines Herrn Ritters gehalten. Dabei verwunderte ihn durchaus der Umstand, sie könnte Bonn verlassen haben.«

»Ihr glaubt also, der Ritter und die Benasis-Tochter sind die Eltern des ausgesetzten Kindes?«

»Meine Schwester Aziza begegnete beiden zusammen und bestätigte dieses Gerücht. Dennoch, Klarheit könnten wir erhalten, wenn Ihr den edlen Gero von Bachem nach Frau Bettina und dem Kind befragt, nicht wahr?«

Nachdenklich schritt der Benediktiner die Straße entlang und legte dabei eine große Geschwindigkeit an den Tag. Almut musste beinahe laufen, um auf gleicher Höhe mit ihm zu bleiben.

»Und warum sollte jemand das Kind entführen, Begine?«, fuhr er sie plötzlich an.

Sie schnaufte empört: »Wenn Ihr eine zusammenhängende Antwort haben wollt, dann lasst mir die Luft zum Sprechen.«

Er verlangsamte seine Schritte etwas und sah sie auffordernd an.

»Ich konnte mich noch nicht darum kümmern, aber ich habe einen Stofffetzen und einen Weinschlauch gefunden, die den drei Galgenstricken gehörten. Ich will sie zu Trine bringen, vielleicht kann sie etwas damit anfangen.«

»Mh.«

»Außerdem war die Magd aus Melaten den Nachmittag zuvor bei unserer Apothekerin und hat neugierige Fragen gestellt.«

»Aha. Hattet Ihr gegenüber dieser Aussätzigen, der Amme, das Kind erwähnt?«

»Ja, aber nicht das Feuermal, Pater.«

»Ist Euch schon mal die Idee gekommen, sie könnte es für sich beanspruchen?«

»Absurd, Pater. Warum?«

»Überzogene Mütterlichkeit, der Wunsch, einen Ersatz für Bettina zu haben... Aussätzige sind einsam, Begine, und Kinder gibt es selten in den Siechenhäusern.«

»Aber überlegt – was für ein Schicksal für das Kind!«

»Sicher, aber mag ein verwirrter Sinn so weit zu denken?«

»Vielleicht nicht. Ich gebe Euch Recht, die Tatsachen, so wie wir sie jetzt kennen, könnten diese Möglichkeit glaubhaft machen.«

»Ein Besuch in Melaten, meine ich, steht also auch an.«

»Später. Zuerst müssen wir uns diesen Wirt ansehen«, forderte Almut. »Und wenn möglich, den Korb sicherstellen.«

Sie waren am Gasthaus angelangt, Pater Ivo klopfte an die Tür. Es kam keine Antwort, aber sie öffnete sich, als er dagegen drückte. Der Schankraum war leer, der zertrümmerte Hausrat entfernt und der Boden gefegt. Es roch nach frischem Holz. Offensichtlich hatte Simon damit begonnen, einen neuen Tisch zu zimmern. Im Kamin brannte ein kleines Feuer aus Spänen und Holzresten, auf dem halbfertigen Tisch lagen einige Werkzeuge.

»Er scheint seine Arbeit gerade unterbrochen zu haben!«, stellte Pater Ivo fest. »Weit kann er nicht sein.«

»Dann sollten wir uns möglichst schnell nach einem Henkelkorb umschauen«, schlug Almut vor und ließ ihren Blick durch den Raum schweifen. Doch er war wirklich bis in die dunkelsten Ecken unter der Stiege aufgeräumt. Der Benediktiner hatte unterdessen den Laden vor dem Fenster zum Hof einen Spalt breit geöffnet und schaute nach draußen.

»Er ist in der Schmiede, denke ich. Kommt Ihr mit?«

Sie gingen um das Gasthaus herum und gelangten auf den Hof, wo sie jetzt ein helles »Ping, Ping, Ping« empfing. Es gab kein Pferd, das beschlagen werden sollte, aber die Tür zur Werkstatt war offen. Vor einem rot glühenden Kohlebecken stand Simon und schwang seinen Hammer. Er hatte sein Hemd ausgezogen und trug nur ein ledernes Wams, das seine kräftigen Arme freiließ. Den rechten zierte ein nicht mehr ganz sauberer Verband. Seine blonden Haare hatte er zu einem unordentlichen Zopf gebunden, seine Stirn war rußverschmiert. Er bearbeitete gerade einen langen Eisenstrang, den er zu dünnem Draht hämmerte, um daraus später Nägel zu ziehen. Auf seinen Muskeln spielte das Glutlicht des Feuers.

»Ein prächtiges Mannsbild!«, flüsterte Almut leise. »Ich kann Franziska schon verstehen.«

»Das also versteht Ihr unter einem prächtigen Mannsbild?«

»Nun, er ist wohlgebaut, gesund und stark.«

»Und wahrscheinlich eines Mordes fähig.«

»Vielleicht, Pater, vielleicht.«

»Wollt Ihr auf Grund seiner so atemberaubend animalischen Ausstrahlung Euren Verdacht fallen lassen?«

»Aus welchem Grund sonst!« Almut kicherte und erntete einen gewitterschweren Blick.

»Ihr seid ein äußerst unernstes Frauenzimmer, Begine. Versucht, Eure schändlichen und wollüstigen Leidenschaften zu zähmen, und haltet lieber nach dem Korb Ausschau. Ich will mich dem Schmied bemerkbar machen.«

Doch Simon hatte schon aufgeschaut und die beiden Besucher gesehen. Er legte den Hammer nieder, kühlte den glühenden Draht in einem Eimer Wasser und kam schnellen Schritts auf Almut zu.

»Oh, Frau Begine, habt Ihr die Frau Franziska gefunden? Meine Suche verlief erfolglos, und ich hätte Euch heute Morgen noch aufgesucht! Ist sie etwa…?«

Sein besorgter Blick fiel auf den Benediktiner an ihrer Seite.

»Franziska ist bei uns, sie hatte sich verlaufen und einige Umwege gemacht. Ihr braucht Euch um sie keine Sorgen zu machen.«

Erleichterung zeigte sich in Simons Gesicht, und er besann sich der Höflichkeit.

»Ich grüße Euch, Bruder. Was führt Euch her?«

»Einige Fragen, Schmied, die Ihr tunlichst beantworten solltet.«

»Wenn es in meiner Macht steht, Bruder.« Misstrauisch maß Simon den Pater, der ihm an Größe, nicht jedoch an Breite gleichkam.

»Es geht um Euren Gast, der Euch am Christabend verlassen hat. Ihr erinnert Euch?«

»Das tue ich, aber ich sehe keinen Anlass, Euch über die Dame zu berichten.«

Almut, die Pater Ivos schroffe Fragemethoden nur zu gut kannte, mischte sich ein und lächelte den Schmied besänftigend an.

»Simon, Pater Ivo hat gute Gründe und, ehrlich gesagt, ich auch, warum wir uns nach der vornehmen Dame erkundigen müssen. Glaubt mir, Ihr würdet uns eine große Hilfe sein, wenn Ihr aufrichtig und ohne zu zögern antwortet.«

»Hat es etwas mit Franziska zu tun?«

»Mit ihr auch, ja.«

»Nun gut, was wollt Ihr wissen?«

Almut sah zu Pater Ivo hin, und der nahm es als Aufforderung, seinerseits zu fragen: »Ihr saht nie das Gesicht der Dame?«

»Nein, nie vollständig. Sie trug ihr Gebände sehr eng gebunden, so dass es die Wangen und das Kinn bedeckte, und ihren Schleier hatte sie ebenfalls immer weit in die Stirn gezogen.«

»Ihr habt Euch nie gefragt...«

»Nein, natürlich nicht!«, fiel ihm Simon unwirsch ins Wort. »Es ist ihre Sache gewesen, und nicht jede Frau will von den Gästen in einer Schenke erkannt werden.«

»Hat sie Euch ihren Namen genannt?«

»Sie wollte mit Frau Bette angeredet werden. Ob es ihr richtiger Name war, kann ich Euch nicht verraten.«

»Sie verließ Euch am Christabend. Kehrte sie in jener Nacht noch einmal zurück?«

»Nein.«

»Wisst Ihr das ganz genau, Simon? Ihr sagtet, es sei viel Betrieb gewesen. Könnte sie zurückgekommen sein?«

Der Schmied hob seine Schultern.

»Ich hatte meine Augen nicht überall. Wenn sie sich durch die Hintertür zurückgeschlichen hat, habe ich sie möglicherweise nicht gesehen. Aber ihr Zimmer war am Morgen leer und das Bett unberührt. Sie hätte sehr früh noch mal ausgehen müssen.«

»Ihr seid sehr früh am Morgen durch die Stadt gezogen, Schmied. Was war Euer Ziel?«

Simon lachte kurz auf und meinte: »Das müsstet doch gerade Ihr wissen, Benediktiner!«

»Ich weiß es nicht, sonst würde ich nicht fragen!«

»Dann fragt Euren Prior, woher er seine Festtagsbraten bekommt.«

»Hat er Euch gesehen?«

»Aber nein. Nicht doch. Ich kann mich bei solchen Lieferungen immer darauf verlassen, dass die Tür der Küche geöffnet ist. Ich lege die Ware in der Vorratskammer ab und nehme den Beutel mit meinem Lohn von dem Haken, an dem die geräucherten Schinken hängen.«

»Ihr wart in der Vorratskammer. Ist Euch dort etwas aufgefallen?«

»Was hat das mit der verschleierten Dame zu tun, Pater?«

»Simon, bitte beantwortet seine Fragen, ich erkläre es Euch nachher!«, bat Almut, und handelte sich einen strafenden Blick von ihrem Begleiter ein. »Doch, Pater Ivo, das tue ich!«

Simon schaute von dem einen zum anderen und grinste dann. »Ein schwieriger Kunde, Euer Pater, was, Frau Almut?«

»Er ist nicht mein Pater!«, antwortete sie steif.

Der Schmied nahm ein gefährliches Blitzen ihrer grünen Augen wahr. Er verkniff sich ein Schmunzeln und meinte: »Also gut, zum Glück auch nicht der meine.«

»Kommt zur Sache!«, knurrte besagter Pater.

»Schon gut. Ja, es war etwas Ungewöhnliches dort an jenem Morgen. Mir fiel der süßlich warme Geruch in der Vorratskammer auf, doch im Halbdunkel konnte ich die Quelle nicht ausmachen. Ich dachte mir, jemand habe frische Blutwurst hergestellt. Wird ja bei so eisigem Wetter gerne gemacht. Ach, Mönch müsste man sein, wenigstens, wenn es um die Speisen geht. Jedenfalls hat derjenige, der da gearbeitet hatte, eine gewaltige Sauerei angerichtet. Ich sah draußen nämlich, dass ich meine Schuhsohlen mit Blut besudelt hatte. Ich habe sie mit Schnee abgewischt, um keine weiteren Spuren zu hinterlassen.«

»Ei wei!«, murmelte Almut.

»Was ist mit jener Dame, Frau Almut? Ihr verdächtigt mich doch wohl nicht, etwas mit ihrem Verschwinden zu tun zu haben?«

»Darf ich mich hier einmal umsehen?«

»Nur zu, ich habe nichts zu verbergen!«

Almut hatte während des Gesprächs schon unauffällig in alle Winkel gespäht, und in der Nähe der Tür, neben dem Stapel säuberlich gespaltenen Brennholzes, einen Korb entdeckt. Doch sie ging noch einmal durch den Raum, an der Esse vorbei, warf einen Blick unter die Bank mit den Werkzeugen, hinter die Weidenkörbe mit Kohle und das Wasserfass. Einen anderen Henkelkorb als den am Eingang gab es nicht, und so nahm sie denn diesen auf und fragte: »Ist das Euer Korb, Simon?«

Der Schmied sah ihn verwundert an.

»Nein, den kenne ich nicht. Keine Ahnung, wo der herkommt. Ihn könnte der Bauer vergessen haben, dessen Gaul ich gestern beschlagen habe.«

Almut fröstelte es, als sie an den Inhalt dachte. Sie brachte es nicht über sich, den geflochtenen Deckel anzuheben.

»Gebt her, Begine. Schmied, schaut her!«

Pater Ivo öffnete den Korb, und Almut hielt sich unwillkürlich die Hand vor den Mund.

»Allmächtiger!«, stöhnte Simon und bekreuzigte sich.

»Erkennt Ihr den Kopf, Schmied?«

Der große, kräftige Mann war blass geworden, würgte und rang sichtlich um Fassung.

»Gehen wir ans Tageslicht – und an die frische Luft«, schlug Pater Ivo vor und ging voraus. Zögernd folgten ihm die Begine und Simon. Almut nahm all ihren Mut zusammen, schickte einen Stoßseufzer an die tröstende Mutter Maria und lugte vorsichtig in den Korb. Es war ein grässlicher Anblick. Blutverschmiert und seltsam verzerrt war das Gesicht, und sie vermochte noch nicht einmal zu sagen, ob es einem Mann oder einer Frau gehörte. Er musste in den vergangenen frostigen Tagen gefroren gewesen sein, doch in der Schmiede war das Blut wieder aufgetaut. Pater Ivo hatte eine Hand voll Schnee aufgehoben und wischte über die rechte Wange des Kopfes. Rötliches Wasser tropfte aus dem Korb, aber schon nach ein paar Momenten zeigte sich ein rotes Mal in der Form eines Teufelskopfes.

»O Gott!«, murmelte Simon. »Heilige Maria, Muttergottes! Deshalb also!«

Pater Ivo legte den Korbdeckel wieder auf, und sein Gesicht wirkte wie versteinert. Er murmelte ein leises

Gebet, das Almut nicht verstand, dann aber sah er auf und sagte laut: »Ja, deshalb. Es ist Eure Frau Bette. Wir haben noch einen anderen Namen für sie gefunden.«

Der Schmied sah so fassungslos und grau im Gesicht aus, dass Almut Angst bekam, er würde ohnmächtig zusammenbrechen. Sie nahm seinen Arm, zog ihn wieder zurück in die Schmiede und führte ihn zu der Bank, damit er sich setzen konnte.

»Was ist ihr geschehen? Wer hat das getan?«

»Wenn nicht Ihr, wer sonst!«, herrschte Pater Ivo ihn an.

»Seid ruhig, Pater. Ihr wisst, es kann auch ein anderer getan haben.«

»Eure eigene Idee, Begine, war es, dass er es tat!«

Simon lauschte dem Wortwechsel mit Entsetzen.

»Habt Ihr das wirklich von mir gedacht, Frau Almut? Ich schwöre, ich habe diese Frau nie angerührt. Nie!«

»Schon gut, Simon.« Almut streichelte seinen bloßen Arm und legte dann ihre Hand auf seine rauen, harten Hände. »Ich habe mir überlegt, ob nicht womöglich Eure randalierenden Gäste in der Christnacht der Frau Bettina Gewalt angetan haben und Euch dann ihre Leiche zurückließen.«

Er schüttelte vehement den Kopf. »O nein, die Männer waren zwar gewalttätig, aber sie tobten sich an Tischen und Bänken aus. Und die Dirnen, die sie bei sich hatten, haben schnell das Weite gesucht. Ich glaube wirklich nicht, dass die Dame noch einmal zurückgekommen ist. Aber ich weiß nicht, wohin sie ging und – was ist mit dem Kind? Ist es auch ermordet worden?«

»Nein, es lebt. Hat die Frau, während sie bei Euch wohnte, mit irgendjemandem gesprochen, hat jemand sie aufgesucht?«

»Nein, Frau Almut. Nicht, dass ich es wüsste. Sie kam zwei Tage vor dem Christfest zu mir. Am späten Nachmittag, kurz vor der Dämmerung. Franziska brachte ihr eine Mahlzeit in die Kammer, weil sie mit dem Kind nicht in der Schankstube essen wollte. Am nächsten Tag bat sie um Feder, Pergament und Siegelwachs. So etwas habe ich natürlich nicht hier, darum schickte ich Franziska zum Krämer, um es zu kaufen. Bei Gott, sie tat störrischer als mein Maulesel. Aber wem Frau Bette geschrieben hat und wer die Botschaft überbracht hat, weiß ich nicht. Hier gehen tagsüber viele Leute ein und aus. Ihr solltet den kleinen Burschen fragen, den Päckelchesträger. Ich könnte mir denken, er weiß, wem sie das Schreiben gegeben hat und wohin es abgeliefert werden sollte.«

»Mh, darauf hätte ich auch schon früher kommen können. Danke, Simon.«

»Ja, und bis zum Abend des Christtags blieb die Frau Bette in ihrer Kammer und ließ sich von Franziska das Essen hochbringen. Am Christtag musste ich das tun, weil meine Köchin es ja vorgezogen hat, bei Euch zu wohnen.«

»Ist Euch in ihrer Kammer irgendetwas aufgefallen? Womit hat sie sich beschäftigt?«

»Nichts ist mir aufgefallen. Sie hat sich um das Kind gekümmert, denke ich. Ich hörte sie einmal Schlaflieder summen. Was eben Frauen so machen.«

»Uh!«

»Seid milde mit dem Schmied, Begine. Er ist nur ein redlicher Handwerker.«

Pater Ivo wärmte sich die Hände über der Kohlenglut, die nun dunkel unter der Asche gloste. Almut stand auf und holte tief Luft.

»Nun gut, aber was tun wir jetzt?«

»Wir verlassen diese Stätte. Ich werde den Korb mitnehmen, denke ich. Der Vogt wird sich seiner annehmen.«

Auch Simon hatte sich erhoben und starrte Almut an.

»Wie in Gottes Namen kam der Korb hierher?«

»Franziska fand ihn – zufällig. Sie wusste sich keinen anderen Rat, als ihn hier abzustellen.«

»Dann hält auch sie mich für einen Mörder?«

»Ich fürchte, das tut sie.«

»Die Welt ist verrückt geworden!«, stöhnte er und setzte sich wieder hin, das Gesicht in den Händen verborgen.

»Lebt einstweilen wohl, Simon. Wenn Euch noch etwas einfällt, was mit der Dame im Zusammenhang stehen könnte, gebt mir oder Pater Ivo Nachricht.«

Er gab keine Antwort, und Almut folgte Pater Ivo in den Hof. Er hatte den Korb aufgenommen, und schweigend traten sie auf die Gasse. Erst als sie etliche Schritte gegangen waren, meinte Almut: »Nun sollten wir den Ritter befragen, Pater. Oder habt Ihr Bedenken?«

»Nein, doch ich frage mich, ob er bereit ist, über seine Dame zu sprechen.«

»Weiß er überhaupt von dem Findelkind und der Leiche?«

»Dass ein Kind gefunden wurde, ließ sich nicht verheimlichen, doch von dem Mal weiß er mit Sicherheit nichts. Ihr wart es, die es entdeckte. Ich vermute auch, er hat von der Ermordeten gehört. Unser Novize Lodewig konnte seinen Mund nicht halten, und sein Abenteuer verbreitete sich im ganzen Kloster.«

»Aber der Ritter zeigte keine Betroffenheit?«

»Nein, er betrachtete es als unsere Angelegenheit, in die er sich nicht einzumischen hatte.«

»Dann ist er entweder unschuldig oder ungeheuer kaltblütig, nicht wahr?«

»Ich verstehe nicht, warum Ihr ihn verdächtigt, Begine. Hat er auf Euch einen derart unangenehmen Eindruck gemacht?«

»Wollt Ihr wegen seiner so atemberaubend höfischen Ausstrahlung keinen Verdacht auf ihn fallen lassen?«

»Was für eine unsinnige Bemerkung!«

»Nicht unsinniger als die Eure über Simons Ausstrahlung.«

»Ihr unterstellt mir, ich stellte meine Gefühle vor die Wahrheitsfindung?«

»Ihr unterstelltet mir dasselbe!«

»Wir streiten, Begine.«

»Stimmt, Pater!«

Er blieb stehen und lächelte sie mit entwaffnender Freundlichkeit an.

»Es ist Eure absolute Ehrlichkeit, die mich immer wieder auf mein demütiges Selbst verweist. Ich verstehe Euren Gedankengang. Ihr zieht dieses Schreiben in Betracht und glaubt, der Ritter sei jener verräterische Freund der Herren Wevelinghoven und Kelz. Und diese Bettina habe ihn damit erpressen wollen – zum Beispiel, damit er den kleinen Bastard annimmt.«

»So ungefähr.«

Pater Ivo setzte sich wieder in Bewegung.

»Was Ihr jedoch nicht berücksichtigt, ist, wie, wann und wo die Tat begangen wurde. Und das ist es, worüber ich mir Gedanken mache. Ich gebe allerdings zu, der Ritter scheint mehr als nur einen Grund zu haben, die Gastfreundschaft des Klosters in Anspruch zu nehmen.«

»Nicht nur ein Büßer?«

»Nicht nur ein Büßer. Aber was ihn bei uns hält, Begine, habe ich nicht zu ergründen versucht. Wahrscheinlich sollte ich es tun.«

»Tut es, mich würde es brennend interessieren.«

»Obwohl wir natürlich keinerlei Veranlassung haben, uns weiter um die Angelegenheiten zu kümmern. Weder Ihr noch ich. Allenfalls könntet Ihr noch dafür Sorge tragen, dass das Kind seiner Familie übergeben wird, jetzt, da wir wissen, wer die Mutter ist.«

»Natürlich, Pater Ivo!«

»Euer Ton, Begine, bestätigt mir, Ihr gebt wieder einmal sehr wenig auf meine Worte.«

Almut sah ihn freundlich an und nickte bestätigend.

»Es gibt da einen Mörder, Begine, der augenscheinlich nicht gerade zimperlich ist.«

»Und den der dämliche Vizevogt mit Gewissheit nicht zur Strecke bringen wird.«

Pater Ivo seufzte. »Was habt Ihr also vor?«

»Einmal herausfinden, was die Aussätzigen mit dem Kind wollten, und zum anderen hören, was der Herr Gero von Bachem zum Tod seiner Geliebten zu berichten weiß.«

»Und dann?«

»Sollte man nicht einem der Ratsherren Mitteilung von dem Brief machen? Ich meine, wer immer die beiden Kleriker beauftragt hat, dem könnte weiterhin daran liegen, die Friedensverhandlungen zwischen dem Erzbischof und der Stadt zu stören. Sollte der Ritter wahrhaft unschuldig sein, so hätte Frau Bettina möglicherweise ihn zu Hilfe bitten wollen.«

Sie hatten den Konvent am Eigelstein erreicht, doch Almut klopfte noch nicht ans Tor, denn Pater Ivo sah sie überrascht an.

»Ein bemerkenswerter Gedanke. Wenn sie, aus welchem Grund auch immer, dieses belastende Schreiben gefunden hat und wusste, an wen es gerichtet war – und vorausgesetzt, sie war in der Lage zu beurteilen, von welcher Tragweite es ist –, dann hat sie sich in große Gefahr begeben.«

»Die geistigen Gaben, das zu beurteilen, hatte sie wohl, auch wenn Ihr solche den Frauen gerne absprecht. Ihre Amme erinnert sich, sie habe schon als Kind mit ihren Brüdern und Vettern häufig disputiert und sei sehr gebildet gewesen. Meine Schwester hat sie ebenfalls kennen gelernt und sie auf gleiche Weise beschrieben.«

»Maßregelt mich nicht, Begine. Ich fragte mich nicht, ob sie Verstand hatte, denn den hatte sie durchaus. Ich frage mich vielmehr, ob sie fähig war, die Situation als solche zu erkennen. Man braucht in diesem Fall zusätzliches Wissen um das Intrigenspiel der Mächtigen.«

»Sie wird es gehabt haben. Sie weilte am Hof in Bonn bei ihrem Bruder.«

»Nun denn! Aber Ihr kennt das Schreiben inzwischen auch und habt, dank Eurer geistigen Gaben, auf gleiche Weise Eure Schlüsse gezogen. Begine, Ihr schwebt in großer Gefahr!«

»Ja, kann sein. Aber ist das nicht ein Grund mehr, herauszufinden, wer Bettina de Benasis umgebracht hat?«

»Ihr seid schrecklich! Ich will mit dem Ritter sprechen, und Ihr kümmert Euch um das Kind. Ihr wolltet Eure Schnüfflerin dazu befragen, schlugt Ihr vor.«

»Ja, morgen nach der Terz werde ich Trine aufsuchen.«

»Bei Meister Krudener? Mh...« Gedankenverloren starrte Pater Ivo auf einen Eiszapfen. Dann aber wandte er sich Almut zu und hob wie entschuldigend die Schultern. »Ich hatte wenig Zeit in den letzten Tagen, Begine. Doch in den kurz bemessenen Augenblicken, die mir blieben, habe ich mir den Brief noch einmal genau angesehen. Euch mag es vermutlich nicht aufgefallen sein, aber der Schreiber hat ein bereits zuvor benutztes Pergament verwendet.«

»Das ist doch nicht ungewöhnlich, Pater.«

»Nein, natürlich nicht. Man schabt die Tinte mit dem Messer oder mit dem Bimsstein ab, reibt wieder mit Kreide über das Pergament und kann es so aufs Neue benutzen. Unsere Brüder im Skriptorium machen das häufig, wenn sie Pergamente mit unwichtigen Texten in die Hand bekommen.«

»Unwichtigen Texten oder solchen, die eine Gefahr für die Brüder darstellen?«

Almut erlaubte sich einen herausfordernden Blick aus den Augenwinkeln, und Pater Ivo nickte ernst.

»Auch solche, Begine. Und mancher mag anders darüber urteilen, ob sie wichtig oder unwichtig sind. Nun, jener Brief also ist auch auf einem Palimpsest geschrieben worden, also könnte das, was zuvor darauf stand, dem Schreiber unwichtig erschienen sein.«

»Oder eine Gefahr für ihn darstellen.«

»Ich merke, Ihr folgt meinen Gedankengängen.«

»Der schriftlich fixierte Auftrag, den der ›edle Freund‹ erteilt hat, sollte tunlichst ausgelöscht werden. Was war leichter für den Wevelinghoven, als das nämliche Pergament für das Antwortschreiben zu verwenden. Damit hat er sich des Beweises elegant entledigt. Stellt sich die Frage, Pater Ivo…«

»Euch stellt sich schon wieder eine Frage, Begine?«

»Natürlich.«

»Ich will sie Euch beantworten – ja, man kann es.

Und ja, die Mönche tun es auch. Und – nein, nicht alle beichten es.«

»So genau wollte ich es gar nicht wissen. Mich interessierte nur, ob man solche Texte wieder sichtbar machen kann, nicht, womit sich Eure Brüder anschließend vergnügen. Aber wer nun abgeriebene Texte wieder lesbar macht, könnte doch auch den Brief…«

»Könnte, Begine. Aber versteht Ihr, ich möchte unseren Bruder Benjamin, der das Skriptorium leitet, nicht unbedingt damit beauftragen. Aber Ihr habt mich auf eine andere Idee gebracht. Auch Meister Krudener verfügt über großes Wissen in solchen Dingen, und deshalb will ich darauf sehen, morgen zur gleichen Zeit wie Ihr meinem alten Freund einen Besuch abzustatten.«

»Das würde mich freuen, Pater.«

»Nun, dann lebt wohl, Begine, und die Heilige Jungfrau möge Euch behüten.«

War es der frostige Wind oder eine seltsame Vorahnung, die Almut plötzlich erschaudern ließ? Sie sah den Benediktiner eindringlich an und wünschte leise: »Möge die Mutter der Barmherzigkeit auch über Euch wachen, Pater.«

Die Sext war schon geraume Zeit vorüber, als Almut über den Hof ging, um sich in der Küche noch eine Mahlzeit zu erbitten. Franziska werkelte in überaus gedämpfter Stimmung zwischen ihren Töpfen und Schüsseln herum, und als sie Almuts Bitte nachkam und ihr eine Portion dicker Suppe vorsetzte, blieb sie neben dem Tisch stehen und wrang verlegen den Stoff ihres Kittels in den Händen.

»Was ist, Franziska?«, fragte Almut zwischen zwei Löffeln. Sie war nicht in der Laune, weitere Tränengüsse zu ertragen und sich Geständnisse anzuhören, darum blieb sie kurz angebunden.

»Ich... Also, ich glaube, ich habe ziemlichen Mist gemacht, gestern.«

»Glaubt Ihr? Schon möglich.«

»Ihr habt mit dem Pater gesprochen. Auch... auch über das, was ich mit dem Korb...«

»Ja, natürlich.«

Almut fuhr mit ihrer Mahlzeit fort, ohne sich weiter dazu zu äußern, und hoffte, ihr würde ein Gefühlsausbruch erspart bleiben. Seltsamerweise erfüllte sich diese Hoffnung.

Sehr nüchtern meinte die Köchin plötzlich: »Kann ich etwas tun, um meinen Fehler wieder gutzumachen?«

»Euren Fehler?«

»Ja, dass ich den Korb zu Simon gebracht habe. Ich muss irr im Kopf gewesen sein, Almut. Ich habe mich in etwas hineingesteigert, was schon fast krankhaft war. Bitte, könnt Ihr mir helfen? Ich will Simon nicht mit dem – Ding – belasten.«

»Schon erledigt, Franziska. Pater Ivo bringt den Korb samt Inhalt zum Vogt. Simon hat damit erst einmal nichts zu tun. Ihr könnt also beruhigt sein.«

Leise flüsterte Franziska: »Danke!« und widmete sich schweigend wieder ihrem Abwasch.

24. Kapitel

Der ehrwürdige Abt, Vater Theodoricus, lag seit
dem Christfest mit schmerzendem Leib zu Bett
und quälte sich gerade an diesem Tag wieder einmal durch eine heftige Nierenkolik. So hatte denn Prior
Rudgerus die Leitung des Ordens übernommen. Unter
seiner Herrschaft hatte Pater Ivo sich bereits in den vergangenen Tagen einigen strengen Bußübungen unterziehen müssen, da dem Prior, anders als dem nachsichtige-
ren Abt, seine gelegentlichen Eigenmächtigkeiten ein
Dorn im Auge waren. Vor allem aber störte ihn seine
enge Verbindung zu den Beginen, diesen scheinheiligen
Weibern, die ohne männliche Aufsicht ihren Gelüsten
nachgingen. Dass der Benediktiner an diesem Morgen zu
den Weingärten hinausgegangen war, für die er die Verantwortung trug, hatte er schon missbilligt, konnte aber
nichts dagegen einwenden. Aber dann war dieses Schreiben gekommen, von der Meisterin gesiegelt, doch von
der schamlosen Begine selbst verfasst und eindeutig darauf zielend, ein geheimes Treffen zwischen ihr und dem
Mönch zu vereinbaren. Darum hatte er Weisung gegeben, ihn bei seiner Rückkehr sofort zu ihm zu bringen.

So gelang es Pater Ivo nicht, Gero von Bachem aufzusuchen, um eine ernste Unterredung mit ihm zu führen.
Er hatte noch nicht einmal die Gelegenheit, sich des
Korbes mitsamt seines furchtbaren Inhalts zu entledigen, sondern sah sich gezwungen, ihn mit in das Zim-

mer des Priors zu nehmen. Die Unterredung verlief in erschreckend kalter Weise und erlaubte Pater Ivo so gut wie keine Worte der Rechtfertigung. Nicht einmal der Hinweis, es herrsche nun wenigstens Klarheit über die Identität der Ermordeten, beeindruckte den Prior. Im Gegenteil, er rügte diese Einmischung in die Aufgaben der Obrigkeit auf das Schärfste und fügte es dem Strafmaß für die verschiedenen Vergehen hinzu.

Die Regel, nach der die Mönche lebten, sah vor, dass der Abt oder sein Vertreter bei schweren Verstößen gegen den Gehorsam empfindliche Strafen verhängte, denn der heilige Benedikt hatte angeordnet: »Auf keinen Fall darf der Abt darüber hinwegsehen, wenn sich jemand verfehlt; vielmehr schneide er die Sünden schon beim Entstehen mit der Wurzel aus, so gut er kann. Er soll daran denken, da ihm sonst das Schicksal des Priesters Heli von Schilo droht. Rechtschaffene und Einsichtige weise er einmal und ein zweites Mal mit mahnenden Worten zurecht. Boshafte aber, Hartherzige, Stolze und Ungehorsame soll er beim ersten Anzeichen eines Vergehens durch Schläge und körperliche Züchtigung im Zaum halten. Er kennt doch das Wort der Schrift: ›Ein Tor lässt sich durch Worte nicht bessern.‹ Und auch dieses: ›Schlage deinen Sohn mit der Rute, so rettest du sein Leben vor dem Tod.‹«

Diese Seelenrettung erlaubte sich der Prior höchst persönlich vorzunehmen, und als er den Kerker unterhalb des Klosters schließlich verließ, kniete Pater Ivo, die Hände an ein mannshohes Holzkreuz gefesselt, halb bewusstlos in der Finsternis. Die blutige Geißel lag noch neben ihm, eine Mahnung, dass die Züchtigung fortgesetzt werden würde.

25. Kapitel

Franziska wahrte ihre ruhige Haltung auch am nächsten Tag noch, und so entschloss Almut sich, ihr am Morgen eine ausführliche Schilderung von der Begegnung mit Simon zu geben.

»Weshalb er Euch nicht in die Schenke gelassen hat, Franziska – nun, das liegt daran, dass sie völlig zerstört ist. Am Christabend haben die Wilderer darin ihr Mütchen gekühlt, und was übrig blieb, sind nur noch ein Haufen Späne und Splitter. Euer Bilsenkrautbier war nicht ganz unschuldig an dieser wüsten Orgie. Jedenfalls war er, als wir kamen, gerade dabei, neue Tische und Bänke zu zimmern. Viel aufzuräumen und zu wischen gibt es da also im Augenblick nicht. Aber wahrscheinlich würde er sich über ein paar tröstende Worte durchaus freuen.«

»Und dann, wenn er den kleinen Finger hat, will er gleich wieder den ganzen Arm und alles, was sonst noch dranhängt!«

»Ach ja, Arm. Die Wunde am Arm hat er sich übrigens auch bei der Rauferei zugezogen.«

»Und wenn!«

»Er hatte Angst, Ihr würdet ihn für einen schlechten Wirt halten, wenn er Euch davon berichtete.«

»Und wenn schon!«, Die Köchin zeigte sich weiter zugeknöpft, aber die letzte Antwort wirkte nicht mehr ganz so ablehnend. »Ich werde nicht gleich losrennen und ihn bedauern. Nein, das werde ich nicht. Nein. Noch nicht!«

»Gut, lasst ihn schmoren, Franziska. Eine gute Köchin wie Ihr weiß wohl, wann der Braten gar ist. Ein paar Tage auf kleiner Flamme werden ihm nicht schaden.«

»Wer sagt Euch eigentlich, dass ich überhaupt etwas von diesem Braten will?«

Almut verkniff sich ihre Antwort. Das musste Franziska schon selbst herausfinden, dachte sie sich. Außerdem hatte sie wichtigere Dinge zu regeln, als sich um das Liebesleid der kleinen Kratzbürste zu kümmern. Denn nach der Terz wollte sie sich mit Pater Ivo bei Meister Krudener treffen, um zu hören, was Trine mit den Fundstücken aus der Nacht des Einbruchs anzufangen wusste.

Die drei Seidenweberinnen hatten ebenfalls Besorgungen in der Stadt zu erledigen, und so begleiteten sie sie ein Stück. Almut übersah deren leise Missbilligung, als sie sich in der Höhe von Sankt Cäcilien von ihnen trennte und alleine zum Neuen Markt weiterging.

Die Tür der Apotheke ging gerade auf, und eine Mutter mit einem hustenden Kind auf dem Arm trat auf die Straße.

»Meister Krudener, ich wünsche Euch ein gesegnetes neues Jahr!«

»Euch das Gleiche, Frau Almut, Euch das Gleiche. Tretet ein und erleuchtet meine dunkle Alchimistengruft mit Eurer Weisheit.«

»Ein Spötter seid Ihr, Meister Krudener.«

»Nie und nimmer. Da ist Trine, die Euch gleich ihre neueste Schöpfung zu kosten geben wird. Ich muss sagen, das, was sie da gebraut hat, mundet mir ganz hervorragend!«

Er schob den dichten Vorhang zur Seite, der die Apotheke von dem hinteren Raum trennte, und Trine ließ ihre Kessel und Töpfe im Stich, um Almut freudig lächelnd zu begrüßen.

»Was hast du gebraut, Trine?«

»Ein Bier mit einer ganz besonderen Grut«, erwiderte Meister Krudener mit genüsslichem Lächeln.

Das Mädchen zeigte Almut den getrockneten Hopfen, den sie verwendet hatte, und schenkte ihr einen Becher voll ein.

»Brrr, ist das bitter!«

»Findet Ihr? Ich muss gestehen, mir schmeckt dieses helle Gebräu. Und es gibt eine schöne, cremige Schaumkrone!« Meister Krudener wischte sich einen weißen Schaumbart von den Lippen. »Aber Ihr seid nicht gekommen, um Hopfenbier zu trinken. Ich sehe Euch an, wie sehr Euch Neuigkeiten auf den Lippen brennen. Geht es Eurer Frau Gertrud wieder besser?«

»O ja, sie werkelt schon wieder in der Küche herum, hoffentlich in Eintracht mit der Franziska. Die Neuigkeiten – und die Fragen, die mich drücken – betreffen jedoch eine ganz andere Sache. Ihr habt doch mitbekommen, dass wir am Christfest ein Findelkind aufgenommen haben.«

Der Apotheker nickte. »Ihr erwähntet es in Melaten.«

»Nun ja, da hat sich Folgendes ereignet …« Almut erzählte, für Trine mit vielen Gesten angereichert, von der versuchten Entführung und packte dann den Stofffetzen und den Weinschlauch aus. »Ich habe gehofft, Trine könne damit etwas anfangen. Vielleicht die Herkunft feststellen oder so.«

Das taubstumme Mädchen wartete gar nicht erst die Aufforderung ab, sondern hielt sich das Gewebestück-

chen schon unter die Nase und schnüffelte hingebungsvoll daran. Zuerst zogen sich ihre Augenwinkel zu
einem Lächeln zusammen, und sie deutete mit einigen
schnellen Handbewegungen auf Almut.

»Ja, ja. Es hat fünf Tage in meiner Kammer gelegen.«
Aufmerksam rieb sie das Material zwischen ihren Fingern und nickte noch mal sehr viel ernster. Dann stand
sie auf und hielt das Material über den Kessel mit hei-
ßem Wasser, der am Kamin stand. Sehr sorgfältig roch sie
an dem gewärmten, vom Dampf angefeuchteten Stoff.

»Weihrauch und der Geruch alter Männer!«, bedeutete sie.

»Und ein fester schwarzer Stoff. So, so. Hier Trine, ist
ein Weinschlauch. Was verrät der dir?«

Wieder schnupperte Trine, zunächst außen, dann
auch an der Öffnung und den Resten des Inhalts.

»Ziege!«

»Klar. Und innen?«

»Guter, schwerer Rotwein. Teurer Wein. Wie Meister
Krudener ihn gerne trinkt! Wie der, den Pater Ivo mitgebracht hat«, bedeuteten ihre Zeichen.

»Ei wei!«

Mit großem Interesse hatte der Apotheker den beiden
zugesehen. Er verstand Trines Zeichensprache inzwischen recht gut und fragte: »Warum seid Ihr so entsetzt,
Frau Almut?«

»Es scheint, das zerrissene Kleidungsstück und der
Wein stammen aus einem Kloster. Höchstwahrschein-
lich dem der Benediktiner, denn die tragen die schwarze
Kutte. Dabei dachte ich, die drei Taugenichtse hätten
etwas mit den Aussätzigen zu tun gehabt. Ich kann mir
aber auch nicht vorstellen, dass es Mönche oder Novizen waren. Seltsam!«

»Was ist seltsam daran? Den Klosterwein kann jeder beziehen, der das Geld dafür hat, und Stoff, der nach Weihrauch riecht, muss nicht von einer Mönchskutte stammen.«

»Der schwarze Stoff spricht aber dennoch dafür.«

»Na gut, fragt einen Trödler, er wird Euch schon eine Kutte besorgen können.«

»Aber ist es nicht ein eigenartiges Zusammentreffen?«

»Ein gutes Argument, Frau Almut. Dann denken wir eben darüber nach, für wen sich die Magd Evvi bei Euch nach dem Kind erkundigt hat.«

»Möglicherweise hat sie einen Liebsten im Kloster? Könnte das nicht sein?«

»Natürlich könnte das sein. Aber was will ein Klosterbruder mit einem Kleinkind?«

Meister Krudener schüttelte bedächtig den Kopf, und Almut hob zweifelnd die Schultern.

»Keine Ahnung. Das ist ja das Dumme daran. Pater Ivo hat vermutet, eine der Aussätzigen wolle vielleicht das Kind für sich haben. Aber wie passt dann die Kutte und der Wein dazu?«

»Pater Ivo hat da aber eine eigenartige Idee. Ich hielt ihn für weltgewandter, aber das mag sich ja im Kloster geändert haben.«

»Wieso denn das, Meister Krudener?«

»Nun ja, Ihr werdet es auch schon mal gehört haben, manche Menschen unterstellen den Aussätzigen in den Siechenhäusern, sie würden schwarze Messe feiern, um ihre Genesung möglich werden zu lassen. Und dass sie dabei kleine Kinder opfern und ihr Blut trinken.«

»So wie man es den Juden nachsagt?«

»Auch ihnen wirft man dies gelegentlich vor, ja, Frau Almut.«

»Aber, Meister Krudener, da irrt Ihr und verleumdet Pater Ivo. Haltet Ihr ihn wirklich für so einfältig?«

»Nein, im Grunde nicht. Was also ließ ihn diesen Schluss ziehen?«

»Ich habe Euch da eine Sache vorenthalten. Die Frau Gerlis, die Prüfmeisterin, erinnert Ihr Euch, war die Amme der Mutter dieses Kindes. Das würde doch Sinn machen.«

»Die Frau Gerlis – Grundgütiger! Nie und nimmer, Frau Almut. Frau Gerlis ist eine Seele von Mensch. Sie würde nie ein solches Kind den Gefahren des Siechenheims aussetzen. Aber was ist mit der Mutter des Kindes? Hat sie es womöglich zurückholen wollen?«

»Sie ist tot.«

»Ah so.«

Krudener und Almut schwiegen ratlos. Doch Trine, die weiter den Stofffetzen in den Fingern gedreht hatte, griff etwas auf, das sie verstanden hatte. Sie gestikulierte heftig: »Trödler oder Almosensammler, Almut. Die Almosen- und Lumpensammler verkaufen manchmal ihre Sachen an die Trödler. Bestimmt ist das ein Lumpen aus dem Kloster.«

»Den der Schellenknecht von Melaten in seiner Almosensammlung hatte.« Krudener nickte. »Das ist durchaus denkbar.«

»Und sicher war es kein Lumpen, sondern eine gute, warme Kukulle, die er für sich behalten hat.« Almut spann den Gedanken weiter. »Natürlich, das Seidenkleid von Evvi! Wer ist der Schellenknecht von Melaten, Meister Krudener? Kennt Ihr ihn?«

»Den Hans von der Schmiergass? Sicher! Ein mieser Kerl. Aber wer will schon für die Aussätzigen arbeiten? Ich habe ihn im Verdacht, eine Menge von dem für sich abzuzweigen, was er an milden Gaben erhält. Aber ein Kind entführen?«

»Für das man, wenn man die Familie kennt, durchaus ein Lösegeld erhalten kann.«

»Mh, wenn der Preis stimmt und wenig Gefahr dabei ist, würden er und seine Kumpane das sicher tun. Würde die Familie denn zahlen, Frau Almut? Ich habe den Eindruck, Ihr wisst, um welche es sich handelt, wollt aber Stillschweigen darüber wahren.«

»Ja, ich weiß es, und die Familie würde zahlen, wenn sie um das Kind wüsste. O Maria, Krone des Himmels – oder wünschen, dass es verschwindet.«

»Ein kleiner Bastard also.«

»Ein kleiner Bastard, ja. Und der Vater hält sich gegenwärtig in Groß Sankt Martin auf!«

»Das, Frau Almut, gibt allerdings zu denken. Als Mönch? Als Pater?«

»Nein, als Büßer!«

»Der den Hans mit einem Schlauch Wein bestochen hat, das Kind zu entführen.«

Stöhnend hielt sich Almut den Kopf.

»Es ist ein solches Durcheinander, Meister Krudener. Ich weiß nicht mehr, was ich denken soll. Ach, wäre doch Pater Ivo hier!«

»Überlasst Ihr jetzt ihm das Denken für Euch?«

Kläglich lachte Almut auf und wehrte ab: »So ein Unsinn! Nein, er wollte nach der Terz hier bei Euch vorbeikommen und mir berichten, was er über diesen – Büßer – herausgefunden hat. Außerdem wollte er Euch ein Pergament zur Begutachtung vorlegen. Es hat doch schon zur Terz geläutet?«

»Es wird gleich zur Sext läuten, wenn ich meinem Magen glauben darf!«

»Dann ist er wohl aufgehalten worden. Schade. Nun, dann will ich mich wieder auf den Weg machen. Auf mich wartet heute noch einiges an Arbeit.«

Herzlich verabschiedete Almut sich von Trine und dem Apotheker und eilte durch die frostige, aber sonnige Mittagsstunde nach Hause. Als sie an Groß Sankt Martin vorüberkam, verlangsamte sie jedoch ihre Schritte und überlegte, ob sie beim Pförtner nach Pater Ivo fragen sollte. Aber dann fiel ihr der Prior ein, der dem Pater sicher Schwierigkeiten machen würde, sollte er dies zufällig mitbekommen, und sie ging weiter. Doch ein unangenehmer Schauder kroch ihr über den Rücken, als sie durch den Schatten ging, den der Mittelturm über die Gasse warf.

»Ich bin es leid, Magda. Am besten gehe ich zum Vogt und hetze ihn auf diesen Hans von der Schmiergass.«

Almut hatte sich bei der Meisterin eingefunden und ihr von Trines Schnüffeleien erzählt.

Magda schüttelte den Kopf und meinte: »Der sperrt dann die Magd Evvi ein und legt ihr die Daumenschrauben an. Du kennst doch seine Methoden.«

Magda hatte genau diese vor drei Monaten am eigenen Leib erfahren und war nicht geneigt, Almut zuzustimmen, auch wenn sie deren Neugierde nicht sonderlich schätzte. »Wappne dich mit Geduld und warte, bis der Benediktiner wieder auftaucht. Er wird Rat wissen.«

»Ja, etwas anderes wird mir wohl nicht übrig bleiben.«

Seufzend stand Almut auf und verließ den Raum. Als sie über den Hof ging, sah sie Mettel an der Pforte mit Pitter schwatzen. Er gewahrte die Begine und winkte ihr eifrig zu.

»Ah, Pitter! Auf der Suche nach Futter?«

»Aber nicht doch, Frau Almut. Ich habe einen berechtigten Anspruch auf Belohnung.«

»Ach, so ist das!«

»Klar!«

»Und wofür?«

»Für gründliche Erkundigungen! Ihr habt mir doch aufgetragen, diesen geschniegelten Knappen auszuhorchen.«

»O ja. Das hätte ich beinahe vergessen. Kommt mit und erstattet mir Bericht!«

Sie führte den Jungen zu ihrem Häuschen und bat ihn in die untere Stube, die für gewöhnlich Clara als Schulzimmer für ein Dutzend Kinder diente. Jetzt, am Nachmittag, war sie leer, nur ein Stapel Wachstäfelchen und Griffel sowie einige abgeschabte Pergamente wiesen auf die übliche Nutzung hin. Aber im Kamin brannte noch ein kleines Feuer, und es war angenehm warm. Pitter schälte sich aus verschiedenen Lagen reichlich zerlumpter Umhänge und ließ sich nahe am Feuer nieder.

»Na, dann berichte mal, Pitter.«

»Mit leerem Magen?«

»Das wird dir helfen, dich kurz zu fassen und mir die Schilderung von Fredegars unbeschreiblichem Charakter ersparen!«

Pitter grinste und nickte.

»So übel ist der gar nicht, wenn er erst einmal eine Hand voll Schnee im Gesicht hat. Also, der Ritter ist eigentlich in der Nähe von Ahrweiler daheim und hat dort eine Dame und drei Kinder. Dort hat Fredegar auch eine Zeit lang gelebt und höfische Sitten gelernt. Aber dann kam der Streit mit dem Erzbischof, und der Herr

Gero war verpflichtet, ihm Waffendienst zu leisten. Also ist er mit einigen Mannen und seinem Knappen nach Bonn gezogen.«

»Wo er die Frau Bettina traf?«

»Die kannte er schon vorher. Der Ritter hält sich nämlich nicht sehr gerne in seinem Heim auf und überlässt die Verwaltung lieber seinem Weib. Vermutet Fredegar.«

»Wie lange ist der denn schon bei ihm?«

»Seit ungefähr zwei Jahren. Aber Knappe ist er erst seit dem Frühjahr, darum kann er nicht viel zu den Angelegenheiten seines Herren sagen. Aber er meint, er sei oft mit dem Erzbischof und seinem engsten Berater zusammen gewesen.«

»Wer ist das?«

»Gerhard de Benasis, ein Schöffe!«

»Oh! So kommt Butter bei die Fische!«

»Wieso das?«

»Die Dame des Herrn Gero ist Bettina de Benasis. Sie ist seine Schwester, das hat unsere Meisterin herausgefunden. Zumindest hatte sie damit wohl einen Grund, sich am Hof des Erzbischofs aufzuhalten. Wusste Fredegar eigentlich etwas von dem Kind?«

»Er hat so etwas vermutet. Die Dame Bettina war krank, so hieß es, als er im Frühjahr zu seinem Ritter stieß. Sie hat sich aber erstaunlich schnell wieder erholt. Man munkelte, sie habe im Kindbett gelegen und das Kind anschließend einer Amme übergeben. Ein kleiner Bastard mehr am Hof fällt wohl nicht so auf.«

»Wahrscheinlich nicht. Hast du darüber etwas herausgefunden, wie der Ritter zu Frau Bettina stand?«

»Fredegar berichtet, die beiden hätten oft und lange ernste Gespräche geführt. Geturtelt haben sie aber wenig. Oder zumindest nicht da, wo er sie beobachten konnte.«

»Gestritten?«

»Nein, nur disputiert. Über Politik und Religion und vertrocknete alte Philosophen. Und Schach gespielt haben sie.« Pitter fingerte an einem der Wachstäfelchen herum und ritzte unbeholfen mit dem Griffel Linien hinein. »Wozu braucht Ihr so viele Tafeln?«

»Für die Mädchen, die hier das Lesen und Schreiben lernen.«

»Den Mädchen bringt Ihr das bei?«

»Ja, und sie stellen sich sehr geschickt darin an. Hat Fredegar auch eine Vorstellung darüber, warum sein Herr hier ins Kloster gegangen ist?«

»Nein, er hat sich nicht direkt dazu geäußert. Aber ich mache mir da so meine Gedanken, Frau Almut.«

»Aha, und vertraust du sie mir an?«

»Ich glaube, er ist kein Büßer, wie erzählt wird. Obwohl er viel betet und seine Exer… Exerdings macht!«

»Exerzitien!«

»Ja, so was. Aber ich denke, er hat vielmehr Zuflucht in Groß Sankt Martin gesucht, denn Fredegar behauptet, er verlässt das Kloster nicht. Keinen Schritt tut er in die Stadt.«

»Dann wird er verfolgt, würde das bedeuten.«

»Mh. Das Schreiben, könnte ich das auch bei Euch lernen?«

»Wenn du die Zeit und die Geduld dazu aufbringst!«

»Lehrt Ihr mich das?«

»Frau Clara würde das übernehmen.«

»Mh. Ihr wärt mir lieber.«

»Ich habe keine Zeit dazu, Pitter.«

»Nein, Ihr müsst ja rausfinden, wer die Dame de Benasis aus dem Weg geräumt hat, nicht wahr?«

»Was? Wie meinst du das denn schon wieder?«

»Na, ich bin doch nicht blöd, Frau Almut. Auch wenn ich nicht lesen kann. Aber was ich so gehört habe, kann ich mir schon zusammenreimen. Der schwarze Pater hat eine tote Frau zum Vogt gebracht und Euch zum Christfest ein Kind angedreht!«

»Pitter!«

»Na ja, nicht richtig. Jedenfalls hat der hochnäsige Puhahn von Knappe ganz erbärmlich rumgedruckst, warum er überhaupt im Kloster aufgekreuzt ist. Er hatte nämlich eine Nachricht von dieser Bettina für den Ritter. So viel habe ich schon verstanden. Ihm scheint eine ernste Gefahr zu drohen. Aber mehr war nicht aus ihm herauszukriegen. Auch mit einer Schneewäsche nicht. Ihr solltet den Pater Ivo mal fragen, was da wirklich gespielt wird. Er hockt doch immer mit dem Ritter zusammen.«

»Ich habe ihn schon gefragt, und er wollte mir heute auch etwas darüber berichten, aber er ist nicht gekommen.«

»Dann macht ihm der olle Rudgerus wohl wieder einen Driss. Fredegar sagt, der Prior schikaniert die Mönche ganz schön, seit er das Sagen hat.«

»Hat er mir auch schon berichtet. Na gut, da kann man nichts machen. Hat sich der Ritter eigentlich mit seiner Dame hier getroffen?«

»Das hab ich den Fredegar gefragt. Aber er meint, die Frau Bettina sei noch in Bonn.«

Almut fiel plötzlich etwas ein, was sie den Gassenjungen darüber hinaus fragen konnte, der sich nicht nur in den Straßen der Stadt prächtig auskannte, sondern auch mit den Machenschaften der mehr zwielichtigen Gruppierungen vertraut war, den Bettlern und Badern, Dirnen und Dieben, die ihre eigenen Zünfte bildeten. »Sag, Pitter, kennst du den Hans von der Schmiergass?«

»Was habt Ihr denn mit dem avjeleckte Herringsstetz zu schaffen, Frau Begine?«

»Ich möchte nur ein bisschen mehr von ihm wissen. Er ist doch der Schellenknecht von Melaten, nicht wahr?«

»Ist er, und reicher als manch ehrliche Händler!«

»Das habe ich mir fast gedacht. Was weißt du von ihm?«

»Je nun, er sammelt die Almosen ein. Er hat seine festgelegten Wege. Jeden Tag geht er durch ein anderes Stadtviertel. Nachmittags bringt er die Sachen nach Melaten – das heißt, die, die er nicht als seinen Anteil behält, der Raafalles. Den verhökert er an einige Trödler. Seine Freunde.«

Pitter grinste anzüglich, und Almut dachte sich ihren Teil. Es waren sicher nicht die Lumpen, die er weiterverkaufte. Aber dann tippte sie sich plötzlich mit dem Zeigefinger an die Nase.

»Pitter, er geht jeden Tag in ein anderes Viertel? Wann ist er denn auf seiner Runde beim Adler vorbeigegangen?«

»Och, das letzte Mal gestern. Aber da war nix zu holen.«

»Und davor?«

»Den Donnerstag davor natürlich!«

»Mh.«

»Ach nee, nee, Frau Begine, das war doch die Weihnachtswoche, da ist er bestimmt ganz anders gegangen. Da gibt es Stellen, wo mehr zu holen ist.«

»Klopft er auch an die Klosterpforten?«

»Klar. Da gibt es oft extra Brot und Käse. Frisst er fast immer selbst. Die in Melaten sehen davon wenig. Außer seinem Liebchen, die ist Magd dort.«

»Etwa die Evvi?«

»Die kennt Ihr auch? Mobbelich Pöllche, was? Lebt nicht schlecht mit ihrem Lohn und den kleinen Liebesgaben vom Hans.«

»Ein blaues Seidenkleid hatte sie an, als ich sie das letzte Mal sah!«

»Wird schon von ihm sein. Glaubt Ihr, die Frau Clara könnte mir das Lesen beibringen?«

»Die Mädchen lernen es sehr schnell bei ihr.«

»Ja – äh, die Mädchen.«

»Soll ich die Meisterin fragen, ob du morgens bis zur Terz dazukommen darfst?«

»Bis zur Terz?«

»Die Mädchen sind bis zur Sext hier, aber in der Zeit lernen sie, feine Handarbeiten zu machen. Ich denke, das wird dich nicht so sehr begeistern! Aber wenn du gerne Sticken lernen möchtest, lässt sich darüber auch reden.«

Pitter kicherte und zeigte seine schmuddeligen, von harter Arbeit rauen Hände vor.

»Besser Päckelches tragen und Holz hacken als sticken.«

»Gut, dann gehen wir jetzt mal in die Küche und sehen, was Franziska für dich übrig hat.«

»Au ja.«

»Und, Pitter – könntest du wohl mal die Ohren spitzen und versuchen herauszufinden, wer den Hans von der Schmiergass beauftragt hat, das Kind von uns zu entführen?«

»Hat er das versucht?«

»Sieht so aus, als ob er und zwei Freunde es waren. Einer hatte eine Mönchskutte an, und sie hatten einen Weinschlauch dabei, aus dem sie sich zuvor Mut angetrunken haben. Der Wein stammte wahrscheinlich aus Groß Sankt Martin. Die Kutte wohl auch.«

»Oha! Na, ich stell die Lauscher mal auf, Frau Almut.«

Als sie die Tür zu dem warmen, nach frischem Brot duftenden Raum öffneten, gerieten sie in eine denkwürdige Szene. Auf den bemehlten Tisch stützte sich mit beiden Händen Franziska und blitzte mit geröteten Wangen die Köchin Gertrud an, die sie, knochig und groß, wie sie nun einmal war, vom anderen Ende des Tisches von oben herab musterte.

»Ich habe die Aufgabe übernommen, das Essen zuzubereiten! Ich bin eine ausgebildete Köchin! Ich habe schon für anspruchsvollere Esser gekocht als für zwölf betende Beginen! Ich bin nicht Eure Küchenhilfe, die Ihr zum Kohlputzen abstellen könnt! Und ich lasse mir von Euch schon gar nicht vorschreiben, welche Gerichte ich zur Vesper vorbereite!«

Mit jedem Satz war ihre Stimme lauter und schriller geworden. Gertrud zuckte nur verächtlich mit den Schultern.

»Ihr mögt zwar angemietet sein, für uns zu kochen, aber Euren Lohn habt Ihr nicht verdient. Zwei Tage den gleichen Reste-Eintopf, weil die junge Dame lieber durch die Stadt bummelt. Damit braucht Ihr Euch nicht als Köchin zu brüsten.«

»Wenn Ihr mit Euren Gichtklauen die ganze Arbeit machen wollt, dann kann ich ja gehen!«, fauchte Franziska und wollte aus der Küche stürmen. Dabei rannte sie beinahe Almut und Pitter um, die noch in der Tür standen. Die Begine fing sie auf und hielt sie fest.

»Was ist denn hier los? Gertrud, du solltest dich doch auskurieren!«

»Wollt Ihr wieder angebrannte Grütze und Reste-Essen?«, murrte die ältere Köchin. »Dieses unzuverlässige kleine Gackerhuhn kümmert sich doch um nichts. Und anständig kochen heiße ich etwas anderes.«

»Ich habe schon für die Herzöge von Sachsen und den von Brabant gekocht. Denen war mein Essen fein genug, Frau Gertrud.«

Mit einer heftigen Drehung befreite sich Franziska aus Almuts Griff und stürzte wieder auf den Tisch zu, um eine weitere Tirade loszulassen. Almut hörte sich das Gekeife einen Moment lang an, dann nahm sie einen hölzernen Fleischklopfer und ließ ihn mit aller Kraft auf die Tischplatte krachen. Mehl stiebte in einer weißen Wolke auf, und mit einer Stimme, die sie als Baumeisterstochter zwischen Steinmetzen und Maurern ausgebildet hatte, donnerte sie die beiden Köchinnen an: »Schluss jetzt! Franziska, Gertrud hat Recht, Ihr habt Eure Pflichten hier vernachlässigt. Ihr wisst das ganz genau. Besuche im Adler und tränenselige Erinnerungen haben Euch beständig daran gehindert zu arbeiten. Und du, Gertrud, glaubst doch wohl selber nicht, du könntest schon stundenlang mit deinen gichtigen Füßen in der Küche stehen. Seid ihr beide eigentlich noch ganz richtig im Kopf, euch hier anzuspucken wie zwei verfeindete Katzen?«

»Sie will aber, dass ich Handlangerdienste für sie mache. Das lasse ich mir nicht gefallen!«, giftete Franziska unbeirrt weiter.

»Das ist meine Küche, und hier bestimme ich, wer was tut. Wer seid Ihr denn, dass Ihr Euch zu fein dazu seid, Gemüse zu putzen oder Wasser zu holen?«

Noch einmal fuhr Almut dazwischen: »Beim Kochlöffel der heiligen Sankt Marta, gebt Ruhe, ihr zwei

Zankhennen. Gertrud, solange wir Franziska als Köchin bezahlen, ist es ihre Küche. Und Ihr, Franziska, hört auf, Eure Nase so hochmütig kraus zu ziehen.« Etwas ruhiger fuhr sie dann fort: »Seht ihr das eigentlich nicht? Keine von euch beiden kann im Augenblick die ganze Arbeit machen.«

»Kann ich ganz gut, brauch die nicht!«, murrte Gertrud.

»Na, dann geh ich eben!«

»Wohin, Franziska? Zum Adlerwirt?«

Franziska gab einen unartikulierten Laut von sich, der nicht gerade Zustimmung ausdrückte.

Almut atmete tief durch und flehte das geduldige Herz Mariens an, ihr beizustehen. Dann fragte sie mit sanfterer Stimme: »Hört mal, ihr zwei Köchinnen. Was ist denn so schlimm daran, wenn ihr gemeinsam arbeitet? Ich bin mir sicher, Franziska, Ihr könnt von Gertrud sogar noch das eine oder andere lernen, sie ist nämlich eine ausgezeichnete Wirtschafterin. Und immerhin ist sie beinahe doppelt so alt wie Ihr.«

»Ich hab meine Ausbildung…«

»Und Gertrud, du könntest dir von Franziska die Zubereitung von den Hühnern im Kräutermantel und diese köstliche Buttersoße zeigen lassen, die sie uns zu Weihnachten gekocht hat. Ich bin sicher, sie weiß auch ansonsten noch einige Rezepte – aus Sachsen und Brabant!«

»Wenn schon.«

Beide Köchinnen starrten sich an, dann setzte sich Gertrud langsam auf einen Hocker und stöhnte leise.

»Kann wirklich noch nicht lange stehen. Und das Teigkneten ging mir auch nicht gut von der Hand.«

»Ich könnte den Pastetenteig für Euch machen, wenn

Ihr den Kohl klein schneidet. Das könnt Ihr im Sitzen tun.«

»Und die Fleischfüllung bereiten.«

»Ja, aber die Soße…«

Almut nahm zwei Brote, einen Topf mit Schmalz und eine Blutwurst, drückte die Sachen Pitter in die Hand und ging zur Tür. Dort drehte sie sich noch einmal um und meinte: »Na also. Geht doch! Übrigens hat es schon elend lange keine süßen Wecken mehr gegeben!«

Als sie fast draußen war, glaubte sie Franziska das Wort »Zicke« murmeln zu hören, und Gertrud antwortete: »Backen wir süße Wecken, das ist das einzige Mittel, das ihre Zunge etwas entschärft.«

»Was für eine kleine Drohtböörsch!«, sagte Pitter mit bewunderndem Grinsen. »Muss eine ganz schön scharfe Soße sein, die die kocht!«

»Würzig, Pitter, sehr würzig.«

Aber mit gewisser Genugtuung stellte Almut fest, dass sich die kleine Köchin wohl inzwischen wieder vollkommen gefangen hatte. Ihre Zänkereien hörten sich ganz normal an.

26. Kapitel

Manchmal wachte Pater Ivo aus seiner Besinnungslosigkeit auf, und dann bissen Schmerzen, Hunger und Kälte zu. Doch es gelang ihm mit großer geistiger Anstrengung, sich selbst wieder in den Zustand halber Bewusstlosigkeit zu versetzen. Das Gefühl für die Zeit war ihm in dem dunklen Kerker völlig verloren gegangen, auch wenn durch einen schmalen Spalt hoch oben in der Mauer manchmal ein Streifen grauen Lichts hereinfiel.

Seltsame Visionen, Bilder aus zeitlosen Räumen kamen zu ihm, und oft wusste er nicht, ob er träumte oder wirklich erlebte, was geschah. Die Grenzen zwischen der Realität und jener anderen traumartigen Welt waren aufgehoben. Er sah sich und fühlte sich gebunden an einen windigen Baum, vom Speer verwundet, sich selbst geweiht. Oder war es ein Kreuz, an dem er hing, den Rücken blutig gepeitscht, brennend vom Schmerz? Wessen Leiden er durchlebte, wusste er nicht mehr, seine eigenen waren zu denen anderer, älterer Gestalten geworden. Und ähnlich wie jene, die sich selbst geopfert hatten, entdeckte auch er Wahrheiten, die man nur in diesem Zustand außerhalb seiner selbst erfahren konnte. Er, der Ketzer, der keinen Herrn anerkannte, auch nicht einen Herrn, den er ob seines Schicksals verfluchen konnte, der auf keinen himmlischen Erlöser hoffte, der ihn heim zu seinem Vater führte, der Mönch wider Berufung, fand in seiner Seele das Bild eines göttlichen Wesens, das sich ihm offenbarte – und auch wenn es wahrlich keine Mutter der Barmherzigkeit war, die sich ihm zeigte, wagte er es doch, entgegen aller Vernunft, sie um Hilfe anzurufen. Ein Laut entrang sich ihm, ein Schrei ohne Worte, von dem er selber nicht wusste, dass er ihn ausgestoßen hatte.

Sein Ruf verhallte zwar in den Gewölben tief unter dem Turm von Groß Sankt Martin – doch er blieb nicht ungehört.

Zweimal war der Prior noch vorbeigekommen, um seine Bestrafung fortzusetzen, und jedes Mal waren es mehr Hiebe gewesen, die seinen geschundenen Rücken in Flammen setzten. Warum auch immer – die Hoffnung starb nicht.

27. Kapitel

Almut bewegte sich unruhig im Schlaf. Die Kälte kam durch die Holzläden des Fensters gekrochen, und die Glut in der Kohlenpfanne war beinahe erloschen. Eine der schweren Decken rutschte vom Bett, und ihr nur von einem Hemd bekleideter Körper kühlte langsam aus. Auch in ihren Traum schlich sich der bittere Frost. Frierend und zitternd durchwanderte sie dunkle Gewölbe, suchend und getrieben von dem Wissen, es warte etwas Entsetzliches auf sie. Doch bevor sie es gefunden hatte, erwachte sie, fand sich beinahe gelähmt vor Kälte und tastete nach ihrer Decke. Mit klappernden Zähnen hüllte sie sich darin ein und blieb sitzen, vor Angst, wieder einzuschlafen und noch einmal die Beklemmung des Traums zu erleben. Das Mondlicht fiel bleich durch die Ritzen des Fensterladens.

»Heilige Maria, barmherzige Mutter, was hat dieser Traum zu bedeuten?«, flüsterte sie der Figur zu, die sie schemenhaft im Dunkel erkennen konnte. »Willst du mich warnen, ewige Jungfrau, damit ich mich nicht auf dunkle Abwege begebe?«

Stille umfing Almut, die vollkommene Lautlosigkeit der Nacht.

»Habe ich gesündigt, Herrin, dass du mir die Vision von Dunkelheit und Kälte zur Strafe schickst?«

Selbst der Mond schien jetzt verfinstert zu sein, das Zimmer war von Schwärze erfüllt.

»Weise Mutter, Hüterin der armen Seelen, ist es eine Gefahr, in der ein anderer schwebt?«

Ein Lufthauch strich durch den Raum, und die Kohlen in der Wärmepfanne glühten kirschrot auf. Und plötzlich atmete Almut leichter.

»Regina angelorum, ora pro nobis, du Königin der Engel, bitte für uns. Und für die, die in Kälte und Dunkelheit leiden. Du Himmelskönigin, schenke uns dein Licht und erleuchte uns die Pfade der Finsternis. Hilf uns, den Schmerz zu ertragen, und erfülle uns mit der Kraft, gegen das Verderben aufzustehen. Führe mich den rechten Weg, du Furcht einflößende Beschützerin, du Schild der Streitenden, mache mich bereit und lasse mich nicht zögern, wenn die Not mein Handeln erfordert. Heilige Mutter Gottes, erbarme dich der Sünder.«

Unter der dicken Decke war es Almut wieder warm geworden, und mit einem Aufseufzen legte sie sich nieder. Ihr Vertrauen in Maria war groß und nicht unberechtigt. Keine bedrohlichen Träume störten mehr ihren Schlaf.

»Der Jungpfau schlägt sein Rad vor unserer Pforte!«, berichtete Franziska, als sie zur Mittagszeit in Begleitung einer Magd von ihren Einkäufen zurückkam.

Almut zuckte mit den Schultern. »Vielleicht wartet er auf Pitter. Der drückt sich oft hier am Eigelstein herum. Habt Ihr alles bekommen, was Ihr benötigt?«

»Es geht wieder ganz gut auf dem Markt. Die Leute sprechen von bevorstehenden Friedensverhandlungen zwischen den verfeindeten Parteien. Die meisten scheinen auf einen Erfolg zu hoffen und bringen jetzt ihre Vorräte, die sie gehortet haben, wieder zum Verkauf. Hier, einen fetten Käse habe ich gefunden.«

»Wird auch Zeit für den Erzbischof, endlich einzulenken. Wahrscheinlich ist seine Tafel weniger gut gedeckt als unsere. Die Dörfer um Bonn herum haben die Städtischen im Herbst ganz schön geplündert und niedergebrannt.«

»Dann haben Ritter und Knappe ja den richtigen Ort gewählt, um zu überwintern!« Franziska stieß die Küchentür auf und rief Gertrud zu: »Grünkohl gab es und eine gepökelte Speckseite, wie Ihr gewünscht habt.«

Almut wollte sich noch erkundigen, ob die Zusammenarbeit der beiden eigensinnigen Köchinnen nun zufriedenstellend funktionierte, als Mettel sie auf die Schulter tippte.

»Da drückt sich ein hübsches junges Herrchen am Tor herum und möchte dich sprechen.«

»Ah, Fredegar vermutlich. Na, der ist doch sonst nicht so scheu?«

»Bist du ihm mal auf den Zeh getreten?«

»Aber nein. Ich doch nicht!«

»Nein, natürlich nicht, Almut. Du bist immer so ein sanftes Reh!«

»Mettel?«

»Ich hab dich gestern in der Küche gehört...«

»Oh. Na ja. Bring den Jungen ins Refektorium, da ist es am wärmsten.«

Fredegar entzückte die anwesenden Beginen, die an dem lodernden Kaminfeuer saßen und ihren verschiedenen Arbeiten nachgingen, mit einer höchst anmutigen Verbeugung und höflichen Grußworten. Dann aber wandte er sich mit sichtlicher Dringlichkeit an Almut.

»Bitte, kann ich Euch vertraulich sprechen?«

»So schlimm? Nun, setzen wir uns hier vorne hin, da ist es zwar nicht so warm, aber wenn du leise sprichst, wird man dich nicht hören. Beginen sind nämlich auch schwatzhaft, wie du feststellen kannst.«

Dem war auch so, das Geplauder am Kamin füllte den Raum mit einem gleichmäßigen Wortgeplätscher.

»Frau Almut, ich mache mir Sorgen. Es ist etwas Unheimliches im Kloster geschehen.«

Almut biss sich auf die Unterlippe. Wieder kroch ihr die Kälte den Rücken hoch, und mit leiser Stimme fragte sie: »Was, Fredegar?«

»Lodewig, Ihr erinnert Euch, der Novize, der so scheu war, hat etwas beobachtet. Ihr wisst doch von der toten Frau, die er gefunden hat, nicht wahr?«

»Ja, ziemlich viel.«

Fredegar nickte. »Ich inzwischen auch. Und ich habe Angst, Frau Almut.«

»Wovor?«

»Es könnte jemand sein, den ich kenne!«

Der Knappe war ganz blass und wischte sich hektisch die Haare aus den Augen.

»Rede schon, Junge. Was vermutest du?«

»Dass es die Frau Bettina war.«

»Ich fürchte, da vermutest du richtig. Aber wie bist du darauf gekommen?«

»O großer Gott, so stimmt es wirklich!«

Mit weit aufgerissenen Augen starrte Fredegar die Begine an. Almut legte ihm die Hand auf den Arm.

»Psst, schnell, sag mir, wieso du es vermutet hast.«

»Weil sie mich mit einer Botschaft zu meinem Herrn geschickt hat, vor dem Christfest noch. Er schwebt in großer Gefahr: Man trachtet ihm nach dem Leben.«

»Das habe ich mir fast gedacht. Er hat Zuflucht im Kloster gesucht, Asyl auf geweihtem Boden, nicht wahr? Das mit der Buße, die er übt, ist nur eine Ausrede.«

»Ja, beinahe.«

»Weiter – was hat Frau Bettina damit zu tun?«

»Sie wusste von der Feme.«

»Ei wei!«

Sprachlos starrte Almut den Jungen an. Der sprudelte plötzlich los, als ob er damit die Last loswürde, die auf seinen mageren Schultern ruhte.

»Mein Herr hat im Dezember eine Vorladung zu einem Femegericht erhalten. Er… er hat es vorgezogen, nicht zu der Verhandlung zu erscheinen, sondern hierher, nach Köln zu fliehen. Ich habe ihm geholfen, sollte aber zunächst dableiben, um so lange wie möglich vorzutäuschen, er weile noch in seinem Quartier.«

»Aber das Femegericht untersteht dem Erzbischof. Ich dachte, der Herr Gero gehört zu seinen Freunden.«

»Er hat sich Feinde gemacht. Mächtige Feinde, Frau Almut, denn er hat seine Ansichten manchmal etwas zu laut vorgetragen. Sie haben vielen Leuten nicht gefallen. Irgendwer hat ihn dann des Verrats angeklagt. Nicht alle Freischöffen handeln im Sinne und mit Wissen des Erzbischofs, denke ich mir. Der wusste wahrscheinlich nichts davon. Der weiß sowieso von vielen Sachen nichts, die um ihn herum passieren, dieser Friedrich von Saarwerden. Das hat meinem Herrn immer sehr zu schaffen gemacht, und er hat versucht, ihm die Augen zu öffnen. Anfangs hat er wohl auch noch auf ihn gehört, aber dann haben andere höflicher in sein Ohr geflüstert… Na ja, jedenfalls hat das Femegericht ohne meinen Herren getagt und das Urteil gesprochen. Er soll für seinen angeblichen Verrat sterben. Darum verlässt er das Kloster nicht.«

»Ein Verfemter. Daher also. Aber die Frau Bettina?«

»Sie wusste es, aber er hat es ihr nicht anvertraut, wohin er fliehen würde, damit sie nichts verraten konnte. Sie hat dann aber ebenfalls etwas herausgefunden. Es wurden nämlich Männer gedungen, um das Urteil zu vollstrecken. Und zwar sollen sie ihn in der Verkleidung der Stadtsöldner ermorden. Damit es aussieht, als hätten die Städtischen einen Ritter des Erzbischofs gemeuchelt. Der Friedrich würde mit Sicherheit wütend darüber werden und die Friedensverhandlungen abbrechen.«

»Heilige Mutter Maria! Da muss aber jemand ziemlich heftig Angst davor haben, der Erzbischof könnte Zugeständnisse an den Rat der Stadt machen.«

»So sieht es aus. Jedenfalls hat Frau Bettina mir von dem geplanten Anschlag erzählt und mir aufgetragen, diese Botschaft meinem Herrn zu überbringen!«

»Damit hat sie sich natürlich in große Gefahr begeben. Ich verstehe. Aber warum, im Namen der Jungfrau, ist sie dann nach Köln gekommen?«

»Sie wollte mit einigen einflussreichen Leuten sprechen. Sie ist aus vornehmer Familie.«

»Ich weiß, eine Patrizier-Familie.«

»Es ist ihr offensichtlich nicht gelungen, ihre Angehörigen zu sprechen. Denn sie starb ja am Christtag.«

»So ist es.«

»Und mein Herr weiß es noch nicht einmal!«, schluchzte Fredegar plötzlich auf.

Almut, die dem Ritter gegenüber überaus misstrauisch eingestellt war, begann an ihren eigenen Vorstellungen zu zweifeln. Wenn er selbst des Verrats verdächtigt wurde, dann hatte er keinen Grund, seine Geliebte zu ermorden, die im Besitz von belastenden Schreiben war. Das aber erinnerte sie wieder an das Kind.

»Psst, Fredegar. Ich weiß, es ist furchtbar, aber ihrer beider Kind ist in Sicherheit.«

»Das Kind?«

Der Knappe zuckte zusammen.

»Sie hatte das Kind dabei, das kleine Mädchen Gerlis. Sie hat es im Kloster ausgesetzt. Hast du davon nichts gehört?«

»Das war das Christkind? O Jesus und Maria, ich dachte, das sei nur ein übler Scherz gewesen, über den die Novizen gelacht haben.«

»Fredegar, hat dein Herr die Frau Bettina im Kloster getroffen?«

»Nein, er wusste doch gar nicht, dass sie hier war. Und sie wusste nicht, wo er sich aufhält. Mein Gott, sie waren ganz nah zusammen, als sie umgebracht wurde.«

»Sie ist demnach außerhalb der Klostermauern ermordet worden. Wer weiß, von wem.«

»Aber sie war dort!«

»Und hat das Kind dort gelassen. Ich denke, sie war auf der Flucht vor irgendjemandem.«

»Die Häscher der Feme ...«

»Wahrscheinlich.«

Fredegar starrte schweigend vor sich hin, ein Junge noch, der vom Grauen geschüttelt war. Almut betrachtete ihn mitleidig. Ganz augenscheinlich mochte er die Geliebte seines Herrn, und ihr entsetzlicher Tod ging ihm nahe. Er sah aus wie in einem Alptraum gefangen.

Als sie diesen Gedanken zu Ende gedacht hatte, fiel ihr ihr eigener Grauen erregender Traum ein.

»Fredegar?« Sanft strich sie ihm über die Schulter. »Du wolltest mir aber etwas berichten, was im Kloster vor sich geht. Und es schien dir dringend!«

»Oh – ja, natürlich. Lodewig hat die Frau B… die Tote…« Er schluckte trocken.

»Er hat sie gefunden, ja. Und war ziemlich verstört. Er wollte noch nicht einmal mitmachen, als ihr überlegt habt, wie die Leiche in den Vorratsraum gebracht worden sein kann. Er lief fort und wurde vom Prior bestraft. So hast du es mir erzählt.«

Mit diesen Erinnerungen war es Almut gelungen, den Jungen von seinem Grauen abzulenken, und er erklärte: »Ja, wisst Ihr, der Lodewig erschien mir bisher immer wie ein dicker, weinerlicher Hasenfuß, aber er ist auch ganz schön gerissen. Er hat herausgefunden, wo und wie man unbemerkt ins Kloster gelangen kann. Es gibt zwei Möglichkeiten. Über die Mauer, da wo der Baum steht. Den Weg benutzen die Novizen manchmal, wenn sie heimlich in die Stadt wollen. Aber nicht, solange Schnee liegt. Da sieht man nämlich die Spuren!«, fügte er erklärend hinzu. »Aber Lodewig fand auch noch die kleine Seitenpforte, durch die man in die Gemeindekirche kommt. Die benutzt der Priester, wenn er dort den Gottesdienst hält. Den Schlüssel dazu bewahrt der Bruder Pförtner auf. Und der ist ziemlich leicht abzulenken.«

»Ah ja, das hat er natürlich auch ausprobiert.«

Fredegar nickte. »Aber Lodewig ist auch ein ausgemachter Pechvogel. Als er die Pforte aufgeschlossen hat, hat ihn der Novizenmeister erwischt. Er kann nicht gut lügen, der Lodewig. Er hat dummes Zeug zusammengestammelt, warum er den Schlüssel an sich genommen hat, und jetzt erwartet ihn wieder ein Strafgericht vom Prior. Darum habe ich ihm geraten, er solle sich zuerst an Pater Ivo wenden. Weil – Ihr habt das schon ganz richtig bemerkt – er grollt zwar furchtbar, hilft einem dann aber aus der Scheiße.«

»So wörtlich sagte ich es wohl nicht, aber sinngemäß.«

Ein Hauch von einem Lächeln huschte über Fredegars trauriges Gesicht.

»Frau Almut, weil Ihr das so gesagt habt, darum wollte ich Pater Ivo auch wegen meines Verdachts sprechen, wisst Ihr. Ich dachte, besser erst mit ihm, als mit meinem Herrn.«

»Und hat Pater Ivo euch beiden geholfen?«

»Das ist ja das Problem: Pater Ivo ist fort.«

»Was?«

Scharf kam diese Frage aus Almuts Mund.

»Seit Donnerstag hat ihn niemand mehr gesehen. Es heißt, er habe Euch aufgesucht …«

»Und ich habe ihm zur Flucht aus dem Kloster verholfen, oder was?«

»Nein. Ich glaube, es ist schlimmer, Frau Almut.«

»Mein Gott, was ist denn passiert?«

»Der Prior hasst Pater Ivo.«

»So einen Eindruck hatte ich auch schon mal. Er hat mich einmal der Unzucht mit ihm bezichtigt!«

»Der Schwachkopf!«

»Ein bösartiger, hinterhältiger Pedant ist er – ein Schwachkopf, fürchte ich, ist er nicht. Was kann er aber mit Pater Ivos Verschwinden zu tun haben?«

»Ich glaube, er hat ihm eine Buße auferlegt. Eine entsetzlich harte. Weil er nämlich ein Schreiben Eurer Meisterin an den Pater abgefangen hat.«

»Himmel, das ich selbst geschrieben und ihn darin um ein Treffen gebeten habe. Das muss ihn äußerst misstrauisch gemacht haben, diesen essigsauren Philister. Aber eine Buße – da verschwindet ein Mönch doch nicht einfach?«

»O doch, Frau Almut. Es gibt einen Kerker im Kloster. Lodewig hat erzählt, die anderen Novizen haben ihn mal da eingesperrt. Lodewig ist so einer, dem man solche Streiche spielt. Es muss entsetzlich dort unten sein. Manche Mönche gehen dort runter, wenn sie sich selbst strafen wollen.«

»Was heißt das?«

»Geißeln.«

»Glaubst du, der Prior hat Pater Ivo aufgetragen, sich zu geißeln?«

»Könnte das nicht sein?«

»Pater Ivo hält nichts von solchen Strafen. Das hat er zumindest mir gegenüber einmal behauptet. Ich glaube nicht, dass er… Aber er ist fort.«

Der Traum der Nacht kam ihr wieder in den Sinn, und sie verstand.

»Fredegar, warum bist du eigentlich zu mir gekommen? Du hättest besser deinen Herrn gefragt, ob er sich nicht nach Pater Ivo erkundigen kann.«

»Nein, das ging doch nicht. Wegen Frau Bettina. Ich meine, ich hätte ihm das kaum erklären können. Ihr hingegen wisst von Frau Bettina. Und… na ja, Ihr seid doch so ähnlich wie Pater Ivo. Ich dachte, Ihr könnt auch jemandem aus der Sch… jemandem helfen. Ich meine, Pater Ivo, wenn er wirklich im Kerker ist.«

Almut nickte beklommen und fragte: »Wie komme ich in das Kloster?«

»Ihr? Durch die Eingangspforte.«

»Ohne dass mich der Prior sieht.«

Fredegar grinste plötzlich. »Durch die Priesterpforte in Brigiden. Sie ist vorne in der Sakristei. Ich lasse Euch ein. Was wollt Ihr aber im Kloster tun?«

»Das sehen wir dann, wenn ich dort bin. Lauf schon mal vor, ich muss mir noch etwas Warmes anziehen.«

»Ja, und verhüllt Euer Gesicht, Frau Almut. Ihr glüht wie ein Racheengel.«

»Ach, in der Tat?«

Almut setzte sich unerbittlich über alle Regeln hinweg. Sie verließ, ohne einer Menschenseele zu sagen, wohin sie ging, den Konvent und eilte mit großen Schritten zum Kloster. Es war etwas wärmer geworden und hatte wieder zu schneien angefangen. Doch die Flocken, die ihr gerötetes Gesicht streiften, spürte sie nicht. Sie sah auch nicht die Gestalt, die auf sie zulief, und sie hätte Pitter beinahe umgerannt.

»Frau Almut, wartet. Ich wollte zu Euch!«

»Entschuldige, Pitter, ich hab es verdammt eilig. Später.«

»Es ist aber wichtig, Frau Almut. Ich habe herausgefunden …«

»Ich muss ins Kloster, Pitter, alles andere kann warten!«

Pitter rannte fast, um an ihrer Seite zu bleiben.

»Zu Groß Sankt Martin?«

»Ja. Es scheint etwas Übles dort im Gange zu sein.«

»Das glaube ich auch. Ich komme mit.«

Almut blieb abrupt stehen.

»Ja, Pitter, komm mit. Ich vermute, ich kann dabei deine Unterstützung gebrauchen. Du hast mir schon einmal aus der Patsche geholfen. Das scheint jetzt wieder nötig zu sein.«

»Aber werden sie uns einlassen?«

»Fredegar hat den Durchgang durch Brigiden entdeckt und wird uns dort erwarten.«

»Oh, der Edelknabe wird sich einen Fingernagel abbrechen!«

»Unsinn, Pitter. Der Junge ist völlig in Ordnung! Los, hier ist die Kirche, setzen wir eine fromme Miene auf.«

»Klar!«

Es war zum Glück niemand in der Gemeindekirche, und so huschten sie unbemerkt durch das Seitenschiff zur Sakristei. Dort sah sich Almut im Halbdunkel zunächst verwirrt um, denn von einer Tür war nichts zu sehen. Doch Pitter war findig. Er schob einen Gobelin zur Seite, der an der Wand hing, und wies auf die schmale Holztür.

»Gut, Pitter. Aber Vorsicht, wer weiß, was auf der anderen Seite auf uns wartet.«

»Na, der Edelknabe doch!«

»Oder fünfzig Psalmen singende Mönche!«

»Die würdet Ihr jetzt schon hören.«

Pitter drückte gegen die Tür, und mit einem leisen Knarren sprang sie auf. Der Durchgang war so schmal und niedrig, dass sie nur hintereinander hindurchschlüpfen konnten. Dann standen sie im südlichen Seitenschiff der Klosterkirche.

»Pst, Frau Almut! Hier!« Fredegar löste sich von einem der eckigen Pfeiler und starrte Pitter böse an. »Was will der denn hier?«

»Mich begleiten!«

»Brauchen wir nicht.«

»Doch!« Plötzlich erstarrte Almut. »Ein Mönch!«

Eine Gestalt in wehendem Habit näherte sich.

»Nein, nein. Nur Lodewig. Ich habe ihm befohlen, uns den Weg zum Kerker zu zeigen. Er bibbert zwar vor Angst, wird uns aber helfen. Das spart Zeit. Denn zur Non versammeln sich die Mönche wieder zum Gebet.«

Die Hände tief in den Kuttenärmeln vergraben und

mit gesenktem Blick stand der pummelige Novize nun vor ihnen.

»Ich grüße dich, Lodewig«, sagte Almut so sanft sie im Augenblick konnte. Es muss wohl noch einigermaßen freundlich geklungen haben, denn der Junge hob vorsichtig die Augen. »Wenn du richtig vermutest, werden wir Pater Ivo hier irgendwo finden?«

»Vielleicht«, murmelte der Novize scheu.

»Nun, dann weise uns den Weg.«

»Nehmt eine Fackel mit! Es ist sehr dunkel dort unten.«

»Ich habe eine und werde etwas sehr Unheiliges damit tun!«, stellte Fredegar fest und näherte sich mit dem pechgetränkten Kienspan dem Altar, wo das ewige Licht brannte.

Im Fackelschein folgten sie Lodewig, der an der Wand entlang zum Nordchor schlich und dort auf eine hinter den Pfeilern verborgene Stiege wies.

»Ich gehe voran!«, flüsterte Fredegar und hielt die Fackel hoch. Almut folgte ihm auf dem Fuß, dann schubste Pitter den Novizen an und bildete den Schluss. Es war eine schmale Treppe, die steil hinabführte. Das Mauerwerk aus Felsgestein war kalt und wirkte feucht, die Luft schien abgestanden und schal. Ein enger Gang schloss sich an, und schließlich standen sie vor einer schweren, eisenbeschlagenen Holztür. Ein breiter Riegel lag in seiner Halterung und stellte sicher, dass sie von innen nicht geöffnet werden konnte. Fredegar hatte Mühe, mit einer Hand den klemmenden Hebel zu bewegen, und Almut nahm ihm die Fackel ab. Kreischend hob sich das Metall, und der Knappe zog die Tür auf. Dahinter befand sich ein großer, dunkler Raum, fast eine Halle. Nur ein schmaler Steifen grauen Lichts sickerte durch einen hohen Fensterschlitz. Zunächst schien der Kerker leer zu sein, doch plötzlich schrie Lodewig auf: »Da, da!«

Er wedelte mit dem Arm, und Almut hielt die Fackel in die gewiesene Richtung. Was sie dort sah, erschütterte sie. Nur mit Mühe konnte sie einen Entsetzensschrei unterdrücken. Dort, vor einem mannshohen Kreuz, kniete ein Mann, die Hände erhoben an den Balken gefesselt. Er war zusammengesunken, die Kutte bis zu den Hüften herabgezogen, und sein Rücken war blutverkrustet. Neben ihm lag eine dreischwänzige Geißel.

»Himmlische Herrin!«, flehte Almut, und sie meinte nicht die Mutter der Barmherzigkeit.

»Jroßer Jott!«, stieß Pitter aus, und auch er meinte nicht den Allerbarmer.

»Jesus!«, flüsterte Lodewig und meinte nicht den barmherzigen Erlöser.

»Hölle und Teufel!«, fluchte Fredegar und meinte das auch so.

Almut fing sich.

»Hat einer von euch ein Messer dabei?«

»Ja, ich.« Pitter zog einen schartigen kleinen Dolch aus den Tiefen seiner Gewänder.

»Schneid die Fesseln durch. Lodewig, du bringst den Bruder Infirmarius her. So schnell du kannst, Lodewig!«

»Ja. Ja, natürlich!«

»Fredegar, hol deinen Herrn. Egal, was er jetzt gerade macht.«

»Ja, Frau Almut. Los, Lodewig!«

Die Schritte der beiden verhallten im Gang, und Almut wandte sich mit der Fackel Pitter zu, der mit der Klinge die Stricke bearbeitete. Mit einer Hand nestelte sie ihren Umhang auf und ließ ihn fallen.

»Deck ihn damit zu, Pitter.«

»Erst die Fesseln. Ich hab's gleich. Aber ich weiß nicht, ob er noch lebt, Frau Begine. Er rührt sich nicht, und mir scheint, er atmet auch nicht mehr.«

Almut kniete nieder, hielt vorsichtig die Fackel zur Seite und sah in das Gesicht des gepeinigten Mannes. Es war seltsam ruhig, und auch sie fürchtete, ihre Rettung könne zu spät gekommen sein. Mit einer Hand strich sie ihm über die bloße Brust und drückte sie dann fest auf die Rippen. Die Haut war kühl, doch vermeinte sie das langsame, schwache Schlagen des Herzens unter ihrer Hand zu fühlen.

»Er lebt. Gerade noch so.«

Die Fesseln lösten sich, und Almut musste alle Kraft aufwenden, um den leblosen Körper mit einer Schulter zu stützen. Pitter half ihr, ihn in den Umhang zu hüllen und sanft niederzulegen. Ein leises Stöhnen war zu hören.

»Ja, er lebt noch. Und da kommt hoffentlich der Krankenbruder«, seufzte sie erleichtert auf, als sie hörte, wie sich Schritte dem Verlies näherten.

Doch es war nicht Bruder Markus, der Infirmarius. Es war Prior Rudgerus in Begleitung von zwei Mönchen.

»Das hätte ich mir ja denken können!«, zischte er, als er sie entdeckte. »Die dreiste Hure dringt sogar in unsere geheiligten Bezirke ein. Was willst du hier, schamloses Weib? Dieses Wrack da lohnt deine Verführungskünste nicht mehr! Packt sie und werft sie auf die Straße, wo sie hingehört!«, befahl er den beiden Mönchen hinter sich.

Almut erhob sich, drehte sich um und stand hoch aufgerichtet vor ihm. In einer Hand hielt sie die lodernde Fackel, und mit einem Blick kalter Wut und einer Stimme wie splitterndes Eis fauchte sie: »Nein, Prior, das spielen wir heute anders.« Sie bückte sich noch einmal und hob die Geißel auf. »Wir werden jetzt auf der Stelle den Vater Abt besuchen. Wir beide alleine, Rudgerus. Seid so freundlich und geht voraus!«

Der Prior lachte kurz und hässlich auf und meinte: »Worauf wartet ihr noch, Brüder?«

Die beiden kamen jedoch nicht dazu, zu antworten, denn plötzlich zischte die Peitsche durch die Luft und landete mit einem dumpfen Klatschen auf Rudgerus Beinen. Er schrie auf, mehr vor Überraschung als vor Schmerz.

»Zum Abt, Prior!«

Er wollte einen Schritt nach vorne machen und ihr die Geißel entreißen, aber wieder zerschnitt ein Zischen die Luft, und diesmal trafen die drei Riemen Rudgerus' Oberschenkel. Der folgende Schrei entrang sich ihm mehr aus Schmerz als aus Überraschung.

»Der nächste Schlag trifft noch höher. Besser, Ihr habt mir dann den Rücken zugekehrt!«, empfahl Almut.

Da ließ sich eine weitere Stimme vernehmen, die trocken bemerkte: »Die fleischgewordene Hekate! Ihr solltet ihr lieber Folge leisten, Rudgerus. Mit der Herrin der Lamien streitet man nicht.«

Gero von Bachem war in der Tür erschienen und hielt einen der Mönche mit einem schmerzhaften Griff fest. Fredegar hatte den anderen zum Gang hinausgedrängt.

Rudgerus drehte sich und brüllte: »Ich werde nicht ...«

Die Peitschenriemen pfiffen durch die Luft. Der Prior sank stöhnend auf die Knie.

»Ihr werdet – mit meiner Hilfe!«

Der Ritter stieß den Mönch, den er festgehalten hatte, grob zu Boden, griff an den linken Arm und zog das Stilett.

»Hier, Fredegar. Du weißt damit umzugehen. Beaufsichtige die frommen Brüder hier. Ich begleite diesen Herrn zum Abt. Wenn Ihr mir folgen wollt, Frau Begine! Ich kenne den Weg.«

Mit einem Ruck zog er den Prior auf die Füße, verdrehte ihm den Arm und drängte ihn vorwärts.

Almut nickte und folgte ihm, die Geißel noch in der Hand, doch die Fackel nahm ihr Pitter ab. Rudgerus setzte zu lauten Protesten an, aber hinter ihm zischte die Peitsche drohend durch die Luft, und der Ritter verstärkte seinen Griff noch ein wenig. Danach zog er es vor, zu schweigen.

»Der Abt ist ein wenig unpässlich, habe ich mir sagen lassen!«, meinte der Ritter auf dem Weg zu dessen Wohnung.

»Meinetwegen kann er lahm an allen Gliedern sein, solange er genug bei Sinnen ist, um zu verstehen, was ich ihm mitzuteilen habe. Und das werde ich in ein paar sehr einfachen Worten tun!«

Sie hatten das Dormitorium durchquert, und ihnen folgten einige völlig verständnislose Blicke von den wenigen Mönchen, die dort den Boden fegten. Durch einen kurzen Gang davon getrennt lag das Zimmer des Abtes. Gero von Bachem klopfte kurz an die Tür. Auf eine Antwort wartete er nicht, sondern öffnete sie und schob den Prior hinein. Almut folgte und sah sich in einem wohnlich ausgestatteten Raum stehen. Ein Lesepult mit einem aufgeschlagenen Buch befand sich an dem bleiverglasten Fenster, auf dem Boden lagen dicke Teppiche, und eine behaglich gepolsterte Bank zog sich an der Wand entlang. Ein bequemer Sessel stand in der Nähe des Kamins, in dem ein dicker Holzscheit brannte. Auf diesem Kissenlager ruhte der Abt. Er richtete sich auf und musterte die drei Eindringlinge mit einem achtsamen, aber ruhigen Blick.

»Eure ungewöhnliche Form des Besuchs lässt auf ein besonderes Vorkommnis schließen. Welcher Art ist es?«

»Der Art, dass Euer Prior hier Pater Ivo zu Tode peitschen wollte!«

»Unfug!«, rief Rudgerus »Es verlangte ihn selbst nach Buße!«

Almut hob die Geißel und schlug mit einer solchen Wucht auf seinen Rücken ein, dass der Prior schreiend zusammenbrach.

»Unterlasst das, Frau Begine!«

»Verzeiht, ehrwürdiger Vater. Pater Ivo hatte die Hände gefesselt, er wird sich kaum selbst gegeißelt haben. Doch Ihr habt Recht, meine Hand wurde eben von der Wut geführt. Ich sollte mich nicht so sehr von meinen Gefühlen fortreißen lassen.«

»Legt die Geißel beiseite.«

»Nein. Solange ich mit wilden Tieren der Art Eures Priors zusammen bin, ziehe ich es vor, eine Waffe in der Hand zu halten.«

Der Abt nickte und fragte dann: »Was ist mit Pater Ivo?«

»Seit vorgestern wurde er vermisst. Wir fanden ihn in den Kellern unter der Kirche. An ein Kreuz gefesselt, ohne Nahrung und Wasser, halb entblößt und blutig geschlagen.«

»Lebt er noch?«

»Ein Hauch von Leben schien noch in ihm zu sein. Ich hoffe, Euer Infirmarius ist geschickt genug, das Flämmchen wieder zu entfachen.«

»Rudgerus, was sagt Ihr dazu?«

»Er war ungehorsam. Wiederholt, ehrwürdiger Vater. Obwohl ich ihn mehrfach zuvor gewarnt habe. Ich habe ihm Bußen auferlegt und ihm ins Gewissen geredet, er hat sich jedoch verstockt gezeigt und ist durch nichts zu belehren gewesen. Er treibt sich beinahe täglich bei diesen Beginen herum. Du warst krank, Vater Abt, du hast davon nichts mitbekommen.«

»Augenscheinlich nicht, denn man hat es ja von mir fern gehalten. Bislang, Rudgerus, hatte Ivo immer ausgezeichnete Gründe, wenn er gegen die Regeln des Klosters verstieß. Meistens hat er dabei Ungemach von uns fern gehalten. Beantworte mir die Frage – hast du ihn gebunden, entblößt und geschlagen und dann der Kälte, dem Hunger und Durst überlassen, Rudgerus?«

»Nur zu seinem Besten, Vater. Nur um seine Seele zu retten!«

»Und seinen Körper abzutöten?« Der Abt litt Schmerzen, aber jetzt war es wohl Zorn, der sein Gesicht verzerrte. »Ruft mir Bruder Johann herein, Herr Gero. Er wartet mir auf und ist meist in Rufweite.«

Der Ritter leistete diesem Wunsch Folge, und ein kräftiger Mönch trat in den Raum.

»Bring den Prior in die Büßerzelle. Keine Bücher, keine Kerze. Er wird fasten, bis ich widerrufe. Die Tür wird verriegelt.«

Sie waren allein, der Abt, der Ritter und die Begine. Schweigen lag im Raum. Schließlich erhob sich der Abt mühsam und ging einige Schritte auf und ab. Dann hielt er inne.

»Setzt Euch«, befahl er.

Almut legte die Geißel nieder und nahm auf der Bank am Kamin Platz. Der Ritter zog sich einen Schemel herbei. Der Abt ließ sich stöhnend wieder in seinen Sessel sinken.

»Wenn mich nicht alles täuscht, Frau Begine, so hört Ihr auf den Namen Almut und seid am Eigelstein zu Hause.«

»So ist es, Vater Abt.«

»So kennt Ihr denn zumindest einen Teil der Geschichte, die sich hier seit dem Christfest abgespielt hat.«

»Ich fürchte, ich kenne weit mehr als einen Teil. Mehr vor allem als Ihr, glaube ich.«

»Dann berichtet mir, was ich nicht weiß.«

Almut kam plötzlich wieder der Ritter zu Bewusstsein, der sich noch im Raum befand, und schüttelte den Kopf. Zu schwerwiegend und zu traurig war das, was sie zu berichten hatte. Sie wollte nicht die Überbringerin der Nachricht vom Tode seiner Geliebten sein. Doch Theodoricus, der Abt, erhob fordernd seine Stimme: »Frau Almut, sprecht.«

»Unter vier Augen, ehrwürdiger Vater.«

»Der Ritter hat Euch begleitet, und ein Teil des Geschehens betrifft auch ihn. Er soll zuhören.«

»Aber es ist schmerzlich für ihn, was ich zu sagen habe.«

»Schmerzlich wird es zu jedem Zeitpunkt sein, Frau Begine.«

Unglücklich faltete Almut die Hände und senkte den Blick. Aber sie sammelte sich und versuchte, die rechten Worte zu finden.

»Es begann mit dem Kind, Vater, wie Ihr wisst.« Und sie erzählte, was sie nach und nach herausgefunden hatte. Mit wachsender Bestürzung hörte Gero von Bachem zu, als sie von der Toten berichtete, die sich als die verschleierte Frau im Gasthof zum Adler entpuppte, und deren Kopf in dem Korb lag, den Pater Ivo vor zwei Tagen ins Kloster mitgenommen hatte.

»Sie ist, verzeiht, Herr Gero, eine Dame, die Ihr kennt. Und es…« Sie biss sich auf die Unterlippe.

»Die ich kenne, Frau Almut? Warum hat man mir das nicht erzählt?«

»Weil wir uns lange unsicher waren. Bis wir den Beweis fanden.«

»Wer ist es, nun sagt es schon!«

»Bettina de Benasis wurde hier im Kloster enthauptet aufgefunden.«

»Nein!« Der Ritter war blass geworden und starrte sie an. »Unmöglich, sie ist in Bonn, am Hof des Erzbischofs!«

»Ich fürchte, sie hat ihn verlassen. Sie und ihr Kind trafen kurz vor dem Christfest hier in Köln ein. Sie verließ den Gasthof in der Christnacht. In jener Nacht, in der das Kind hier gefunden wurde.«

»Das ist unmöglich. Woher wollt Ihr das wissen?«

»Das Kind, Herr Gero, trägt ein Feuermal auf der rechten Wange.«

»Das ist kein Beweis!«

»Der Kopf der Toten trägt das nämliche.« Almut legte die Hände vor das Gesicht. »Ich wollte Euch diese Nachricht nicht überbringen, Herr Gero. Es tut mir so Leid.«

Der Ritter schwieg, tief betroffen, und Theodoricus sah Almut nachdenklich an.

»Ihr wisst viel, Frau Begine. Auch über die Lage des Ritters?«

»Ich weiß von der Feme, ja. Fredegar hat es mir heute – o mein Gott, es ist erst so kurze Zeit her, seit er zu mir gekommen ist.«

Sehr leise fragte der Abt sie dann: »Wo, Frau Almut, befindet sich jetzt der Korb und das Beweisstück?«

»Pater Ivo wollte mit dem Ritter sprechen und es dann zum Vogt bringen, aber ich fürchte, dazu ist er nicht mehr gekommen. Ich kann Euch über den Verbleib nichts sagen. Fragt Pater Ivo, wenn er wieder in der Lage ist, Euch zu antworten. Oder Euren Prior.«

Wieder stand der Abt auf und ging mit mühsamen Schritten im Zimmer auf und ab, die Hände in den Rücken gedrückt.

»Was für ein Leid quält Euch?«, fragte Almut, als er stöhnend am Lesepult stehen blieb.

»Ein Stein in den Nieren, diagnostizierte unser Medicus.«

»Dann solltet Ihr viel trinken und Euch bewegen, nicht ruhen.«

»Er verordnete mir strenge Ruhe.« Doch dann huschte ein seltsamer Ausdruck über sein Gesicht. »Ich werde noch einmal mit ihm sprechen müssen.«

»Ich möchte auch mit ihm sprechen, ehrwürdiger Vater. Ich möchte wissen, wie es um Pater Ivo steht. Bitte, darf ich zu ihm gehen?«

Doch statt ihr zu antworten, wandte sich der Abt an den Ritter: »Seid so gut und lasst uns für eine Weile alleine, Herr Gero. Geht und betet für die Seele jener armen Frau. Wir sprechen uns später.«

»Ja.« Knapp nickte der Ritter, sah dann aber noch einmal zu Almut hin. Er wirkte wie betäubt. »Das Kind...?«

»Ist sicher in der Obhut meiner Eltern. Ihm mangelt es an nichts, wie ich meine Stiefmutter kenne. Weder an Wärme noch an Essen oder an Zärtlichkeit.«

»Danke. Erlaubt, dass ich mich entferne.«

Als die Tür hinter ihm zugefallen war, stellte Theodoricus fest: »Ihr sorgt Euch sehr um unseren Pater, Frau Almut.«

»Ja, das tue ich. Warum auch nicht? Sonst scheint sich ja niemand um ihn zu kümmern!«

»Er hat Euch einmal als ein reichlich widersetzliches Weib bezeichnet. Ich merke schon, sein Urteil ist unbestechlich.«

»Hätte ich mich nicht um ihn gesorgt, Vater, hinge er jetzt noch in diesem Kerker am Kreuz!«

»Sehr richtig. Darum frage ich Euch auch nicht, *wie* Ihr dorthin gelangt seid. Aber eines müsst Ihr mir aufrichtig beantworten: *Warum* wart Ihr dort?«

»Fredegar suchte mich auf und erzählte von Pater Ivos Verschwinden.«

»Es hätte alle möglichen Gründe haben können, Kind.«

Almut hob langsam die Augen und sah den Abt an. Er erwiderte ihren Blick mit ruhiger Beharrlichkeit.

»Ich habe heute Nacht etwas geträumt, Vater, das mir Angst machte. Es … es stand irgendwie im Zusammenhang mit Pater Ivo.«

Theodoricus sah sie lange mit einem unergründlichen Ausdruck auf dem Gesicht an. Beinahe hätte sie Angst vor ihm bekommen, vor diesem behäbigen, phlegmatischen Abt, der die verborgensten Gefühle in ihr zu erahnen schien. Doch dann hob dieser seine Hände und sprach: »So geht denn zu ihm. Geht mit meinem Segen, Tochter. Und sollte er in der Lage sein, Euch zu hören, so richtet ihm aus, er brauche sich um nichts zu sorgen. Ich werde die Angelegenheit in meine Hände nehmen.« Er lächelte etwas schmerzlich und fügte hinzu: »Es wird augenscheinlich Zeit, Euren Rat zu befolgen und mich etwas zu bewegen!«

Er zog das Kreuzzeichen über Almut und entließ sie. Bruder Johann, der im Gang saß und in seinem Stundenbuch las, stand auf und führte sie in den Krankenbereich.

Hier in den stillen Räumen brannte ein warmes Feuer, und zusätzlich glühten Kohlebecken, in denen heilende Kräuter ihren Duft verströmten. Der untersetzte Mönch mit dem runden Gesicht stellte sich als Bruder Markus vor und lächelte ihr zaghaft zu.

»Die Jungen da draußen haben mir berichtet, was geschehen ist. Den dreien habt Ihr einiges zu reden gegeben, will mir scheinen, Frau Begine.«

»O je. Ja, ich fürchte, mein Benehmen war nicht besonders vorbildlich.«

»Aber sehr wirkungsvoll. Ihr wollt sehen, wie es meinem Patienten geht, nicht wahr?«

»Ja, Bruder Markus. Wird er wieder gesund?«

»Pater Ivo ist ein zäher, abgehärteter Mann. Die Wunden auf seinem Rücken sind schmerzhaft und tief, aber nicht tödlich. Drei Tage Fasten bringen ihn auch nicht um, und wir haben ihm einiges an Flüssigkeit einflößen können. Doch was ihm wirklich zugesetzt hat, ist der Aufenthalt in der Kälte. Wobei man da sogar noch von Glück reden kann, denn diese alten Lagerhallen – man vermutet, sie stammen noch aus der Zeit der Römer – liegen so tief in der Erde, dass der Frost sie noch nicht erreicht hat. Ja, seltsamerweise ist es dort unten sogar recht warm, was irgendwie mit den Luftströmungen unserer Kamine zusammenhängt. Dennoch, er wird fiebern, und ich hoffe, er wird die Schwäche daraus überleben.«

»Ihr werdet Medikamente haben, die ihm helfen?«

»Natürlich. Folgt mir. Hier haben wir ihn gebettet. Er

muss auf dem Bauch liegen, was etwas unbequem scheint. Aber die Wunden dürfen nicht belastet werden.«

Pater Ivo lag auf einem erhöhten Bett, ein Leinenhemd bedeckte seine Schultern, darunter wölbten sich Verbände. Wollene Decken hielten ihn warm, und sein Kopf lag auf einem weichen Kissen.

»Darf ich eine Weile bei ihm sitzen bleiben, Bruder Markus?«

»Nur zu gerne, Frau Begine. Ich möchte jetzt nämlich mit dem Abt sprechen. Pater Ivo wird schlafen, denke ich, und in den nächsten Stunden nicht aufwachen. Sollte er dennoch etwas benötigen, so lasst mich rufen. Ein Novize sitzt immer im Vorraum. Nehmt dort Platz.« Er wies auf einen Stuhl neben dem Bett und meinte dann mit einem kleinen, fürsorglichen Lächeln: »Aber Euch verordne ich jetzt auch noch eine Arznei, denn Eure Lebenskräfte sind in Aufruhr geraten und bedürfen der Beruhigung.«

Er stellte neben Almut einen Krug auf einen Tisch und goss daraus dunkelroten Wein in einen Becher.

»Danke, Bruder Markus.«

Stille breitete sich in dem Krankenzimmer aus, dann und wann zischte ein Kohlestückchen. Die Dämmerung kroch grau durch die Läden, und nur das Kerzenlicht erhellte noch das Krankenlager. Almut saß geduldig neben dem Mann, der ruhig zu schlafen schien. Er hatte das Gesicht ihr zugewandt, und seine rechte Hand lag neben seinem Kopf. Oft schon hatte sie ihre Zeit an den Betten Leidender verbracht und wusste die Anzeichen von Krankheit zu deuten. Sie lauschte seinem Atem und betrachtete sein Gesicht. Die seltsame Ruhe, die es unten in dem Keller ausgestrahlt hatte, war verschwunden, und strenge Falten gruben sich nun in seine

Stirn ein. In seinen Träumen mochte er die Pein wieder durchleben, die er hatte erdulden müssen. Mit einer unwillkürlichen Bewegung beugte sie sich vor und strich ihm mit den Fingern sacht über Stirn und Wangen. Dann legte sie ihre Hand auf die seine und hielt sie fest.

Seine Augenlider flatterten, und verwirrt hob er seinen Blick. Doch dann leuchtete Erkennen darin auf, und er flüsterte: »So habe ich mich nicht getäuscht. Ihr wart es, Begine.«

»Ja, ich bin es, Pater.«

Er atmete tief ein.

»Ich soll Euch von Eurem Abt ausrichten, dass Ihr Euch jetzt um nichts Sorgen machen müsst. Er wird sich um alles kümmern.«

Nur ein Brummen war die Antwort. Dann schien er wieder eingeschlafen zu sein, so ruhig ging sein Atem. Doch plötzlich fragte er noch einmal: »Auch in den Kellern?«

»Auch in den Kellern war ich es, Pater. Und nun schweigt und schlaft. Euer Leben hing an einem dünnen Fädchen, und Ihr müsst nun Heilung finden.«

»›Was ist unser Leben? Ein Rauch sind wir, der eine kleine Zeit bleibt und dann verschwindet.‹«

»Sagt Jakobus, ich weiß. Aber Eure Zeit ist noch nicht gekommen, dass Ihr ein Rauch werdet und verschwindet.«

»Nein, nicht? Es wäre so leicht«, seufzte er.

»Nein, Pater, bitte nicht.«

»Euch liegt daran, Begine?«

»Ja, mir liegt daran, Ivo!«, flüsterte sie sehr leise. Aber er hatte es gehört. Zufrieden schloss er die Augen wieder, doch seine Hand bewegte sich, und er nahm ihre mit festem Griff in die seine.

Er schlief, während sie über ihm wachte. Dabei war sie in ein wortloses Gespräch mit Maria, der geheimnisvollen Rose, versunken, und die Zeit verstrich. Es hatte zur Vesper und zur Komplet geläutet, und später kam der Krankenbruder wieder zu ihr. Er sah die miteinander verbundenen Hände und lächelte still.

»Ist alles in Ordnung, Frau Begine?«

»Ja, Bruder. Doch ich glaube, er hat zu fiebern begonnen.«

»Das war zu erwarten. Draußen am Tor steht eine Magd aus Eurem Konvent und wird Euch nach Hause begleiten. Kommt morgen wieder, wenn Ihr wollt. Der Abt hat Euch die Erlaubnis gegeben, ihn des Tags zu besuchen.«

»Danke, Bruder Markus. Ich werde bestimmt vorbeischauen.«

Sie zog ihre Hand vorsichtig aus Pater Ivos Griff und verneigte sich rasch vor dem Krankenbruder.

28. Kapitel

Almut ging in ihre Kammer, noch viel zu aufgewühlt, um jemandem Rechenschaft abzulegen. Irgendwer hatte die Beginen über ihren Aufenthalt im Kloster wohl benachrichtigt, und am Morgen, so befand sie, würde genug Zeit bleiben, um alles zu erklären. Im Dunkeln und noch in ihren Kleidern sank sie auf ihr Bett und starrte an die Decke.

Nicht lange blieb sie so liegen, denn Schritte auf der Stiege kündeten Besuch an. Die Meisterin selbst war es, die eintrat und die Tür wieder hinter sich zuzog. Ein Handlicht brachte etwas Helligkeit in den Raum, als sie den Stuhl herbeizog und sich setzte.

»Almut, dein Handeln war wieder einmal äußerst unbedacht. Hätte diese Franziska nicht aus dem Besuch des jungen Fredegar geschlossen, du könntest möglicherweise im Kloster sein, hätten wir nicht einmal gewusst, wo wir nach dir suchen sollten.«

»Ja, Magda. Verzeih, Magda.«

»Du machst es dir sehr einfach.«

»Nein. Ich habe gegen die Regeln verstoßen. Ich weiß. Oft und immer wieder. Ich kann nicht anders.«

Die Meisterin schüttelte betrübt den Kopf. »Du bist eine kluge und mutige Frau. Du bist fleißig, hilfsbereit und aufmerksam, aber manchmal, Almut, frage ich mich, ob es wirklich deine Bestimmung ist, das ruhige und gehorsame Leben einer Begine zu führen.«

»Doch, Magda, das ist es.« Almut richtete sie auf und sah die Meisterin an. »Ich kann verstehen, wenn du mich jetzt ausstoßen willst. Aber ich bin gerne hier, ich fühle mich wohl bei euch und geschützt. Der Konvent ist ein Ort der Sicherheit für mich, hier kann mir nichts passieren. Bitte, was kann ich tun, damit du mir noch eine Gelegenheit gibst, das zu beweisen, Magda?«

»Ich habe nicht behauptet, ich wolle dich ausstoßen, Almut. Ich habe nur überlegt, ob dir ein Leben in der Welt nicht besser anstünde. Du hast zu viel Unternehmungsgeist, und Gefahren scheinen dich auf wundersame Weise anzuziehen.«

»Ich laufe den Gefahren aber nicht nach!«

»Nein, das hat man heute deutlich gesehen!«

»Ach, Magda, wenn ich nicht eingegriffen hätte, wäre ein Unglück geschehen.«

»In Groß Sankt Martin!«

»Ja, im Kloster.«

Magda beugte sich vor und sah Almut eindringlich an.

»Bist du sicher, dass du nicht besser ein bürgerliches Leben führen solltest? Mit einem Mann an deiner Seite? Auch die Ehe könnte dir einen sicheren Hort gewähren.«

»Nein, nein. Nie, Magda. Ein Mann wird nie ein sicherer Hort für mich sein.«

»Nein?«

Unsagbar trostlos klang es, als sie flüsterte: »Nein, wie könnte er.«

Mit einem seltsamen und plötzlichen Verständnis nickte Magda.

»Nein, wie könnte er – ein Mönch und Priester«, stellte sie leise fest.

Almut legte die Hände an die brennenden Augen und atmete schluchzend ein.

»Der Prior hat ihn beinahe zu Tode gepeitscht, Magda.«

Und die Patriziertochter Magda von Stave, die die ihr anvertrauten Beginen mit kühler Selbstsicherheit, unbestechlicher Gerechtigkeit und einer gewissen Unnahbarkeit zu führen verstand, legte Almut den Arm um die Schultern, zog ihren Kopf an ihre Brust und streichelte sie.

Am Morgen hatte Almut ihre Ausgeglichenheit einigermaßen wiedergefunden und konnte Magda über die Vorgänge im Einzelnen unterrichten. Sie erhielt anschließend die Erlaubnis, sich im Kloster nach Pater Ivos Befinden zu erkundigen.

Es ging ihm schlecht, erfuhr sie von Bruder Markus. Das Fieber war gestiegen, und er wehrte sich im Schlaf gegen seinen unsichtbaren Peiniger. Sie hatten alle Mühe, ihn ruhig zu halten, damit die Wunden auf dem Rücken nicht wieder aufbrachen. Es war nicht immer gelungen.

»Kommt später noch einmal wieder, Frau Begine. Ich werde ihn zur Ader lassen, manchmal bringt es den Fiebernden Erleichterung.«

»Nein, Bruder Markus, tut das nicht. Er hat doch schon so viel Blut verloren!«

Almut wies auf das fleckige Hemd.

Der Infirmarius sah sie nachdenklich an.

»Ihr habt Erfahrung darin, Kranke zu behandeln?«

»Einige, Bruder. Wir werden häufig an Schmerzenslager und Sterbebetten gerufen. Schwächt ihn nicht weiter.«

»Nun gut, aber ich will versuchen, ihm eine beruhigende Arznei einzuflößen. Dieweil möchte, glaube ich, der Herr Gero von Bachem mit Euch sprechen.«

Sie fand den Ritter und seinen Knappen im Gästehaus, beide in ein ernstes Gespräch vertieft. Der Ritter sah müde und kummervoll aus, Fredegar wirkte ebenfalls tief bedrückt. Doch beide begrüßten Almut ausgesucht höflich und baten sie, am Kamin Platz zu nehmen.

»Es scheint, Frau Almut, Ihr seid wider Willen tief in meine ganz persönlichen Angelegenheiten eingedrungen. Und verzeiht, das macht es nötig, Eure Zeit in Anspruch nehmen zu müssen.«

»Wenn ich Euch denn helfen kann, Herr Gero, so will ich es gerne tun. Aber auch ich habe einige Fragen an Euch, denn wie auch immer – es gibt einen Mörder. Nicht ganz zu Unrecht hat mich Pater Ivo gewarnt, diejenigen, die über ein bestimmtes Wissen verfügen, befänden sich in Gefahr.«

»Ja, Ihr schwebt in Gefahr, Frau Almut. Und ich sehe mich, zu meinem höchsten Bedauern, nicht in der Lage, Euch zu beschützen. Aber ich will Euch aufrichtig und so ausführlich wie möglich Eure Fragen beantworten. Ich glaube, wir beide verfolgen das gleiche Ziel.«

»Ja, den Mörder der Frau Bettina zu entlarven. Und die Entführer Eures Kindes zu finden. Zwei Angelegenheiten, die anscheinend nichts miteinander zu tun haben. Aber vielleicht gibt es doch einen Zusammenhang. Nur ich sehe ihn im Moment noch nicht. Wenn Ihr eine Vermutung habt, teilt sie mir mit. Wen haltet Ihr für den Mörder?«

»Liegt das nicht auf der Hand? Diejenigen, die auch mich bedrohen, müssen meiner Dame gefährlich geworden sein. Sie wusste um den Verrat, den man an mir verüben wollte. Eine Warnung davor sollte mir nicht überbracht werden. Doch der treue Fredegar hat es ohne ihr Wissen geschafft, mir die Botschaft zukommen zu lassen. Das konnten die Häscher nicht ahnen. Sie müssen geglaubt haben, Bettina selbst wolle mit mir sprechen. Mein Gott, was für ein entsetzlicher Zufall, dass sie gerade hier im Kloster auftauchte. Ich hatte ihr mit Absicht verschwiegen, dass ich bei den Mönchen Unterschlupf suchen wollte.«

»Wer sind Eure Feinde, Herr Gero?«

»Wenn ich das nur wüsste. Die Lage im Umfeld des Erzbischofs ist kompliziert, er selbst ist – so habe ich den Eindruck – ein Spielball zwischen unterschiedlichen Machtinteressen. Ich hatte mich eine Zeit lang, zu Beginn der Auseinandersetzungen mit der Stadt vor zwei Jahren, für seinen besonnenen Ratgeber gehalten, der versuchte, die Schärfe aus dem Streit zu nehmen.«

»Aber Eure Bemühungen wurden wohl nicht gerne gesehen.«

»Nein. Der Konflikt ging um mehr als um die beiden Juden, die widerrechtlich gefangen genommen wurden. Es ging um eine Machtprobe. Und hätte Friedrich sich etwas diplomatischer verhalten, wäre die Sache wahrscheinlich im Sande verlaufen. Versteht, Frau Almut, ich bin kein Freund eines radikalen Umsturzes, die Ordnung muss erhalten bleiben, denn auf ihr fußt der Frieden und der Bestand des Reiches. Aber es gibt Auswüchse auch dieser bestehenden Ordnung, die zu Unmut führen, und die mit ein wenig Entgegenkommen von beiden Seiten gütlich geregelt werden können. Der Erzbischof, so schien mir einst, hatte sich fast dieser Meinung angeschlossen und wäre bereit gewesen, mit dem Rat zu verhandeln. Doch dann wurden auch noch die beiden Kleriker Kelz und Wevelinghoven festgenommen, und er schäumte vor Wut. Was er nicht wusste, war, dass der Überfall auf die Stadt in seinem Namen durchgeführt werden sollte. Ihr erinnert Euch vermutlich daran, es war im Herbst 1375.«

»Natürlich, Herr Gero. Ich lebe in dieser Stadt. Welche Rolle war die Eure in diesem unsinnigen Spiel?«

»Ich trug letztlich zum Scheitern dieses Überfalls bei, denn ich weigerte mich, mit meinen Mannen bei diesem hinterhältigen Angriff die erzbischöflichen Truppen zu unterstützen.«

»Wer, Herr Gero, plante denn den Überfall, wenn nicht Friedrich selbst?«

»Ich weiß es nicht, Frau Almut. Wenn ich es wüsste, hätte wahrscheinlich auch der Mörder einen Namen. Es stehen und standen etliche der Schöffen und der Vogt Scherfgin selbst eng mit dem Erzbischof in Verbindung. Insbesondere Gerhard de Benasis hat sich um die öffentlichen Klagen gegenüber dem Kaiser gekümmert und Friedrichs Rechte vertreten.«

»Frau Bettinas Bruder?«

»Eben der.«

»Er würde doch wohl seine Schwester nicht ermorden, oder glaubt Ihr das?«

Der Ritter schüttelte den Kopf und starrte ins Feuer.

»Andererseits – was macht Euch da so sicher? Ich meine, wusste er von Eurer Beziehung zueinander?«

»Sie war seit Jahren bekannt, Bettina machte keinen Hehl daraus. Ja, sie kam, als sie ihre Schwangerschaft bemerkte, sogar zu ihm nach Bonn, um Aufsehen zu vermeiden. Es wäre der Familie nicht recht gewesen, hätte jedermann hier in Köln das Offensichtliche gesehen und darüber geklatscht. Sie selbst kümmerte so etwas wenig, aber da sie wusste, ich würde in jedem Fall meiner Lehnspflicht nachkommen und Quartier am Hof des Erzbischofs beziehen, beugte sie sich dem Wunsch ihrer Eltern.«

»Verstand sie sich mit ihrem Bruder gut?«

»Nicht besonders. Sie trägt nicht nur ein Feuermal, sie hat auch einen Feuerkopf. Oh, mein Gott, was rede ich da.«

Er stand auf und ging zum Fenster, um seiner Erregung Herr zu werden.

Fredegar hatte die ganze Zeit schweigend dabeigesessen und zugehört. Er sagte jetzt leise: »Sie haben sich oft gestritten. Nicht über persönliche Dinge, Frau Almut. Nicht über meinen Herrn, sondern über Ansichten und Politik und so. Ich habe nicht viel davon verstanden. Frau Bettina war sehr klug, wisst Ihr.«

Almut nickte. Der Ritter hatte seine Fassung wiedererlangt und kam zum Kamin zurück.

»Sie waren Geschwister, Frau Almut. Sie hatten ihre Streitereien, und das wohl schon von Kindheit an. Er war vier Jahre älter als sie, aber ich glaube, sie war ihm an Reife schon immer überlegen. Aber Hass, der bis hin zum Mord geht, möchte ich ihm nicht unterstellen.«

»Gut, Ihr kennt ihn, ich nicht. Ich verlasse mich auf Euer Urteil. Doch nun sollten wir ergründen, was es mit dem Schreiben auf sich hatte, das Frau Bettina dem Kind in die Windeln steckte, bevor sie es aussetzte. Ich bin sicher, Ihr könnt Licht in diese Angelegenheit bringen.«

»Ja, Ihr erwähntet gestern etwas davon. Verzeiht, mir ist inzwischen so viel durch den Kopf gegangen, dass ich dem keine Aufmerksamkeit schenkte. Was ist das für ein Schreiben? Habt Ihr es noch?«

»Ich gab das Pergament Pater Ivo. Wo er es aufbewahrt, kann ich Euch nicht sagen. Aber ich kann Euch den Inhalt in etwa wiedergeben. Es war ein Brief von einem der beiden inhaftierten Kleriker, dem Johann von Wevelinghoven. Er richtete das Schreiben an einen so genannten ›edlen Freund‹ und bestätigt darin, er habe dessen Instruktionen befolgt. Er schreibt, er habe innerhalb der Stadtmauern den Angriff von Seiten der erzbischöflichen Truppen vorbereitet. Die Tore würden rechtzeitig geöffnet. Außerdem meldet er, dreihundert Söldner rekrutiert und sie unter die Führung der Ritter von Oefte gestellt zu haben.«

»Allmächtiger, diesen Brief hatte Bettina bei sich? Das heißt, sie wusste, wer hinter den Anschlägen steckt. Sie hat es herausgefunden.«

»Zusammen mit der Tatsache, dass durch Eure Ermordung die Friedensverhandlungen zum Scheitern gebracht werden sollten. Ein wahrhaft brisantes Wissen. Fredegar, hat Frau Bettina mit irgendeinem Wort erwähnt, wer die Mörder gedungen hat?«

»Nein, nein. Sie wollte mir so wenig wie möglich anvertrauen. Nur meinen Herrn sollte ich warnen. Er wüsste schon, wer ihm auf den Fersen sei.«

»Die Feme. Ja, aber nicht, wer in Person«, antwortete der Ritter.

Almut fragte nach: »Die Feme untersteht dem Erzbischof. Hat er sich selbst schließlich gegen Euch gewandt?«

»Das kann ich Euch nicht sagen. Als ich die Vorladung erhielt – ich muss Euch nicht verraten, dass kein mir bekannter Bote sie überbrachte –, hatte ich keine Gelegenheit mehr, ihn zu sprechen. Bettina flehte mich an, so schnell wie möglich den Hof zu verlassen. Wie das Urteil des Gerichts ausfallen würde, war uns beiden klar. Ich floh, unerkannt zumindest bis hierher, und bat den Abt um Asyl. Ich kenne Theodoricus aus früheren Zeiten. Er gewährte mir Zuflucht, und so wurde ich zum Büßer. Es wurde allseits akzeptiert, nur Pater Ivo, ein erschreckend scharfsichtiger Mann, durchschaute mich beinahe vom ersten Augenblick an. Doch er schwieg anderen gegenüber über sein Wissen.«

»Ja, er versteht es, Geheimnisse zu hüten – fremde und auch eigene!«

»In der Tat, das tut er. Über ihn selbst habe ich wenig herausgefunden. Aber ich hoffe, er erholt sich bald von den Strapazen, die er erlitten hat.«

»Es geht ihm sehr schlecht, meint Bruder Markus!« Almuts Stimme klang gepresst. Aber dann räusperte sie sich und fragte weiter: »Wen kann Frau Bettina hier in Köln besucht haben, um diesen Brief zu übergeben? Was hätte sie damit anfangen können?«

»Recht viel, Frau Almut. Soweit ich weiß, haben die beiden Kleriker Stein und Bein geschworen, der Erzbischof selbst habe den Auftrag zum Überfall gegeben. Das hätte sie widerlegen können.«

»Mit welchem Erfolg?«

»Aufklärung. Das Missverständnis lag schließlich auf beiden Seiten. Die Kölner glaubten, Friedrich habe den Angriff gewollt, und Friedrich glaubte, der Rat habe seine Kleriker nur aus bösem Willen eingekerkert. Es war aber ein Dritter der Initiator, der beide Parteien gegeneinander ausgespielt hat. Ich denke, sie hätte diesen Dritten auch benennen können.«

»Gut, aber wem hätte sie diese Zusammenhänge erklären wollen? Welche Beziehungen hatte sie zum Rat der Stadt?«

»Zahllose, Frau Almut. Bettina de Benasis' Familie ist einflussreich. Und weitläufig. Ihr Vater, ihre Vettern, Schwäger sitzen in hohen Ämtern, haben Pfründe und reichlich Beziehungen.«

»Ja, das schon, aber gab es jemanden, dem sie besonders nahe stand? Dem sie besonders vertraute?«

Hilflos zuckte der Ritter mit den Schultern. »Sie hat nie sehr viel über ihre persönlichen Gefühle zu ihren Verwandten gesprochen. Ich weiß nur, wie sehr sie ihre Amme liebte und sich um sie kümmerte. Doch die lebt in der Abgeschiedenheit!«

»In Melaten, dem Aussätzigenheim. Ich habe sie getroffen, Herr Gero.«

»Aussätzig? Seht Ihr, nicht einmal das habe ich gewusst. Ich glaubte, sie sei in einem Stift untergekommen.«

»Wenn dies alles vorüber ist, Herr Gero, solltet Ihr sie einmal besuchen.«

»Das will ich wohl tun und auch dafür Sorge tragen, dass sie weiter die Unterstützung erhält, die ihr Bettina gewährt hat.«

»Gut, aber wir kommen so nicht weiter. Fangen wir es anders herum an. Frau Bettina hat sich nicht bei ihrer Familie einquartiert, sondern im Gasthof Zum Adler, einer durchaus respektablen, aber nicht besonders luxuriösen Unterkunft. Welche Gründe mag das gehabt haben?«

»Das ist mir auch unverständlich. Sie hätte jede Möglichkeit gehabt, in ihr Elternhaus zu gehen.«

»Wenn das so ist, hat sie genau das wohl vermeiden wollen. Um Fragen auszuweichen? Sie hatte das Kind dabei. Kann das der Grund gewesen sein?«

»Das Kind hätte sie bei seiner Amme lassen können.«

»In Bonn, richtig. Die Reise ohne die Kleine wäre sicher weniger beschwerlich gewesen.«

Fredegar hüstelte, um auf sich aufmerksam zu machen, und Almut nickte ihm auffordernd zu.

»Wenn Frau Bettina sich in Gefahr wähnte, dann galt das auch für das Kind, glaubt Ihr nicht? Ich meine, sie wird es nicht schutzlos dort zurücklassen, wo ihm jemand Schaden zufügen könnte.«

»Sehr klug, Fredegar, sehr klug. Das wirft zudem ein Licht auf die versuchte Entführung. Es liegt jemandem durchaus an dem Kind. Ich hatte zunächst Euch im Verdacht, Herr Gero. Aber ich habe Euch auch vieler anderer Dinge verdächtigt, die mir nun unsinnig erscheinen.«

»Hattet Ihr geglaubt, ich hätte meine Geliebte im Kloster ermordet und wäre dann kaltblütig hier geblieben, um zuzuschauen, wie sie gefunden wird? Gerechter Gott, Begine, das ist hart!«

»Nein, Herr Gero, das ist es nicht. Bedenkt, ich kannte Euch und Eure Gründe für Euer Hiersein nicht. Pater Ivo stellte Euch als Büßer vor, aber auch ich verfüge über eine bestimmte Scharfsicht, die mir darin gewisse Ungereimtheiten aufscheinen ließen. Und Euer Knappe Fredegar ist zwar ein treuer und kluger Bursche, aber er kann sich weder verstellen noch lügen!«

Der frostige Blick aus Geros Augen verschwand, und er nickte.

»Möglicherweise musste es Euch so erscheinen.«

»Ja, vergessen wir es. Denken wir weiter darüber nach, was Frau Bettina plante. Dass sie das Kind dabei hatte, scheint unter den gegebenen Umständen sinnvoll gewesen zu sein. Sie wohnte im Adler, weil die Familie Euren Bastard nicht bei sich haben wollte.«

»Es klingt grausam, aber so ist es nun mal.«

Almut schlug sich plötzlich mit der flachen Hand an die Stirn. »Ich habe etwas vergessen. Herr Gero, Frau Bettina hat einen Brief geschrieben. Der Wirt des Gasthauses wusste zu berichten, sie habe Feder und Tinte verlangt. Irgendein Bote hat dieses Schreiben jemandem überbracht!«

»Was weiß der Wirt darüber?«

»Nichts, dummerweise. Es war viel Betrieb an jenem Christtag, und wer der Bote war, daran konnte er sich nicht erinnern. Aber ich hätte da eine Möglichkeit, es herauszufinden. Fredegar?«

»Muss das sein?«

»Ich dachte, ihr würdet euch jetzt miteinander vertragen.«

»Na ja...!«

»Fredegar!« Mahnend sah ihn sein Herr an. »Du gehorchst Frau Almut so, als ob ich es wäre, der dir einen Auftrag erteilt.«

»Ich soll den Päckelchesträger beschwatzen!«

»Klar!«, bestätigte Almut in Pitters Tonfall, und Fredegar grinste leicht.

»Na gut, aber wenn der mich wieder mit Schnee einseift, dann...«

»Dann kaufst du ihm einen süßen Wecken. Ein geringer Baderlohn, will mir scheinen!«

»Du hast dich von diesem spilligen Jungen einseifen lassen, Fredegar?«, fragte der Ritter ungläubig.

»Ihr habt mich selbst gelehrt, Schwächeren gegenüber Milde zu zeigen. Natürlich hätte ich ihm eine Abreibung verpassen können, an die er sich noch Tage erinnert.«

»Wahre Ritterlichkeit spricht aus dir, Fredegar!«,

lobte Almut ihn. »Pitter ist klein und spillerig, weil er selten genug zu essen bekommt und schon von Kindesbeinen an hart arbeiten musste. Aber er weiß ungeheuer viel über diese Stadt, und wenn er nicht selbst der Bote war, den Frau Bettina beauftragt hat, so habe ich doch große Hoffnung, dass er es herausfindet, wer ihr diente und wohin das Schreiben gebracht wurde.«

»Dann werde ich ihn wohl mal suchen müssen.«

»Probiere es in der Nähe vom Eigelsteintor. Dort ist er häufig anzutreffen.«

Fredegar stand auf und wollte den Raum verlassen, als Almut ihm noch etwas hinterherrief.

»Ah, noch etwas. Er wollte mir gestern, glaube ich, noch etwas Wichtiges mitteilen. Aber das ist dann in den Ereignissen untergegangen. Frag ihn bitte, was es war!«

»Gut, mache ich, Frau Almut. Ich nehme an, Ihr bleibt noch etwas länger hier?«

»Ich will nachher noch in die Infirmerie und nachschauen, wie es Pater Ivo geht.«

Gero von Bachem war wieder aufgestanden und zum Fenster gegangen. Unten auf dem Innenhof fegte ein Laienbruder den frisch gefallenen Schnee zu einem Haufen zusammen, zwei Mönche gingen, die Hände tief in den Kuttenärmeln verborgen und die Kapuzen über dem Kopf, disputierend zur Kirche, drei schwarze Krähen flatterten krächzend auf und ließen sich auf dem Dachfirst nieder.

»Ihr seid recht findig, Frau Almut.«

»Ich gehorche den Notwendigkeiten.«

»Ein guter Grundsatz. Ihr habt es gestern mit Erfolg bewiesen.«

»Nein, da war ich außer mir. Ein schlimmer Zug von

mir. Ein guter Freund hat mir vor kurzem erklärt, die Sterne, in diesem Falle Mars in Taurus, würden mich geneigt machen, dem Jähzorn nachzugeben.«

»Ich habe den Prior Rudgerus zuvor schon kennen gelernt und kann ein gewisses Verständnis für diese Neigung aufbringen, Frau Almut. Macht Euch darüber keine allzu großen Sorgen. Er ist ein überheblicher, selbstgerechter Mann, der die Krücken einer strengen Ordnung braucht, um das untadelige Bild von sich vor sich selbst aufrechtzuerhalten.«

»Die Krücken einer Ordnung. Seltsam ausgedrückt, Herr Gero. Das würde ja bedeuten, er wäre ein schwacher Mensch, denn wer Krücken braucht, hat keinen eigenen Halt.«

»Das wollte ich damit andeuten.«

»Und dennoch ist er von den Mönchen zu ihrem Prior gewählt worden.«

»In der Ordnung zu leben, bedeutet ihnen viel, glaube ich. Es schützt sie vor Anfeindungen, Versuchungen und Aufregungen. Sie befolgen klare Regeln, ihre Welt ist übersichtlich gegliedert und geschützt. Und Rudgerus ist ein verlässlicher Ordnungshüter.«

Almut schwieg einen Augenblick, betroffen von dem, was der Ritter gesagt hatte. Denn auch sie hatte noch in der Nacht zuvor von dem sicheren Hort des Konvents gesprochen. Doch entschieden schob sie die Zweifel von sich, die sie zu ergreifen drohten, und ließ ihre Erinnerung laut werden: »Meine Meisterin wusste zu berichten, man habe auch Pater Ivo für das Amt in Betracht gezogen, als die Wahl des Priors vor gut einem Jahr anstand.«

»Er wäre ein prächtiger Prior geworden, denke ich. Aber höllisch unbequem für den einen oder anderen. Bedauerlich, dass er es nicht geworden ist. Er hat das Zeug dazu, einer großen Gemeinschaft vorzustehen.«

»Er hat es abgelehnt, heißt es.«

Nach kurzem Nachdenken nickte der Ritter.

»Ja, verstehen kann ich das. Er ist in seinem Herzen ein Ketzer. Ich frage mich, warum er überhaupt in einem Orden lebt.«

»Ihr schätzt ihn sehr?«

»Sehr, Frau Almut. Zu sehr, um ihm, auf welche Weise auch immer, zu schaden.«

»Dann werdet Ihr es für Euch behalten. Das mit dem Ketzer.«

»Selbstredend. Ich war nur der Meinung, Ihr wüsstet es auch.«

»Ich weiß es. Ich fürchte aber, Rudgerus ahnt es ebenfalls und ist deshalb so unbarmherzig mit ihm umgesprungen. Die Vorwürfe der Unkeuschheit sind nur Vorwand gewesen.«

»Die beiden sind grundverschieden, Frau Almut. Pater Ivos Denken kennt kaum Grenzen, er stellt in Frage und sucht nach den Hintergründen. Rudgerus anerkennt nur die Grenzen, die ihm gesetzt wurden, und beharrt auf den Formen, die ihm Halt geben. Ein Mann wie Ivo macht ihm Angst, weil er ihm die Krücken wegzutreten droht. Aber mich verwundert, warum der Prior seinem Hass in so gewalttätiger Form nachgibt. Er hat Pater Ivo, seit ich hier im Kloster bin, beinahe täglich gequält, immer viel mehr als die anderen Brüder. Es wird dringend notwendig sein, dass der Abt wieder die Geschäfte übernimmt. Er hat für einen Ausgleich zwischen den beiden gesorgt.«

»Was für dunkle Dämonen müssen an der Seele dieses Priors nagen!«

»Dämonen, ja. So könnte man es ausdrücken.«

»So ähnlich hat unsere Aushilfsköchin es ausgedrückt. Sie meinte damit die Geister der Vergangenheit, die sie im Schlaf und manchmal auch im Wachen peinigten. Aber es sind eigentlich Erinnerungen an schreckliche Ereignisse. Glaubt Ihr, sie werden von Dämonen verursacht, Herr Gero?«

»Eine interessante Frage, die Ihr da aufwerft. Ihr solltet sie bei Gelegenheit mit dem Pater diskutieren. Ich bin auf dem Gebiet nicht besonders bewandert. Wenngleich ich die These kenne, Dämonen könnten, wenn sie einen Menschen heimsuchen, ihn in die Besessenheit treiben. Vor allem unterstellt man ihnen, sie verursachten die Alpträume, könnten aber auch die Begierde wecken und den Menschen zur Buhlschaft verleiten. Aber das tun Erinnerungen und Wünsche auch.«

»Dann fragt sich also, welche Erinnerungen und Wünsche an der Seele des Priors nagen. Na ja, das soll meine Sorge jetzt nicht sein. Damit oder mit den Dämonen wird sich der ehrwürdige Vater Abt herumschlagen müssen. Herr Gero, darf ich Euch jetzt verlassen, ich möchte zu Pater Ivo gehen und sehen, wie es ihm geht. Lasst mich rufen, wenn Fredegar wieder zurück ist und Nachrichten für uns hat.«

»Ich begleite Euch zur Krankenstube, Frau Almut.«

Er reichte ihr den Umhang, und sie gingen nebeneinander her über den Innenhof.

»Er schläft noch immer unruhig, Frau Begine!«, erklärte Bruder Markus.

»Habt Ihr ihm etwas einflößen können?«

»Wir haben es mit Mohnsaft versucht, aber er ist ein unwilliger Patient. Dennoch, geht hinein und setzt Euch zu ihm. Vielleicht vertreibt Eure Gegenwart die schlimmen Fieberträume.«

»Oder Dämonen!«, flüsterte Gero so leise, dass nur Almut es verstehen konnte. »Seit ich Euch gestern mit Fackel und Geißel in den Kellern wüten sah, habe ich großes Vertrauen in Eure Macht über die Dämonen jeglicher Art, Frau Begine.«

»Psst!«

Pater Ivo ruhte nach wie vor auf dem Bauch, doch selbst das frische weiße Hemd zeigte neue Blutflecken, dort, wo die Wunden durch seine heftigen Bewegungen wieder aufgebrochen waren. Im Augenblick lag er still, doch sein Atem ging schwer, und Schweißtröpfchen hatten sich auf seiner Stirn gebildet.

»Wenn er aufwacht, Frau Begine – hier ist der Mohntrank. Versucht ihn zu überreden, etwas davon zu sich zu nehmen. Ich würde gerne nach ein paar anderen Kranken schauen. Der feuchte Winter hat uns viele Schnupfnasen und schmerzende Hälse beschert, die versorgt werden wollen. Ruft mich, wenn Ihr mich braucht, ich bin in der Nähe.«

Almut setzte sich, wie schon am Tag zuvor, an das Krankenlager, doch solange der Ritter noch neben ihr stand, wagte sie es nicht, den Schlafenden zu berühren. Dieser versuchte sich umzudrehen, zuckte aber wegen der Schmerzen zusammen. Seine Finger krallten sich in das Kissen, und er murmelte etwas, was sie nicht verstand.

»Es ist gut, Ihr seid in guten Händen. Schlaft Euch gesund!«, sagte Almut zu ihm und hoffte, er würde sie hören. Er tat es augenscheinlich nicht.

»Nein!«, fuhr er plötzlich mit so scharfer Stimme auf, dass sie zusammenzuckte. »Nein, ich widerrufe nicht!

Warum sollte ich? Verbrennt meinetwegen meine Traktate, verbrennt auch mich, aber ich widerrufe nicht!«

»Ach du großer Gott!«, flüsterte Gero von Bachem. »Und ich sprach von Dämonen!« Er wandte sich an Almut. »Ich glaube, es ist besser, wenn ich gehe. Werdet Ihr alleine damit fertig? Ich möchte nicht Zeuge dieser Erinnerungen sein. Je weniger Menschen davon wissen, desto besser scheint es mir.«

»Ja, geht, Herr Gero. Ich bin es gewöhnt, mit Kranken und Fiebernden umzugehen.«

Leise zog der Ritter die Tür hinter sich zu, und Almut widmete ihre ganze Aufmerksamkeit Pater Ivo, der weitere unverständliche Sätze murmelte. Sorgsam glättete sie die Decken und wischte ihm das heiße Gesicht mit einem feuchten Lappen ab.

»Ich leugne nicht Gott. Ich klage aber jene an, die mit Gott Geschäfte machen!«, begehrte er plötzlich auf und versuchte sich aufzurichten.

»Ruhig, bleibt ruhig. Niemand richtet hier über Euch. Legt Euch wieder, ich bitte Euch.«

Er wehrte sich weiter, und neue rote Flecken bildeten sich auf seinem Rücken.

»Bitte, Ivo. Bitte, bleibt ruhig!«, flüsterte Almut eindringlich, und er sackte zusammen.

»Nein, Mutter. Ich kann nicht widerrufen!«, betonte er, und seine Stimme klang todtraurig. Dann blieb er eine Weile still, und Almut dachte schon, er wäre in einen ruhigeren, traumloseren Schlaf hinübergeglitten, doch dann seufzte er plötzlich tief auf. »Euch zuliebe nehme ich das Angebot des Erzbischofs an, Mutter. Doch glaubt Ihr wirklich, eine Zukunft hinter Klostermauern wäre besser für mich als der Tod? Mutter, Ihr verlangt um meines Lebens willen, dass ich alles verleugne, was mir etwas wert ist. Ein Leben in Heuchelei. In Lüge. Um Euch das Schicksal Mariens zu ersparen. Wie Ihr sagt.«

Unendlich bitter kamen diese letzten Worte, und Almut schauderte es bei diesem Einblick in das Schicksal eines Mannes, für den sie mehr als nur Achtung empfand. Sie löste seine verkrampften Finger sanft aus dem Kissen. Doch einen Trost wusste sie nicht für ihn, darum nahm sie wieder nur seine Hand und hielt sie fest. Und in ihrer Trauer um ihn führte sie stumme Zwiesprache mit Maria, der schmerzensreichen Mutter.

»So also ist er in diese Mauern geraten, Maria. Mauern, die ihn erdrücken müssen. Er ist ein Freidenker und sogar ein Häretiker, das habe ich schon lange gewusst. Wie sonst hätte er so viel Verständnis für meine Unbotmäßigkeiten aufbringen können. Und doch ist er ein Priester geworden, ein Mittler zwischen Gott und den Menschen und ein Führer der Seele. Seltsam, das macht er trotz allem gut. Zumindest den jungen Leuten gegenüber. Sie vertrauen ihm. Ich tue es auch, Maria, Königin des Himmels. Aber wie bitter muss es ihn ankommen, den strengen mönchischen Regeln zu gehorchen. Seiner Mutter hat er wahrlich das Schicksal erspart, ihn sterben zu sehen. Ist das eine große Tat, Maria? Du standest am Kreuz, an dem dein Sohn, gegeißelt, gemartert, verwundet, langsam starb. Du hast mit ihm gelitten, Maria, um seiner Schmerzen willen. Aber, Maria – seine Mutter müsste nun mit ihm leiden um seiner Seelenpein willen. Ob sie das tut? Ob sie weiß, was sie von ihm gefordert hat?«

Die Krähe auf dem First ließ einen heiseren Schrei ertönen, ein hässliches Geräusch, eine krächzende Anklage.

»Doch er lebt, Maria, barmherzige Mutter. Auf ihr Betreiben hin, auf ihre Bitte. Und dafür sollte ich ihr dankbar sein. So selbstsüchtig bin ich.«

Durch das bleiverglaste Fenster sah Almut zwei graue Tauben flügelschlagend auf dem Fenstersims landen und gurrend eine Zwiesprache beginnen.

Seine Hand fasste die ihre fester, und ein verwirrter Blick traf sie, wurde etwas klarer und hielt dem ihren stand.

»Immer noch Ihr, Begine?«

»Schon wieder, Pater. Bitte seid so gut und trinkt, was Bruder Markus für Euch bereitgestellt hat. Ihr habt böse Träume und seid sehr unruhig.«

»Böse Träume, ja. Der Mohnsaft wird sie nicht vertreiben. Aber gebt ihn mir dennoch.«

Vorsichtig half Almut ihm, den kleinen Becher zu leeren und eine einigermaßen bequeme Lage zu finden. Er schloss die Augen wieder und griff nach ihrer Hand. Erleichtert atmete er ein und schien gleich darauf in einen tiefen Schlaf zu sinken, einer Bewusstlosigkeit näher als dem Schlummer.

29. Kapitel

Fredegar kannte sich inzwischen schon einigermaßen in den Gassen Kölns aus und wanderte daher durchaus zielstrebig in Richtung Eigelstein. Die Wege waren matschig und von Karrenrädern und Hufen aufgewühlt, manche Stellen mit hartem, krustigem Eis überzogen. Schnell kam er nicht voran, zumal er immer wieder Ausschau nach Pitter halten musste. Es waren an diesem Dreikönigstag ungewöhnlich viele Menschen unterwegs, die im Dom zu den Gebeinen von Balthasar, Caspar und Melchior gebetet hatten. Erstaunlich viele der Handwerksburschen und Gassenjungen sahen dem Päckelchesträger ähnlich; graubraune Umhänge, zipfelige Gugeln und mit Lumpen umwickelte Hände schienen die Einheitskleidung der Kölner Jugend zu sein. Leicht angewidert rümpfte Fredegar die Nase. Es hatte ihn auch schon der eine oder andere schmuddelige Schneeball getroffen. Bald würde sein Umhang ähnlich schäbig aussehen wie die Kleider der dreisten Burschen. In der Höhe des Doms schließlich geriet er in eine ihm unbekannte Gasse, und um sich neu zu orientieren, blieb er stehen und sah sich um.

»Hat es eilig, der feine Pinkel!«, höhnte jemand, und eine wässrige Ladung Schnee klatschte ihm in den Nacken und warf ihn zu Boden. Er rappelte sich auf und wollte in die nächste Gasse flüchten, als schon wieder ein kaltes Geschoss hinter ihm herflog. Diesmal stolperte er nicht nur, er stürzte im hohen Bogen eine kurze Treppe hinunter und landete vor einer Tür. Die Häuser hatten, wie so oft in jenen Gassen, Halbkeller, die zur Straße hin ihren Einlass hatten. Manche von ihnen waren mit einfachen Holzläden zu Buden ausgebaut, in denen Handwerker und Händler ihre Waren feilboten. Dieser Keller jedoch diente, wie Fredegar feststellen konnte, einer Gruppe Bettler als behelfsmäßige Unterkunft. Die Tür war durch seinen Aufprall aufgesprungen, und er selbst war in den dumpfigen Raum gekollert. Damit war er zwar dem Blick seiner Peiniger entzogen, aber sonderlich liebevoll wurde er nicht empfangen. Ein Weib, das ein wimmerndes Kind an ihrer schlaffen Brust nährte, lachte hämisch auf, als er sich aufrichtete, und zwei völlig verdreckte Jungen krabbelten um seine Füße. Ein alter Mann, dessen Gliedmaßen mit grindigen Schwären bedeckt aus den Lumpen hervorlugten, kam unerwartet behände auf ihn zu und tastete ihn nach Wertsachen ab, und eine alte, zahnlose Vettel beschimpfte ihn in einer Sprache, von der er kaum ein Wort verstand.

»Lasst mich in Frieden!«, wehrte Fredegar den Alten ab und schlug ihm den Beutel mit Münzen aus der Hand, den er von seinem Gürtel gerissen hatte. Er sah sich gehetzt um. »Lasst mich hier raus!«

Er bekam die unhöfliche Aufforderung, den selben Weg zu wählen, den er hineingekommen war, und die drängende Nähe übel riechender Menschen, die weiterhin unverschämt an ihm herumtasteten, machten ihm den Entschluss leicht, so schnell wie möglich von hier zu verschwinden.

Von den Gassenjungen war nichts mehr zu sehen, doch die Dämmerung war zur Nacht geworden, und verloren wanderte Fredegar in der Dunkelheit zwischen den Häusern entlang, aus denen nur selten ein Lichtschimmer drang. Die Straßen hatten sich in finstere, menschenleere Tunnel verwandelt, scheinbar ohne Ausgang. Das Vesperläuten war schon lange verklungen, und langsam stieg Verzweiflung in ihm auf. Er hatte sich völlig verirrt, und seine einzige Möglichkeit bestand jetzt darin, einen der Passanten zu fragen, wie er entweder zum Eigelstein oder zurück zum Kloster finden würde. Als ihm drei Männer in Begleitung einer drallen, aufgeputzten Frau entgegenkamen, hielt er sie höflich an und fragte nach dem Weg.

»Zum Eigelstein wollt Ihr? Ein schlechtes Ziel um diese Zeit, junger Herr. Nur kahle Weingärten und keusche Beginen, Söldner vor dem Tor und ein paar windschiefe Häuschen, in denen arme Schlucker wohnen. Was sucht ein Herr wie Ihr dort?«

»Einen Freund. Den Päckelchesträger Pitter!«

»Den Päckelchesträger?« Die Dirne kicherte. »Seltsame Freunde habt Ihr, Herrchen!«

Fredegar bemerkte ihren abschätzenden Blick nicht, so froh war er darüber, dass jemand diesen unmöglichen Jungen kannte.

»Könnt Ihr mir verraten, wo ich ihn finde?«

»Aber sicher doch. Folgt uns, junger Herr. Er pflegt sein Abendbier in diesem Wirtshaus da zu trinken.« Die Männer deuteten über ihre Schulter auf ein Haus, das schon bessere Tage gesehen hatte, und nahmen den Knappen fürsorglich in ihre Mitte.

Die Schenke war stark besucht, laut und nur wenig beleuchtet, doch der warme Wein kam dem fröstelnden Fredegar sehr entgegen. Seine Begleiter vertrösteten ihn damit, Pitter würde sicher bald eintreffen, und verhalfen ihm zu einem weiteren, gut gefüllten Becher schweren Weines. Er hätte auch gerne etwas zu essen gehabt, aber die Schankmaid war offensichtlich zu beschäftigt, seinen Wunsch zu erfüllen. So versank er bald darauf in Wärme und Weindunst und bemerkte von den Machenschaften seiner Kumpane nichts mehr.

30. Kapitel

ls Almut das Kloster verließ, hatte die Glocke bereits zur Vesper gerufen, aber Fredegar war noch nicht zurückgekehrt, und Gero von Bachem befand sich in gewisser Unruhe. Sie selbst machte sich jedoch viel mehr Sorgen um Pater Ivo. Er fieberte hoch, als sie ihn verlassen hatte. Bruder Markus war ein gewissenhafter Pfleger, aber der Kranke wurde von Träumen – oder Dämonen – geplagt, die der gutmütige Mönch mit Sicherheit nicht vertreiben konnte. Daher, so argwöhnte sie, könnte Pater Ivo, wenn er wieder zu sprechen begann, Bruder Markus in beträchtliche Verwirrung versetzen. Doch ihr selbst war es verwehrt, auch über Nacht bei ihm zu bleiben. Es war schon ausnehmend großzügig von Abt Theodoricus, ihr zu erlauben, sich tagsüber im Kloster aufzuhalten.

Tief in Gedanken versunken ging sie neben der Magd her, die sie begleitete. Doch dann kam ihr plötzlich eine Idee.

»Lys, ich muss noch mal zum Neuen Markt.«

»Aber Frau Almut! Das ist so ein Umweg. Ich hab schon ganz erfrorene Füße!«, jammerte ihre Begleiterin.

»Dann gehen wir eben etwas schneller, dann wird dir warm. Und von Meister Krudener aus kannst du dann gleich nach Hause gehen. Von dort hast du es nicht mehr weit.«

»Aber im Konvent werden sie Euch vermissen!«

»Ich gehe später noch zurück!«

»Aber doch nicht im Dunkeln und alleine!«

»Wird schon nicht so schlimm sein, Lys. Auf, beweg dich!«

Immer einen halben Schritt hinter der Begine, schlurfte Lys also gottergeben durch die Schildergasse und wurde vor der Apotheke dann kurz und bündig verabschiedet.

Almut musste mehrere Male heftig an die Tür klopfen, bis Meister Krudener ihr öffnete.

»Oh! Ihr seid es, Frau Almut. Kommt herein. Ich bin mit einigen heiklen Experimenten beschäftigt, aber Ihr werdet Euch nicht daran stören.«

»Ich hoffe, Ihr braut gerade das Elixier des Lebens zusammen, Meister Apotheker. Es könnte benötigt werden.«

»Was ist geschehen, Frau Almut? Ihr wirkt bedrückt. Ist Eure Gertrud doch schlimmer krank als erwartet?«

»Nein, es betrifft keine von uns. Es ist…«

»Nun kommt doch erst einmal in die Wärme. Ich werde einen heißen Wein für Euch eingießen, und dann berichtet mir.«

In einem Kessel blubberte es, Tiegel standen dampfend auf dem Kaminsims, und seltsame Gerüche durchwebten den Raum. Trine rührte in einer Mischung, die streng nach Ammoniak roch. Offensichtlich wurde hier nichts Essbares gekocht, sondern alchimistische Rezepturen ausprobiert. Das Mädchen winkte Almut kurz zu, beugte sich dann aber wieder mit höchster Konzentration über das, was sie gerade zu beaufsichtigen hatte.

Resolut schob Meister Krudener ein aufgeschlagenes Buch, Feder, Tintenfass und auch die graue Katze beiseite, die mit einem unwilligen Maunzen vom Tisch sprang und dann um Almuts Beine strich.

»Hier ist der Wein, Frau Almut. Trinkt erst und sprecht dann.«

Dankbar umfasste Almut mit ihren kalten Händen den warmen Becher und schlürfte das heiße Getränk. Es half ihr, ihre innere Erstarrung etwas zu lösen und mit Bedacht ihre Worte zu wählen. Denn was für eine Beziehung zwischen Meister Krudener und Pater Ivo herrschte, war ihr noch immer nicht recht klar geworden. Der Apotheker hatte ihn zuzeiten mit abgrundtiefer Verachtung gestraft, und doch musste einmal eine enge Freundschaft zwischen ihnen bestanden haben, die einen schmerzhaften Bruch erfahren hatte, als Ivo vom Spiegel in das Kloster eintrat.

»Was kann man gegen hohes Fieber tun, Meister Krudener?«

»Verschiedenes. Es hängt davon ab, wodurch es verursacht wurde.«

»Durch Tortur – Verletzungen, Hunger, Durst und Kälte!«

»Ihr habt wieder einen Flüchtling…?«

»Nein, nein.«

»Nun, ist der Kranke in Sicherheit?«

»Ja, äußerlich schon. Aber er wird von bösen Träumen gepeinigt.«

»Hat man ihm etwas gegen die Schmerzen gegeben?«

»Mohnsaft, ja.«

»Mh, der fördert natürlich auch die Träume. Zur Ader gelassen?«

»Nein, das habe ich verhindert. Er ist so schwach, und Blut hat er genug verloren.«

»Ah, Frau Sophia, das habt Ihr gut getan. Aber ich vermute, man wird wenig helfen können, außer ihn ruhig zu halten. Der Körper heilt sich mit dem Fieber selbst.« Er überlegte und sprach dann mehr zu sich selbst: »Doch sicher, wenn es zu hoch wird, mag es den Menschen innerlich verbrennen. Hier könnte man mit Eis sicher Kühlung verschaffen. Umschläge mit Schnee stehen ja derzeit überall zur Verfügung.« Er sah Almut an und fragte: »Wo befindet sich denn der Kranke?«

»Im Kloster von Groß Sankt Martin!«

»Nun, da lasst Pater Ivo die Nachricht zukommen, er solle versuchen, das Fieber durch eiskalte Waschungen zu senken oder vielleicht sogar die Füße des Fiebernden in Eiswasser stellen. Ich bin mir sicher, er ist mal wieder mit in diese Angelegenheit verwickelt, oder täusche ich mich da, Frau Almut?«

»Ihr täuscht Euch nicht, Meister Krudener. Er selbst ist es, der in Fieberdelirien liegt.«

»Oh!«, entfuhr es dem Apotheker. Und dann noch einmal: »Oh!« Schließlich wiederholte er: »Tortur, Verletzungen, Kälte? Hat er sich so strengen Bußübungen unterzogen?«

»Nicht er. Man tat es ihm an. Und jetzt, Meister Krudener, fürchte ich um sein Leben.« Almuts Stimme zitterte ein wenig, als sie das aussprach. »Es ist auch weniger das Fieber, das ich fürchte, Meister Krudener. Es sind die Dämonen, die ihn hetzen. Ich weiß, Ihr habt einen Streit miteinander, aber ich... ich halte ihn für einen guten Menschen.«

»Wenn Ihr das tut, Frau Sophia, will ich Euch nicht widersprechen. Aber was, glaubt Ihr, kann ich gegen die Dämonen tun, die ihn hetzen?«

»Ihr habt einmal behauptet, Ihr beherrschtet die Dämonen, Meister Krudener.«

»Oh, habe ich das getan?« Ein seltsames Lächeln umspielte die Lippen des alten Gelehrten.

»Unserer Franziska gegenüber, ja.«

»Ach so, ja. Als ich ihr erklärte, ich sei der Meister der Geister. Ich erinnere mich. Sie hat es ernst genommen?«

»Ja, und ich – nun ja – eigentlich auch. Obwohl die Geister, die unsere Köchin hetzten, böse Erinnerungen waren. Bei Pater Ivo ist es wohl auch so…«

»Das wundert mich nicht, Frau Begine.« Meister Krudener hatte einen harten Gesichtsausdruck angenommen, aber Almut war zu tief von den Erkenntnissen erschüttert, die sie am Krankenlager gewonnen hatte. Sie ließ sich diesmal nicht davon einschüchtern.

»Ich weiß, er lehnt im Grunde die Lehren der Kirche ab, Meister Krudener.« Sehr leise fügte sie hinzu: »So wie auch Ihr.«

»Sehr richtig, Kind. Darum ist sein Wandel zum frommen Pater…«

»Unfreiwillig vollzogen worden.«

»Aber gewiss nicht, Frau Almut. Ihr solltet den Mann inzwischen genug kennen gelernt haben, um zu wissen, dass ein Ivo vom Spiegel sich zu nichts zwingen lässt.«

»Nein, nicht zwingen. Doch er hatte die Wahl zwischen Scheiterhaufen und Kloster.«

»Er hätte die Flammen gewählt. Auf seine Weise hat auch er das Herz eines Märtyrers.«

»Und das Herz eines Sohnes. Er wollte nicht, was immer er gesagt oder getan hatte, widerrufen. Dennoch hat seine Mutter seine Rettung erwirkt – die Möglichkeit zu leben. Sie muss hochgestellte Leute kennen, denke ich mir. Sie hat ihn gebeten, die Wahl zu treffen zwischen dem Feuertod oder der schwarzen Kutte der Benediktiner.«

Krudener schwieg, strich der grauen Katze geistesabwesend über den Rücken und nickte dann. »Sie kannte einige hohe kirchliche Würdenträger, und sie hatte großen Einfluss auf Ivo. Aber, Frau Almut, woher wisst Ihr das?«

»Er sprach im Fieber darüber. Und, Meister Krudener, mir wird Angst, wenn ich daran denke, was geschehen kann, wenn einer der Mönche bei ihm sitzt und er von diesen Dämonen aus der Vergangenheit heimgesucht wird und wieder spricht.«

Der Apotheker nickte knapp und stand entschlossen auf.

»Ich werde im Kloster vorsprechen und selbst nach ihm sehen. Ist Euch damit geholfen?«

Stumm nickte Almut und erhob sich ebenfalls.

»Trine mit den heilenden Händen werde ich morgen mitnehmen, wenn es denn notwendig ist. Ihr aber müsst nach Hause gehen. Ihr seht todmüde aus. Ich begleite Euch bis zum Eigelstein.«

31. Kapitel

Fredegar wurde rüde geschüttelt, und mühsam öffnete er die Augen.

»Macht, dass Ihr hier rauskommt, Junge. Das ist keine Herberge für abgerissene Bengel wie Euch!«

Er hatte dröhnende Kopfschmerzen und erkannte nur mit Mühe, wo er sich befand und wer da so harsch auf ihn einredete. Es war die Schankmaid. Und es war das Wirtshaus, in dem er Pitter zu treffen gehofft hatte. Der Raum war nun leer, das Feuer im Kamin beinahe heruntergebrannt. Mit einem schmutzigen Lumpen in der Hand stand die kräftige Frau vor ihm, einen verächtlichen Blick in den Augen.

»Wo sind…?«

»Schon lange davon. Und Ihr folgt ihnen am besten recht hurtig. Doch nicht bevor Ihr die drei Kannen Wein bezahlt habt.«

»Ja, ja. Natürlich!«

Fredegar nestelte an seinem Gürtel, doch das Beutelchen mit den Münzen war verschwunden.

»O Gott, nein. Man hat mich bestohlen!«

Lässig zuckte die Schankmaid mit den Schultern.

»Wenn sich einer wie Ihr mit dem Hans von der Schmiergass und seinen Gesellen zusammentut, dann muss er sich nicht wundern, wenn er gefleddert wird.«

»Aber sie haben mir versichert, ich würde den Pitter hier finden!«

»Leicht gesagt, was? Ich kenn eine Menge Leute, die Pitter heißen. Ist kein seltner Name in der Gegend.« Irgendwie war etwas wie Mitleid in der grobschlächtigen Frau aufgekommen. »Ihr seid fremd in der Stadt?«

Fredegar nickte und presste seine Hände an die pochenden Schläfen.

»Wo habt Ihr Euer Quartier?«

»In Groß Sankt Martin!«

»Da werdet Ihr jetzt schwerlich Einlass finden. Nun gut, ich will nicht unmenschlich sein, Junge. Bleibt die Nacht über hier am Kamin sitzen. Aber im Morgengrauen müsst Ihr fort sein, der Wirt macht mir sonst Schwierigkeiten!«

Dankbar sah Fredegar sie an und ließ sich von ihr auf die Bank an der Feuerstelle führen. Er bekam auch noch eine Schüssel lauwarmer Suppe vorgesetzt.

Den Rest der Nacht verdöste er in der Schenke, und im Morgengrauen schlich er gehorsam hinaus, um sich auf den Weg zum Kloster zu machen. Feuchtkalter Dunst zog ihm in die Kleider, aber auch sein schlechtes Gewissen ließ ihn frösteln. Den Auftrag seines Herren und der Frau Almut hatte er nicht erfüllt. Zerknirscht schleppte er sich durch die Gassen, in denen jetzt das morgendliche Leben begann. Ein zahnloser Alter mit einer Kiepe voller Stockfisch wies ihm den Weg zu Groß Sankt Martin, und bald darauf hatte er zumindest das hohe Strebwerk des Domes im Blick. Er wollte schon erleichtert aufatmen, da sah er sie.

Zwei in dunkle Kapuzenmäntel gehüllte Männer standen in einem Hauseingang, und einer von ihnen zeigte auf ihn. Sie machten einen Schritt auf ihn zu, und als ein plötzlicher Windstoß die Kopfbedeckung des einen herunterwehte, erkannte er den Mann. Nicht mit

Namen, aber das narbige Gesicht war ihm schon häufiger begegnet. In den Quartieren der Söldner, die dem Erzbischof dienten. Als die beiden mit schnellen Schritten näher kamen, packte Fredegar die Angst. Er rannte los, rutschend und schlitternd, schlug Haken und versuchte, einen Zwischenraum zwischen den Häusern zu finden, in dem er sich unsichtbar machen konnte. Aber die Häscher schienen sich gut auszukennen, und zweimal kamen sie ihm in einem schmalen Gang entgegen. Es war eindeutig, sie hatten es auf ihn abgesehen. Wo er sich befand, wusste er schon lange nicht mehr. Die überkragenden Stockwerke der Häuser nahmen ihm die Sicht auf die Markierungspunkte, an die er sich bisher gehalten hatte. Weder den Dom noch den trutzigen Turm von Groß Sankt Martin konnte er ausmachen. Atemlos lief er weiter, stolperte und fiel der Länge nach in eine eisige Wasserlache.

Immerhin waren die beiden Männer in dieser Gasse nicht mehr zu sehen. Nass und frierend machte er sich also daran, irgendeinen Anhaltspunkt zu suchen, an dem er sich orientieren konnte. Doch das war schwieriger, als er dachte. Hier ein Durchgang, dort eine verwinkelte Gasse. Immer wieder vermeinte er Schritte hinter sich zu hören und den keuchenden Atem seiner Verfolger. Dann öffnete sich eine breitere Straße vor ihm, ein Weg, der in die Felder führte. Erleichtert blieb Fredegar stehen. Irgendwo dort vorne erhob sich ein Turm. Die Stadtmauer lag vor ihm, und eines der Tore war in der Nähe. Vermutlich sogar das Eigelstein-Tor. Doch die Angst saß ihm noch im Nacken. Hier zwischen den Feldern würde er eine leichte Beute der beiden Männer sein.

»Ich glaub es nicht, der edle Herr Knappe!«

Fredegar fuhr zusammen und wollte losrennen, als er von einer in Lumpen gewickelten Hand festgehalten wurde.

»Willste noch mal gewaschen werden, oder war's für heute Morgen schon genug? Du siehst aus wie eine ertrunkene Ratte!«

»Pitter! O mein Gott!«

»Ach, so viel Ehrfurcht ist nun auch wieder nicht nötig.«

»Pitter, ich werde verfolgt. Kann ich mich hier irgendwo verstecken?«

»Verfolgt! Von wem?«

»Den Mördern, Pitter. Bitte hilf mir!«

»Klar! Komm mit!«

»Wohin?«

»Hier ganz in der Nähe ist der Adler. Ein Gasthaus. Da bringe ich dich hin!«

Fredegar begehrte auf: »Du bist doch verrückt! Wenn die irgendwo untergekommen sind, dann in einem Gasthaus!«

»Da nicht. Die Schenke ist kurz und klein geschlagen worden, und der Wirt hat den Laden zugemacht. Aber er ist auch Schmied, und die Begine kennt ihn. Er wird uns weiterhelfen. Er ist ein ziemlicher Kaventsmann, der Simon. Die Häscher werden es sich zweimal überlegen, ob sie den angreifen. Er wird dich gewiss zum Kloster begleiten.«

Notgedrungen folgte Fredegar dem Päckelchesträger, der höchst gewandt jeden noch so schmalen Zwischenraum zwischen den Häusern und Scheuern auszunutzen verstand, und unbehelligt erreichten sie die Schmiede.

Simon war mit der Vorbereitung seines Tagewerks beschäftigt. Holz hackend stand er im Hof, die Scheite stapelten sich ordentlich zu gleicher Länge zerkleinert neben ihm. Die schnaufenden Jungen nahm er erst wahr, als sie direkt vor ihm standen.

»Nanu, Pitter? Was willst du denn hier?«

»Versteckt den Knappen, Simon. Die Häscher sind hinter ihm her. Er wird's Euch erklären!«

»Unsinn angerichtet, Junge?«

»Nein, nein. Der doch nicht!«, antwortete Pitter an Fredegars Stelle und schob den Knappen in die Schmiede. Simon folgte ihnen.

»Dann erzähl mal.«

Fredegar sammelte sich, soweit es seine aufgewühlten Gefühle gestatteten, und berichtete in kurzen Worten über das Geschehen im Kloster, über seinen Auftrag und die Männer des Erzbischofs, die ihm folgten.

Pitter bestätigte hin und wieder seine Worte und meinte schließlich: »Mist, Fredegar. Die sind wirklich auf der Suche nach dir. Aber warum sollten sie dich umbringen? Ich vermute mal, viel eher wollen sie dich schnappen, um deinen Herren aus dem Kloster zu locken. Wir müssen ihn warnen, denn ich fürchte, im Kloster ist er auch nicht sicher. Das ist es nämlich, was ich der Frau Almut ausrichten wollte.«

»Aber ich kann nicht zurück. Die lauern da draußen irgendwo!«

»In was für finstere Händel seid ihr beiden nur geraten?«, fragte Simon kopfschüttelnd. »Ihr, die Frau Begine und Euer Ritter. Ich will damit nichts zu tun haben, ihr Burschen.«

»Aber was soll ich denn machen?« Fredegar schluchzte fast. »Die Frau Bettina haben sie doch schon umgebracht!«

»Wen?«

»Die Ge... Geliebte meines Herrn.«

»Die Mörder der Frau Bette, der verschleierten Frau, die hier bei mir gewohnt hat?«

Simons gutmütiges Gesicht hatte einen harten Ausdruck angenommen.

Fredegar nickte stumm und wischte sich die Nase am Ärmel ab. Sein Schnäuztuch hatte er schon lange zuvor verloren.

»Schon gut, Junge. Ich werde Euch helfen. Ich habe da eine Idee!«

32. Kapitel

Almut hatte keine sehr erholsame Nacht verbracht, der Schlaf war erst spät zu ihr gekommen und hatte ihr wüste Träume beschert. Doch es war nicht ausschließlich Pater Ivos Schicksal, das sie quälte, auch die Gedanken an die Frau mit dem Feuermal, ihr entsetzlicher Tod und der Verrat an dem Ritter, den sie mehr und mehr schätzen gelernt hatte, waren ihr wie Mühlräder im Kopf herumgegangen. Es hatte ihr, anders als sonst, auch nicht geholfen, sich Maria anzuvertrauen. Zu wirr waren Vermutungen, Gefühle und Befürchtungen miteinander verwoben.

Magda sah es ihr am Morgen an und meinte nur: »Besser, du machst dich wieder ins Kloster auf. Geh aber zuvor in die Küche und lass dir von Franziska ein reiches Frühmahl geben, damit du nicht vor Schwäche zusammenbrichst.«

Ohne viele Worte befolgte Almut diese Weisung und pochte an die Tür des Küchenhäuschens. Franziska war eifrig dabei, Scheiben von einem Schinken zu schneiden, während Gertrud in dem Kessel über dem Feuer rührte und hin und wieder Teufelchen ein Stückchen Schinkenspeck zusteckte.

»Oh, guten Morgen, Almut. Wollt Ihr nach dem Rechten sehen? Wie Ihr merkt, haben wir uns die Arbeit redlich geteilt!«

»Das sehe ich, Franziska. Diese Katze weiß das offensichtlich zu schätzen. Ich finde, sie ist ordentlich rund geworden in den letzten Tagen!«

»Winterfell!«, beschied Gertrud sie. »Ist kalt geworden!«

»Ja, natürlich, Frau Gertrud. Sie verbringt ja auch ihre Tage beständig in Eis und Kälte!«

Franziska verzog belustigt die Miene. Nur zu gut wusste sie, wie selten Teufelchen den Platz am warmen Herd verließ. »Aber Ihr, Almut, seht nicht so geleckt aus wie dieser schwarze Schelm. Eher ein bisschen wie ein ausgefranstes Tischtuch.«

»So fühle ich mich auch. Die Meisterin meint, wenn ich etwas zu essen bekäme, würde das besser. Könnt Ihr mir etwas geben? Ich möchte so bald wie möglich wieder ins Kloster.«

»Sicher. Wir haben von unserem Essen gestern noch einiges übrig. Ihr habt es leider versäumt, Almut.«

»Sie hat Eier in Safransoße gemacht. So eine Verschwendung!«, murrte Gertrud, fügte dann aber hinzu: »Sie waren recht gut!«

»Hier sind noch welche. Und ein Brot mit Butter und einer dicken Scheibe Schinken, kalten Gänsebraten und eingelegtes Gemüse haben wir auch noch. Ich mache Euch etwas dünnen Wein dazu warm.«

Almut aß, und wenngleich sie nicht so recht genießen konnte, was die zwei Köchinnen ihr vorsetzten, so fand sie sich doch gestärkter und etwas ruhiger. Während sie das Mahl vertilgte, hatten die beiden anderen sich ganz friedfertig unterhalten.

»Ich würde gerne heute Vormittag zu Simon gehen, Frau Gertrud. Könnt Ihr das Brot in den Ofen schieben und beaufsichtigen, wenn ich den Teig vorher noch knete?«, fragte Franziska.

»Werd ich wohl können. Geht ruhig mit dem Schmied tändeln. Und wenn er etwas von einem Wildschwein dahat, solltet Ihr es mitbringen!«

»Mal sehen. Ich nehme auf jeden Fall einen großen Korb mit.« Franziska hob, kaum hatte sie es ausgesprochen, die Hand an den Mund. »Besser keinen Korb.«

»Was geschehen ist, werdet Ihr ihm am besten so erklären, wie Ihr es mir auch gesagt habt, Franziska. Ich glaube nicht, dass er Euch überhaupt böse ist. Eher, denke ich, er ist traurig darüber, weil Ihr ihn verdächtigt habt.«

Almut versuchte, ihr Mut zu machen, und Franziska rieb sich verlegen die Hände an der Schürze ab.

»Meint Ihr?«

»Meine ich. Richtet ihm einen Gruß von mir aus. Ich komme in den nächsten Tagen einmal mit dem Herrn Gero von Bachem bei ihm vorbei.«

»Dem Ritter? Ihr verdächtigt ihn also nicht mehr?«

»Nein. Er war es nicht. Aber nun muss ich gehen.«

Meister Krudener saß noch an Pater Ivos Krankenlager, als Almut die Stube betrat. Er war jedoch eingenickt, sein Kopf war auf die Brust gesunken, und seine seltsame Kopfbedeckung, ein wie ein morgenländischer Turban gewundener Stoffstreifen, war zu Boden gerutscht und entblößte ein Haupt voller kräftiger, grauschwarzer Locken. Vorsichtig hob Almut den Stoffballen auf und berührte sacht die Schulter des Schlafenden. Er war sofort wach und brauchte nur ein kurzes Blinzeln, um sich in dem vom Morgenlicht durchfluteten Raum zurechtzufinden.

»Ah, Frau Sophia!«, krächzte er leise und stülpte sich den Turban wieder über. »Ich war tief in Gedanken.«

»Ja, so sah ich das auch. Wie geht es ihm?«

»Jetzt, so scheint es mir, erheblich besser. Doch die Nacht war ein entsetzlicher Tanz. Ihr habt gut daran getan, mich zu rufen. Die armen Mönche hätten wahrscheinlich einen Exorzismus durchgeführt, wenn sie ihn erlebt hätten.«

»So schlimm?«

Sehr ernst nickte der Apotheker. »Sehr schlimm. Und ich fürchte, ich habe ihm einiges an Abbitte zu leisten. Doch das kann geschehen, wenn er wieder sein normales, gewittriges Selbst ist. Seit der Prim schläft er ruhig und scheint auf dem Weg zur Genesung. Ich werde nun nach Hause gehen und ihn Eurer Obhut überlassen. Aber bedenkt, er weiß vermutlich nicht, dass ich bei ihm war. Schweigt also darüber und lasst es mich mit ihm ein anderes Mal ausmachen. Ich komme später am Tag noch einmal wieder.«

»Gerne, Meister Krudener.«

»Ihr seid ein wunderliches Geschöpf, Kind«, meinte er und blickte aus seiner hageren Höhe auf sie herab. »Ihr scheint irgendwie regelnd in die Geschicke der Menschen einzugreifen. Nun denn, lebt wohl, Frau Almut.«

Sie nahm Meister Krudeners Platz ein und betrachtete den ruhig schlummernden Mann. Pater Ivos Gesicht war jetzt entspannt, wenn auch durch das Fieber und die Anstrengungen eingefallen. Bruder Markus kam nach einer Weile und schickte sie fort, denn er wollte die Wunden des Kranken neu verbinden. Aber auch er äußerte sich hoffnungsvoll über den Fortgang der Heilung.

»Geht zu dem Ritter, Frau Begine. Er sorgt sich um seinen Knappen, wenn ich das richtig verstanden habe.«

»Oh, Fredegar, ja. Er sollte mit Nachrichten zurückkommen.«

»Er tat es bislang nicht.«

»Das hört sich nicht gut an. Ich finde den Herrn Gero sicher im Gästehaus.«

»Oder vor dem Altar, büßend und betend, wie es seine Art ist.«

Sie fand ihn jedoch im Innenhof, wo er sich mit einem der Mönche unterhielt.

»Seid gegrüßt, Frau Almut. Nun, wie fandet Ihr unseren Freund, den Pater, vor?«

»Auf dem Weg der Besserung. Er schläft. Aber Ihr vermisst Euren Knappen, hörte ich eben?«

»Ja, der Junge ist gestern nicht zurückgekehrt. Ich muss gestehen, ich mache mir Sorgen um ihn.«

»Nun ja, Köln hat seine dunklen Ecken – und seine verführerischen. Möglicherweise hat er auf seiner Suche nach Pitter irgendwo Rast gemacht und darüber die Zeit vergessen. Er ist ein junger Mann mit einer gewissen Abenteuerlust.«

»Das schon, aber er war bisher in der Ausübung seiner Pflichten immer sehr gewissenhaft. Ich habe Angst um ihn. Vermutlich muss ich mich aus meinem sicheren Hort hinausbegeben und ihn suchen.«

»Haltet Ihr das für klug? Ich weiß, die Friedensverhandlungen sollen in diesen Tagen beginnen, aber noch immer könnte man den schändlichen Plan ausführen, von dem Ihr Kenntnis erhalten habt.«

»Auch das bereitet mir Sorge. Was, wenn Fredegar ihr leichtes Opfer geworden ist?«

Almut überlegte einen Moment. »Es wäre eine hässliche Idee, ihn als Lockköder für Euch zu verwenden, nicht wahr?«

»Ihr denkt rasch, Frau Almut. Ja, das befürchte ich.«

Almut nickte und fasste einen Entschluss.

»Geht Ihr zu Pater Ivo und wacht über seinen Schlaf. Aber wenn er aufwacht und bei klarem Verstand ist, fragt ihn unbedingt nach den Beweisstücken. Er muss den Brief von Wevelinghoven irgendwo aufgehoben habe. Ich denke, das ist jetzt besonders wichtig. Er hat nämlich herausgefunden, dass es sich um ein Palimpsest handelt, und wir vermuten, es ist das nämliche Pergament, auf dem die Beauftragung durch den ›edlen Freund‹ geschrieben war. Pater Ivo wollte es zu Meister Krudener bringen, der in der Lage ist, abgeriebene Tinte wieder lesbar zu machen. Wenn ihm das gelingt und unser Verdacht richtig ist, dann würde dieses Schreiben uns den wahren Verräter enthüllen.«

»Großer Gott, ja – wenn es das nämliche Pergament ist!«

»Wir können nur vermuten, aber es ist eine Möglichkeit, nicht wahr? Fragt ihn also danach. Ich will in der Zwischenzeit versuchen, diesen Päckelchesträger zu finden.«

»Geht nicht alleine, Frau Almut. Auch Ihr könntet ein Ziel der Verräter sein.«

»Weniger als Ihr, Herr Gero, sonst hätten sie mich schon lange fassen können. Und ich denke, nicht hier und am lichten Tag. Ich gehe sofort los und bin spätestens zur Sext zurück.«

»Dann behüte Euch die heilige Jungfrau auf Eurem Weg. Ich danke Euch.«

Sie fand Pitter nicht an seinem gewohnten Platz, und auch seine Freunde hatten ihn an diesem Morgen noch nicht gesehen. Das machte Almut stutzig, und eine leise Ahnung von Gefahr beschlich sie. Wo waren die beiden Jungen? Da sie sowieso in der Nähe des Konvents war, machte sie kehrt und wollte gerade am Tor klopfen, als Franziska hinaustrat.

»Schon wieder zurück, Almut?«

»Eigentlich nicht. Sagt, hat sich der Pitter heute schon hier blicken lassen? Die Küche unseres Hauses ist ein beliebtes Ziel von ihm!«

»Nein, bei uns war er noch nicht, der kleine Hungerhaken. Soll ich nach ihm Ausschau halten, wenn ich zum Adler gehe?«

Almut setzte sich an Franziskas Seite in Bewegung und meinte: »Ich werde Euch ein Stück zum Adler begleiten. Vielleicht war Simon heute zu früher Stunde schon unterwegs und hat Pitter oder Fredegar irgendwo gesehen. Ich habe da so ein Gefühl, der Knappe oder beide könnten in Schwierigkeiten geraten sein.«

»Ist der Jungpfau bei ihm? Ich hatte nicht den Eindruck, die beiden würden ein einträchtiges Gespann bilden.«

»Ich habe Fredegar gestern losgeschickt, um nach Pitter Ausschau zu halten. Übrigens verstehen sie sich besser, als sie es sich eingestehen wollen. Wenn sie Hilfe brauchen, sind sie hoffentlich so klug und haben sie bei Simon gesucht.«

»In der Schenke werden sie sitzen und Bier trinken!«

»So sie denn wiederhergestellt ist. Aber das glaube ich nicht.«

»Hätte der große Dummkopf mir das eigentlich nicht sagen können? Ich meine, das mit der Schlägerei?«, trotzte Franziska vor sich hin.

»Hätte er wohl. Aber so ist er nun mal. Wisst Ihr, Franziska, es gibt Männer mit schlimmeren Fehlern als einer solchen Tollpatschigkeit.«

»Ja«, seufzte die Köchin und fügte hinzu: »Mit viel schlimmeren. Schauen wir mal.«

»Ich werde Euch als Wildbret tarnen, junger Mann«, erklärte Simon und winkte den beiden Jungen zu, ihm zu folgen. In dem kleinen Stall, der den Esel beherbergte, deutete er auf den Karren. »Hier drauf, unter der Plane.«

»Das ist es, Simon!« Beifällig nickte Pitter. »Ihr seid bekannt dafür, dass Ihr dem Kloster hin und wieder Bier und Fleisch liefert. Wird sich keiner was bei denken!«

Fredegar hatte mit leicht angeekeltem Ausdruck das verschmierte und von getrocknetem Blut fleckige Fuhrwerk betrachtet und schüttelte sich.

»Sieht aus wie ein Henkerskarren.«

»Entweder das, oder du gehst zu Fuß. Deinem Umhang wird ein bisschen Dreck jetzt auch nicht mehr schaden!«, beschied ihn Simon. »Ich hole noch ein paar Decken!«

Er ließ die beiden Jungen stehen und ging zum Haus. So war er nicht anwesend, als zwei Männer in den Hof traten und sich suchend umsahen.

»Da ist er!«, knurrte der eine, der in das offene Stalltor spähte. »Und dieser andere Bengel auch.«

»Pitter!«, keuchte Fredegar. Doch der wendige Päckelchesträger hatte sich schon unsichtbar gemacht, wahrscheinlich war er irgendwo durch einen Spalt geschlüpft. Mit seinem letzten Mut zog der Knappe das Stilett aus der Scheide und machte sich bereit, sein Leben zumindest teuer herzugeben. Der Narbengesichtige kam auf ihn zu, der andere, dessen Nase auffallend rot war, folgte ihm mit einem unangenehmen Lächeln.

»Jungchen, wir wollen dir nicht wehtun. Komm einfach mit uns.«

»Nur über meine Leiche!«

»Große Worte für einen kleinen Knappen!«

Das Narbengesicht verzog sich zu einem Grinsen,

und mit einer schnellen Bewegung griff er nach Fredegar. Er wieherte vor Schmerz auf, als das spitze Messer
seinen Arm traf.

»So willst du das also haben!«

Der Rotnasige löste den Knüttel an seinem Gürtel
und holte aus. Doch sein Schritt nach vorne wurde
durch ein Lumpenbündel am Boden gebremst, das sich
als unerwartetes Hindernis darstellte und ihm mit
einem kräftigen Tritt ans Schienbein zum Straucheln
brachte. Der Knüttel traf daneben – knapp. Der andere
Söldner hatte ebenfalls seine Waffe gezogen, einen
metallbeschlagenen Schlagstock, mit dem er Fredegar
auf den Leib rückte. Flink drehte sich der Junge weg,
doch der Narbengesichtige hatte lange Arme. Mit
einem Sprung rettete sich der Junge hinter den Esel, und
der Hieb traf das arme Tier auf die Nase. Es gab einen
gellenden Schrei von sich und trat aus. Fredegar wurde
ins Stroh geschleudert und blieb keuchend liegen. Der
mit der roten Nase hatte sich inzwischen durch einen
gezielten Tritt von seiner menschlichen Fußfessel befreit und wollte über ihn herfallen. Dabei musste er jedoch an dem Esel vorbei, der blind vor Schmerz nach
allen Seiten keilte und biss. Für einen Moment war Fredegar also vor dem Angriff geschützt und rappelte sich
vorsichtig wieder auf, das Stilett fest in der Hand.

»Was ist denn hier los?«, hörte er in diesem Augenblick eine Frauenstimme. Und eine andere rief: »Simon!
Zu Hilfe!«

Der Knappe wollte erleichtert aufatmen, doch er
strauchelte und geriet so dem Esel in die Quere. Ein Huf
traf ihn an der Schläfe, er stürzte erneut, schlug mit dem
Hinterkopf auf etwas Hartem auf und verlor das Bewusstsein.

In das Kreischen des Esels und das Schreien der beiden Frauen im Hof mischte sich das Brüllen dreier Männer. Es verstummte jedoch rasch, denn Simon, den Schmiedehammer in der Hand, fuhr zwischen die Söldner wie Thor, der Gott seiner Vorfahren.

»Stümper!«, urteilte der Schmied und trat den Narbengesichtigen, den er mit einem Hieb auf die Schulter gefällt hatte, in die Seite. Der andere lag mit einem gebrochenen Arm, einer Beule am Kopf und einer blutenden Wunde am Oberschenkel still neben dem Karren. Den dröhnenden Kopf hatte allerdings nicht der Hammer verursacht, sondern eine Holzplanke, meisterlich geführt von Pitter. Die Beinwunde hingegen verdankte er dem Esel, der ihn herzhaft gebissen hatte.

»Ei wei!«, stellte Almut nüchtern fest. »Das sollte also gespielt werden. Wo ist Fredegar?«

»Der liegt da hinten. O Jesus und Maria!«

Pitter war an dem tobenden Esel vorbeigeschlüpft und kniete jetzt ebenfalls im Stroh. Franziska fauchte Simon an: »Bringt endlich dieses verdammte Tier zur Ruhe, Simon!«

»Schon gut!«, brummte der Schmied und ließ von dem Söldner ab. »Dann kümmert Ihr Euch um den da! Hübsch verschnüren müsst Ihr ihn. Seile hängen da vorne!«

Mit starker Hand zog er darauf den Esel aus dem Stall und zerrte ihn an den Trog, wo er ihn festband. Dann tätschelte er ihm den Kopf und murmelte irgendwelche entschuldigenden Laute in dessen lange Ohren. Seltsamerweise beruhigte sich das Tier unter seinen Händen, senkte ergeben den Kopf und rieb sich sacht an seinem Arm.

»Was starrt Ihr mich so an, Frau Franziska!«, fragte Simon, als er bemerkte, dass die kleine Köchin ihn mit offenem Mund beobachtete. »Ich hab doch getan, was Ihr befohlen habt.«

»Ja, äh … Ja, das habt Ihr. Hört der Esel immer so schnell auf Euch?«

»Esel und Pferde tun das, Frau Franziska. Sogar störrische Maultiere gehorchen mir gelegentlich. Bei anderen Lebewesen habe ich leider nicht dieses Geschick.«

»Liegt wohl an der Methode?«

»Ja, wahrscheinlich. Aber ich würd mich zum Beispiel nie trauen, eine Katze so zu kraulen wie Zottel hier. Die kratzen nämlich immer gleich.«

»Das ist doch gar nicht wahr! Katzen können wunderbar sanft sein.«

»So? Und was muss man tun, damit sie ihre Krallen einziehen?«

Plötzlich funkelten ihn zwei grüne Katzenaugen an, und Franziska schnurrte: »Nun, man darf sie nicht gegen die Fellrichtung streicheln. Sie brauchen viel Ruhe und Geduld. Schutz und Freiheit zugleich. Selbst die Widerspenstigsten werden sanft, wenn man sie mit einem Leckerbissen lockt.«

»Was, außer ein paar mageren Mäusen, könnte ich einem Kätzchen schon bieten?« Simon senkte bescheiden das Haupt, und seine breiten Schultern sackten demütig herab.

»Einen gebratenen Storch! Einen Kamin, der zieht. Und eine warme Kammer …«

»Ich hätte da noch ein Gasthaus, ganz neu eingerichtet und sauber …«

»Sauber und behaglich warm? Das lieben Kätzchen …«, flüsterte Franziska und machte einen Schritt auf den Schmied zu. Der verwandelte sich vom unterwürfigen Bittsteller in Windseile zu einem aufrechten und außerordentlich starken Mann. Die kleine Köchin verschwand förmlich in seinen Armen. Aber sie beklagte sich nicht über die Inbesitznahme.

Almut hingegen konnte sich solcher Tröstungen nicht erfreuen. Sie hielt Fredegar im Arm und versuchte herauszufinden, wie schwer seine Verletzung war. Über seine Stirn zog sich eine blutige Schramme. Der Huf hatte ihn eigentlich nur gestreift. Aber er war beim Sturz mit dem Hinterkopf auf einen Pfosten geprallt und befand sich in tiefer Bewusstlosigkeit. Sie hoffte, er habe sich nicht den Schädel gebrochen. Vorsichtig richtete sie ihn auf, und er gab ein leises Stöhnen von sich.

»Fredegar! Fredegar, wach auf!«, bat sie ihn eindringlich.

Er murrte leise, bewegte sich aber.

»Hol etwas Schnee, Pitter!«

Der Päckelchesträger schoss aus dem Stall und kam gleich darauf mit einer Hand voll Schnee zurück. Almut nahm ein wenig davon und strich damit ungeschickt über Fredegars Gesicht.

»Lasst mich das machen. Von mir kennt er das Einseifen schon!«

Erstaunlich vorsichtig kühlte Pitter die Stirn seines Freundes, und der schlug denn auch die Augen auf.

»Nicht schon wieder, Pitter!«, protestierte er schwach.

»Er erkennt mich.« Zufrieden ließ Pitter von ihm ab.

»Sind sie weg?«, wollte der Knappe wissen.

»Nun, auf gewisse Weise sind sie weg. Der Schmied hat sie als Amboss benutzt. Und der Esel hat den einen gebissen. Es war sehr nett.«

»Und dieser Päckelchesträger hat mit der Planke zugeschlagen, was wenig ritterlich war«, fügte Almut hinzu.

»Aber sehr wirkungsvoll!«

»Danke. Uh, was tut mein Kopf weh. Ich fürchte, mir wird schlecht.«

Pitter machte sich auf bewährte Weise unsichtbar, und Almut leistete dem angeschlagenen Knappen barmherzig Hilfe.

Als sie wieder auf den Hof kam, fand sie die beiden Söldner säuberlich zusammengebunden.

»Was sollen wir mit der beschädigten Ware machen, Frau Almut?«, fragte Simon, der seine Opfer grübelnd betrachtete.

»Mh, gute Frage. Ich könnte mir vorstellen, der Herr von Bachem würde sich gerne mit ihnen unterhalten. Und – ach, wisst Ihr, im Kloster gibt es einen überaus passenden Kerker. Wir müssten sie nur dorthin schaffen, ohne großes Aufsehen zu erregen.«

»Dann tun wir das auf dem selben Wege, auf dem ich eigentlich den Jungen dorthin schaffen wollte. Als gut verpacktes Wildbret!«

»Ob Ihr wohl eine Kammer für den jungen Herrn Fredegar richten könntet, Simon? Er ist mächtig angeschlagen und sollte eine Weile ganz ruhig liegen.«

»Das müsst Ihr die Herrin des Gasthauses fragen, Frau Almut«, riet ihr Simon und lächelte Franziska an. Die bekam plötzlich ein hochrotes Gesicht, hielt aber Almuts Blick stand.

»Nun, Herrin Franziska?«

»Ja, ja, selbstredend. Ich kümmere mich sofort darum!«

»Ich helfe Euch, Frau Franzi. Er ist schließlich mein Freund!«, bot sich Pitter an.

Nachdem die Dinge so zufrieden stellend geregelt worden waren, machte sich Almut sofort auf den Weg nach Groß Sankt Martin. Voll Staunen hörte sie eben erst die Glocken zur Terz rufen. Ihr war die Zeit viel länger vorgekommen. Der Innenhof des Klosters war menschenleer, die Mönche bei ihrem Gebet. Doch der Ritter wanderte ruhelos in seinem Quartier auf und ab, als sie in das Gästehaus trat.

»Frau Almut!«

»Setzt Euch, es ist so weit alles in Ordnung.«

Sie berichtete ihm, was sie wusste und vermutete, und er nickte.

»Ja, das wird uns vielleicht helfen, sofern die Männer gesprächig sind.«

»Habt Ihr inzwischen mit Pater Ivo sprechen können?«

»Ja, ich war kurz bei ihm. Er ist bei klarem Bewusstsein gewesen. Was mit dem Korb geschehen ist, weiß er allerdings nicht. Er hat ihn damals mit in die Räume des Priors genommen. Der Brief hingegen befindet sich in seiner Zelle, wohl verwahrt in einem Kästchen unter seinem Bett. Ich habe mich allerdings nicht getraut, dort ohne Erlaubnis des Abts einzudringen.«

»Die Erlaubnis holen wir uns hinterher. Die Mönche sind jetzt beim Gebet. Wisst Ihr, wo die Zelle ist?«

»Ja, natürlich.«

»Worauf wartet Ihr, Herr Gero!«

»Ja, worauf warten wir eigentlich!« Kopfschüttelnd sah Gero von Bachem die energische Begine an. »Ich komme gleich wieder.«

Es dauerte wirklich nur drei Salve Regina, bis er zurückkam. Aus seinem Wams zog er den Pergamentbogen, den Almut vor beinahe zwei Wochen in den Windeln des Kindes gefunden hatte.

»Ist er das?«

»Ja, Herr Gero, das ist er. Lest ihn, vielleicht gibt er Euch auch schon einen Aufschluss auf den Schreiber.«

Der Ritter faltete das Schreiben auseinander, las langsam und konzentriert und erstarrte plötzlich.

»Großer Gott im Himmel und alle Heiligen! Das erklärt ein schändliches Vorgehen. Aber zu meinem größten Bedauern kann ich Euch nichts zu besagtem edlen Freund berichten. Aber Ihr habt es richtig erkannt, das Pergament wurde zumindest schon einmal beschriftet. Seht Ihr, hier ist es nicht sonderlich sorgfältig abgerieben worden!«

»Der Apotheker hat versprochen, im Laufe des Tages noch einmal vorbeizuschauen. Wir können es ihm mitgeben, damit er es entsprechend behandelt.«

»Wenn uns nicht diese da schon Auskunft geben können!«, bemerkte der Ritter und deutete durch das Fenster auf den Hof, von dem Gepolter zu hören war. Der Eselskarren zockelte über das Pflaster, Simon führte das Tier langsam und mit einer Hand auf seiner Kruppe. »Denn das werde ich mir jetzt nicht entgehen lassen, Frau Almut.«

Er drückte ihr das Pergament in die Hand und stürmte hinaus. Die Begine hingegen setzte sich auf die Bank nahe am Kaminfeuer. Sie fühlte sich plötzlich sehr müde.

Diesmal war es Meister Krudener, der sie wecken musste. Noch ein bisschen verwirrt schaute sie auf und sah Gero von Bachem und den Apotheker vor sich stehen.

»Es dauert mich, Euren Schlaf der Gerechten zu stören, Frau Almut, aber Ihr haltet dort etwas in Eurer

Hand umklammert, das zu untersuchen mich dieser Herr hier bat.«

»Oh!« Almut öffnete die verkrampfte Hand, und Meister Krudener nahm ihr das zerknitterte Pergament ab. »Diese Männer, die Simon hergebracht hat, haben wohl nichts preisgegeben, Herr Gero?«

»Sie sind von einem ihrer Hauptleute beauftragt worden, mich vor die Mauern der Stadt zu locken. Mehr geben sie nicht zu. Aber ich bin sicher, sie hatten auch den Auftrag, mich umzubringen. Nun, das werden sie in der nächsten Zeit nicht versuchen können!«, antwortete er grimmig. »Aber bedauerlicherweise kennen sie den wahren Drahtzieher nicht – oder sind ohne intensive Überredung nicht bereit, ihn zu nennen. Darum dachte ich mir, bevor ich mir die Finger an ihnen beschmutze, versuchen wir es mit der Entzifferung des Pergaments. Wenn das nichts bringt… Nun, dann sehen wir weiter.«

»Also soll *ich* mir daran die Finger schmutzig machen!«, bemerkte Krudener, der das Pergament sorgfältig geglättet hatte und am Fenster bei Tageslicht einer ersten Prüfung unterzog. »Denn das wird passieren, wenn ich diese Schrift wieder sichtbar machen soll. Gallapfeltinktur gibt üble Flecken!«

»Ihr könnt es also?«

»Nicht hier, Herr Ritter. Ihr werdet mich schon in mein Laboratorium gehen lassen müssen.«

»Können wir Euch begleiten?«

»Ah!« Er lachte gackernd auf. »Frau Almut frönt wieder der Neugier?«

»Ich bin so ein schwacher Mensch, Meister Krudener. Ich kann dieser Neigung, die mir die Sterne bei meiner Geburt in die Wiege gelegt haben, nur schlecht widerstehen.«

Der Ritter sah sie etwas zweifelnd an, und Almut zuckte mit einem resignierten Lächeln die Schulter. »Meister Krudener hat mein Horoskop gedeutet und kennt nun meine persönlichen Schwächen nur allzu gut. Kommt Ihr auch mit? Ich denke, es dürfte jetzt gefahrlos für Euch sein, diese heilige Stätte zu verlassen.«

»Das glaube ich auch. Nicht nur Ihr seid mit der Neigung zur Neugier geschlagen!«

Sie nahmen ihre Umhänge, und der Ritter ließ sich an der Pforte auch seine Waffen geben.

Auf dem Weg zum Neuen Markt fragte Almut: »Habt Ihr noch einmal nach Pater Ivo gesehen, Meister Krudener?«

»Ich warf einen kurzen Blick in die Infirmerie. Doch er schlief tief und fest. Das Beste, was er jetzt tun kann, um die Genesung zu fördern.«

»Ja, mag sein.«

»Ihr hört Euch zweifelnd an, doch seid versichert, dieser Bruder Markus versteht einiges von Krankenpflege. Ich habe mich eine Weile mit ihm unterhalten.«

Almut hing dennoch ihren sorgenvollen Gedanken nach, und auch der Ritter schwieg nachdenklich. Erst als sie in der Apotheke eintrafen und Meister Krudener mit seinen Prozeduren begann, richtete sich die Aufmerksamkeit beider auf das gegenwärtige Geschehen. Auf der Theke in dem höhlenartigen Vorraum breitete der Apotheker das Dokument aus und strich es glatt. Dann griff er zielstrebig in eines der Regale und nahm eine Phiole herunter, öffnete sie und schnupperte an ihrem Inhalt.

»Ah ja, nun wollen wir daran gehen, ein Wunder zu wirken!«

»Eines Eurer größeren, Meister Krudener?«

»Mindere Magie, lediglich mindere Magie. Seht – die Dornentinte dringt tief in das Material ein, Abreiben beseitigt nur das, was auf der Oberfläche haftet!«, erläuterte er, als er eine Ecke des Pergaments mit der Tinktur betupfte. »Das Weißen mit der Kreide überdeckt die früheren Spuren nicht vollständig. Dieses Zeug hier färbt die Stellen nach, in die die Tinte tief eingedrungen ist. Nun ja, richtig deutlich wird die Schrift sicher nicht mehr, aber man wird sie wahrscheinlich stellenweise entziffern können. Für kurze Zeit. Denn anschließend verdirbt diese Flüssigkeit die Haut. Macht also tunlichst bald eine Abschrift von dem, was Ihr darauf findet.«

Er tupfte ein wenig weiter, und zwischen den Zeilen des Textes erschienen, bräunlich verfärbt, einige Worte. Er ging mit dem Pergament zum Eingang und öffnete die Tür. Helles Mittagslicht fiel auf das Schreiben.

»Schaut her, Herr Gero, so sieht das aus.«

Der Ritter beugte sich vor und betrachtete die wiederentstandene Schrift!

»Um Himmels willen!«, stieß er plötzlich aus. »O Gott, arme Bettina! Armes, geliebtes Weib. Das ist entsetzlich!«

»So sprecht doch. Was habt Ihr erkannt?«

»Das ist die Schrift des ehrenwerten Schöffen Gerhard de Benasis, dem engsten Vertrauten des Erzbischofs. Ihrem Bruder. Meinem Feind. Nie hätte ich das gedacht.«

Gero von Bachem rang noch immer um Fassung, und Almuts Gedanken überschlugen sich.

»Könnt Ihr versuchen, die Unterschrift zu finden, Meister Krudener? Wir müssen Gewissheit haben!«

»Nun ja«, krächzte der Apotheker, »Ihr verlangt einmal mehr kleinere Wunder von mir.«

Aber er nahm das Pergament wieder an sich und betupfte es am unteren Rand. Und siehe da, unterhalb der pompösen Grußformel des Johann von Wevelinghoven erschien ein kühner Schriftzug.

Gerhard de Benasis.

»Wahrhaftig.« Almut atmete heftig aus. »Dann ist er also der Urheber der ganzen Auseinandersetzungen. Der falsche Ratgeber, der den Erzbischof für seine Zwecke eingesetzt hat!«

»So ist es. Ich wusste, er vertrat andere Ansichten als ich, aber ich hielt ihn zumindest für loyal. Ich muss ihm sehr im Wege gewesen sein.«

»O ja. Vor allem auch durch Eure Verbindung zu Frau Bettina. Glaubt Ihr, er war auch der Kläger der Feme?«

»Mit Sicherheit. Und dieser teuflische Plan, mich sozusagen als Opfer der Kölner zu präsentieren, damit der Erzbischof die Friedensverhandlungen abbricht, wird ebenfalls von ihm stammen. Auch das trägt seine Handschrift. Die beiden Söldner, die Euer Schmied abgeliefert hat, können uns das – nachdem wir diesen Beweis haben – sicher bestätigen.«

»Und – grundgütige Maria – auch den Mord an seiner Schwester gestehen.«

Der Ritter drückte sich die Handballen gegen die Augen und stöhnte.

»Es ist unfassbar, Frau Almut.«

»Ja. Aber es erklärt auf jeden Fall, weshalb Frau Bettina nicht ihre Familie aufsuchen konnte. Die Belastungen lauteten gegen ihren eigenen Bruder, und sie hat gewusst, welches Spiel er getrieben hat. Aber wen, Herr Gero, sah sie als ihren Helfer an? Er könnte auch der Eure sein.«

»Ja, vielleicht. Ich weiß nicht, ob wir es je herausfinden. Es ist mir im Augenblick auch egal. Frau Almut, ich möchte nur, dass Bettina endlich ein christliches Begräbnis erhält – ob ihre Familie davon weiß oder nicht, ist mir reichlich gleichgültig.«

»Nun, das solltet ihr mit Abt Theodoricus klären. Er scheint mir ein verständiger Mann zu sein.«

»Ja, das sollte ich wohl.«

Meister Krudener hatte schweigend sein Handwerkszeug fortgeräumt und nickte den beiden zu.

»Theo ist in Ordnung. Er ist ein bisschen phlegmatisch – zu viel zäher Schleim, zu wenig dünnes Blut, aber verständig.«

»Ja, wir sollten uns auf den Weg zu ihm machen. Wo ist übrigens Trine, Meister Krudener?« Almut war so gefangen von der Entschlüsselung des Pergaments, dass ihr die Abwesenheit des taubstummen Mädchens erst jetzt auffiel.

»Sie hat die Nacht über auf meine Gerätschaften aufgepasst und schläft jetzt.«

»Nun, dann grüßt sie von mir, wenn sie wieder munter ist. Einstweilen lebt wohl, Meister Krudener. Und danke für alles!«

»Ich werde mich noch einmal mit den Gefangenen unterhalten!«, meinte Gero von Bachem, als sie an der Klosterpforte angelangt waren. »Anschließend hoffe ich auf Eure Begleitung zum Vater Abt.«

»Gerne, Herr Gero. Aber jetzt möchte ich erst mal in die Krankenabteilung schauen!«

Doch dazu kam es nicht. Der pummelige Novize stürzte auf sie zu, als sie eben in den Innenhof trat.

»Oh, Lodewig! Hast du mich gesucht? Ist etwas passiert? Pater Ivo?«

»Mh, Nein. Mh, Frau Almut?«

»Was ist denn, Junge?«

»Ob Ihr wohl mal in die Kirche gehen könnt. Ich meine, die Brigiden. Der… der Gassenjunge wartet da auf Euch. Er besteht darauf, es sei scheußlich wichtig.«

»Aber natürlich. Ich komme sofort.«

Almut warf sich ihren Umhang über und eilte hinter dem Novizen her, der sie diesmal den korrekten Weg aus dem Kloster hinaus in die daneben liegende Kirche führte.

»Frau Almut!«

»Pitter, was ist passiert? Geht es Fredegar schlechter?«

»Nee, der ist in Ordnung. Aber ich muss Euch etwas sagen. Weil, Ihr habt mir doch neulich noch einen Auftrag gegeben. Nie komme ich dazu, Euch zu berichten, was ich herausgefunden habe. Und nun sitzt Ihr hier im Kloster, und ich habe Angst um Euch.«

»Aber hier bin ich sicher, Pitter. Unter den Mönchen hier wird mir gewiss nichts passieren, denke ich.«

»Das haben Pater Ivo und die Frau Bettina auch gedacht. Hört! Ich habe meine Kumpels gefragt, wegen dem Brief, den die Dame geschrieben hat und wem der gebracht werden sollte.«

»Oh, das hätte ich beinahe vergessen. Hast du es herausgefunden? Das wäre wunderbar. Da hätten wir ja dann den geheimnisvollen Helfer!«

»Schöner Helfer! Clas hat den Brief von ihr bekommen und eine blanke Münze. Er hat ihn hierher bringen müssen. Frau Almut – zu Prior Rudgerus!«

Almut starrte den Jungen fassungslos an.

»Er hat auch eine Antwort für sie mitbekommen. Aber keine Münze. Die Frau war wohl sehr erleichtert, als sie das Fetzchen Pergament gelesen hat.«

»Gütiges Herz Mariae!«

»Und noch was, Frau Almut. Der Hans von der Schmiergass, der hatte den Auftrag, ein Teufelskind zu entführen. Angeblich, weil Ihr Beginen damit schwarze Messen feiert.«

»Himmlische Jungfrau!«

»Es sollte hierher gebracht werden, Frau Almut. Damit ihm der Teufel ausgetrieben würde!«

»Königin aller Heiligen!«

»Es heißt – aber das hat niemand direkt gesagt –, der Prior habe das angeordnet.«

»Herrin der himmlischen Heerscharen!«

»Aber der Hans war am Christtag hier und hat um Almosen gebeten. Und die Evvi prahlt seither in einem Seidenkleid herum.«

»Außerdem hatte er einen Weinschlauch und eine Kutte aus dem Kloster bei sich. Das wird seine Richtigkeit haben, Pitter.« Sie sah den Päckelcheströger sinnend an. »Der Tasselmantel, den Fredegar erkannt hat! Er gehörte auch der Frau Bettina. Ihn trug eine pockennarbige alte Vettel.«

»Die Pockenmarie! Ja, die stolzierte ein paar Tage mit einem feinen Mantel herum. Aber der wird inzwischen wohl schon zu mehreren Kleidern verarbeitet sein. Sie ist eine Näherin, wisst Ihr.«

»Pitter, das lässt ja einen geradezu entsetzlichen Schluss zu!«

»Ja, Frau Almut. Darum seid Ihr und der Ritter und der Pater hier auch nicht sicher.«

»Im Augenblick vermutlich schon, denn der Prior ist in seine Zelle eingesperrt. Das kann der Abt jedoch jederzeit widerrufen. Aber warum nur sollte er die Frau Bettina ermordet haben? Ich verstehe das nicht. Warum? Sie hat ihm doch nichts getan!«

»Weiß man's?«

»Ja, Pitter, da hast du Recht – man weiß es nicht. Ich muss mit dem Ritter und dem Abt sprechen!«

»Tut das, Frau Almut. Ich will wieder zum Adler zurückkehren. Die Frau Franziska hat recht schön das Regiment übernommen. Schon ganz in Ordnung, die kleine Kratzböösch. Aber ob sie wirklich was taugt, werd ich sehen, wenn ich das erste Mal um einen Kanten Brot bei ihr vorbeischaue.«

Trotz allem musste Almut lächeln.

»Ich werde ihr ins Gewissen reden, damit sie dich nie hungrig vor der Schwelle lässt.«

Pitter nickte und stob dann in einer der kirchlichen Umgebung wenig angemessenen Geschwindigkeit von dannen.

Der Besuch bei Theodoricus verzögerte sich noch eine Weile, denn Lodewig bat die Begine, ebenfalls an dem Essen im Refektorium des Gästehauses teilzunehmen, das für den Ritter und zwei weitere Besucher gerichtet war. Diese beiden Pilger, die den Dreikönigsschrein aufgesucht hatten, machten es Gero und Almut unmöglich, sich über ihr brennendes Anliegen zu unterhalten, und so verbrachten auch sie die Mahlzeit schweigend. Doch als die Schüsseln und Körbe abgeräumt waren, forderte Almut den Ritter auf: »Folgt mir, ich muss mit dem Abt sprechen. Es geht auch Euch an, was ich vorhin erfahren habe.«

»Ihr habt in der Zwischenzeit noch etwas herausgefunden? Ich war nicht so erfolgreich. Die beiden Halunken sind verstockt bis zur Verblödung. Immerhin kenne ich sie, sie gehören zu dem Fußvolk des Grafen von Ziegenhain, eines Verbündeten Friedrichs. Wahrscheinlich von Benasis über einen Mittelsmann gedungen.«

»Was ich erfahren habe, ist gefährlicher. Und unerwarteter. Es lässt entsetzliche Schlussfolgerungen zu, wirft aber auch schreckliche Fragen auf.«

»Nun, dann schauen wir, ob wir den ehrwürdigen Vater sprechen können.«

Theodoricus war nicht in seiner Wohnung. Es hieß, er habe Pater Ivo im Krankenrevier aufgesucht. Es dauerte aber nicht lange, und er kam zurück.

»Frau Begine, Herr Gero! Diesmal ein weniger dramatischer Auftritt in meinen Räumen?«

»Das wird sich weisen, Vater Abt«, meinte Almut mit grimmigem Unterton.

»Oh, nun, dann nehmt Platz.«

»Ihr seht besser aus, Theodoricus!«, bemerkte der Ritter, als er sich setzte.

»Der Rat der Begine war hilfreich. Dennoch ist das Problem noch nicht beseitigt. Und Ihr bringt mir ein neues, wie ich vermute.«

»O ja. Und zwar hat sich Folgendes gezeigt...«

Der Ritter fasste die Erkenntnisse über den Berater des Erzbischofs, Bettinas Bruder, zusammen, und Almut berichtete von Frau Bettinas Nachricht an den Prior, die Entführung des Kindes und sprach dann die Vermutung aus: »Somit liegt der Verdacht nahe, Euer Prior könnte der Mörder sein, nicht wahr?«

»Unmöglich!«

»Unmöglich?«

»Rudgerus hat Fehler, aber er ist kein Mörder!«

»Und Pater Ivo?«

»Eine Entgleisung.«

»Vielleicht war Frau Bettina auch eine Entgleisung?«

Theodoricus wirkte wütend, aber da seine beiden Besucher ruhig und gelassen bei ihrem Verdacht blieben, gewann er seine übliche Bedächtigkeit wieder.

»Nennt mir einen Grund, warum er es getan haben sollte, und ich werde es in Betracht ziehen.«

Almut und der Ritter sahen sich an und begannen gleichzeitig: »Die Verbindungen…«

»Der Einfluss…«

»Ihr zuerst, Frau Almut.«

»Vater Abt, Frau Bettina suchte Hilfe bei einer einflussreichen Person, um den Verrat am Erzbischof und die Morddrohung an ihrem… an Herrn Gero aufzudecken. Sie konnte es schwerlich bei ihrer Familie tun, denn ihr Bruder war ja darin verwickelt. Ihr könnt mir sicher verraten, wer hier in Eurer Gemeinschaft ein Mann von Einfluss ist. Sagen wir zum Beispiel mal, wer aus Patrizierkreisen stammt.«

»Ich, Frau Begine.«

»Ihr? Verzeiht.«

»In der Welt nannte man mich Theo von Horne, hier nun bin ich als Theodoricus de Cornis bekannt. Pater Ivo, wie Ihr wisst, nannte sich vom Spiegel. Und…« Mit einer hilflosen Handbewegung fügte der Abt hinzu: »Rudgerus von der Aducht.«

»Der sehr konservative Ansichten über den Einfluss der Geschlechter hegt und deren Vorherrschaft gesichert wissen möchte«, ergänzte der Ritter trocken.

»Gerade das dürfte ein ausreichender Grund sein, jeden Verdacht von ihm zu nehmen. Wer immer mit diesen Briefen etwas beweisen wollte, wird es gewiss nicht mit Hilfe meines Priors tun können. Er und Gerhard de Benasis sind sich sehr wesensnah.«

»Hat sich mein Gewährsmann vielleicht geirrt, Vater Abt? Habt Ihr etwa jenen Brief von Frau Bettina erhalten? – Und entsprechend gehandelt?«

Theodoricus sah Almut entgeistert an. Ihre Stimme hatte eine Schärfe, die ihn frösteln machte. Auch der Ritter war aufgestanden und strahlte eine Bedrohung aus, vor der er förmlich zurückwich.

»Himmlischer Vater, nein. Bitte, lasst uns in Ruhe nachdenken. Setzt Euch wieder, Herr Gero.«

Doch die drohende Atmosphäre lichtete sich nicht, während die Minuten des Schweigens verrannen.

»Möglicherweise existiert Frau Bettinas Schreiben noch. Ich werde Rudgerus Zimmer untersuchen. Oder besser, Ihr begleitet mich dabei«, schlug der Abt schließlich vor.

Die Spannung löste sich ein wenig, und Almut fragte in ruhigerem Ton: »Wisst Ihr von einer Verbindung zwischen de Benasis und der Familie von der Aducht?«

»Es mag zahlreiche geben. Patrizierfamilien pflegen untereinander zu heiraten, und irgendwo sind wir so ziemlich alle miteinander verwandt. Meine Mutter kannte den Stammbaum mit allen seinen Verästelungen, doch mich hat das nie interessiert. Mich zog es in die Familie des Glaubens, das Kloster ist seit nun beinahe vierzig Jahren meine Heimat.«

»Und Euer Prior?«

»Er trägt seit siebzehn oder achtzehn Jahren die Kutte.«

»Ein Spätberufener?«

»Er war zweiundzwanzig, als er die Gelübde ablegte. Mit großem Ernst und tiefer innerer Bewegung. Ich erinnere mich noch gut daran.«

»Dann könnte er zumindest Frau Bettina zuvor kennen gelernt haben.« Gero von Bachem kaute auf der Unterlippe, während er nachdachte. »Es wird uns wohl nichts anderes übrig bleiben, als die Familie zu befragen. Eine heikle Angelegenheit.«

Almut war aufgestanden und drehte sich plötzlich so rasch herum, dass ihre fliegenden Röcke beinahe das Lesepult umgeworfen hätten.

»Es geht leichter als das, Herr Gero. Besuchen wir Frau Gerlis, die Amme. Sie weiß, mit wem Eure Bettina aufgewachsen ist, wem sie vertraute, wer sie ablehnte.«

»Ein hervorragender Gedanke, Frau Begine. Doch dazu müsst Ihr wieder zu den Aussätzigen.«

»Je nun, ich war schon einmal da.«

»Es ist etwas Hinterhältiges an dieser Krankheit, Frau Almut. Sie bricht manchmal erst nach Jahren aus. Seid vorsichtig, berührt sie nicht und haltet beim Sprechen Abstand zu ihr!«, warnte auch der Abt.

»Ja, ja. Aber wir brauchen ihre Erinnerungen. Begleitet Ihr mich, Herr Ritter?«

»Gerne, doch lieber möchte ich den Vater Abt begleiten und nach dem Schreiben suchen.«

»Ihr traut mir noch immer nicht.«

»Mein Vertrauen im Großen und Ganzen ist, wie Ihr wohl verstehen werdet, recht erschüttert.«

»Ich gebe Euch mein Ehrenwort, Herr Ritter, ohne Euch die Räume des Priors nicht zu betreten. Begleitet die Begine zum Siechenhaus und dann zurück zu ihrem Konvent. Sie sieht aus, als ob sie etwas Ruhe benötigt. Wir werden anschließend gemeinsam nach dem Pergament Ausschau halten.«

Gero von Bachem willigte ein, und auch Almut nickte müde. Sie war wirklich erschöpft von ihrem Tagewerk und sehnte sich nach der Ruhe in ihrer Kammer.

Aber sie riss sich zusammen, und als die Glocke zur Non schlug, wanderten der schwertgegürtete Ritter und die graue Begine durch die kalten Straßen Richtung Melaten.

33. Kapitel

Die Aussätzige war tief verhüllt, nur ihre Augen schauten aus dem Schleier hervor, als sie die beiden Besucher empfing. Almut erkannte sie sofort wieder und begrüßte sie herzlich. Dem Herrn von Bachem begegnete sie zunächst mit einer gewissen Zurückhaltung, doch als sie erfuhr, welche Rolle er in dem Leben ihrer ehemaligen Schutzbefohlenen gespielt hatte, wurde ihr Blick sanfter.

»Gottbefohlen, und wie geht es meiner Kleinen, Herr Gero? Sie hat mir schon so lange nicht mehr geschrieben.«

Es war eine traurige Szene, die sich abspielte, als der Ritter ihr von dem Tod Bettinas und den grausigen Umständen berichtete, doch er und Almut hatten sich auf dem Weg zum Siechenhaus darauf geeinigt, der Amme die Wahrheit gleich zu Beginn zu sagen. Frau Gerlis war eine tapfere Frau, und nachdem sie ihre Tränen vergossen hatte, sperrte sie ihre Trauer in ihr Herz und fragte: »Ihr seid nicht nur gekommen, um mir über ihren Tod zu berichten. Frau Begine, was wollt Ihr von mir wissen?«

»Danke, Frau Gerlis, dass Ihr es so gefasst tragt. Ja, wir müssen etwas wissen. Erzählt uns – zu wem wäre Eure Bettina gegangen, um Hilfe für ihren Geliebten zu erbitten und zusätzlich den Verrat aufzudecken, den ihr Bruder Gerhard betrieben hat?«

»Gewiss nicht zu ihren Eltern. Nein, auch nicht zu ihren Schwestern. Die beiden Mädchen sind dümmer als Bohnenstroh und denken immer nur daran, wie viel Putz sie noch auf ihren Hauben platzieren können. Der junge Birkelin war ihr zu Zeiten einmal sehr zugetan. Aber nun ist er verheiratet...«, überlegte Frau Gerlis laut. »Ihre beiden anderen Brüder... Nun ja, sie ist auch ihnen immer mehr als überlegen gewesen. Die beiden könnten zwar einflussreich sein, ziehen es aber vor, ein Lotterleben zu führen. Als Kinder waren sie und Gerhard oft mit ihren Vettern zusammen, Bettina liebte es, sich mit den Scholaren zu messen. An Tändeleien hat sie, glaube ich, kaum gedacht. Zumindest habe ich nie ein bedrückendes Herzeleid bei ihr erlebt. Die jungen Männer hingegen haben da manch kühle Abfuhr erfahren. Sie war begehrt – trotz des Mals, von dem Ihr ja auch wisst.«

»O ja, sie war begehrt!«, bestätigte der Ritter leise und traurig. »Wer hätte so dumm sein können, ihre anziehende, liebenswerte Art zu schmälern, nur weil sie diesen roten Fleck auf der Wange trug.«

»Ach, es gab da schon einige, die sie damit aufzogen. Allerdings selten bösartig. Nur einer hat es dabei überzogen. Satanskuss nannte ihr Vetter das Mal und piesackte sie damit, sie habe heimlich den Besuch des Leibhaftigen in ihrer Kammer bevorzugt, statt sich mit wirklichen Männern abzugeben. Zum Glück hat sie ihn nicht ernst genommen und nur darüber gelacht.«

»Was für eine grausame Unterstellung!«

»Kinder sind so roh, und manch abgewiesener Liebhaber ist es auch. Dieser muss wohl besonders darunter gelitten haben. Er ist bald danach ins Kloster gegangen!«

Sie äußerte es ganz harmlos, aber Gero und Almut sogen beide laut den Atem ein.

»Rudgerus von der Aducht?«, fragte der Ritter.

»Ja, der. Ein leidenschaftlicher Junge voller wirrer Ideen. Ich weiß nicht, was aus ihm geworden ist. Das Mönchsein muss ihm schwer gefallen sein. Oder er ist zu einem Fanatiker geworden.«

»Er ist Prior in Groß Sankt Martin!«

Almuts Worte fielen wie Steine auf den Boden. Und plötzlich glomm in den Augen hinter dem Schleier ein unheilvolles Licht auf. Frau Gerlis fragte mit tonloser Stimme: »Hat sie *ihn* um Hilfe gebeten?«

»Ja.«

»Dann wisst Ihr, wer der Mörder ist.«

»Wissen wir das?«

»Er hat sie gehasst, Herr Gero – nachdem er sie geliebt hat und abgewiesen wurde. Er ist ein unangenehmes Kind gewesen, das nicht ertragen konnte, abgelehnt zu werden. Bettina war ihm immer überlegen, in allen Spielen und vor allem in ihren jugendlichen Disputen. Mehr als einmal hat sie ihn bloßgestellt. Nicht mit Absicht, sondern weil er einfach nicht weit genug denken konnte. Ihr Geist war so viel beweglicher als der seine. Ihren anderen Gefährten passierte das zwar oft genauso, doch sie nahmen es mit einem Lachen und manchmal auch mit Bewunderung auf. Nicht so Rudgerus. Er fühlte sich immer gedemütigt, und nach der Ablehnung seines Antrags hat er sich in einen glühenden Hass hineingesteigert. Gegen sie, und ich fürchte, auch gegen alle anderen Frauen. Ein Grund sicher, im Kloster vor ihnen Zuflucht zu suchen. Eines noch müsst Ihr wissen – als Junge war er geradezu krankhaft nachtragend!«

»Ei wei!«, seufzte Almut.

Leise, und mehr zu sich selbst sprach Frau Gerlis: »So hat er denn mein Kind getötet.«

Und bei dem Ton, in dem sie diese Feststellung traf, stellten sich Almut die Haare auf.

»Ja, so ist das wohl.« Gero von Bachem senkte das Haupt und schwieg eine Weile. Dann meinte er: »Das wird den Abt überzeugen. Denn welche Zweifel er auch immer hegt, er kennt diesen Mann seit achtzehn Jahren.«

»Frau Gerlis, habt Dank. Ihr habt uns sehr geholfen.«

Almut stand auf, und der Ritter erhob sich ebenfalls.

»Ich werde für eine angemessene Unterstützung Sorge tragen. Euch wird es nie an etwas mangeln, Frau Gerlis. So wie Bettina sich um Euch gekümmert hat, werde auch ich es für Euch tun.«

»Um mich, Herr Ritter, kümmert Euch nicht so sehr. Ihr habt eine Tochter, die Eurer Fürsorge bedarf. Anerkennt sie und gebt ihr die Liebe, die sie als Bettinas Kind verdient.«

»Ich schwöre, Frau Gerlis, dieses Kind als mein Eigen anzuerkennen und ihm seinen Weg ins Leben zu ebnen. Wenn es Euch recht ist, will ich sie auch in der Erinnerung an Euch erziehen, und Ihr sollt regelmäßig Nachricht über ihr Aufwachsen erhalten.«

»Danke, Ritter Gero von Bachem!«, sagte Gerlis mit belegter Stimme. Doch sie fing sich wieder, und trotz der Tränen in den Augen lächelte sie Almut an.

»Ihr seid eine kluge Frau, Begine. Ich würde mich gerne häufiger mit Euch unterhalten, doch zu Eurem eigenen Besten bleibt fern von uns.«

»Mal sehen, Frau Gerlis. Übrigens unserer Köchin geht es wieder gut, und ihre Angst hat sich gelegt.«

»Das freut mich. Aber – Ihr habt doch noch etwas auf dem Herzen, Frau Almut? Wisst Ihr, ich kann recht gut in Gesichtern lesen, und hinter Eurer Stirn lauert ein kleiner Dämon mit Namen Neugier, habe ich Recht?«

Almut lächelte ertappt. »Doch, ja. Eines meiner Laster. So will ich Euch denn meine Wissbegierde offenbaren. Sagt, Frau Gerlis, gehörte zu dem Kreis der jungen Leute um Bettina damals auch ein Ivo vom Spiegel?«

»Mh, nein, nicht zu Bettinas Kreisen. Wenngleich sie ihn kannte. Auch ich habe ihn gelegentlich getroffen, wenn er mit den jungen Männern disputierte. Er hat manchen von den Scholaren als Gelehrter die Ohren lang gezogen. Ja, ja, er war ein schöner Mann, wenn Ihr mich fragt. Dunkel und groß, mit prächtigen schwarzen Haaren. Überaus gewandt und gebildet. Aber leider auch arrogant bis zur Unerträglichkeit. Ich frage mich, was aus ihm geworden ist.«

»Pater Ivo von Groß Sankt Martin.«

»O nein! Was muss ihm widerfahren sein, dass er sich dazu entschloss, diesen Weg zu gehen?«

»Furchtbares, Frau Gerlis. Aber mehr kann ich Euch auch nicht sagen.«

Zum Konvent zurückgekehrt zog sich Almut, wie schon die Tage zuvor, früh in ihre Kammer zurück. Sie hatte noch mitbekommen, dass Franziska inzwischen ihr Bündel wieder geschnürt hatte und in den Adler umgezogen war. In der Küche hatte sie sozusagen den Kochlöffel an Gertrud abgegeben, die mit einem Hauch von Erleichterung – so schilderte es Clara – das Kommando dort wieder ganz übernommen hatte. Aber immerhin hatte die kleine Köchin angeboten, wann immer sie gebraucht würde, einzuspringen.

Clara war es auch, die noch eine Weile bei Almut saß, als sie schon unter die Decken geschlüpft war, und ihr berichtete, es hieße nun in der Stadt, die Friedensverhandlungen zwischen dem Erzbischof und dem Rat von

Köln würden endgültig in zwei Tagen beginnen. Die Gelehrte unter den Beginen hatte so ihre ganz eigenen Methoden, um an Nachrichten zu kommen, und meist waren sie außerordentlich zuverlässig.

»Auch unsere Rigmundis hat wieder eine Vision gehabt. Eine kleine nur und kaum von jemandem bemerkte.«

»Hat sie etwa wieder Bilsenbier getrunken oder so etwas?«

»Nein, nein, nur eine Weile in die Flammen des Kamins geschaut. Aber du weißt ja, wie das bei ihr ist.«

Almut wusste es. Alkoholische Getränke, eintönige Arbeiten, flackerndes Licht, Fieber, Wetteränderungen, der volle Mond und manche Kräuter brachten Rigmundis immer dazu, seltsame Dinge vor ihrem inneren Auge zu sehen.

»Was war es diesmal?«

»Etwas ziemlich Unverständliches. Aber sie meinte, du würdest dich darüber freuen.«

»Ich?«

»Ja, du. Wobei mir das wirklich rätselhaft erscheint, warum ausgerechnet du darüber erfreut sein solltest, dass ein Schöffe mit Namen Gerhard de Benasis im Mai sechs Jahre von heute durch das Gericht zum Tode verurteilt wird. Sie murmelte, seine Enthauptung würde am St. Urbanstag auf dem Neuen Markt stattfinden. So präzise war sie eigentlich noch nie in ihren Aussagen. Und sie hat diesmal auch ganz genau behalten, was sie gesehen hat.«

»Der Schöffe Benasis... Clara, manchmal ist sie erstaunlich, unsere Seherin. Ja, der Schöffe Benasis hat dieses Urteil verdient. Er ist der Anstifter des Schöffenstreits, und ich glaube, inzwischen haben das auch einige Leute mehr herausgefunden als nur seine arme Schwester. Wenn ihm das zu Ohren kommt, wird er mit großer Sicherheit versuchen, sich den Folgen daraus zu entziehen.«

»Die kopflose Tote ist seine Schwester?«

»Eben die.«

»Du wirst es uns berichten, wenn alles vorüber ist, Almut. Jetzt solltest du aber schlafen. Ich nehme an, morgen wirst du wieder zum Kloster gehen?«

»Ja, und dann ist hoffentlich wirklich alles vorbei.«

34. Kapitel

Die Mönche waren noch bei der Prim, als Almut am Morgen an die Pforte von Groß Sankt Martin klopfte. Doch Gero von Bachem erwartete sie bereits.

»Ich hoffe, Ihr habt gut geruht, Frau Almut.«

»Leidlich. Und Ihr?«

»Ich war emsig, und das mit Erfolg. Jung Fredegar ist übrigens wohlauf und schickt Euch seine dankbarsten Grüße. Ich besuchte ihn gestern auf dem Rückweg noch im Adler. Dort ist er in guten Händen und wird noch ein, zwei Tage ausruhen.«

»Ja, das Gasthaus hat wieder eine Wirtin, die umsichtig für ihn sorgen wird. Aber was tut sich hier?«

»Pater Ivo erholt sich erstaunlich schnell. Er will heute unbedingt dabei sein, wenn der Abt sich mit uns unterhält. Nun ja, er muss wissen, was er sich zumuten kann.«

»Ja, ich halte Bruder Markus nicht für den Menschen, der ihn ans Bett fesseln kann.«

»Nein, der nicht!«

Almut bemerkte das winzige Zwinkern in den Augen des Ritters zum Glück nicht.

»Worüber möchte Abt Theodoricus denn mit uns reden?«

»Unter anderem über den Brief, den wir in Rudgerus' Kammer gefunden haben.«

»Er war wirklich dort?«

»Ja. Wir brauchten eine Weile, um ihn zu finden. Er hatte ihn selbstredend nicht offen herumliegen lassen. Mich wundert es überhaupt, warum er ihn nicht verbrannt hat, aber das liegt wohl an seinem krausen Gemüt. Er lag in einem Kästchen, das noch zwei weitere Pergamente enthielt, Schreiben von Bettina, aus einer Zeit, lange bevor er ins Kloster eintrat. Keine Briefe, sondern Abschriften von Texten. Und einige getrocknete Blütenblätter lagen auch darin.«

»Was schrieb Frau Bettina ihm? So sagt doch schon!«

»Sie bat ihn um ein Treffen, möglichst noch am selben Tag. Sie habe wichtige Erkenntnisse, die ein Mitglied ihrer Familie beträfen. Sie bezog sich auf ihre Freundschaft aus Jugendtagen und hoffte, er als Prior würde genug Einfluss haben, über das Kloster den Rat der Stadt von der Unschuld des Erzbischofs im Streit um die Macht zu überzeugen, wenn sie ihm dazu ein wichtiges Dokument übergeben würde. Das schrieb sie, wohl in dem Glauben, Rudgerus habe die Episode seiner Werbung um sie schon lange vergessen und würde sich als Freund wie damals erweisen. Es war ihr Todesurteil.«

»Laut Pitter hat er ihr geantwortet. Der Bote fand, sie habe erleichtert gewirkt über das, was er ihr mitteilte.«

»Vermutlich hat er sie an jenem Abend vor der Christmette durch das Priestertürchen in Brigiden eingelassen. Warum sollte der Prior nicht den Schlüssel dazu erhalten, wenn er es wünscht.«

»Eine Kleinigkeit, die wir den Pförtner fragen werden.« Aber warum hat sie das Kind mitgenommen?«

»Sie konnte es wohl kaum alleine in der Schenke voller raubeiniger Wilddiebe lassen. Denkt daran, Franziska war ja schon zu uns gezogen. Sie wäre die einzige Frau gewesen, die sich darum hätte kümmern können.«

»Mag sein. Sie hat dann wohl Rudgerus erzählt, was sie herausgefunden hat. Aber was dann wirklich geschah, wissen wir noch immer nicht. Mir wäre wohler, wenn wir irgendetwas Konkretes gegen diesen Prior in der Hand hätten. So kann er noch immer abstreiten, je Hand an sie gelegt zu haben.«

Almut überlegte eine Weile und kam dann zu demselben Schluss.

»Ja, sie könnte noch immer außerhalb dieser Mauern zu Tode gekommen sein. Obwohl wir dann wieder den Adlerwirt in Verdacht haben müssten.«

»Der hat übrigens wirklich eine Ricke geliefert an jenem Morgen. Das wusste der Bruder, der die Vorräte verwaltet.«

»Aber der Korb…«

Gero von Bachem war mit einem unglücklichen Seufzen aufgestanden.

»Sie wird morgen begraben, die Arme. Mit oder ohne – Kopf. Der Abt hat schon alle Anweisungen gegeben. Wir haben uns darauf geeinigt, die Familie erst danach zu benachrichtigen. Es ist zu viel anderes damit verbunden.«

»Das wird wohl so richtig sein.«

Der Ritter hing eine Weile seinen traurigen Gedanken nach, und Almut störte ihn nicht dabei. Doch dann hatte er sich wieder gefasst und meinte sogar mit einer gewissen Heiterkeit in der Stimme: »Übrigens bin ich gestern noch einmal Eurem Verehrer begegnet, Frau Almut. Er ist wirklich ein außergewöhnlicher Mann und kam mit einer noch außergewöhnlicheren Begleiterin!«

Almut stutzte kurz, musste dann aber lächeln.

»Oh, ist Meister Krudener mit Trine noch einmal hergekommen?«

»Sie waren beim Abt, als ich nach der Vesper zu ihm ging. Trine war gerade dabei, dem guten Theodoricus die Hände auf die Kehrseite zu legen.«

»Oh – na ja, sie hat heilende Hände!«

»Anschließend hat sie ihm den Genuss von Hopfenbier verordnet.«

»Ah ja!«

»Während dieser Zeit sprach der Krudener unablässig über Dämonen.«

»Eine bizarre Szenerie, in die Ihr da geraten seid. Ich hoffe, sie hat Euch nicht geängstigt.«

»Nein, eher erheitert und ein bisschen irritiert.«

»Dann empfehle ich, Meister Krudener einmal in einer ruhigeren Zeit in den hinteren Räumen seiner Apotheke aufzusuchen. Dort findet Ihr neben einer grauen Katze, die ihm gelegentlich auf der Schulter hockt, und einem grünen Papagei mit einem ausgesuchten, nicht immer höflichen Wortschatz, unzählige rauchende Tiegel, dampfende Kolben und brodelnde Kessel vor.«

»In denen alchimistische Elixiere köcheln?«

»Nein, Würzwein, Eier und manchmal auch klebrig süßer Zuckersud zum Kandieren von Früchten.«

Amüsiert schüttelte der Ritter den Kopf.

»Lächelt nicht über ihn, Herr Gero. Ich glaube, er ist als Alchimist weit über das Stadium der Experimente hinaus. Ich halte ihn für einen sehr weisen Mann. Aber natürlich – ein bisschen verschroben ist er auch. Aber das ist er gerne! Und Trine liebt ihn wie einen Vater.«

»So schien es mir auch. Ah, da ist unser Lodewig.«

Der Novize bat sie in höflichen Worten, doch jetzt den Vater Abt aufzusuchen.

Sie gingen gemeinsam über den Hof und dann den Gang entlang, der zu Theodoricus' Wohnung führte. Dort begegneten sie Pater Ivo, der, wieder in seine schwarze Kutte gekleidet, langsam auf einen Stock gestützt und von Bruder Markus begleitet, ebenfalls in diese Richtung strebte. Als er die beiden sah, bemühte er sich um eine aufrechte Haltung, aber Almut sah, welche Schmerzen es ihm bereitete. Doch ihre Hilfe mochte sie ihm nicht anbieten.

»Ihr seid wieder auf den Beinen, Pater Ivo. Das freut mich zu sehen.«

»Ihr seid mit wenig zu erfreuen, Begine!«, brummte er und fasste den Stock fester.

Bevor ihr eine Antwort entschlüpfen konnte, die nicht eben der schwachen Gesundheit des Benediktiners förderlich gewesen wäre, öffnete der Ritter die Tür für sie. Der Abt empfing sie stehend, und sein Gesicht war erheblich weniger grau als die Tage zuvor.

»Tretet ein, Ritter, Frau Begine. Meine Brüder! Markus, kannst du deinen Patienten für eine Weile in unserer Obhut alleine lassen? Wir haben eine vertrauliche Unterredung zu führen.«

»Ich denke schon. Sollte es ihm schlechter gehen, lasst mich rufen.«

Sie setzten sich auf die Kaminbank, Pater Ivo hingegen wurde in den gepolsterten Sessel des Abtes gebeten.

»Nun, der Herr Gero und Frau Almut haben inzwischen einiges an Beweisen zusammengetragen, die mich glauben machen müssen, unser Prior könnte an dem Tod der Dame Bettina zumindest beteiligt gewesen sein!«, begann Theodoricus.

Pater Ivo hatte wohl schon zuvor davon gehört, denn er sah nicht besonders überrascht aus, fand Almut.

Der Abt fuhr fort: »Ich möchte mich mit ihm sehr eingehend darüber unterhalten und ihm Fragen stellen. Doch zuvor sollten wir unser Wissen zusammentragen.«

Sie taten es, und als sie schließlich zu dem Punkt kamen, wo und wann der Mord geschehen sein musste, herrschte Schweigen.

Almut fasste schließlich zusammen: »Wir haben vorhin schon festgestellt, der Herr Gero und ich, dass wir an dieser Stelle nur vermuten können. Und, verzeiht, alles, was ich vermute, ist ausgesprochen absurd.«

Pater Ivo nickte ihr aufmunternd zu.

»Sprecht dennoch, Begine. Ihr habt ein Talent für Absurditäten!«

»Findet Ihr, Pater?«

»Zumindest für absurde Situationen, wie ich mich – sehr dunkel – erinnern kann.«

»Ein Mönch mit einem Kleinkind unter der Kukulle, der in der Christnacht in die Küche der Beginen stürmt, ist selbstverständlich nicht als absurd zu bezeichnen.«

»Die Szene, in der eine Begine einen gestandenen Prior in Gegenwart seiner Brüder und Novizen verprügelt, kann nur als grotesk bezeichnet werden.«

»Ivo, lass Frau Almut reden!«, unterbrach ihn der Abt und nickte ihr zu.

Almut hatte rote Wangen bekommen und sah betreten auf ihre Füße.

»Ich genieße gelegentlich solch groteske Situationen!«, bemerkte Pater Ivo trocken, und sie sah hoch. »Sprecht!«

»Nun ja, seht Ihr, die Priestertür in Brigiden stand

sicher für den Prior offen, wenn er es wollte. Er selbst könnte also die Frau Bettina eingelassen haben, um sich ihren Bericht anzuhören. Er scheint über seine Hassliebe zu ihr nie hinweggekommen zu sein. Und nun bemerkte er, dass sie auf der völlig falschen Seite der streitenden Parteien stand. Auf der aus seiner Sicht falschen Seite, will ich sagen. Das Wissen, das sie ihm mitteilte, war in seinen Augen verderblich. Auch ihm wäre, mit seinem Wunsch nach Wiederherstellung der alten Ordnung, sehr daran gelegen, wenn der Erzbischof dem Rat der Stadt gegenüber keine Zugeständnisse machen würde. Rudgerus wird Frau Bettina sicherlich aufgefordert haben, ihm die Aufzeichnungen zu übergeben, aber möglicherweise hat sie bemerkt, welche Einstellung er wirklich hatte. Sie wird sich plötzlich bedroht gefühlt haben und versuchte, ihm zu entkommen. Das Kind war ihr dabei hinderlich, denke ich. Darum legte sie es auf ihrer Flucht hinter den Altar Eurer Kirche. Mitsamt dem Dokument, das sie in seine Windeln steckte. Wahrscheinlich hatte sie die Hoffnung, das Kind würde während der Messe, vor vielen Zeugen, gefunden. Damit hätte Rudgerus keine Möglichkeit gehabt, es an sich zu bringen.«

»Das stimmt, Begine. Erinnere dich, Theo, Rudgerus war ausgesprochen erpicht darauf, das Kind höchstpersönlich in die Krankenstube zu tragen, und hat sich gegen den Vorschlag gewehrt, es mich zu den Beginen bringen zu lassen.«

»Ja, das ist richtig.«

»Gut«, fuhr Almut fort, »Frau Bettina ist ihm zunächst entkommen. Sie wird den Ausgang zur Brigiden gesucht haben, könnte ich mir vorstellen. Aber das Türchen kann man nicht ohne weiteres erkennen, nicht wahr? Vielleicht war es auch schon wieder verschlossen, und sie hat versucht, über den Hof zur Hauptpforte zu gelangen. Rudgerus muss sie dabei überwältigt haben. Ich glaube, mit einer Waffe hat er sie nicht getötet. Er ist ein kräftiger Mann, es wird ihm, zornig wie er war, durchaus gelungen sein, sie zu erwürgen. Doch das geschah in der Erregung. Es muss ihm hinterher klar geworden sein, dass er die Leiche verschwinden lassen musste. Eine Leiche, Verzeihung, die an einem auffälligen Mal im Gesicht für viele leicht zu erkennen gewesen wäre.«

Der Ritter hatte eine steinerne Miene, doch die beiden anderen Männer hörten ihr aufmerksam zu und nickten beifällig.

»Ich weiß, es klingt grausam, aber ich denke, er wird sie in Eure Küche geschleift haben. Dort gibt es Fleischerbeile und so weiter… Er hat ihr auch die Kleider ausgezogen und könnte sie in die Almosensammlung gegeben haben, die am nächsten Tag von dem Schellenknecht abgeholt werden würde. Hattet Ihr eine solche Lumpensammlung, ehrwürdiger Vater?«

»Ja, die hatten wir, Frau Begine. Es waren wirklich nur Lumpen, alte, verschlissene Kutten, mottenzerfressene Decken und solche Dinge. Aber es wäre natürlich leicht gewesen, auch die Kleider der Toten in diesen Sack zu stecken.«

»Doch was ich wirklich nicht verstehe, ist, warum die Leiche hier blieb, der Kopf jedoch am Rheinufer gefunden wurde. Zugegeben, es ist keine belebte Stelle gewesen, wo sich der Korb im Gebüsch, nahe am Wasser, befand. Derjenige, der ihn dort hinterlassen hat, wollte ihn vermutlich versenken, aber es hatte sich ja schon Eis gebildet, und so war das nicht ohne weiteres möglich. Aber wenn das Tauwetter einsetzt und der Rhein Hochwasser führt, wären die Überreste sicher fortgespült worden. Sollte es Rudgerus gewesen sein, der ihn dorthin gebracht hat, würde es bedeuten, dass er eigentlich das Gleiche auch mit dem Leichnam vorhatte, dann aber keine Zeit mehr fand, um ihn aus dem Kloster zu bringen. Könnt Ihr mir verraten, ob er in der Christnacht noch einmal das Haus verlassen hat?«

Theodoricus schüttelte den Kopf.

»Nicht mit meiner Erlaubnis. Doch nach der Messe hatte ich starke Schmerzen und ging sofort zu Bett. Er hätte natürlich noch einmal fortgehen können.«

Plötzlich richtete sich Pater Ivo auf. Die Bewegung war nicht gut für ihn, und er wurde blass.

»Ivo, was ist? Brauchst du Hilfe?«

Besorgt sah der Abt ihn an.

»Nein, nein, es geht schon wieder. Ich sollte diese ruckartigen Bewegungen vermeiden. Aber mir ist etwas eingefallen. In jener Nacht, als ich das Kind zu Euch brachte, Begine, traf ich bei meiner Rückkehr den Prior vor dem Tor. Er zischte mir etwas überaus Bösartiges ins Ohr, was irgendwie im Zusammenhang mit meiner Beziehung zu losen Frauen stand. Ich kannte ihn und seine gelegentlichen Anfälle überzogener Sittenstrenge und dachte mir nichts dabei. Ich dachte mir allerdings auch nichts dabei, ihn vor den Mauern des Klosters anzutreffen. Damals. Ich war mit meinen Gedanken woanders. Und bis eben schien es mir auch nicht besonders wichtig.«

»Das ist aber wohl wichtig. Ungeheuer wichtig, Ivo. Denn das würde die Theorie von Frau Almut bestätigen, er habe zumindest versucht, die Leiche aus dem Kloster zu bringen. Und der Kopf war dabei wichtiger als der Korpus. Ihn hat er nicht mehr hinausgeschafft...«

»Kein Wunder, denn als ich zurückkam, war es bald Zeit für die Laudes, bei der er dich vertreten musste, Theo.«

»Das ist schlüssig und weist auf seine Schuld«, nickte Theodoricus. Und bedächtig zitierte er: »›Wenn die Begierde empfangen hat, gebiert sie die Sünde; die Sünde aber, wenn sie vollendet ist, gebiert den Tod.‹«

»Sagt Jakobus. Richtig, Vater Abt.«

Theodoricus starrte Almut einen Moment irritiert an, dann fasste er sich und forderte: »Und nun zu dem Kind, Frau Almut. Erzählt uns, welchen Gedankengang Ihr hierfür verfolgt. Euer erster war alles andere als absurd.«

»Mh, der, der mir zu dem Kind einfällt, ist dennoch etwas abwegiger, glaube ich. Aber Herr Gero hat mir berichtet, Ihr hättet gestern mit Meister Krudener schon einmal über Dämonen gesprochen.«

»Meister Krudener war hier?«, fuhr Pater Ivo auf und sackte wieder mit schmerzlich verzogener Miene in den Sessel zurück.

»Habt Ihr nicht vor kurzem erkannt, wie schädlich solche Bewegungen für Euch sind, Pater? Ein wenig Gleichmut sollte Euch das schon lehren!«

»Begine! Versucht nicht, mich zu belehren!«

»Wenn nicht ich, dann Jakobus, Pater, der da sagt: ›Jeder Mensch sei schnell zum Hören, langsam zum Reden, langsam zum Zorn.‹ Ich füge nur hinzu, auch langsam im Aufspringen …«

»Ach!«, seufzte der Benediktiner. »Welch wahre Worte birgt das Buch der Bücher. Denn heißt es nicht auch: ›Die Geißel macht Striemen; aber die Zunge zerschmettert die Knochen.‹?«

Almut fuhr ihrerseits auf und fauchte: »Pater Ivo, das

ist gänzlich gegen die Spielregeln! Das hat Sirach gesagt, aber wir zitierten bislang ausschließlich den Brief des Jakobus.«

»Verzeiht, aber es schien mir so ungemein passend! Doch wenn es Euch lieber ist, biete ich Euch folgende weisen Worte, Begine: ›So ist auch die Zunge nur ein kleines Glied und richtet große Dinge an!‹«

»›Das ist nicht Weisheit, die von oben herabkommt, sondern sie ist irdisch, niedrig und teuflisch!‹ Das hat er auch gesagt!«

Verständnislos sahen sich der Abt und der Ritter an, während Almut und der Pater sich anfunkelten. Dann hob Theodoricus plötzlich die Hand vor den Mund und erstickte ein Lachen. Mit mühsam wiedererrungenem Ernst bat er: »Zur Sache, Frau Almut. Für spitzfindige Dispute ist jetzt keine Zeit.«

»Ja, natürlich, entschuldigt meine Entgleisung. Also, Meister Krudener sprach von Dämonen. Ich weiß nicht, was er Euch berichtete, aber mir scheint, Rudgerus ist von Dämonen gehetzt. Oder von bösen Erinnerungen. Frau Gerlis hielt ihn seinerzeit für ein überaus nachtragendes Kind und einen boshaften Jüngling. Er hatte Frau Bettina beschuldigt, eine Buhlschaft mit dem Satan gehabt zu haben und als Zeichen seinen Kuss auf der Wange zu tragen. So mag er denn auch glauben, ihr Kind sei aus dieser Buhlschaft erwachsen, vor allem, wenn er erfahren hat, dass auch die Kleine jenes Mal trägt. Er war es, der dem Schellenknecht die Almosen übergab und wohl auch einen Schlauch Wein, vielleicht auch einen Beutel Münzen. Denn der Hans von der Schmiergass und seine Gesellen waren es, die bei uns einbrachen, nachdem seine Dirne, die Evvi von Melaten, ausgekundschaftet hat, wo sich das Kind befand. Als wir sie verjagten, erwähnten die Strolche das Teufelsbalg, und die Gerüchte, die in den Gassen umgehen, tuscheln, das Kind, das wir im Konvent aufgenommen haben, sei vom Teufel besessen und solle hier bei Euch exorziert werden.«

»Was für Abgründe tun sich da auf!«, stieß Theodoricus aus.

»Ein weiterer noch, ehrwürdiger Abt. Als Pater Ivo mit dem Korb hier ins Kloster kam und dem Prior davon berichtete, der Kopf der Toten sei gefunden worden, war das sein Todesurteil. Die Buße war keine einfache Strafe für ein Vergehen gegen die Klosterzucht, sondern ein geplanter, überaus grausamer Mordversuch.«

Es herrschte Schweigen in dem Zimmer.

»Hast du ihm von dem Fund berichtet, Ivo?«

»Ja, ich hatte keine Veranlassung, es nicht zu tun. Er sprach auch nicht darüber, sondern empörte sich über meinen unzulässigen Umgang mit Frauen. Beginen im Besonderen. Ich nahm die Strafe an, denn ein weiteres Aufbegehren, ein weiterer Verstoß gegen das Gebot des Gehorsams, hätte ihn nur noch mehr aufgebracht. Aber ich ahnte natürlich nicht, dass er mich nach der ersten Geißelung im Keller, an den Pfahl gebunden, einsperren würde.«

»Nein, damit rechnet man natürlich nicht, Ivo. Und glaube mir, ich bedauere diesen Vorfall mehr, als ich in Worte fassen kann.«

»Was werdet Ihr nun tun, Theodoricus?« Der Ritter war aufgestanden und sah den Abt eindringlich an. »Das, was Frau Almut hier vorgebracht hat, hört sich für mich so an, als ob es den tatsächlichen Vorgängen entspricht.«

»Ich bin Eurer Meinung, Herr Gero. Deswegen wird

Rudgerus noch heute seine Beichte bei mir ablegen. Dann sehen wir weiter! Verlasst mich jetzt bitte. Wir treffen uns heute nach der Non wieder hier. Dann werde ich Euch meine Entscheidung mitteilen.«

Der Ritter half Pater Ivo aus dem Sessel, und Almut hielt ihnen die Tür auf.

»Lasst nur, Ritter. Ich bin ein wenig lahm, aber kein Krüppel!«, wehrte sich der Benediktiner und nahm seinen Stock. Aufrecht, wenn auch langsam, schritt er durch den Gang in Richtung Dormitorium.

»Frau Almut, Ihr seid eine bemerkenswerte Frau.«

»Danke, Herr Gero. Aber ich habe nichts weiter getan als meine Schlüsse zu ziehen, und das, Herr Ritter, hättet Ihr genauso gut getan, hättet Ihr eine größere Bewegungsfreiheit genießen können. Übrigens beginnen morgen die Friedensverhandlungen, hörte ich. Vermutlich werdet Ihr dann in Sicherheit sein.«

»Bestimmt noch nicht zur Gänze, aber die Wirkung eines Anschlags wird immer geringer, zumal inzwischen auch dem Drahtzieher bekannt sein müsste, dass sein Treiben durchschaut wurde. Frau Bettina starb, und sie hatte das belastende Schreiben bei sich. Das Kind lebt und ist in Sicherheit, mein Knappe ist seinen Häschern entkommen, sie selbst sind eingefangen. Das werden ihm seine Spitzel wohl berichtet haben. Er wird zukünftig sehr vorsichtig sein müssen, der Gerhard de Benasis.«

Almut dachte an Rigmundis Vision und nickte.

»Ja, das wird er wohl sein müssen.«

»Nun, da ich mich also frei bewegen kann, Frau Almut, würde ich mich gerne um meine Schutzbefohlenen kümmern. Dazu brauche ich noch einmal Eure Hilfe. Würdet Ihr mich wohl zu Eurer Mutter begleiten,

damit ich meine Tochter aufsuchen kann? Anschließend würde ich gerne Fredegar vom Adler hierher holen.«

»Mit Vergnügen, Herr Gero. Aber wir sollten pünkt-
lich zur Non zurück sein. Wisst Ihr, dieser kleine Dämon Neugier zwickt mich gar heftig zu hören, was der
Abt bei Rudgerus erreicht hat.«

»Da zwickt uns derselbe Dämon, Frau Begine!«

Frau Barbara empfing den Ritter mit herzlicher Anteil-
nahme und führte ihn sofort in die warme Stube, in der
die Wiege stand. Klein-Gerlis schlief einen zufriedenen
Kinderschlaf und maunzte behaglich, als ihr Vater sie in
den Arm nahm. Almut und ihre Stiefmutter verließen
leise und mitfühlend den Raum, um nicht Zeuge zu
sein, wie die Wangen des Ritters feucht wurden.

»Ein netter Mann, dieser Herr Gero, nicht wahr,
Almut?«

»Fangt nicht schon wieder an, Frau Barbara. Er hat
eben erst seine Geliebte verloren, und im Übrigen ist er
verheiratet und hat was-weiß-ich-wie-viele eheliche
Kinder!«

»Ach, wie schade!«, meinte ihre Stiefmutter unge-
rührt und reichte Almut den Korb mit kandierten
Früchten. Nach einem ausgiebigen Plausch, zu dem
sich nach einer Weile auch der Ritter gesellte, verabschiedeten sich Almut und Gero und wanderten zum
Adler. Hier fanden sie Fredegar, der ein stattliches Ross
am Zügel hielt, dem der Schmied eben ein paar neue
Schuhe verpasste. Franziska hatte in der Küche gewirtschaftet, kam aber ebenfalls sofort herbei und begrüßte
die Besucher mit einem Wortschwall, der Almut zeigte,
dass sich im Adlernest wohl alles im Reinen befand.

Der Knappe, in seinen getrockneten, sorgfältig ausgebürsteten Umhang gehüllt, war gerne bereit, seinen Herrn zu begleiten, und Almut gab der Wirtin noch den eindringlichen Rat, gut für den Päckelchesträger Pitter zu sorgen.

»Keine Angst, Almut, der Junge hat bei mir immer eine Speckseite gut. Und Ihr auch. Oder besser – einen süßen Wecken!«, grinste sie.

Die Glocken hatten eben zur Non geläutet, als sie wieder durch die Klosterpforte gingen.

»Nun, dann wollen wir hören, was Abt Theo zu berichten hat!«

»Ja, Herr Gero, gehen wir zu ihm.«

Pater Ivo saß schon im Sessel, Theodoricus hatte auf einem Lehnstuhl Platz genommen und einen Krug und einen Becher vor sich, aus dem er gerade einen langen Schluck nahm.

»Meine Medizin!«, wehrte er entschuldigend ab und wischte sich einen feinen Rand weißen Schaums von der Oberlippe.

»War Meister Krudener noch einmal hier?«

»Nein, ein Bote, der diesen Krug brachte. Jungfer Trine hat dies wohl gebraut.«

»Medizin? Mir sieht das verdächtig nach ihrem Hopfenbier aus!«

»Sie behauptet aber, das würde die Nieren anregen und dazu führen, dass dieser verd… ärgerliche Stein endlich abgeht. Es ist bitter, das Zeug, aber das ist wohl jede Medizin. Andererseits hat es eine Würze… Also, ich könnte mich daran fast gewöhnen. Ich werde ihr das Rezept doch wohl abschwatzen müssen. Ein prächtiges Kölsches Bier könnten wir damit herstellen.«

Almut sah, wie sich bei Pater Ivo die kleinen Fältchen um die Augen vertieften, die oft seine Heiterkeit verrieten. Aber seine Miene war bei dem begeisterten Ausbruch seines Abtes vorbildlich ernst geblieben.

Auch Theodoricus wurde wieder sehr sachlich.

»Nun denn. Ich habe ein sehr eindringliches Gespräch geführt. Selbstverständlich werde ich über den Inhalt der Beichte schweigen, die mein Prior bei mir abgelegt hat.« Er senkte den Kopf, und als er wieder aufschaute, trugen seine phlegmatischen Züge den Ausdruck tiefster Bekümmernis. »Die Gemeinschaft des Klosters wird ohne Prior Rudgerus weiterbestehen. Er hat sich entschlossen, als Priester den Aussätzigen in Melaten zu dienen. Von heute an.«

Almut aber sah in diesem Augenblick die Augen von Frau Gerlis vor sich, als sie so tonlos feststellte: »Er hat mein Kind getötet!« Ein kalter Schauder durchbebte sie, denn sie wusste, was Bettina ihr bedeutet hatte. Und die Amme war für die Menschheit bereits gestorben – sie hatte nichts zu verlieren. Rudgerus hingegen schon.

Sie sah den Ritter an, und auch er musste den selben Gedanken gehabt haben.

»Eine selbstlose Entscheidung, eine solche Aufgabe zu übernehmen. Er geht eine große Gefahr ein«, bemerkte er tonlos.

»Die Wege des Herrn sind unergründlich!«

»Amen!«

Nach einem Moment des Schweigens stand der Abt auf und ging auf Almut zu.

»Und nun, Frau Begine, nehmt meinen tief empfundenen Dank für all das entgegen, was Ihr für uns getan habt. Wir stehen in Eurer Schuld, und wenn Ihr oder Euer Konvent jemals Hilfe benötigt, so lasst es mich wissen. Ihr werdet jederzeit bei mir vorgelassen werden und Gehör finden.« Theodoricus lächelte sie an. »Es ist manchmal mehr als Geld wert, Freunde an gewissen Stellen zu haben.«

Almut sah ihn verwirrt an.

»Er hätte Frau Bettina mit Leichtigkeit den gewünschten Dienst erweisen können, Begine«, erklärte der Pater.

»Oh, ja. Verzeiht, Vater Abt, in meiner kleinen Welt spielt politischer Einfluss kaum eine Rolle. Aber es mögen Zeiten kommen, in denen wir Eure Unterstützung zu schätzen wissen. Dennoch hoffe ich, das Leben wird von nun an friedlicher verlaufen.«

»Einfluss, Frau Almut, kann auch in anderen als politischen Belangen manchmal wichtig sein.«

Er sah ihr mit einem nachdenklichen Blick in die Augen, und sie senkte mit einem leisen Hauch von Ahnung den Blick. Was immer er damit meinte, sie wollte sich keiner Hoffnung hingeben. Dann aber sprach auch Gero von Bachem sie an.

»Auch von mir, Frau Almut, nehmt Dank an. Ihr habt nicht nur geholfen, die Wahrheit ans Licht zu bringen, Ihr habt auch meine Tochter gerettet. Schon allein deshalb könnt Ihr immer auf mich zählen. Aber ich muss gestehen, den größten Eindruck habt Ihr auf mich hier im Kerker gemacht.«

»Oh, diese Episode wollen wir doch lieber vergessen, Herr Ritter!«

»Wenn Ihr es wünscht, Begine!«

»Nennt sie nicht Begine, Ritter!«, fuhr Pater Ivo ihn plötzlich herrisch an. »Dieser Frau gebührt eine höfliche Anrede. Auch von Euch, Ritter!«

Verblüfft über diesen Hieb starrte Gero von Bachem

Pater Ivo an und machte dann eine tiefe Verbeugung vor Almut. »Ich werde vergessen, was immer Ihr wünscht, hohe Dame!«

»Frau Almut reicht, Herr Gero. Nehmt ihn nicht so ernst, den Pater. Übrigens, eine Frage habe ich doch noch, bevor Euer Gedächtnis so freundlich ist, die Erinnerung zu löschen.«

»Und die wäre?«

»Wer ist Hekate?«

»Oh, das war eine griechische Göttin, Frau Almut. Keine sehr sanfte jedoch. Man nannte sie die Königin der Nacht, denn sie streifte in der Dunkelheit durch das Land, begleitet von einer Meute wilder Hunde und einem Dämonenheer.«

»Aber – süße Maria – warum habt Ihr *mich* mit einer heidnischen Göttin verglichen, dort unten in den Kerkern?«

»Das war ein Kompliment, Begine!«, belehrte Pater Ivo sie steif.

»Unfug. Mich begleiten weder wilde Hunde noch Dämonenheere.«

»Das zwar nicht, aber wisst Ihr, man stellte sich Hekate immer mit der Geißel in der einen und der Fackel in der anderen Hand vor. Diesem Bild habt Ihr weiland recht gut entsprochen. Und auch ihrem Zorn, nicht wahr, Pater Ivo?«

Der Benediktiner blinzelte etwas und grollte dann auf seine düsterste Art und Weise: »Soweit ich die Szene mit meinem getrübten Bewusstsein wahrnehmen konnte, wütete eine Rachegöttin dortselbst!«

»Ihr seid ausgesprochen unhöflich. Alle beide. Ich bin keine heidnische Rachegöttin, die alle Welt zusammenschlägt, ich bin ein schlichtes Weib!«

»Ihr seid kein schlichtes Weib, Ihr seid eine Begine!«, knurrte Pater Ivo. »Nehmt gefälligst die Dankesworte eines Mannes in gebührender Achtung an.«

»Ihr seid kein Mann, sondern nur ein Pater!«

Der Benediktiner schnappte kurz nach Luft und entgegnete dann auf die hochmütigste Art: »Ihr vernichtet mich, Begine. Aber so ist das nun mal: ›Denn jede Art von Tieren und Vögeln und Schlangen und Seetieren wird gezähmt und ist gezähmt vom Menschen, aber die Zunge kann kein Mensch zähmen, das unruhige Übel, voll tödlichen Giftes.‹ Hat Jakobus gesagt!«

»Gegen diese Art von Gift seid Ihr erstaunlich widerstandsfähig, Pater.«

»Der Umgang mit Euch macht diese Art von Schutz notwendig. Er erzeugt eine Hornhaut auf der Seele, wie Ihr schon einmal treffsicher festgestellt habt. Dennoch, und trotz alledem, hatte ich eben den vergeblichen Versuch gewagt, Euch meinen Dank auszusprechen, aber darauf verzichte ich nun lieber. Er ist vergeudet an eine Kreatur wie Euch.«

»Nun bin ich nicht einmal mehr Weib, noch Begine, sondern nur noch Kreatur, was? Oh, dass ich ein Mann wäre…«

»…dann, Begine?«

»Ich würde Euer Herz auf dem Marktplatz essen!«

Gero von Bachem gab ein Glucksen von sich und warf ein: »Worte, eines großen Dichters würdig!«

Doch es war Pater Ivo, der schlicht bemerkte: »Dann ist es ja gut, dass Ihr auch kein Mann seid, Begine.«

In diesem Augenblick war es um die Haltung des Abtes geschehen. Er brach in hilfloses Gelächter aus.

35. Kapitel

In der Krankenstube war es dunkel geworden, und nur die kleine Öllampe auf dem Tisch verbreitete ihr flackerndes Licht. Der Benediktiner lag wieder auf seinem Lager, die Wunden neu verbunden, im tiefen Schlaf der Erschöpfung. Die Anstrengung war zu viel für ihn gewesen, er war noch im Zimmer des Abtes ohnmächtig zusammengebrochen.

Almut hatte sich hinter dem Bruder Infirmarius hergeschlichen und ihn gebeten, ihren Platz an seinem Bett wieder einnehmen zu dürfen. Sie war von der Angst getrieben, das Fieber könne zurückkehren. Doch nur Müdigkeit und Schwäche waren es, die Pater Ivo niedergestreckt hatten. Sie saß nun dort und war in der klösterlichen Stille des Abends eingenickt, seine Hand unter der ihren geborgen, während sich seine Wange gegen ihre Finger schmiegte.

So fanden sie Theodoricus und der Ritter, die ebenfalls nach dem Pater sehen wollten. Sie betrachteten beide das bewegungslose Bild innigen Vertrauens, und als Gero eine Bewegung in ihre Richtung machen wollte, hielt der Abt ihn zurück und flüsterte: »›Weckt nicht auf und stört die Liebe nicht, bis dass es ihr selber gefällt.‹ Steht auch in der Bibel.«

Genauso leise fragte der Ritter zurück: »Glaubt Ihr denn, Vater, es gibt eine Hoffnung für die beiden?«

»Ich habe ihr meinen Einfluss versprochen, Gero.

Und wenn die Zeit reif ist, dann wird sich eine Lösung finden. ›Denn stark wie der Tod ist die Liebe‹.«

»Ja, so heißt es.«

Mord im mittelalterlichen Köln!
Der erste spannende Fall für die
junge Begine Almut Bossart.

368 Seiten. ISBN 978-3-7341-0871-6

Köln im Jahr des Herrn 1376. Sind die selbstbewussten Frauen
des Beginen-Konvents am Eigelstein etwa Ketzerinnen und Gift-
mischerinnen? Die junge Begine Almut Bossart, Witwe eines
Baumeisters, macht sich kühn an die Aufklärung des Giftmordes
im Haus eines Weinhändlers. Doch nicht nur die Neugier treibt
sie – es steht zu befürchten, dass die Inquisition sie selbst für die
Tat verfolgen wird ...

Die historischen Romane um die Begine Almut Bossart bei Blanvalet:
1. Der dunkle Spiegel
2. Das Werk der Teufelin
3. Die Sünde aber gebiert den Tod
4. Die elfte Jungfrau
5. Das brennende Gewand

Lesen Sie mehr unter: **www.blanvalet.de**